I0690920

Veröffentlicht von
DREAMSPINNER PRESS

5032 Capital Circle SW, Suite 2, PMB# 279, Tallahassee, FL 32305-7886 USA
www.dreamspinnerpress.com

Perfektes Timing
Urheberrecht der deutschen Ausgabe © 2017 Dreamspinner Press.
Originaltitel: Perfect Timing
Urheberrecht © 2016 Mary Calmes.
Original Erstausgabe. November 2016
Übersetzt von Grace C. James und Heike Reifgens.

Umschlagillustration
© 2016 Reese Dante.
http://www.reesedante.com
Die Illustrationen auf dem Einband bzw. Titelseite werden nur für darstellerische Zwecke genutzt. Jede abgebildete Person ist ein Model.

Deutsche ISBN. 978-1-63533-968-0
Deutsche Erstausgabe. Juli 2017
v 1.0

Gedruckt in den Vereinigten Staaten von Amerika.

PERFEKTES TIMING

Mary Calmes

TIMING: NACH SONNENUNTERGANG

Mary Calmes

1

OBWOHL ES um sieben Uhr eigentlich schon zu spät war, hielt ich auf dem Weg zurück zur Ranch noch beim Supermarkt an, denn ich wollte Rand überraschen, wenn er nach Hause kam. Damit, dass ich schon daheim war und Abendessen gekocht hatte. Ich hatte ihm vorher gesagt, dass ich wegen einem Abteilungsmeeting spät kommen würde, aber es war abgesagt worden und ich hatte mich davor gedrückt, mit den anderen auf einen Drink zu gehen. Auch nach zwei Jahren wurde ich immer noch ganz aufgeregt bei dem Gedanken, dass ich abends nach Hause gehen konnte und dass der Mann, den ich liebte, durch die Tür kommen würde.

Weil ich mich entschieden hatte, zu kochen, musste ich anhalten und ein paar Zutaten kaufen. Ich stand gerade in der Schlange an der Kasse als die Inhaberin, Mrs Rawley, aus dem Lager kam, um sich mit mir zu unterhalten. Es war nett von ihr, dass sie sich so bemühte.

In dem kleinen Ort Winston, wo sich ihr Geschäft befand, waren die Leute geteilter Meinung. Es gab diejenigen, denen es scheißegal war, dass ich schwul war und mit meinem Freund, dem Rancher und Besitzer der Red Diamond Ranch, Rand Holloway, zusammenlebte. Und dann gab es diejenigen, die sich dem lautstark und unerbittlich widersetzten. Und auch, wenn die Leute in der Minderheit waren, die anfingen zu flüstern und leise zu wispern, wenn ich vorbeiging, oder mich hinter meinem Rücken schlechtmachten, waren es doch so viele, dass ich mir genau überlegte, wo ich mein Geld ausgab und meine Geschäfte tätigte.

Aus langer Erfahrung wusste ich, wo ich akzeptiert wurde und wo nicht. Aber hin und wieder überraschten mich die Leute doch noch. Meistens war es so, dass jemand einfach nur nach einer Gelegenheit suchte, um mir die Hand zu geben oder mir zuzulächeln, während ich angenommen hatte, dass derjenige eigentlich nur darauf wartete, einen gemeinen oder abfälligen Kommentar abzugeben.

„Soll Parker Ihnen das zum Auto tragen, Stef?", fragte Mrs Rawley.

„Das hätte ich auch gefragt", sagte Donna genervt. „Mann, Mama, ich bin doch nicht in einer Scheune aufgewachsen."

Ich genoss wie üblich den sarkastischen und genervten Schlagabtausch zwischen Mutter und Tochter. „Das geht schon", sagte ich zu Mrs Rawley. „Seien Sie nett zu Ihrer Tochter."

„Danke", schnappte Donna.

„Respektiere deine Mutter", sagte ich und nahm meine Tüten.

„Genau", sagte diese zu ihrer achtzehnjährigen Tochter. Die Türglocke bimmelte, als ich den Laden verließ.

Ich war gerade auf dem Weg zu meinem schicken, schwarz-roten MINI Cooper, als ich das Polizeiauto bemerkte, das daneben stand. Der Geländewagen hatte mich völlig zugeparkt.

„Ist das euer Ernst?", rief ich den zwei Beamten im Wagen zu und sie schienen meinen irritierten Tonfall zu bemerken.

Beide Männer stiegen aus und lächelten mich an. Owen Walker, einer der Polizisten, hielt einen Becher in der Hand. Schnell umrundete er die Motorhaube des Streifenwagens und ich konnte den Chai riechen, als ich näher kam. Er hielt ihn mir entgegen.

„Komm schon, Stef, du weißt doch, dass wir Bereitschaft haben."

Ich nahm den warmen Becher, während er nach meinen Einkaufstüten griff und hineinschaute.

„Was willst du kochen?"

„Nur ein paar Schweinekoteletts und Salat, Officer."

Er schaute zu mir auf. „Klingt gut. Und nenn mich Owen, okay?"

„Sicher." Ich nickte ihm lächelnd zu.

„Hier ist auch Wein drin."

Ich kicherte. „Zu gutem Essen gehört Wein."

„Das stimmt wohl."

„Wenn es nicht so spät wäre, würde ich dich und deine Familie noch einladen", entgegnete ich lächelnd.

„Vielleicht kannst du das ja ein andermal machen", sagte er und fixierte mich plötzlich.

Ich war nicht sicher, ob er das ernst meinte. Also entschied ich mich, ihn auf die Probe zu stellen. „Wenn du Lust hast, könnten wir vielleicht am Samstag zusammen grillen. Die Kinder könnten die Pferde besuchen."

„Das würde ihnen gefallen. Und meine Frau will unbedingt sehen, wie das in eurem Haus mit den Solarzellen und dem Windrad funktioniert. Sie will, dass ich auch auf Ökostrom umstelle."

„Okay, ich rufe dich an."

„Mach das."

Er nickte und hob fordernd die Hand.

„Was?"

„Jetzt gib mir schon den verdammten Schlüssel, damit ich das hier in den Kofferraum laden kann."

„Ich kann selbst mein ..."

„Gib ihn mir einfach", knurrte er und nahm mir den Schlüssel aus der Hand.

„Das ist ja schon Belästigung."

Er zeigte mir den Mittelfinger.

„Hör auf ihn anzupöbeln", befahl mir sein Kollege James, aka *Jimmy*, McKenna.

Ich drehte mich zu ihm um und er schob seinen Hut etwas hoch. „Stimmt es?"

„Stimmt was?" Ich gähnte. Ich war so froh, dass Freitag war und freute mich darauf, während dem langen Oktoberwochenende einfach nur rumzusitzen und vor mich hinzuvegetieren. Am Montag war Columbus Day und deswegen hatte ich frei. Es war ja nicht so, als würde sich mein Cowboy an irgendwelche offiziellen Feiertage halten, aber wahrscheinlich würde er wenigstens früher Schluss machen, um den Abend mit mir zu verbringen.

„Wird Rand wirklich eine Schule in Hillman bauen?"

Ich rieb mir die Augen, bis sie tränten. Dann drehte ich mich um und fixierte Deputy McKenna. „Wer hat dir das erzählt?"

„Deine Arbeiter auf der Ranch wissen alle Bescheid, Stef, und die meisten von ihnen haben Frau und Kind. Wie lange hast du geglaubt, dass es dauert, bis es die ganze Stadt weiß?"

Ich seufzte und trank einen Schluck von meinem Chai Latte.

„Warum riecht das Zeug so komisch?", fragte Deputy Walker auf einmal und ich wandte meine Aufmerksamkeit wieder ihm zu. Er gab mir meinen Schlüssel zurück.

„Das ist Chai", informierte ich ihn. „Du hast ihn mir doch bestellt. Wie hast du das gemacht, wenn du gar nicht wusstest, was es ist?"

„Ich hab das anders gemacht. Ich bin reingegangen und habe nach dem gefragt, was Stef immer bestellt. Und die Kellnerin, die mit dem wuscheligen Haar, wie heißt sie noch …"

„Das nennt man Dreadlocks, Deputy."

„Owen."

„Das nennt man Dreadlocks, Owen."

„Wie auch immer. Sie hat mir zugelächelt, als ob ich gerade ihren Tag gerettet hätte und hat sich an die Arbeit gemacht. Und zwei Dollar zwanzig später hatte ich einen Becher in der Hand, der nach Zimt und Nelken und noch etwas anderem roch."

„Woher wusstet ihr beiden, dass ich noch hier anhalten und nicht direkt nach Hause fahren würde?"

„Lyle steht draußen an der Straße, direkt hinter dem ‚Willkommen in Winston' Schild. Er hat dich vorbeifahren sehen und beobachtet, wie du in Richtung der Stadt abgebogen bist."

Ich nickte. „Wie geht's Lyle?"

„Gut. Er und Cindy erwarten wieder ein Kind."

Ich hob die Augenbrauen. „Wirklich?"

Er grunzte. „Was weiß denn ich? Das ist Kind Nummer fünf für ihn und meine kleine Schwester. Ich hab ihm gesagt, dass sie zusammen zum Kegeln gehen sollten, damit sie mal eine andere Beschäftigung haben."

Ich konnte ein Kichern nicht unterdrücken.

„Ich habe gedacht, dass meine Mutter an die Decke gehen würde."

„Das kann ich nachvollziehen."

4

„Ich glaube, dass der Sheriff mit dir reden will", warf Jimmy ein. „Deswegen haben wir dich hier abgefangen."

„Richtig", stimmte Owen zu. „Um noch einmal auf den Kaffee zurückzukommen …", begann er und Jimmy verdrehte die Augen. „Ich verstehe wirklich nicht, warum alle Leute so auf dieses neue Café abfahren. Meine Frau würde am liebsten dort einziehen und meine Tochter hält dort jeden Nachmittag auf dem Heimweg von der Schule an. Mittlerweile muss man dort immer in der Schlange warten."

Das neue Café war eine Mischung aus Bäckerei und Bistro und vor ungefähr vier Monaten eröffnet worden. Es lag zwischen der Pension und dem Altenwohnheim und hatte sich als reinster Segen für mich erwiesen. Ich hielt jeden Morgen auf dem Weg aus der Stadt dort an und kaufte einen Chai Latte und einen Blaubeermuffin. Wenn sie mich kommen sahen, bereiteten mir die Angestellten immer gleich mein Getränk zu, denn mittlerweile kannten alle meinen Namen und meine Wünsche. Das gefiel mir.

„Sie wussten, was du immer bestellst, sobald ich deinen Namen erwähnt habe", sagte Owen.

„Es gibt nicht viele Leute in dieser Stadt, die Chai Latte trinken", versicherte ich ihm.

„Das glaube ich auch."

Ich deutete mit meinem Kopf zu dem Geländewagen, der mich eingeparkt hatte. „Wo ist denn der Chief?"

„Der Sheriff holt seine Wahlplakate bei Sue Lynn ab."

„Warum?", fragte ich. „Niemand tritt gegen ihn an. Wieso braucht er Plakate?"

„Ich glaube, dass es ihm gefällt, sein Gesicht so groß gedruckt zu sehen", erwiderte Owen und gestikulierte mit den Händen, um zu zeigen, was für einen Mammutkopf der Sheriff auf den Postern haben würde. „Ich meine, also echt, da sieht man quasi seinen Steuergeldern bei der Arbeit zu, Stef."

Ich lachte und bemerkte, wie entspannt die beiden in meiner Gegenwart waren. „Hör mal, Deputy McKenna …"

„Jimmy", korrigierte er mich wie immer.

„Jimmy", seufzte ich. „Warum interessiert es euch, ob Rand eine Schule bauen will? Inwiefern betrifft euch das?"

„Ich finde es nur komisch, dass er sie in Hillman und nicht in seiner eigenen Stadt bauen will, mehr nicht."

Ich schaute ihn direkt an. „Er wurde aus allen städtischen Ausschüssen rausgeschmissen und die Grenzen seines Landes wurden verlegt. Die Red Diamond gehört nicht länger zu Winston sondern zu Hillman."

„Ja, ich …"

„Rand baut somit in der Stadt, zu der die Red Diamond gehört. Folglich ergibt deine Frage eigentlich keinen Sinn."

Seine Augen verengten sich. „Rand hat in letzter Zeit viel an die Stadt gespendet und einiges verändert. Weißt du da etwas drüber?"

„Das weißt du doch", sagte ich und trank einen weiteren Schluck von meinem Chai Latte.

Jimmy räusperte sich. „Ich habe gehört, dass die neue Schule eine Vertragsschule werden soll, aber ich weiß nicht wirklich, was das ist."

„Es bedeutet, dass sie ihr Kurrikulum selbst auswählen kann und …"

„Ihr was?"

„Ein Kurrikulum ist das, was man in der Schule lernt, du Idiot", schnappte Owen. „Rede weiter, Stef."

Ich konnte mein Lächeln nicht unterdrücken. „Rand will Fächer unterrichten lassen, die in der Grundschule in Winston nicht angeboten werden. Er will, dass die Kinder etwas über Landwirtschaft lernen, das ergibt ja sehr viel Sinn. Und er denkt, dass die englischsprachigen Kinder Spanisch lernen sollten und umgekehrt. Er will, dass sie alle zweisprachig aufwachsen."

„Warum?", fragte Jimmy.

„Weil es sie kulturell und auch wirtschaftlich weiterbringen wird. Das Lernen einer Fremdsprache verbessert das Denkvermögen."

„Tut es das?"

„Ja", versicherte ich ihm. „Und kleine Kinder saugen eine neue Sprache auf wie ein Schwamm. Es ist viel einfacher, Kindern eine neue Sprache beizubringen als Erwachsenen."

„Und nur deswegen baut Rand eine neue Schule in Hillman?"

„Im Moment gehen alle Kinder in die Grundschule in Winston. Aber es gibt keinen Bus, der bis zur Red Diamond fährt. Deswegen gibt es nur Fahrgemeinschaften. Aber wenn Rand die Schule im südlichen Teil von Hillman baut und ein paar Busse kauft, könnten alle Kinder, die auf der Ranch leben, in Hillman zur Schule gehen. Und die, die im Nordteil von Winston leben auch. Ein Bus könnte sie alle jeden Morgen abholen."

„Wenn er diese Schule baut, möchte ich, dass meine Kinder dorthin gehen", sagte Owen.

„Wirklich?", fragte Jimmy, der offensichtlich überrascht war.

„Sicher." Er zuckte mit den Schultern. „Ich denke, dass es eine gute Idee ist, eine Fremdsprache zu lernen."

„Da hast du es", sagte ich und wandte mich wieder Jimmy zu. „Es ergibt Sinn."

„Rand hat wirklich einiges verändert, seit du hergekommen bist, Stef", sagte er.

„Ich denke, dass der Sheriff mit Rand darüber reden möchte. Und auch darüber, ob er vielleicht seinen Sitz im Gemeinderat wieder einnehmen will", sagte Owen leise.

Aber Rand war abgewählt worden. Als er sich vor zwei Jahren geoutet hatte, indem er mich zu sich auf die Ranch ziehen ließ, entzogen die Ortsvorsteher in Winston ihm den Posten, den schon sein Vater vor ihm inne gehabt hatte. Sie nahmen sich nicht einmal die Zeit, es legal aussehen zu lassen. Stattdessen war überall bekannt gemacht worden, dass man ihm den Sitz wegen mir entzog. Weil Rand schwul war. Die Red Diamond war die größte Ranch in Winston und in den umliegenden Gebieten von Croton und Payson, aber das hatte den Bürgermeister und den Rest der Stadtväter nicht davon abgehalten, ein legales Schlupfloch zu finden, um meinen damaligen Freund, der jetzt mein Lebensgefährte war, loszuwerden. Jeder einzelne von ihnen war ein homophobes Arschloch, und dass sie vor drei Monaten die Grenze verschoben und die Red Diamond offiziell nach Hillman verlegt hatten, hatte allem noch die Krone aufgesetzt. Ich war überrascht gewesen, dass Rand sich nicht dagegen wehrte, aber als er mir seine Gründe erklärte, verstand ich es.

An dem Tag, an dem die Grenzverlegung offiziell wurde, war die Bürgermeisterin von Hillman, Marley Davis, zusammen mit ihrem ganzen Stab hinaus zur Ranch gekommen, um Rand und die Red Diamond in ihrer Stadt willkommen zu heißen. Sie war es gewesen, die der Grenzverlegung zugestimmt hatte, sie war glücklich, dass Rand jetzt zu ihrer Gemeinde gehörte und sie wusste, dass es ihm genauso ging. Sie hatte gehofft, dass Rand zur nächsten Stadtverordnetenversammlung kommen würde, denn sie waren alle daran interessiert, seine Ideen zu hören. Sie hatten auch ganz und gar nichts dagegen gehabt, dass ich mitkam.

Ich war erstaunt und Rand hatte gestrahlt, als er mir an jenem Freitag die Neuigkeiten erzählte.

„Alles passiert aus einem guten Grund, Stef", hatte er zu mir gesagt und mich in die Arme genommen. „Ich habe bisher ja nicht so viel von Hillman gehalten, aber auf einmal kann ich an nichts anderes mehr denken. Ich fühle mich, als wären wir auf einmal zu Hause angekommen und ich glaube, dass ich den Leuten hier gerne helfen möchte. Ich habe etwas Geld übrig, was uns nützlich sein wird, wenn du auch mithilfst. Ich meine, du hast schließlich Erfahrung mit Erwerb und Finanzen und so. Kannst du dir das mal anschauen und sehen, was man damit tun könnte?"

Natürlich könnte und würde ich das tun. Hatte ich dann auch gemacht.

Und auch wenn es schwer für Rand war, alle Bindungen zu dem Ort, in dem er aufgewachsen war, zu lösen, war das herzliche Willkommen in Hillman, das zwanzig Meilen weiter östlich lag, doch überwältigend. Hillman hatte bisher nicht von sich behaupten können, dass eine 30000 Morgen große, erfolgreiche Ranch zur Stadt gehörte. Jetzt ging das. Ich hatte zuerst gedacht, dass es ihnen nur um das Geld ging, das Rand mitbrachte, aber es war ihnen mindestens genauso sehr an seiner Person gelegen.

Hillman war Rands neue Heimatstadt geworden und profitierte im Gegenzug von seiner Loyalität und seiner Philanthropie. Er hatte dem Altenheim eine großzügige Spende zukommen lassen, hatte zusammen mit seinem Freund AJ Myers eine große Tankstelle mit einem kleinen Laden gebaut, die bereits für mehr Verkehr in der Stadt sorgte, und außerdem fünf aufgemotzte Computer sowie Scanner und Drucker an die Bücherei gespendet. Er hatte einen Futterladen gebaut und das Dach der Sporthalle der örtlichen High-School reparieren lassen, als er herausgefunden hatte, dass es seit dem letzten Gewitter undicht war. Fürs nächste Jahr waren weitere Verbesserungen geplant und die vorgeschlagene Grundschule stand ganz oben auf der Liste. Rand war sehr gerührt, als man ihn eingeladen hatte, an den Versammlungen der örtlichen Schulbehörde teilzunehmen. Er war jetzt ein wichtiger Bürger von Hillman, man wollte seine Stimme hören, respektierte seine Meinung und verließ sich auf seine Unterstützung.

„Stefan!"

Ich wurde plötzlich aus meinen Gedanken gerissen und sah mich Sheriff Glenn Colter gegenüber. „Oh, Sheriff. Was kann ich für Sie tun?"

„Sie haben letzte Woche die Silver Spring von Adam Weber gekauft."

Ich musste mich schnell auf das Thema konzentrieren, das er anscheinend besprechen wollte.

„Oder etwa nicht?"

„Ich war das nicht", antwortete ich und trank noch einen Schluck Latte. „Sondern Rand."

„Adam hat gesagt, dass Sie die Sache ausgehandelt haben."

„Das war einmal mein Job", sagte ich und beobachtete, wie sich seine Gesichtszüge anspannten. „Auch wenn ich jetzt am Westland Community College unterrichte, ist das eine Fähigkeit, die ich noch immer besitze. Die ganze Erfahrung im Bereich der Akquisition verschwindet nicht so einfach."

„Nun ja, Adam hat gesagt, dass Sie ihm ein sehr faires Angebot gemacht haben und dass er deswegen verkauft hat. Allerdings hatte er nicht vor, das Stück Land in der Nähe des Dalton Anwesens auch zu verkaufen."

„Das hat er mir aber nicht gesagt."

„Nun, er will es wiederhaben."

„Wirklich?", fragte ich mit einer Grimasse. „Sie haben in Vegas mit ihm geredet, oder?"

„Was ich sagen will", sagte er und räusperte sich, „ist, dass er Ihnen das eigentlich noch sagen wollte, bevor er gefahren ist."

„Aha."

„Stefan."

„Sie reden von dem Stück, das an das Land von Coleman grenzt, richtig?"

Er grunzte laut. „Wir wissen doch beide, dass die Leute aus Trinity das Land haben wollen. So wie die Grenzen jetzt liegen, könnte Rand ihnen die Silver Spring verkaufen und auch das Land bis runter an den Highway. Dann könnten sie ihre eigene Straße bauen und müssten nicht durch Winston fahren."

„Ja, ich weiß", sagte ich. „Und mit der neuen Tankstelle in Hillman und einem Resort zwischen der Red Diamond und Hillman … Warum sollte irgendjemand dann noch durch Winston fahren?"

„Rand hat alles Land aufgekauft und jetzt will er uns zu einer Geisterstadt machen."

Ich schüttelte den Kopf. „Die Leute aus Trinity …"

„Dieser Wichser Mitch Powell will ein Ferienresort, einen Golfplatz und Gott weiß was noch bauen. Aber nur wenn er das Land bekommen kann, das östlich von …"

„Rand hat es ihm verkauft", sagte ich, weil es nicht länger ein Geheimnis war und das Resort außerdem eine Menge Jobs für die Leute aus den umliegenden Städten schaffen würde. Mitchell Powell, ein professioneller Golfer, der zum Unternehmer und Multimillionär geworden war, würde *das* Ferienresort weit und breit bauen. Rand hatte quasi ein Monopol mit Land geschaffen, an dem scheinbar niemand sonst interessiert gewesen war. Jetzt hatte er es für so viel Geld verkauft, dass er große Vorhaben verwirklichen konnte. Dank ihm würde Hillman jetzt bekannt werden.

Die Silver Spring, Twin Forks und die Bowman Ranches waren seit Jahren stillgelegt und würden jetzt zu einem riesigen, weitläufigen, hundert Morgen großen Monolith aus Reichtum und Wohlstand werden. Es würde ein sehr schickes, sehr exklusives und sehr teures Resort entstehen, das ausschließlich auf reiche und berühmte Leute ausgerichtet war. Und es war zu weit von der Ranch entfernt, um den Betrieb zu stören oder um das Leben der Menschen, die dort lebten, zu verändern. Auch wenn Winston nicht direkt davon profitieren würde, weil keine städtischen Projekte geplant waren, würden die Einwohner doch indirekt von den hunderten neuen Arbeitsstellen profitieren, die jetzt geschaffen würden.

Wenn man nicht auf einer Ranch arbeitete, gab es in Winston nichts zu tun. Man musste, so wie ich, bis nach Lubbock fahren, um dort sein Geld zu verdienen. Aber jetzt würde es dank Rand Holloway, der Land gekauft und verkauft hatte, und dank Mitchell Powell, der große Pläne hatte, eine Menge neuer Arbeitsplätze geben.

„Rand hat alle drei Ranches an Powell verkauft?"

„Ja, Sir, hat er", sagte ich und ging um ihn herum zur Fahrerseite meines Autos. „Könnten Sie jetzt den Streifenwagen wegfahren? Ich will nach Hause."

Seine Kiefermuskeln spannten sich, während er mir folgte. „Wie konnte er der Stadt, in der er aufgewachsen ist, das antun?"

„Er hat gerade tausende neue Stellen für die Menschen der Stadt, in der er aufgewachsen ist, geschaffen", sagte ich zu ihm. „Es werden neue Gebäude errichtet werden und wenn sie fertig sind, wird es jede Menge Stellen in dem Resort geben, die besetzt werden müssen. Die Stadt wurde gerade gerettet."

„Aber dort, wo das Resort gebaut wird … Hillman wird die Stadt sein, zu der das Resort gehört, nicht Winston."

„Warum ist das wichtig? Den Menschen, in deren Dienst Sie stehen, wird es mit all den neuen Jobs viel besser gehen."

„Und Hillman wird der Ort sein, der zwischen Midland und Lubbock liegt, für den man sich interessieren wird. Winston bleibt so, wie es ist."

„Und was hätten Sie gerne, das Rand dagegen tut?"

„Sie sind doch clever und verstehen genau, was ich Ihnen sagen will."

Ich kniff die Augen zusammen. „Die Papiere sind unterschrieben, Sheriff. Mitchell Powell ist gekommen und gegangen. Er hat Urkunden und Rechte und mehr Rechtsanwälte, als Rand je im Leben gesehen hat. Die Leute, die ihr Land an Rand verkauft haben, taten das aus freien Stücken. Wir wissen doch beide, dass die Silver Spring und die Twin Forks seit Jahren tot sind. Und was Bowman angeht … nun, alles, was Carrie wollte, war zu verkaufen und nach Oregon zu ziehen, um in der Nähe ihres Sohnes zu sein. Es ist heutzutage eine Menge Arbeit, eine erfolgreiche Ranch zu führen und für manche Leute ist es einfacher, wenn sie ausbezahlt werden und verschwinden können. Rand hat eine Verwendung für Land gefunden, das sonst einfach nur brach liegen würde, und deswegen wird seine eigene Ranch jetzt viel größer und profitabler. Sie wird noch mehr Männer und ihre Familien unterhalten können, die dort leben und arbeiten. Ich kann ja verstehen, dass Sie sich um Winston Sorgen machen, aber Rand musste das tun, was am besten für die Red Diamond war. Und in diesem Zuge profitiert auch die Stadt."

„Der Bürgermeister sieht das aber nicht so."

„Ich vermute, dass Rand das scheißegal ist."

Er schaute finster. „Ich fürchte, dass Sie damit recht haben."

Ich lächelte.

Er atmete hörbar aus.

„Es ist nicht Ihre Schuld, wissen Sie? Ich weiß, dass Sie nicht einer derjenigen gewesen sind, die Rand aus dem Stadtrat haben wollten."

Seine Augen richteten sich forschend auf mich.

„Ich weiß, dass Sie nur deswegen Vorbehalte gegen Rand haben, weil er manchmal ein Arschloch sein kann."

„Manchmal?"

Ich kicherte. Mein Lachen wurde lauter, ohne dass ich es verhindern konnte. „Es ist spät, Sheriff. Essen Sie heute Abend nicht zuhause?"

„Nein. Meine Frau ist in Abilene, um ihre Schwester zu besuchen."

„Nun, wollen Sie zu uns kommen und mitessen? Ich habe mehr als genug für drei Personen."

„Nein danke, Stefan, aber ich weiß die Einladung zu schätzen. Ich muss rüber zu den Drakes und mit ihnen über Jeff reden."

Ich musste einen Moment überlegen, weil in Winston eigentlich nie etwas passierte. Deswegen hatten Rand und ich auch so große Schlagzeilen gemacht. „Oh, das Drag-Race." Ich kicherte.

„Das ist nicht lustig. Sie könnten sich damit umbringen."

„Mit Traktoren", sagte ich und versuchte angestrengt, nicht zu herablassend zu klingen. „Ja, ich bin sicher, dass das passieren könnte."

Er hielt mir die Hand hin. „Sagen Sie Bescheid, wenn Sie wieder einmal Lasagne machen."

„Ja, Sir. Das mache ich sicher", versprach ich und nahm seine Hand.

Er lächelte mir zu, bevor ich mich dem Wagen zuwandte.

„Stef."

Ich schaute über meine Schulter zu ihm zurück und öffnete die Fahrertür.

„Rufen Sie auch an, wenn Sie einen Schmorbraten machen."

„Oh, okay", neckte ich ihn. „Ich wusste gar nicht, dass Sie auch Lieblingsgerichte haben."

„Verdammt richtig", sagte er und erstarrte plötzlich. „Sie kochen das heute Abend nicht, oder?"

„Nein, Sir, mache ich nicht."

Er grunzte und stieg in seinen riesigen Wagen.

Es war ja wirklich ganz nett, dass der Mann Lieblingsspeisen hatte. Vor meinem Leben mit Rand waren meine Kochkünste ziemlich rudimentär gewesen, und das war noch nett ausgedrückt. Aber beide Restaurants in Winston waren Steakhäuser und auch wenn sie gut waren, war es doch manchmal nett, eine Auswahl zu haben. Also hatte einer von uns beiden Kochen lernen müssen und ich war derjenige, der mehr Zeit hatte. Rand genoss es richtig, wenn ich mich in der Küche für ihn abrackerte. Warum, das war mir nicht so ganz klar, aber sein Gesichtsausdruck ließ mich jedes Mal beinahe dahinschmelzen, wenn er nach Hause kam und mich in der Küche vorfand. Er hatte wirklich einen Höllenspaß daran, wenn ich den Hausmann spielte.

Ich beobachtete, wie der Sheriff in seinem Geländewagen wegfuhr und hupte. Die beiden Deputys folgten ihm und während ich nach Hause fuhr, hatte ich Gelegenheit darüber nachzudenken, wie sehr sich mein Leben in so kurzer Zeit verändert hatte.

VOR ZWEI Jahren waren Rand Holloway und ich während der viertägigen Hochzeitsfeier seiner Schwester Charlotte von Erzfeinden zu Liebhabern geworden. Die Braut, meine allerbeste Freundin, bat mich, ihre „Ehrenjungfer" zu sein. Eigentlich hatte sie es mir eher befohlen. Und weil ihr Bruder natürlich auch dabei sein musste ... waren wir gezwungen gewesen, die Gegenwart des anderen zu ertragen. Die Katastrophe war quasi vorprogrammiert, denn Rand und ich hatten es bis dahin kaum geschafft, höflich miteinander umzugehen.

Wir waren einander immer spinnefeind gewesen, aber an diesem Wochenende war uns der Grund für diesen Guerillakrieg klar geworden. Rand mochte mich. Das hatte er immer getan und eigentlich war es viel mehr als das. Er war in mich verknallt. Aber der Gedanke, ein Rinderfarmer in Texas zu sein und sich als schwul zu outen, war zunächst für ihn nur schwer vorstellbar gewesen. Doch schließlich hatte er das überwunden und sich die Wahrheit über sich selbst, seine Wünsche und Bedürfnisse, eingestanden. Und er war bereit gewesen, es mir mitzuteilen.

Der Weg zu wahrer Liebe war nicht einfach. Während Rand und ich damit beschäftigt waren, Freunde und Liebhaber zu werden, hatte mein früherer Chef, Knox Bishop, versucht, mich umzubringen und mir Betrug und Unterschlagung anzuhängen. Es war eine sehr interessante Woche gewesen. Sie führte am Ende dazu, dass ich ans andere Ende des Landes zog, um auf einer Rinderranch zu leben. Und obwohl ich den Mann über alles liebte, war der Übergang doch alles andere als einfach.

Rand war ein Cowboy und ich war ein Großstadtjunge, daran gewöhnt, vierundzwanzig Stunden am Tag Zugang zu allem zu haben, was eine Metropole anzubieten hatte. Es war nicht so, dass ich die Ranch oder den Mann, dem sie gehörte, nicht liebte, aber irgendwo musste es doch ein Zwischending geben. Aber am Ende war ich es, für den sich alles veränderte, während Rands Leben so ziemlich gleich blieb. Es konnte nur auf diese Weise alles funktionieren, denn schließlich war die Ranch der einzige unveränderbare Faktor in dieser Gleichung. Und auch wenn mir das völlig klar und logisch erschien, hatte es mich trotzdem wütend gemacht.

Ich hatte meine Frustration so lange an Rand ausgelassen, bis mir irgendwann klar wurde, dass ich selbst derjenige war, auf den ich wütend war. Ich versuchte, mein altes und mein neues Leben gleichzeitig zu leben und das funktionierte für niemanden.

Es war gut, dass ich wenigstens die Gelegenheit gehabt hatte, es zu versuchen, auch wenn es nicht funktioniert hatte. Ich hatte die Möglichkeit gehabt, von Chicago nach Lubbock zu ziehen, weil Abraham Cantwell, der neue Schwiegervater meiner besten Freundin, mich eingestellt hatte. Ich sollte sein Finanzunternehmen umstrukturieren, aber leider hatte sich mein neuer Job wegen der Wirtschaftskrise nur als sehr kurzlebig erwiesen. Mr Cantwell hatte, bis auf zwei, alle Angestellten entlassen und schließlich noch im gleichen Jahr seine Firma aufgeben und in den Ruhestand gehen müssen. Auf der Suche nach einem neuen, gut bezahlten Job hatte ich dann die Wahl gehabt, eine Stelle in einer größeren Stadt als Lubbock zu suchen oder zu bleiben und eine Arbeit mit einem viel niedrigeren Gehalt anzunehmen. Ich konnte pendeln, mir eine Wohnung in Dallas oder Huston suchen und Rand dann am Wochenende besuchen. Oder ich konnte in Lubbock bleiben und jeden Abend zu dem Mann nach Hause kommen, den ich liebte. Es war an der Zeit gewesen, eine Entscheidung über meine Zukunft zu treffen. Da ich vor zwei Jahren bereits ins kalte Wasser gesprungen war, entschied ich mich für meinen Cowboy und für ein Leben auf der Ranch, auch wenn mir der Gedanke, dass ich mich selbst verlieren könnte, Angst machte. Als ich mich entschieden hatte auf meinen Bachelor zurückzugreifen und eine Stelle am örtlichen Community College anzunehmen, um ‚Einführung in die Weltgeschichte‘ zu unterrichten, war Rand außer sich vor Freude.

„Ich verstehe gar nicht, warum dich das so freut", sagte ich zu ihm, als ich im August mein winziges Büro einrichtete, um mich auf das Wintersemester vorzubereiten.

„Du hast dich für uns entschieden, Stef", erwiderte er einfach nur. Sein Lächeln war völlig außer Kontrolle geraten, als er sich in dem Besenschrank-Büro umschaute, das mein neuer Arbeitsplatz geworden war. „Ich glaube nicht, dass du weißt, was du hier eigentlich getan hast."

Aber das wusste ich. Ich hatte ihm vertraut; glaubte an ihn und an das Leben, das wir nun teilten. Ich hatte gelernt, mich an ihn zu lehnen, anstatt alles alleine zu machen. Ich hatte mich zwei Jahre lang nicht entscheiden können und hatte mich nun endlich festgelegt.

„Stef."

Ich schaute über meine Schulter und merkte, wie groß er in diesem kleinen Büro wirkte.

„Weißt du, dass ich gerade einen Dreijahresvertrag mit Grillmaster unterschrieben habe, der mich zum Fleischlieferanten für die ganze Kette macht?"

Sein Tonfall hatte sehr beiläufig geklungen, aber ich wusste, dass es für ihn enorm wichtig war und sein Rechtsanwalt hatte meine Hilfe zu schätzen gewusst. Jetzt war anscheinend alles unterschrieben, beglaubigt und offiziell und ich freute mich riesig für ihn und die Ranch. Ich eilte die fünf Schritte durch den Raum und warf mich in seine Arme.

Ich war überrascht, als er mich auffing, mich auf meinen neuen Schreibtisch setzte und sich zwischen meinen Beinen postierte. Seine Hände lagen auf meinem Gesicht, wühlten sich in mein Haar und er schaute auf mich herunter.

„Das ist das Beste, was der Ranch je passiert ist, Stef."

Es war ein Riesenauftrag und ich wusste, dass Rand und seine Rechtsanwälte - mittlerweile waren es vier - lange daran gearbeitet hatten. „Warum hast du mir das denn nicht gleich erzählt", fragte ich aufgeregt. „Wir müssen ausgehen und feiern …"

„Weißt du, warum ich diesen Auftrag so sehr wollte?", schnitt er mir das Wort ab.

„Ja, weil du so mehr finanzielle …"

„Es war nur wegen dir, Stef", sagte er und strich mir das Haar aus dem Gesicht. Dann fuhr er mit seinen Daumen an meinen Augenbrauen und an meinen Wangenknochen entlang bis hinunter zu meinem Kinn. „Dieser Vertrag gehört dir und du sollst dich darum kümmern und ihn erweitern. Es war schließlich von Anfang an deine Idee. Ich hätte mich nicht einmal um diesen Auftrag beworben, wenn du mich nicht davon überzeugt hättest. Wenn du nicht der Champion an meiner Seite wärst, hätte ich niemals daran gedacht, dass ich so etwas schaffen könnte."

Ich lächelte zu ihm auf, rutschte auf dem Schreibtisch nach vorne, legte meine Hände auf seine Hüften und atmete seinen Duft ein. Seine Kleidung verströmte den Geruch von Sommer, aber der moschusartige Duft von Schweiß war ganz Rand. „Ich bin froh, dass ich die Stimme der Vernunft in deinem Kopf bin", neckte ich ihn.

Sein Daumen strich über meine Unterlippe und als er mich ansah, verengten sich seine Augen zu dunkelblauen Schlitzen. Mein Magen schlug einen Purzelbaum.

Langsam beugte er sich zu mir herunter und als ich seine Finger an meinem Kinn fühlte, lehnte ich den Kopf zurück, denn er forderte - und bekam - einen stürmischen Kuss. Sein Mund legte sich besitzergreifend auf meinen, seine Zunge öffnete meine Lippen und leckte an meiner. Ich stöhnte laut. Seine Hände waren auf meinen Hüften, hoben sie an, wollten, dass sich meine Beine um ihn legten.

„Warum hast du dieses Hemd an?", fragte er mich. Die Worte erklangen gegen meine Kehle; sein heißer, feuchter Atem vibrierte an meiner Haut.

„Was?" Es war eine seltsame Frage.

„Warum hast du *mein* Hemd an?", fragte er erregt.

An seinem tiefen, heiseren Tonfall konnte ich erkennen, dass die Tatsache, dass ich seine Kleidung trug, irgendetwas ganz Animalisches tief in seinem Innersten berührte. Es gefiel ihm sehr. „Weil es noch sauber war und wir unbedingt waschen müssen", sagte ich und presste meine Lenden gegen seinen Bauch.

„Das ist so verdammt heiß."

Eigentlich war es nicht einmal annähernd sexy, dass ich ein altes Trainingsshirt von Rand anhatte. Auf dem Rücken war die Nummer Sieben aufgedruckt, die er getragen hatte, als er noch in der High-School Football spielte. Ich hatte erst bemerkt, dass das Shirt schon etwas eingerissen war, als wir auf halbem Weg zum College waren und daher nicht vorgehabt, noch einmal den ganzen Weg nach Hause zu fahren um mich umzuziehen. Es war kein großes Loch, eher ein kleiner Riss, den man nur dann bemerkte, wenn man ganz genau hinschaute. Und außerdem hatte mir Rand einen Spaziergang zum Fluss versprochen, nachdem wir mein neues Büro besichtigt und zu Mittag gegessen hätten. Er hatte sich einen ganzen Tag freigenommen, um ihn mit mir zu verbringen. Das tat er eigentlich nie. Oder vielmehr konnte er das nicht tun. Da ich den Tag nur mit ihm verbringen würde, hatte ich es nicht für nötig befunden, mich umzuziehen. Jetzt war ich froh, dass ich es nicht getan hatte.

„Weißt du, mit diesem Shirt und diesem Hut hält dich hier niemand für einen Professor. Darauf würde ich wetten."

„Nein, wahrscheinlich nicht", keuchte ich, weil seine Hände sich um meinen Hintern gelegt hatten und fest zudrückten.

„Verdammt", knurrte er und bewegte sich schnell. Er nahm seinen Hut ab, warf ihn wie ein Frisbee auf den Stuhl, beugte sich vor und schob mein Shirt nach oben, damit er meinen nackten Bauch küssen konnte.

„Rand …"

„Manchmal möchte ich dich einfach nur von oben bis unten ablecken."

Oh Gott.

Er presste seine Lippen gegen meinen Bauch und küsste, leckte, saugte und knabberte solange, bis ich mich unter ihm auf der Schreibtischkante wand. Mein Gürtel wurde schnell gelöst, der Druckknopf meiner Jeans aufgemacht und der Reißverschluss unsanft nach unten gezerrt. Ich konnte fühlen, wie seine Hände den Stoff weiteten und unter den Gummizug meiner Unterhose glitten. Dann merkte ich, wie seine Finger die Haut über meinem Schaft liebkosten.

Ich stützte mich auf und er zog meine Hosen nach unten, bis mein Schwanz in der kühlen Luft zuckte. Er war schon hart und tropfte allein bei der Vorstellung, dass er gleich alle Aufmerksamkeit bekommen würde. Ich schauderte, als Rand sich ohne ein Wort zu sagen nach unten beugte und ihn bis zum Anschlag in den Mund nahm.

„Rand." Ich rief seinen Namen, als ich meine Hände in seinem Haar vergrub. Ich liebte das Gefühl seines heißen Mundes und das leidenschaftliche, köstliche Saugen. Liebte das kalte Holz an meinen Arsch und das Wissen, dass es eigentlich tabu war, es im Büro zu tun. Der Gedanke, dass wir die einzigen Menschen in diesem sechsstöckigen Gebäude waren, machte mich an. Der Unterricht begann erst wieder in der ersten Septemberwoche und ich war so unglaublich froh darüber.

Der Mann, der vor zwei Jahren noch ein völliger Novize in Sachen Blowjob gewesen war, war jetzt sehr geübt und hatte ein Gefühl von Macht entwickelt. Er wusste genau, welche Knöpfe er bei mir drücken musste. Er wusste, dass er schnell anfangen musste, nur um dann langsamer zu werden und auch, dass es mir am besten gefiel, wenn er etwas Spucke in meinem Schlitz verteilte und gleichzeitig seine Finger in mich einführte. Und er wusste außerdem, dass ich laut und hart kommen würde, wenn er mich grob anfasste, festhielt und solange fickte, bis ich schrie.

„Lass uns etwas anderes ausprobieren", brummte er und ich wurde nach unten gedrückt. Meine Knie, die noch immer in meiner Jeans gefangen waren, drückten gegen meine Brust, während seine Hände von hinten meine Oberschenkel umfassten und seine Zunge über meinen Eingang fuhr.

„Rand!"

Er drückte seine Zunge in mich hinein und ich musste mich an der Tischkante festklammern, um nicht das Gleichgewicht zu verlieren. Seine Bartstoppeln fühlten sich so gut an meiner sensiblen Haut an. Ich liebte die langsamen, sinnlichen Bewegungen seiner Zunge und das Gefühl seines Mundes an meinem bebenden Loch. Und als er mit einem Finger in mich eindrang, bog sich mein Rücken durch.

Ich hörte, wie er spuckte und fühlte, wie sich ein zweiter Finger zu dem ersten gesellte. Beide waren mit Spucke bedeckt und bewegten sich scherenartig in mir.

„Oh Rand, bitte!"

Er fickte mich mit den Fingern, während seine andere Hand über meine zitternden Bauchmuskeln glitt. „Du bist so wunderschön, Stef", brachte er hervor. Seine Stimme klang rau und tief, als er nach meiner Jeans griff und sie von meinem linken Bein herunterstreifte. Die rechte Seite missachtete er einfach, denn er wollte nur meine Oberschenkel spreizen und mich vor sich entblößen.

„Völlig egal, in welche Position du mich bringst … Es macht dich an."

„Stimmt." Er knurrte beinahe.

„Du willst mich ficken, mich markieren und mich auf die Knie zwingen. Wann und wo immer dir danach ist."

Als Antwort kam nur ein Brummen.

„Also fick mich", bettelte ich ihn an und drückte mich frustriert gegen seine Finger. Ich wollte ausgefüllt werden, musste ihn tiefer in mir fühlen.

„Du bist so eng."

„Fick mich!"

Langsam zog er seine nassen, talentierten Finger aus mir zurück und griff dann nach meinem Arsch. Er spreizte meine Backen bis ich den Druck der geschwollenen, tropfenden Spitze seines Schwanzes an meinem Loch fühlen konnte.

Ich streckte mich ihm entgegen, war für ihn bereit. „Ich brauche dich."

„Wenn wir Gleitgel hätten, würde ich mich so tief und fest in dir vergraben, dass du meinen verdammten Namen schreien würdest. Aber wir machen langsam, damit ich fühlen kann, wie sich dein Körper ganz heiß und eng um mich schließt."

Der Mann hatte seine eigenen, drängenden Bedürfnisse, aber trotzdem stand ich für ihn immer an erster Stelle. Er drückte sich in mich hinein, presste sanft aber beharrlich gegen den Widerstand meiner inneren Muskeln. Sie entspannten sich, als sie sich daran erinnerten, welche Genüsse dieser Eindringling bringen würde, und zuckten vor lauter Vorfreude.

„Oh Scheiße, Stef, du fühlst dich so verdammt gut an."

Er zog sich ein ganz kleines Stück zurück, stieß dann nach vorne und mein Eingang verkrampfte sich um seinen harten, dicken, seidigen Schwanz. Spucke und Spermatropfen vermischten sich, aber seine Bewegungen fühlten sich nicht so geschmeidig an wie sonst. Doch das leichte Brennen war wunderbar und prickelnde Hitze überzog meine Haut.

Ich bog mich nach oben, zwang ihn dazu, in mich hineinzustoßen, um mich stillzuhalten. Und als ich ein Bein anhob und meinen Unterschenkel auf seine Schulter legte, zog er mich an sich und vergrub sich in mir, ließ meinen Arsch seinen enormen Schwanz einhüllen.

„Rand!" Ich schrie seinen Namen.

Seine Eier berührten meinen Arsch, als er anfing, sich in mich zu rammen. Das Geräusch von aneinanderklatschender Haut klang in dem kleinen Raum wie Hammerschläge.

Er fühlte sich zu gut an. Ich war so erfüllt, so gedehnt wie immer, als sein Schwanz über meine Prostata strich. Seine Finger legten sich um meinen schmerzhaft harten, tropfenden Schwanz.

16

Ich stöhnte und wimmerte, legte auch mein anderes Bein auf seine Schulter. Er beugte sich über mich, stieß zu, entzog sich mir. Immer wieder. Der Schreibtisch wackelte unter jedem der kraftvollen Stöße.

„Verdammt, Stef, ich muss es sehen!"

Er zog mich an sich. Dabei veränderte er aber den Winkel nicht, sodass ich für einen Moment wie aufgespießt dalag. Ich schnappte nach Luft, weil er so tief in mir war und dann wurde ich mit dem Gesicht voran gegen den Schreibtisch gedrückt.

„Oh, verdammt, ja", stöhnte er. „Sieh nur, wie mein Schwanz in deinem Arsch verschwindet."

Rand liebte es, zu sehen, wie sein riesiger Schwanz sich in meinem kleinen, runden, engen Arsch versenkte. Und er stand besonders darauf, mit seiner Hand in mein Haar zu greifen, meinen Kopf nach hinten zu ziehen und ihn dort festzuhalten, während er in mich hinein stieß. Er genoss es, die Krümmung meines Rückens zu sehen, zu beobachten, wie mein rosa Loch seinen dicken, geäderten Schaft schluckte. Ich konnte fühlen, wie er vor Lust zitterte.

„Fick mich so, dass ich es auch merke, Rand", sagte ich. „Richtig hart!"

Der erste Stoß raubte mir den Atem.

„Hol dir einen runter, Baby." Seine Stimme brach, wurde tiefer. „Ich kann es nicht. Ich muss mich festhalten."

Ich verstand.

Er umklammerte meine Hüften so fest, dass wahrscheinlich blaue Flecken zurückblieben. Dann zog er an meinem Haar, bis ich mich nicht mehr bewegen konnte, und gab sich dem Orgasmus hin, der ihn durchfuhr, während er mit brutaler, wilder Intensität weiter in mich eindrang.

Ich musste mich nicht berühren. Als der zweite Stoß meine Prostata traf, kam ich auf meinem Schreibtisch und verteilte meine Ladung auf dem billigen, polierten Holz.

„Stefan!"

Er heulte meinen Namen, als er meinen Ausgang mit dicker, heißer Flüssigkeit füllte und mich durch unsere Orgasmen hindurch fickte. Er stieß hart zu, als meine Muskeln sich um ihn verkrampften, ihn drückten und melkten, und den letzten Genuss dieser wilden Nummer in meinem neuen Büro voll auskosteten.

„Eine tolle Einweihung des Schreibtischs, Rand", lachte ich, als er endlich Luft holte und die Arme um mich legte. Er richtete mich auf und drückte seine Brust gegen meinen Rücken. Dabei zog er sich jedoch nicht aus mir zurück.

Er biss mir in die Schulter, und ich erschauerte in seinen Armen. Ich genoss das Gefühl seiner Nähe, auch wenn er voll bekleidet war und sein Schwanz in mir langsam schlaff wurde.

„Ich fühle mich so gut, wenn ich in dir bin, Stef. Und nicht nur, weil es sich so anfühlt, als wäre ich im verdammten Himmel, sondern weil ich dein Herz spüren kann. Du gehörst nur mir, wenn ich in dir bin. Ich weiß das, aber trotzdem will ich dich irgendwie markieren."

Ich grunzte. „Komm nur auf keine dummen Ideen."

Er lachte und ich konnte fühlen, wie sich sein Mund an meinem Hals öffnete. Der Mann stand darauf, seine Markierung auf mir zu hinterlassen. Ich hatte Glück, dass die Schule erst in drei Wochen wieder losging, denn am ersten Tag mit einem Knutschfleck aufzutauchen, würde keinen besonders guten Eindruck machen.

„Danke, dass du geblieben bist", sagte er einige Minuten später und drehte mich plötzlich zu sich herum. Er umarmte mich und presste sich mit dem ganzen Körper an mich.

Als wir nach dem Mittagessen auf die Ranch zurückkamen, ging er mit mir auf einem anderen Weg als sonst hinunter zum Fluss - an irgendwelchen Schienen entlang. Wie immer, wenn wir durch Gras oder Matsch liefen, hatte er mich dazu gebracht, Cowboystiefel anzuziehen. Die waren nämlich nicht nur zur Dekoration da, sondern bewahrten einen auch vor Steinen, Schlangenbissen und einer Reihe anderer versteckter Gefahren. Das hatte ich mittlerweile verstanden. Der Spaziergang dauerte länger, als ich erwartet hatte und weil es so heiß war, entschied ich mich nach einer Weile, barfuß zu laufen.

Das beunruhigte Rand.

„Du holst dir noch Splitter."

Es war lustig, dass ihm ausgerechnet Splitter Sorgen machten und nicht etwa Spinnen, Schlangen, oder auch die Rache Gottes. Es war so lange komisch, bis ich tatsächlich einen Splitter im Fuß hatte.

„Scheiße."

„Ich hab's dir ja gesagt."

Er beugte sich nach unten, holte das Messer heraus, das er immer bei sich trug und kniete sich dann vor mich hin.

Ich wich zurück. „Es ist nur ein Splitter. Du musst nicht gleich meinen Fuß abschneiden."

„Sei kein verdammtes Baby. Ich weiß, was ich tue."

Ich war beeindruckt, dass er die Spitze des Messers so geschickt handhaben konnte. Als er sich herumdrehte und mir seinen Rücken anbot, kletterte ich auf ihn. Ich war nicht mehr Huckepack getragen worden, seit ich fünf war, und irgendwie machte es Spaß. Ich genoss es richtig, meine Lenden an Rands unteren Rücken zu drücken.

„Hör auf", befahl er mir. „Oder ich werfe dich gleich hier auf den Boden. Und ich denke, dass einmal am Tag ohne Gleitgel wirklich genug ist."

Ich hatte zwar etwas Schmerzen, aber nicht genug, um abzulehnen, dass Rand in mich eindrang. „Rand …"

„Warte", unterbrach er mich. „Es ist nur … Ich muss dir etwas sagen."

„Was?"

„Wegen vorhin. Ich wollte dir nur sagen, dass die Sache mit Powell und jetzt der Vertrag mit Grillmaster, nun ja … meiner Ranch, ich meine unserer Ranch, geht's gut. Was ich sagen will … Also, wenn mir morgen irgendwas passieren würde, dann ist gut für dich und meine Mutter und Char gesorgt und …"

„Verdammt noch mal, Rand", bellte ich und zwickte ihn in die Brustwarze, bevor ich mich von seinem Rücken löste und auf den Boden plumpste. „Warum sagst du so etwas?"

„Damit du mir glaubst, wenn ich dir sage, dass du mir verdammt auf die Nerven gegangen bist, als du noch diesen anderen Job hattest." Er knurrte und drehte sich zu mir um. „Ich brauche dich hier, Stef. Du musst dich um unser Heim, um mein Leben und um mich kümmern, damit ich nicht Eins mit dieser gottverdammten Ranch werde."

„Aber du bist die Ranch", erinnerte ich ihn.

„Nein, Stefan", sagte er, umschlang meinen Nacken und zog mich nach vorne, bis ich ihn direkt ansehen musste. „Du bist mein Leben. Wenn du nicht hier bist, bedeutet mir das alles gar nichts."

Sein Blick war beinahe beängstigend. Ich hatte kein Recht dazu, diesem Mann alles zu bedeuten. Denn ich selbst war doch noch so durch den Wind und machte mir Sorgen, wie ich mich mit so einem kleinen Gehalt finanziell über Wasser halten sollte. Von Sparen einmal ganz abgesehen. Ich brauchte ein Sicherheitsnetz, aber Rand wollte mir erzählen, dass das nicht notwendig war. „Ich glaube, dass du nicht weißt, was du hier eigentlich sagst."

„Ich drücke mich doch ganz klar und deutlich aus. Du bist bloß streitlustig."

„Streitlustig?" Ich lachte. „Wer benutzt denn bitte noch dieses Wort?"

„Hör mir zu", begann er und ignorierte meine Belustigung. „Wir haben ein gemeinsames Bankkonto, das du nie benutzt. Wir haben auch ein gemeinsames Sparkonto, das du nicht anfasst. Ich sage dir hier und jetzt, dass ich will, dass du dein Konto in Chicago zumachst und anfängst, unseres zu benutzen. Wenn dir der Job am College am Ende doch nicht gefällt, kannst du dein eigenes Geschäft gründen oder machen, was auch immer du willst. Hauptsache, ich sehe jeden Abend dein Gesicht."

Ich legte meine Hand auf seine Wange. „Dir hat es wirklich nicht gefallen, wenn ich über Nacht in der Stadt bleiben musste, oder?"

Er wandte den Kopf, küsste meine Handfläche und trat dann näher an mich heran. Er ließ seinen Kopf auf meine Schulter sinken, während er mit den Händen unter mein T-Shirt fuhr und meine Haut berührte. Ich zitterte in seinen Armen, denn das Gefühl seiner schwieligen Hände ließ meinen Puls schneller schlagen.

„Rand!" Ich war überrascht, als er sich vorbeugte und mich über seine Schulter warf. Er trug mich zu einem nahestehenden Baum, setzte mich ab, wirbelte mich herum und drückte mich gegen den Stamm.

„Nein, das hat mir kein bisschen gefallen. Du solltest zuhause sein, wenn ich zuhause bin. Ende der Diskussion."

Ich hatte keine Zeit, ihm zu antworten, zu streiten oder ihm zu sagen, dass seine Vorstellungen von einem Lebenspartner veraltet waren, denn er griff nach unten und zog mir das T-Shirt über den Kopf. Ich versuchte, mich umzudrehen, aber er hielt mich fest und küsste, leckte und saugte an der Haut zwischen meinen Schultern. Ich wurde hart, als seine Hände meinen Gürtel bearbeiteten und meinen Schwanz befreiten. Rand berührte sonst nichts und machte keinerlei Anstalten, mich weiter auszuziehen.

„Deine Haut macht mich so verdammt verrückt", gestand er in dem tiefen, heiseren Tonfall, der so sexy war.

Er küsste sich an meinem Rücken nach unten und drehte mich dann in seinen Armen herum. Er kniete sich hin, und begann, die Spitze meines Schwanzes zu lutschen, während sich seine Hände in meiner Hose verkrallten.

„Oh Gott, Rand", wisperte ich heiser und klammerte mich an seinen Schultern fest, während ich gleichzeitig in seinen Mund stieß. Ich schaute zu, wie seine Lippen meinen geschwollenen Schaft umschlossen und mich so tief aufnahmen, dass seine Nase meine Lenden berührte.

Ich zog mich zurück und rammte mich wieder hart in ihn hinein. Ich fickte seinen Mund, fühlte, wie seine Hände meinen Arsch durch den Stoff hindurch umklammerten, genoss seinen heißen, feuchten Mund und seine Zunge, die meinen Schwanz umspielte.

„Rand", stieß ich hervor. „Ich komme."

Er umfasste meinen Arsch fester, nahm mich tiefer und härter in sich auf und ich verlor die Kontrolle in seinem Mund und unter seinen Händen. Er schluckte alles, leckte mich sauber und stand dann auf, um mich heißhungrig zu küssen.

Es machte mich total an, mich selbst in seinem Mund zu schmecken und ich stöhnte laut. Ich saugte an seinen Lippen, biss leicht aber bestimmt zu und ließ ihn wissen, dass er so leicht nicht davonkommen würde.

Er lächelte, vertiefte den Kuss langsam und verschlang meinen Mund.

Mein Stöhnen wurde zu einem Wimmern und als ich völlig außer Atem war und zitterte, schob er mich zurück, machte seine Hose auf und schob sie hinunter zu seinen Knöcheln. Ich wollte mich gerade vor ihn in das kühle Gras im Schatten des Baumes knien, aber dann befahl er mir, die Hose auszuziehen und ihn zu reiten.

Ich lächelte, als ich das kleine Päckchen Butter aus dem Restaurant sah, in dem wir zu Mittag gegessen hatten. „Das ist aber kein Gleitgel", kicherte ich und beobachtete, wie er den Butteraufstrich auf seine Hand spritzte und ihn über seinen Schwanz verteilte. „Das wird eine Schweinerei geben, die sich nicht so leicht abwischen lassen wird."

„Als würde mich das interessieren", sagte er und ich konnte die Hitze und das Bedürfnis in seinem festen Blick erkennen.

Er verschlang mich mit hungrigen Augen, während ich meine Hose auszog und über ihn trat.

„Du wirst hinterher ein Grasmuster auf deinem Arsch haben."

„Mich interessiert nur dein Arsch, Stef", sagte er und seine Stimme klang wie ein Rumpeln tief in seiner Kehle. „Jetzt reite deinen Cowboy."

Ich schüttelte den Kopf. „Das ist so kitschig." Ich lächelte und mein Atem wurde unregelmäßig. Ich kniete mich hin, umfasste erst seine Oberschenkel und nahm dann seinen tropfenden Schwanz in die Hand, um ihn auf eine Höhe mit meinem Loch zu bringen, das auf einmal zitterte.

„Ich komme schon fast, wenn ich dich nur ansehe", krächzte er und ich konnte sein Verlangen und seine Verzweiflung sehen.

„Komm in mir", stieß ich hervor und ließ mich langsam auf ihn sinken, damit er fühlen konnte, wie sich mein Eingang um ihn schloss, wie sich die Muskeln anspannten und dann entspannten, ihn schluckten, bis sie ihn komplett in mich aufgenommen hatten.

Seine Hände umklammerten fest meine Oberschenkel und als ich mich hochhievte, nur um mich dann wieder auf ihn sinken zu lassen, schrie er meinen Namen.

„Sag es mir, Rand."

„Zieh dich nicht zurück. Lass mich dich fühlen."

Rand genoss es, wenn ich mich auf ihn presste, wenn ich oben war. Er liebte es, wie meine inneren Muskeln ihn festhielten, wie ich mich um ihn schlang und zudrückte. Wenn er oben war, stieß er am liebsten tief in mich hinein. Doch diese Position, in der wir uns im Moment befanden, war seine Lieblingsstellung.

„Du gehörst mir."

An diesem Besitzanspruch, den er stellte und dem ich mich gerne unterwarf, konnte es niemals einen Zweifel geben.

Nachdem wir aus dem Fluss geklettert waren, in dem wir nackt gebadet hatten, zogen wir unsere Jeans wieder an und stopften unsere Boxershorts in meine Stiefel - sie mussten eindeutig gewaschen werden. Wir lagen nebeneinander am Ende des kleinen Steges, ließen die Füße ins Wasser baumeln und uns in der späten Augustsonne brutzeln. Ich konnte das faule Summen der Insekten hören, hier und da ein Spritzen, wenn ein Fisch die Oberfläche des Wassers durchbrach und auch das Rascheln der Blätter, wenn der Wind sie erfasste.

„Das ist der beste Tag überhaupt", sagte ich zu Rand und drehte mich zu ihm. Er hatte die Augen geschlossen und seine Arme hinter seinem Kopf verschränkt.

Sein kurzes, welliges, schwarzes Haar lockte sich um seine Ohren und klebte ihm im Nacken. Seine langen Wimpern hoben sich dunkel von seiner gebräunten Haut ab. Der Mann verbrachte sein ganzes Leben draußen in der Sonne und erst ich hatte ihn dazu gebracht, Sonnencreme aufzutragen und nachts sein Gesicht mit Feuchtigkeitscreme einzureiben. Er hielt das für total bescheuert, aber ich wollte nicht, dass er Hautkrebs bekam und mich alleine zurückließ. Und mich zu verlassen, kam nicht in Frage, denn er wollte nicht, dass ein anderer Mann mich bekam. Mittlerweile lag auch in seinem Truck Sonnencreme.

Ich schaute ihn an und konnte nicht anders, als mit der Hand über seine breite, muskulöse Brust zu fahren. Meine Hand glitt an der Furche in der Mitte entlang und hinunter zu seinem harten, flachen Bauch. Rand Holloway hatte keine Fitnessstudiomuskeln wie ich. Ich war in Form und gut proportioniert, und ähnelte den Typen im Abercrombie & Fitch Katalog, die sich dieses Aussehen erarbeitet hatten. Aber Rand benutzte seinen ganzen Körper jeden einzelnen Tag. Er hob, zog und zerrte Dinge, die schwerer waren als er selbst. Er rang Tiere zu Boden, trug Zäune und hantierte mit seinem Hammer. Sein Alltag war von harter physischer Arbeit geprägt und das zeigte sich in jedem harten Zentimeter seiner großen Statur.

„Komm näher", sagte er schleppend und gähnte.

Aber ich war zu sehr darin vertieft, ihn anzustarren.

Das seidige, schwarze Haar fiel über seine strahlenden türkisblauen Augen und die breiten Augenbrauen wölbten sich gefährlich. Der Anblick seiner sündigen Lippen, die jedes Mal, wenn er mich sah, lächelten, fuhr mir wie immer durch Mark und Bein. Der Mann war eine Kombination aus Kraft, Hitze, Sex, starken Muskeln und warmer, seidiger Haut. Ich hatte gesehen, wie Frauen - und auch einige Männer - auf Rand Holloways Gegenwart reagierten und ich konnte ihr unsicheres Verhalten verstehen. Er war stark und sinnlich und wenn er lächelte, fiel einem auf einmal das Atmen schwer. Er lächelte jedoch selten, wenn er nicht in der Gegenwart seiner Familie, seiner Männer oder bei mir war.

Jeder, der Rand Holloway einmal lächeln gesehen hatte, wollte es noch einmal sehen. Die Leute mochten es, wenn seine strahlend blauen Augen blitzten, und sahen gerne, wie sich die Fältchen um diese wunderschönen Augen zusammenzogen. Aber wenn er, wie durch ein Wunder, mit jemandem lachte und sich wohl genug fühlte, um alle Schranken fallenzulassen, einfach er selbst war und jemanden wie seine Familie behandelte, dann war man ein Leben lang gefesselt. Das tiefe, grollende Lachen war etwas, das man nie mehr vergaß und Rand wurde zu einer Droge, die man einfach immer haben musste. Dabei bemerkte er die Reaktionen der Leute auf ihn selbst gar nicht, denn es war ihm egal, ob man ihn mochte oder nicht. Alles, was ihn interessierte, war seine Familie, seine Ranch, die Leute, die auf ihr lebten und hier ihre Heimat hatten, und ich. Es war gar nicht möglich, so einen Mann nicht mit Herz und Seele zu lieben.

„Stef."

Ich hob meinen Blick und seine blauen Augen erfassten mich.

„Hör auf, mich anzustarren."

Ich streckte mich, bettete meinen Kopf auf seinem Oberarm und legte mein Bein über seinen Oberschenkel.

Er grunzte. „Ich weiß, warum du unser gemeinsames laufendes Konto nicht benutzen willst."

Und so waren wir wieder ganz schnell beim Thema unserer vorherigen Diskussion.

Ich sagte nichts, weil ich mich nicht streiten wollte. Ich hatte mein ganzes Leben lang gearbeitet und mich auf niemanden außer auf mich selbst verlassen können. Mein Stiefvater hatte mich rausgeworfen, als ich vierzehn war, und meine Mutter hatte nur dagestanden und zugesehen. Dann hatte sie mir die Tür vor der Nase zugeschlagen. Als ich an die Tür gehämmert hatte, um wieder hineingelassen zu werden, wurde sie wieder aufgerissen und die Prügel hatten begonnen. Und obwohl ich mir sicher war, dass Rand niemals handgreiflich werden würde, gab es doch immer noch die Möglichkeit, dass er irgendwann einmal genug von mir hatte. Oder dass er lernte, mich zu hassen und dass ich aus meinem Heim vertrieben wurde. Ich konnte nicht zulassen, dass mir das noch einmal passierte. Deshalb war mein Geld, das ich selbst verdiente, mein Sicherheitsnetz.

„Hallo?"

„Rand, ich will nicht darüber …"

„Ich werde niemals zu dir sagen, dass du deine Sachen packen und gehen sollst, Stef."

Er kannte mich so gut und wusste um die Ängste, die mich plagten.

„Ich schwöre es."

„Rand …"

„Ich würde das nie tun."

„Es ist nur …"

„Glaub mir. Glaub an mich. Stefan … bitte."

Gott, der Mann wusste, dass ich an ihm zweifelte, an seiner Liebe und ihrer Tiefe und ihrer Dauer. Und er liebte mich trotzdem.

„Ich weiß, dass du mich liebst und ich weiß, dass du hier bleiben möchtest, und ich weiß auch, dass du dir trotzdem noch Sorgen machst."

Scheiße.

„Sieh mich an."

Ich rollte meinen Kopf zur Seite. Wir lagen uns genau gegenüber und waren nur einige Zentimeter voneinander entfernt. Es war eine sehr intime Position; wir waren uns so nahe, dass man nichts voreinander verstecken konnte.

„Wenn du willst, kann ich meinen Namen von dem Konto streichen lassen, dann gehört es nur dir. So kannst du dir auch sicher sein, dass es dir niemals weggenommen werden kann. Ich zahle trotzdem noch Geld ein, werde das Konto aber sonst nicht anrühren. Wäre dir das lieber?"

„Das hieße, mich kaufen zu lassen, Rand, und nein … das wäre kein bisschen besser."

„Verdammt", grummelte er. „Ich habe nicht gemeint, dass …"

„Ich weiß, wie du es gemeint hast", versicherte ich ihm. „Es ist ein sehr großzügiges Angebot."

„Gott, jetzt stellst du es so dar, als wäre es ein schmutziges Geschäft", stöhnte er. Ich setzte mich auf, als er seine Hand von mir nahm und sich stattdessen damit durch sein dickes Haar fuhr.

„Sehr großzügig für einen Typen wie mich." Ich lächelte, schaute zu ihm hinunter und wackelte mit den Augenbrauen.

„Stefan", warnte er mich.

„Für einen Typen von der anderen Seite des Zaunes."

„Das ist nicht lustig."

„Es ist schon ein bisschen lustig", kicherte ich.

„Du verstehst nicht … was ich sagen will", sagte er und mir blieb das Lachen im Hals stecken, als seine Stimme brach. Er setzte sich neben mir auf und überkreuzte die Beine so, dass sein linkes Knie mich berührte. „Lange Zeit sind meine Männer jeden Abend nach Hause zu ihren Frauen und Kindern gegangen. In ihre hell erleuchteten Häuser, die wunderbar nach Essen rochen. Dort haben sie dann darüber geredet, was an diesem Tag Gutes und Schlechtes passiert ist. Aber wenn ich nach Hause gekommen bin, gab es dort nichts dergleichen."

„Rand", begann ich und legte meine Hand auf sein Knie.

„Lass mich ausreden", sagte er sanft und nahm meine Hand. Er ließ seine Finger zwischen meine gleiten und drückte seine Handfläche gegen meine. „Seitdem du hier bist, freue ich mich genauso sehr wie alle anderen darauf, abends nach Hause zu kommen. Ich mache die Haustür auf, die Musik spielt, das Licht ist an und es riecht so wunderbar. Verdammt, Stef, selbst, als ich noch verheiratet war, war es niemals so. Auch wenn du später kommst und ich vor dir da bin, fühlt es sich doch so anders an, wenn du auf einmal durch die Tür kommst. Und ich verstehe es, weißt du? Du bist es, du bist mein Zuhause."

Ich schaute weg, weil ich ein Niemand war. Ich war eine Waise, aber er hatte eine Familie und eine Ranch. Andere Menschen verließen sich auf ihn. Und ich war einfach nur … *Wie kann Rand nur mit mir etwas aufbauen wollen? Wie kann ich nur seine Grundlage für alles sein?*

„Hey."

Ich drehte mich wieder um und holte langsam Luft.

Seine Hand wanderte zu meiner Wange, sein Daumen strich über meine Unterlippe und ich sah, wie Wärme in seinen Augen aufstieg. Sah, wie sie dunkler und weicher wurden, weil er mich anschaute.

„Du weißt gar nicht, was du heute getan hast. Also werde ich es dir erklären."

Ich nickte, weil meine Stimme auf einmal weg war.

„Als du mir gesagt hast, dass du nicht vorhast, dir einen Job in Dallas zu suchen, wusste ich, dass du bei mir bleiben willst und ein Heim haben möchtest."

Ich musste mich darauf konzentrieren, zu atmen.

„Ich meine, vorher, als du immer hin und her gependelt bist, ständig umher gefahren bist, nun ja, vielleicht hast du da versucht, zugleich mit einem Fuß in deinem neuen und in deinem alten Leben zu stehen. Verstehst du?"

Ich verstand, denn das war genau das, was ich getan hatte.

„Ich habe gesehen, dass du mehr Luft brauchtest. Dass du Panik bekommen hast, weil dein Leben sich um dich herum zusammengefügt hat. Je glücklicher du wurdest und je mehr du dich eingefügt und dich wohlgefühlt hast, desto mehr hast du angefangen, dich wie ein Tier in einem Käfig zu fühlen. Du hast jeden angefahren, warst bereit, zu kratzen und zu beißen und auszureißen. Und du hast dich geärgert, weil es so war. Ich habe noch nie einen Mann gesehen, der so sehr dazugehören wollte, aber gleichzeitig so viel Angst davor hatte. Es hat mich ganz fertig gemacht, zu sehen, wie du ständig mit dir selbst gerungen hast."

Ich räusperte mich. „Ich bin also ein Verrückter, der ..."

„Nein, psst. Du hast mir gezeigt, wie es sein kann. Und als du eine Entscheidung treffen musstest, hast du dich für mich, für die Ranch und für dein Leben hier entschieden."

Er verengte die Augen und als er blinzelte, merkte ich, wie sehr sie gerötet waren. Ich hatte keine Ahnung, dass etwas, das ich tat, ihn so sehr berühren konnte.

„Deswegen kann ich kaum die Hände von dir lassen. Deswegen bin ich heute in deinem Büro über dich hergefallen. Weil es *dein* Büro ist. Es ist dein Büro, weil du dich für mich entschieden hast."

Ich verstand ihn endlich. Bis er persönlich die Realität meines neuen Jobs gesehen hatte, hatte Rand nicht wirklich daran geglaubt. Für mich war dieser Besenschrank am Community College der reinste Schrottplatz. Aber für Rand bedeutete es, dass ich hier endlich Wurzeln schlug.

„Du hast mir gesagt, dass du zu mir gehören willst, und heute glaube ich dir das."

Ich schaute weg, weil meine Augen feucht wurden und sich mit heißen Tränen füllten.

„Auch wenn du jetzt am College arbeitest, hätte ich trotzdem gerne, dass du den Grillmaster-Auftrag im Auge behältst, einverstanden?"

Ich nickte.

„Und wenn dir der Job an der Schule nicht gefällt, kannst du ihn einfach komplett übernehmen."

Aber wie sollte das funktionieren?

„Hast du Angst davor, wie es wirkt, wenn du auf einmal auf der Ranch arbeitest?"

Das stimmte teilweise, soviel konnte ich zugeben. „Die Leute werden denken, dass ich mich bei dir nur durchfresse", sagte ich zum Fluss und nicht zu Rand.

„Aber du weißt, dass es nicht so ist."

„Ich kann nicht einfach ..."

„Bald wird keiner mehr danach fragen, warum du auf der Ranch bleibst. Wenn wir erst Kinder haben."

Moment mal. Kinder?

Was? „Was?", fragte ich atemlos und mein Kopf schoss herum, um ihn anzusehen. Gott, wie hatte ich nur verpassen können, dass er sein ganzes Leben mit mir geplant hatte?

„Du wirst zuhause bleiben müssen, um dich um sie zu kümmern."

Auch wenn er früher schon einmal Kinder erwähnt hatte, hatte ich selbst doch immer nur das Wort Kind gehört. Aber diesmal verstand ich es richtig. Kinder. Im Plural. Nicht nur eins. *Mehrere.*

Wann hatte er entschieden, dass er Kinder mit mir wollte? „Ich habe überhaupt keine Ahnung, wovon du da gerade redest. Du …"

„Ich wollte, dass du schon einmal übst, dich um mich zu kümmern, damit du bereit dafür bist, dich um deine Kinder zu kümmern. Und ich hatte solche Angst, dass du das nicht tun würdest. Ich habe geglaubt, dass du eher bereit wärst, mich zu verlassen. Aber dann hast du diesen Job angenommen, damit du bei mir bleiben und für mich kochen kannst und …"

„Ich bin doch nicht deine Ehefrau!", schrie ich ihn an. „Und ich habe nicht vor, die Rolle von …"

„Das weiß ich. Aber du musst bereit dafür sein, dich um deine Kinder zu kümmern!"

Meine Kinder?

„Du wirst derjenige sein, der sie jeden Tag von der Schule abholt. Du wirst derjenige sein, der ihnen bei den Hausaufgaben hilft, ihnen Abendessen macht und aufpasst, dass sie das Geschirr spülen. Ich werde mit ihnen spielen, mit ihnen zusammen fernsehen und mich beim Essen mit ihnen unterhalten. Ich werde ihr Vater sein und du …"

„Oh Gott." Ich konnte nicht atmen.

„Ich habe Charlotte gefragt, ob sie uns helfen könnte, eine Familie zu gründen. Und sie hat gesagt, dass sie es macht, weil sie sowieso schon immer Kinder mit dir haben wollte."

Um Gottes willen. Der Mann hatte vor, aus mir ein Norman Rockwell Gemälde zu machen. „Rand …"

„Nein! Ich werde das nicht mit dir diskutieren. Die Zeit dafür ist vorbei. Als du mich gefragt hast, ob ich dich will, habe ich Ja gesagt und in diesem Moment habe ich angefangen, unser Leben zusammen zu planen. Als du deinen Job verloren hast, hast du ausschließlich in Lubbock nach einem neuen gesucht, damit du jeden Abend zu mir nach Hause kommen kannst. Das hat mir alles gesagt, was ich wissen musste, Stef."

Es wäre einfach, wegzulaufen. Aber zu bleiben, war eine Herausforderung.

„Ich habe nicht vor, dir irgendetwas wegzunehmen. Und am allerwenigsten deine Freiheit."

„Ich weiß", sagte ich, als er mich an sich zog. Am Ende lag ich zwischen seinen Beinen, mit dem Rücken an seine Brust geschmiegt und seine Arme waren um meine Schultern geschlungen.

„Ich mache dich verrückt, was?"

„Du machst mich verdammt verrückt."

26

„Es tut mir leid." Ich kicherte, weil das kein bisschen stimmte. Er musste sich mit mir und mit allen meinen Ecken und Kanten auseinandersetzen.

„Tut es nicht."

„Rand ..."

„Ich liebe dich."

Ich drehte mich und schaute ihn über meine Schulter hinweg an.

„Verlass mich niemals. Das verkrafte ich nicht, okay?"

„Okay."

„Okay." Er atmete hörbar aus, so, als hätte er die Luft angehalten. „Verdammt, du bist wirklich das reinste Ärgernis."

Darüber ließ sich nicht streiten.

2

ALS ICH in die Auffahrt zu unserem Haus einbog, sah ich dort zwei mir unbekannte Autos stehen und während ich meine Einkäufe nahm und zur Veranda ging, fragte ich mich, wer wohl gekommen war. Gerade, als ich die Hand nach dem Griff der Fliegengittertür ausstreckte, öffnete sich unsere Haustür und ich sah einen Mann in meinem Haus stehen, den ich noch nie in meinem Leben gesehen hatte. Er redete über die Schulter hinweg mit jemandem und bemerkte mich deswegen nicht sofort.

„Hör schon auf, Gin", lachte er und schüttelte den Kopf. „Es ist mir völlig egal, was die anderen sagen. Es ist völliger Unsinn, dass Rand Holloway schwul ist. Der Mann hat mit mehr Frauen …"

„Glenn!"

Er lachte Gin zu, wer auch immer das war. Er drückte das Fliegengitter auf und ich musste unweigerlich zurückweichen.

„Entschuldigen Sie."

Sein Kopf drehte sich zu mir und seine strahlend blauen Augen weiteten sich. „Oh Scheiße, Mann, das tut mir leid. Ich habe nicht gesehen, dass … Entschuldigung." Er zuckte entschuldigend die Schultern und schloss die Tür wieder, damit sie mich nicht traf.

Ich trat zur Seite, sodass er die Tür aufmachen konnte und setzte ein Lächeln auf.

„Versuchen wir das doch noch einmal, oder?"

Sobald ich mich gegen die Tür gestützt hatte, trat er zurück und streckte mir die Hand hin.

„Ich bin Glenn Holloway, Rands Cousin. Ich schätze mal, dass er vergessen hat, Ihnen zu sagen, dass wir kommen würden."

Ich räusperte mich. „Wem hat er denn sonst noch vergessen, es zu sagen?", fragte ich.

„Ihnen und allen anderen Arbeitern hier auf der Ranch." Er lächelte verlegen und fuhr sich mit den Fingern durch das seidig schwarze Haar, das dem von Rand ähnelte. Sein Haar war kürzer als Rands, aber genauso dick. „Wir fahren übermorgen alle zur Ranch meines Bruders Zach, aber bis dahin bleiben wir hier."

Aha.

„Sind Sie der Koch?"

Der Koch?

„Haben Sie ein Zimmer hier oder im Blockhaus?"

„Leider bin ich nicht der Koch." Ich zwang mich zu einem Lächeln. „Entschuldigen Sie, kann ich …"

28

„Oh, ja, Entschuldigung. Wo sind nur meine Manieren abgeblieben?"

Ich hatte da so eine Vermutung.

Als ich den großen Raum betrat, sah ich einen weiteren Mann und zwei Frauen. Der Fernseher lief und es schien, als hätten sie es sich hier mit Chips, Salsa und Margaritas gemütlich gemacht. Auf dem Couchtisch stand eine Karaffe und daneben eine Schüssel mit Salz und Limettenstückchen.

„Hallo." Eine der Frauen lächelte mir breit zu und stand auf, als ich durchs Zimmer auf sie zukam. „Ich bin Ginger Holloway, die Cousine von diesem Typ", sagte sie und deutete mit dem Kopf in die Richtung, in der Glenn stand. „Und das hier ist mein Bruder Brent und seine Freundin Emily."

„Ich bin Stefan", sagte ich und hielt ihr die Hand hin.

„Schön, dich kennenzulernen", sagte sie, als sie meine Hand schüttelte.

Ich drehte mich zu Brent, der aufstand und sich die Hand an der Hose abwischte, bevor er sie mir hinhielt. Nachdem wir uns begrüßt hatten, war Emily an der Reihe.

„Also, Stefan", sagte Ginger und ich richtete meine Aufmerksamkeit wieder auf sie. „Wie lange arbeitest du schon auf der Ranch?"

Eine Frau, die aus der Küche kam, bewahrte mich davor, die Frage zu beantworten.

„Gin, da drin gibt es nichts außer Wein, Bier und Kaffee. Rand muss …" Sie sah mich. „Oh, hallo. Haben Sie Essen mitgebracht?"

„Ich hatte geplant, nur für zwei Personen zu kochen", sagte ich zu der Fremden.

Ihr Lächeln war genauso groß wie ihre babyblauen Augen und mit ihrem Pagenkopf sah sie aus wie ein Kobold. Sie eilte durchs Zimmer und hielt mir die Hand hin. „Hi, ich bin die Testperson. Lisa Whitten. Schön, dich kennenzulernen."

„Stefan", sagte ich und schüttelte ihre Hand. „Testperson?"

Ihr Lachen war nett und melodisch. „Ja. Ich dachte, ich wäre zu einem netten, entspannten Wochenende auf einer Ranch eingeladen worden, um herauszufinden, ob dein Chef tatsächlich schwul ist." Sie stemmte die Hände in die Hüften und posierte für mich. „Es sieht so aus, als würden meinen weiblichen Fähigkeiten auf die Probe gestellt."

Der ganze Raum brach in Gelächter aus.

Ich nickte.

Sie war süß, das konnte man nicht anders sagen. Sie war gebräunt, hatte lange Beine und alle ihre Rundungen waren perfekt. Sie hatte feine, elfenhafte Gesichtszüge und war die Art von Frau, nach der Männer sich umdrehten und sabberten. Eine Barbie mit Kurzhaarschnitt.

„Ich muss aber gestehen …" Sie lächelte schelmisch, lehnte sich zu mir und senkte die Stimme. „Nachdem ich den Mann gesehen habe, bin ich wirklich nicht mehr ärgerlich, dass sie mich hereingelegt haben, damit ich das hier mache."

„Weil mein Cousin heiß ist!", rief Ginger von ihrem Platz auf dem Sofa.

„Leute?"

Noch eine Frau kam aus der Küche.

„Wisst ihr, ob Rand hier WLAN hat? Ich muss meine E-Mails checken."

„Nein", antwortete ich. „Nur ein Modem."

Die Frau schaute zu mir auf und lächelte. „Kann ich hier im Haus irgendwo hingehen?"

„Sein Büro ist oben, die dritte Tür."

„Denkst du, dass es in Ordnung wäre, wenn ich kurz meinen Laptop anschließe?"

„Sicher. Zieh einfach seinen Computer raus und steck deinen dran. Solange du alles so hinterlässt, wie du es vorgefunden hast, wird ihn das nicht stören."

„Danke", sprudelte sie hervor und hielt mir die Hand hin. „Kim Palmer. Schön, dich kennenzulernen."

„Stefan Joss", sagte ich und ergriff die angebotene Hand.

„Du rettest mir gerade das Leben, Stefan", seufzte sie. „Ginny und ich betreiben einen Catering-Service in Austin und anscheinend ist heute einiges schief gelaufen, um das ich mich jetzt kümmern muss."

„Ich komme mit dir." Ginger seufzte und stand vom Sofa auf. Das Margarita-Glas nahm sie mit. „Aber ich hoffe wirklich, dass Rand bald kommt, denn der ganze Tequila auf leeren Magen wird mich sonst ein bisschen betrunken machen."

„Wird?", rief Brent ihr zu.

„Halt die Klappe." Sie kicherte und folgte Kim nach oben, während ich mich auf den Weg in die Küche machte.

Ich stellte meine Einkäufe auf der Arbeitsfläche ab und konnte mich nicht entscheiden, ob ich nun froh darüber sein sollte, dass ich zu Hause war oder ob ich mir lieber wünschen sollte, dass seine Cousins nicht hier wären.

Es klopfte an der Hintertür und als ich sie öffnete, sah ich mich Everett Hartline, einem von Rands Männern, gegenüber.

„Hey." Ich lächelte ihm zu und trat zur Seite, um ihm Platz zu machen. „Willst du reinkommen?"

„Nein, ich soll eigentlich nur die Hunde ins Haus lassen und dafür sorgen, dass sie dort bleiben und Rands Verwandtschaft nicht verängstigen."

Ich zog die Augenbrauen hoch. „Du gehst sicher, dass das Rudel seine Cousins nicht einschüchtert?"

Er grinste. „Weißt du, bevor ich auf diese Ranch gekommen bin, habe ich immer nur mit Border Collies oder Schäferhunden zu tun gehabt. Oder mit australischen Cattle Dogs. Rand Holloway ist der einzige Mann, den ich kenne, der Rhodesian Ridgebacks auf einer Ranch hält."

Rands Höllenhunde waren wunderschön, aber sie waren riesig und wogen alle zwischen fünfundsiebzig und achtzig Pfund. Deswegen ergab diese Maßnahme also Sinn. Die Hunde waren nicht aggressiv oder bösartig, ließen Fremde in der Regel in Ruhe und fielen niemanden an. Aber dennoch befanden sich diese Leute in ihrem Revier und deswegen würden sie Rand, das Haus und mich in Schutz nehmen wollen.

Ich liebte sie alle, was mich zunächst verwundert hatte. Ich war eigentlich nicht der Typ, der Tiere mochte, aber seit ich auf der Ranch lebte, hatten die Kälbchen, Hunde und Pferde mein Herz erobert. Ich war gänzlich zufrieden, wenn ich an einem kalten Wintertag vor dem Kamin saß und Fernsehen schaute, während ich von Bergen warmem Fell eingehüllt wurde. Einer der Höllenhunde, Bella, betrachtete mich als ihren Besitz. Sie gehörte eigentlich mehr mir als Rand und der hatte schon mehrmals gesagt, dass er sobald wie möglich seinen Lieblingszüchter in Biloxi besuchen würde. Er wollte noch einen weiteren Welpen auf der Farm großziehen, denn Bella nutzte ihm anscheinend als Arbeitshund nicht mehr viel, seit sie sich entschieden hatte, mein Haustier zu sein. Angeblich lenkte ich sie mehr ab als alle anderen Hunde zusammen und sie saß lieber vor meinen Füßen anstatt Rinder zu hüten.

„Stef?"

„Entschuldige." Ich grinste ihn an. „Ich glaube, ich bin müde. Wo sind die Hunde jetzt?"

Im gleichen Moment hörte ich einen Schrei im Wohnzimmer.

„Ich würde sagen, dass sie auf der Veranda waren", grummelte er und drehte sich um. „Aber du bist ja jetzt hier und kannst dich um sie kümmern."

„Willst du bleiben und etwas mitessen?"

„Nein." Er gähnte und schaute zu mir zurück. „Jace, Pierce, Chris und ich wollen ins Rooster und uns flachlegen lassen."

„Viel Spaß", rief ich ihm nach. Das Rooster war die reinste Spelunke, in der ich genau einmal gewesen war. Und das hatte auch gereicht, denn auf dem Fußboden lagen Sägespäne und die Musik glich nichts, was ich jemals gehört hatte. Ich hatte schnell beschlossen, nie mehr dorthin zu gehen. „Und viel Glück. Ich hoffe du kommst zum Schuss."

„Bei meinem Aussehen brauche ich kein Glück, Junge."

Ich verdrehte die Augen, schloss die Tür und ging wieder ins Wohnzimmer. Das Knurren, das von der Veranda kam, klang wie in einem schlechten Horrorfilm.

„Um Gottes willen", stöhnte Lisa, die ganz verängstigt aussah. Glenn schaute aus dem Fenster.

Brent und Emily lächelten mich breit an.

„Verdammt, Rand, wer hält sich denn so Riesenhunde zum Rinderhüten?"

„Was ist das?", fragte Ginger, die ein Stück die Treppe heruntergekommen war.

„Nur die Hunde", sagte ich und schob mich an Glenn vorbei, um die Tür zu öffnen.

Alle schrien auf.

Im gleichen Moment, als ich die Tür öffnete, hörte das Bellen auf.

„Also wirklich", sagte ich zu den Hunden. „Der Lärm ist wirklich zu viel."

Sechs Gesichter schauten mich erwartungsvoll an.

„Stefan, sie kommen aber nicht ins Haus, oder?", fragte Lisa vorsichtig.

„Doch. Rand mag es nicht, wenn sie nachts auf der Ranch umherlaufen, außer, wenn er bei ihnen ist. Man kann die Hunde im Dunkeln schlecht sehen und er hat Angst, dass sie von einem Auto in der Einfahrt angefahren werden könnten."

Ich trat zur Seite und alle kamen herein und drängten sich um mich. Fünf fellige Schwänze wedelten und fünf feuchte Nasen berührten meine Hände. Der sechste Hund, Bella, tanzte um mich herum, winselte und jaulte, und verrenkte ihren Körper bei dem Versuch, ihren Kopf unter meine Handflächen zu bekommen.

„Kommt schon." Ich gähnte und wandte mich der Küche zu.

Ich hörte ihre Pfoten auf dem Holzfußboden und das Rasseln ihrer Halsbänder, als sie mir nachliefen. Ich hielt ihnen die Tür auf und schloss sie dann hinter mir.

„Du bist echt aufmerksamkeitssüchtig", sagte ich zu meinem Bella-Baby und hockte mich hin, um sie zu tätscheln. Sofort war ich voller Hund. Ihre Nase stieß mir in die Augen, während die anderen mein Gesicht, meine Nase und meinen Hals ableckten und in Kreisen um mich herum tänzelten. „Das ist so eklig", lachte ich ihnen zu.

Ich streichelte jeden einzelnen, kraulte ihre Ohren, streichelte über ihre Rücken und drückte schließlich jeden einzelnen. Als ich endlich aufstand, ging ich in die Speisekammer um ihre Wasser- und Fressnäpfe zu holen. Während ich herumhantierte, redete ich mit ihnen. Sie saßen alle mit wedelnden Schwänzen da und beobachteten mich. Rand hatte ursprünglich nur vier Hunde gehabt, aber mit der Ranch war auch sein Rudel gewachsen. Jetzt hatte er sechs und bald würden es sieben sein, wenn er den neuen Welpen abholte.

Als sich die Tür öffnete, bewegten sich die Hunde schnell und formten einen Schutzwall um mich herum. Ich fand das lustig, aber Glenn und Ginger schienen nicht besonders amüsiert.

Beau war ganz klar der Anführer. Er war der größte von allen und war schon am längsten bei Rand, seit fünf Jahren, um genau zu sein. Mit aufgestellten Nackenhaaren, gefletschten Zähnen und zurückgelegten Ohren sah er ziemlich furchteinflößend aus. Er knurrte. Wenn wir draußen gewesen wären, hätte er sie ignoriert, aber er war eingesperrt und außer ihm stand nichts zwischen mir und den Fremden. Er schaltete ganz schnell in den Verteidigungsmodus um.

„Hör auf", sagte ich zu ihm und berührte seinen Kopf. Ich ließ ihm keine Wahl und er musste aufhören und zu mir hochschauen. „Es ist schon okay, Schatz."

Er antwortete mir mit einer Mischung aus Heulen und Bellen und zeigte mir so, dass ich ihn davon abhielt, seine Pflicht zu tun. Dann setzte er sich mit einem Schnaufen hin und ein Ausdruck von Widerwillen lag auf seinem Gesicht.

„Also, was genau machst du denn auf der Ranch, Stefan?", fragte Ginger blinzelnd.

Ich hatte keine Zeit zu antworten, denn Lisa rief aus dem anderen Zimmer, dass Rand zurückgekommen war.

Die Hunde spielten völlig verrückt, weil Rand wieder zu Hause war und alle außer Bella rannten aus der Küche um ihn zu begrüßen.

Es war lustig. Ginger schrie, Glenn ließ seine Cousine alleine stehen, um der Hundemeute aus dem Weg zu gehen und dann schrie Kim im Wohnzimmer. Ich füllte die restlichen Portionen Nass- und Trockenfutter in die einzelnen Fressnäpfe, goss dann Wasser in die anderen Schüsseln und wusch mir die Hände. Ich brauchte dringend eine Dusche, aber ich wollte zuerst Rand sehen.

„Mein Gott, warum zum Teufel musste er erst einkaufen gehen?", meckerte Glenn, öffnete die Fliegengittertür und fröstelte in der kalten Luft. „Das hat furchtbar lange gedauert. In der Zeit hätten wir selbst nach Lubbock und zurück fahren können."

Ich hörte Stiefel auf der Treppe und dann wurde ein Sack Holzkohle hart gegen Glenns Brust gedrückt. „Wenn ihr mich wenigstens vorgewarnt hättet, wäre ich auch besser vorbereitet gewesen, du Arschloch. Aber so … Beau, runter von mir und ab ins Haus, du dummer … Moment, hier fehlt doch ein Hund. Wo ist Bella?"

„Einer steht neben Stefan."

„Es war völlig bescheuert, dass ihr nicht vorher angerufen habt, Glenn", grummelte Rand, der ihm überhaupt nicht zuhörte und stattdessen das Zimmer betrat. Die Hunde verteilten sich um ihn. „Wenn Stef nach Hause kommt, werdet ihr … Huch …."

„Hey", rief ich ihm leise zu.

„Stef." Er sagte meinen Namen so, als hätte man ihm gerade in den Bauch geboxt. Er stand wie festgewachsen da und starrte mich an.

„Überraschung." Ich lächelte ihm zu.

Bella bellte zur Begrüßung, wich aber nicht von meiner Seite.

„Meine Güte", grummelte er. Er ging zur Couch, warf seine Einkäufe darauf und joggte dann durchs Zimmer zu mir.

„Wo wollen Sie denn hin, Mr Holloway?" Ich hob die Augenbrauen.

„Halt die Klappe", sagte er und ergriff meinen Arm. Seine Finger gruben sich in meinen Bizeps und er zerrte mich hinter sich her in die Küche.

Ich dachte nicht nach, konnte nicht denken und als er mich herumzog und gegen den Kühlschrank warf, drängte ich mich so nah wie möglich an ihn. Meine Arme schlangen sich um seinen Hals, zogen ihn zu mir herunter und meine Lippen öffneten sich, sobald sie die seinen berührten. Ich konnte fühlen, wie er schauderte, als sich unsere Zungen berührten, und mein Körper presste sich gierig an ihn. Ich liebte es ihn zu küssen, und hätte ihn am liebsten stundenlang geschmeckt und an seinem Mund geschlemmt.

Seine Hände waren an meinem Gesicht, hielten mich ruhig, gingen sicher, dass ich mich nicht bewegen oder mich losmachen konnte. Er untersuchte meine Zähne und meine Mandeln und alles andere ganz genau. Ich musste ihn irgendwann wegdrücken, um zu atmen, sonst wäre mein Kopf noch explodiert. Er legte seine Stirn gegen meine. Wir keuchten beide und schnappten nach Luft.

„Was machst du denn hier?"

„Ich wohne hier." Ich gab ihm dieselbe Antwort wie immer.

„Du hast gesagt, dass du später kommst."

„Aber ich musste herkommen und verhindern, dass du dich in Lisa verliebst", neckte ich ihn.

„Stef ..."

„Es scheint so, als wäre ich gerade noch rechtzeitig gekommen."

„Ich erwürge dich gleich."

„Warte nur, bis ich wieder zu Atem gekommen bin."

Er hob den Kopf, schob meinen nach hinten und presste seinen Mund wieder auf meinen. Der Kuss war wieder gierig und grob. Ich wimmerte und rieb die härter werdende Wölbung in meiner Anzughose gegen seinen Oberschenkel. Da brach er den Kuss ab, löste seine Hüften von meinen und senkte den Kopf, um den ersten von vielen heißen, feuchten Küssen an meinem Hals zu platzieren.

„Ich bin froh ...", sagte er rau und saugte an meinem Kinn, „... dass du zuhause bist."

„Wo fährst du hin?", fragte ich ihn. Meine Konzentrationsfähigkeit verflüchtigte sich äußerst schnell und mein Körper begann, sich aufzuheizen. Seine Küsse hatten einen berauschenden Effekt.

„Mein Cousin Zach ...", grummelte er und seine Stimme wurde tiefer, als er an meinem Kinn knabberte, „... hat einen Notfall. Alle drei Monate macht er seine Ranch für eine Woche zu einer Touristenranch und ..."

„Was ist eine Touristenranch?", fragte ich und öffnete meine Beine, als er sich gegen meine Lenden presste.

Anstelle zu antworten küsste er mich, saugte meine Unterlippe in seinen Mund und biss sanft hinein. Dann wich er zurück und schaute zu mir hinunter.

„Rand?"

„Weißt du, was mich anmacht?"

Ich lächelte zu ihm hinauf.

„Das hier", sagte er und fuhr mit einem Finger an der Furche unter meiner Nase entlang. „Ich weiß auch nicht warum, aber ich sehe es und will dich küssen."

Ich lachte, weil er so hinreißend war.

„Und wenn dein Haar in alle Richtungen absteht, nachdem wir im Bett waren, das ist auch total heiß."

Aber was wirklich heiß war, war, wie dieser Mann mich anschaute. So, als wäre ich das faszinierendste Geschöpf auf diesem Planeten. Er ließ meinen Magen Purzelbäume schlagen. „Was ist eine Touristenranch?"

„Die Leute machen dort Urlaub", antwortete er und küsste wieder die Seite meines Halses. Er leckte, liebkoste und schmeckte meine Haut.

„Wirklich?"

Ein tiefes Grollen erklang aus seiner Brust, dann schlossen seine Lippen sich wieder über meine. Meine Hände bewegten sich über seine Brust, fühlten die harten und gewölbten Muskeln, als er seinen Griff um mich verstärkte.

Es dauerte zu lange. Ich konnte nicht atmen und musste mich zurückziehen, um nach Luft zu schnappen. Sofort biss er in meine geschwollene Unterlippe, nippte daran und saugte sie wieder in seinen heißen Mund.

Mein Stöhnen war tief und erfüllt von schmerzhaftem, pochendem Verlangen. Ich schaute zu ihm auf, als er mit einem Ächzen antwortete.

„Wenn du weiter diese Geräusche machst, Stef, werde ich dich gleich hier auf den Tisch werfen. Egal, ob wir Gäste haben oder nicht."

Ich hustete in dem Versuch, meinen überstimulierten Körper unter Kontrolle zu bringen. „Also du fährst zu Zachs Ranch und machst dann was genau?"

Seine Hände verschwanden von meinem Gesicht, aber er bewegte sich nicht von mir weg. Stattdessen legte er seine starken Arme um mich. Die Hand, die auf meinem unteren Rücken ruhte, drückte mich näher an ihn. „Ich setze Leute auf Pferde und hole sie wieder runter, zeige ihnen, wie man ein Lasso wirft, wie man reitet, reite mit ihnen aus und lauter so einen Unsinn."

„Aber warum? Ich meine, wieso musst du das machen?"

„Weil Zach immer seine Familie darum bittet, ihm zu helfen. Denn wenn er seine eigenen Männer dafür bezahlt, macht er keinen Gewinn."

„Deine Männer würden das umsonst machen."

Er nickte. „Stimmt, aber ich würde sie nie darum bitten."

„Wie kommt es, dass du bis jetzt davon nichts wusstest?"

„Er fragt mich normalerweise nicht. Aber ich glaube, dass er diesmal eine größere Gruppe als sonst hat und weil er das Geld braucht, wollte er den Leuten nicht absagen."

„Also wirst du eingespannt?"

„Ich werde eingespannt", stimmte er zu.

„Er hat dich doch noch nie angerufen."

„Nein, eigentlich würde er das auch nicht tun. Aber er steht im Moment mit dem Rücken zur Wand und hat keine andere Wahl."

„Also lässt du mich alleine?", neckte ich ihn.

„Ja, Sir." Er grinste teuflisch. „Für ganze fünf Tage."

„Das könnte mich umbringen."

„Mich auch." Mein Magen verkrampfte sich tief in meinem Inneren, als ich den rauen, hungrigen Klang seiner Stimme hörte. Dann lehnte er sich vor und küsste mich wieder.

Ich reckte mich, um ihm entgegenzukommen und der Kuss wurde sofort zu einem bedürftigen, wimmernden Kurzschluss. Kleidung war auf einmal im Weg und Hände waren überall. Irgendwann würde die Chemie zwischen uns nicht mehr grob und explosiv, sondern weniger leidenschaftlich sein. Aber bis jetzt war das zum Glück noch nicht der Fall.

„Hey, Rand", rief Glenn, als er ins Zimmer platzte. „Was zum Teufel … oh."

Als Rands Cousin die Tür öffnete, sah er, wie mein Freund mit seinem Mund meinen bedeckte, mit einer Hand meinen Arsch umfasste und mit der anderen in meinem Haar herumfuhr. Dabei waren meine Arme um seinen Nacken geschlungen. Selbst wenn ich ihm ein Bild gemalt hätte, hätte die Situation nicht eindeutiger sein können. Deswegen schien seine nächste Frage völlig lächerlich.

„Was macht ihr denn hier?"

Ich versuchte, mich loszumachen, aber Rand zog mich näher an sich.

„Ich knutsche Stefan. Wonach sieht es denn aus?"

Trotz dieser eindeutigen Situation musste Rand seinen Cousin erst anschauen, als wäre er dumm wie Brot. Glenn wurde sich erst bewusst, was hier vorging, als ich ihn auch noch mit zusammengekniffenen Augen anstarrte.

„Du hast deine Zeit verschwendet, indem du dieses Mädchen mitgebracht hast, Glenn", sagte Rand zu seinem Cousin. „Ich habe alles, was ich brauche."

Und dann klickte es endlich bei Glenn Holloway.

ICH LIESS mir Zeit in der Dusche. Danach rubbelte ich alles Wasser aus meinem Haar, rieb es mit Pflegeprodukten ein und verwuschelte es dann wieder. Ich war zuhause, brauchte nicht hübsch auszusehen und es fühlte sich gut an, eine ausgewaschene Jeans, dicke Socken und ein langärmliges Shirt zu tragen. Ich wollte etwas essen, vor dem Fernsehen rumliegen und mich in Rands Schoß fläzen. Ich hoffte, dass die Atmosphäre im Wohnzimmer nicht zu unangenehm werden würde, aber falls doch, würde ich mich einfach ins Bett legen. Und mit Rand ins Bett gehen … Allein der Gedanke daran bereitete mir eine heiße Gänsehaut. Ich fragte mich, wie lange es wohl dauern würde, bis er hochkam, wenn ich einfach hier blieb.

Es war so süß, dass Bella auf der anderen Seite der Badezimmertür auf mich wartete und ich lächelte, als sie beleidigt nach Luft schnappte. Sie klang, als wäre sie ärgerlich.

„Ich dusche gerne lange", sagte ich defensiv. Sie legte den Kopf schief, was mir zeigte, dass sie überhaupt keine Ahnung hatte, wovon ich redete.

Ein paar Minuten später stand ich am Absatz der Treppe gerade als Rand unten auftauchte.

„Ich will mit dir reden", sagte er und lächelte zu mir hinauf.

„Dann rede", sagte ich und ging zu ihm hinunter. Dabei starrte ich ihn an. Die Hitze, die von ihm ausging, ließ meinen Magen flattern.

„Ich fahre morgen früh."

„Das hast du schon gesagt."

„Komm her."

Als ich nur noch eine Stufe über ihm und wir auf gleicher Augenhöhe waren, blieb ich stehen. „Wirst du wirklich eine ganze Woche weg sein?"

„Nein, nur vier Tage. Ich komme morgen Nachmittag bei Zach an und die Gäste kommen früh am Donnerstagmorgen. Es sind vier Tage auf seiner Ranch und Sonntagmorgen ist alles vorbei. Und dann bin ich am gleichen Abend noch zuhause."

Ich nickte. „Also ist es nicht so, als würdest du auf seiner Ranch so arbeiten wie auf deiner eigenen?"

„Auf unserer."

„Auf unserer", wiederholte ich und legte meine Hand auf seine Wange. Ich mochte das Gefühl der festen Haut und der Bartstoppeln an meiner Handfläche.

„Ich bin so froh, dass du früher heimgekommen bist."

„Ich wäre in einer Stunde sowieso hier gewesen."

„Ja, ich weiß", sagte er, lehnte sich vor und küsste mich auf die Wange. Die Berührung war gleichzeitig sexy und sanft. „Aber früher ist immer besser."

Ich seufzte schwer, als seine Nase die Seite meines Halses streifte.

„Du riechst gut."

Es war wunderbar, wie rauchig und tief Rands Stimme wurde, wenn er mich küsste und gleichzeitig redete. Das raue, tiefe Knurren machte mich jedes Mal hart.

„Ich wünschte, dass ich bleiben könnte."

Ich schaute zu ihm auf. „Ich könnte mitkommen."

Er schüttelte den Kopf. „Alle Plätze auf der Gästeliste sind bereits vergeben."

„Nein, Rand, ich könnte dir helfen."

Sein schnaubendes Lachen ließ mich finster dreinblicken.

„Rand." Ich senkte die Stimme warnend.

Er räusperte sich und umschlang mich fester, als ich versuchte, mich von ihm zu lösen.

Ich knurrte ihn an.

„Mein Liebling." Er versuchte angestrengt, ein Kichern zu unterdrücken. „Nur, weil du auf einer Ranch lebst, heißt das noch lange nicht, dass du ein Pferd reiten kannst."

„Rand ..."

„Stef." Sein Lächeln war so breit und teuflisch, dass es seine Augen erstrahlen ließ. „Baby ..."

„Nenn mich nicht Baby, und ich kann sehr wohl ein Pferd reiten, Rand."

„Das muss ich korrigieren. Du kannst *dein* Pferd reiten, weil du sie quasi großgezogen hast, nachdem ihre Mutter gestorben ist. Aber kein anderes Pferd würde es dir erlauben, einfach so dazusitzen und nichts zu machen."

„Was soll das ..."

„Das Pferd macht alles, Stef. Du hältst einfach nur die Zügel. Sie galoppiert, wenn sie will, geht langsam, wenn sie will, und marschiert in einen Fluss, wenn sie will", kicherte er. Dann fuhr er mit seinen Händen meinen Rücken herunter und schob sie unter mein T-Shirt um meine Haut zu fühlen. „Sie liebt dich genauso sehr wie dieser verrückte Hund, aber bei jedem anderen Pferd würdest du dir den Hals brechen."

„Rand …"

„Ich mag deinen Hals in einem Stück."

„Ich komme mit", sagte ich bestimmt. „Ende der Diskussion."

„Nein."

„Doch."

„Kommt gar nicht in Frage", sagte er nachsichtig.

Ich hob die Augenbrauen.

„Baby, es ist nicht so wie du denkst."

„Ich denke gar nichts, und hör mit dem Baby auf."

„Stef …"

„Entschuldigung?"

Wir drehten uns um und sahen Rands Cousine Ginger hinter uns die Treppe runterkommen. Als sie die letzte Stufe herunterkam, ließ Rand mich los, aber eine seiner Hände wanderte zu meinem Rücken und blieb dort liegen. Sie hielt mir sofort die Hand hin.

„Es ist schön dich kennenzulernen", sagte ich, als ich ihre Hand schüttelte.

„Ich komme mir wie ein totaler Idiot vor", sagte sie und biss sich auf die Unterlippe. Sie drückte meine Hand. „Was musst du nur von mir denken."

Ich lächelte ihr zu.

„Es ist nur … Ich wusste nicht, dass du hier wohnst. Und als Glenn gesagt hat, dass ich Lisa einladen soll, habe ich gedacht, dass es ganz lustig werden könnte." Sie atmete aus.

Ich ließ ihre Hand los, während Rands gleichzeitig zu meinem Hals hinaufwanderte. Seine Finger massierten mich sanft und behutsam.

„Ich hatte keine Ahnung, dass du und Rand schon seit zwei Jahren zusammen seid. Niemand erzählt uns so etwas."

„Das liegt daran, dass dein und Glenns Vater aufgehört haben, mit meiner Mutter zu reden, als sie wieder geheiratet hat", erinnerte Rand sie. „Wenn dein Vater, der gute, alte Onkel Cyrus, nicht so ein Arsch wäre, würdest du vielleicht auch etwas mehr über mein Leben wissen."

„Rand", schalt ich ihn.

„Wie auch immer", grummelte er. „Ich komme wegen Zach, nicht wegen dir oder Glenn oder sonst irgendwem. Und du kannst deiner Freundin da drin sagen, dass sie verdammtes Pech hat und diesen Rancher hier ganz sicher nicht heiraten wird, okay?"

Sie schnappte nach Luft und er beugte sich vor, küsste meine Schläfe und drehte sich um. Laut schimpfend machte er sich auf den Weg in die Küche.

„Oh Gott, er ist so sauer", sagte sie mit kleinlauter Stimme.

„Er ist bloß verärgert, weil er die Ranch und mich nicht gerne allein lässt", sagte ich sanft. „Und morgen muss er beides tun."

Sie nickte und ich konnte die Tränen in ihren Augen aufsteigen sehen.

„Er ist bloß so laut."

„Seit ich ihn kenne, ist er furchteinflößend."

„Wirklich?" Ich kicherte. „Du denkst, Rand ist furchteinflößend?"

„Du etwa nicht?"

„Nein", versicherte ich ihr. „Habe ich noch nie."

Sie nickte.

„Erzähl mir, wie ihr beiden miteinander verwandt seid."

Sie wischte die Haut unter ihren Augen ab. „Nun, also, Brents, Brandons und mein Vater ist Cyrus Holloway und er ist der Bruder von Rands und Charlottes Vater James. Und der Bruder von Rayland, dem Vater von Glenn und Zach. Und natürlich auch von Tyler, der hier bei euch lebt."

Rands Onkel Tyler und ich waren schon lange bevor Rand und ich zusammengekommen waren gute Freunde. Ich hatte ihn immer getroffen, wenn ich und seine Nichte Charlotte, die meine beste Freundin und Rands Schwester war, zu Besuch gekommen waren.

„Hey."

Ich schaute über die Schulter und sah Glenn und Brent.

„Stefan?"

„Ja?"

Er steckte die Hände tief in die Taschen. „Es tut mir leid, dass ich nicht von selbst darauf gekommen bin, wer du bist. Ich hätte nachfragen sollen."

„Und ich hätte es sagen sollen", sagte ich. „Es tut mir leid."

„Rand und seine Familie und mein Vater und unsere Seite der Familie haben ein Problem, weil Rands Mutter wieder geheiratet hat, obwohl sie noch einen Teil des Weidelands in King besitzt. Und mein Vater denkt, dass sie es ihm überschreiben sollte, weil sie jetzt keine Holloway mehr ist."

„Aber Rand ist ein Holloway."

„Ja, aber Rand hat seine Ranch. Und auch wenn es hier nicht so gut läuft wie auf meiner oder Zachs Ranch, wirft sie immer noch genug ab, um für ihn und seine Familie zu sorgen."

Ich schaute ihn finster an. „Warum genau läuft die Red Diamond nicht so gut?"

Er lächelte mir herablassend zu. „Ich weiß, dass du nicht viel über Ranchen weißt, aber hier wäre eine ganze Menge mehr Verkehr, wenn es gut laufen würde."

„Rand verkauft die meisten seiner Rinder übers Internet", sagte ich und versuchte, ihn nicht so anzuschauen, als hielte ich ihn für blöd. „Ihm gehört eine Firma in Lubbock, die sich um den Verkauf kümmert und dann noch eine PR-Firma in Amarillo, die das Marketing übernimmt. Und hat er dir von seinem Vertrag mit Grillmaster erzählt oder hat er etwa vergessen das zu erwähnen?"

Er schaute, als hätte ich ihn gerade geschlagen.

Ich wartete.

„Er …"

„Rand hat gerade vier unprofitable Ranchen hier in Winston gekauft und sie an den Bauunternehmer Mitchell Powell weiterverkauft, der hier ein riesiges Resort bauen will. Das wird diesem und auch dem Nachbarkreis Millioneneinnahmen bringen und im Herbst wird Rand eine Schule in Hillman bauen. Wie kann das alles bedeuten, dass die Red Diamond nicht gut läuft?"

„Ich … Mein Vater sagt, dass die Red Diamond den Bach runtergeht."

„Vor zwölf Jahren vielleicht." Ich war entrüstet. „Aber ich kann dir versichern, dass die Red Diamond viel besser läuft als deine Ranch oder die von deinem Bruder Zach."

Wir standen alle stumm da, bis Rand aus der Küche alle zum Essen rief. Als die Minuten vor sich hin tickten, tauchte er plötzlich neben mir auf.

„Was ist los?"

Glenn drehte sich um und schaute ihn an. „Stef hat gesagt, dass du derjenige bist, der den Grillmaster Vertrag bekommen hat, Rand. Stimmt das?"

Rand starrte seinen Cousin an. „Du bist also der Typ, der sich für den Vertrag beworben hatte, aber keinerlei Vertriebsrechte besaß?"

„Ja."

Rand nickte und zuckte dann die Schulter. „Ich verkaufe mein Rindfleisch überall in den USA, Glenn. Du solltest über diese Seite des Geschäfts mal nachdenken. Wenn du nur an örtliche Händler verkaufst, schreibst du keine schwarzen Zahlen und hast keine Möglichkeit, zu expandieren. Ich habe mein Geschäft schon ausgeweitet, bevor ich Stef kennengelernt habe, aber danach habe ich die Expansion noch weiter vorangetrieben. Ich wollte nicht, dass mich irgendwelcher Hinterwäldlerstolz davon abhält, für meine Familie oder meine Männer zu sorgen. Du wirst auf meiner Ranch keine Leute kommen und gehen sehen so wie bei dir. Aber mein Onlineserver ist von oben bis unten vollgestopft mit Bestellungen."

Glenn war aschfahl geworden und ich fragte mich, warum.

„Ich könnte deine Ranch, die von deinem Vater und die von Zach aufkaufen, wenn ich wollte. Erzähl das deinem ignoranten, bescheuerten Vater."

Es gab viel böses Blut zwischen den beiden Familien, was mir in diesem Moment zum ersten Mal bewusst wurde.

Glenn ging auf einmal auf Rand los und bohrte seinen Finger gegen sein Schlüsselbein. Sein Gesicht war rot und er fletschte beinahe die Zähne. „Mein Vater will das Land in King, Rand, und ich auch. Deine Mutter hat kein Recht …"

„Du willst das Land?", fragte Rand eiskalt und trat zur Seite, sodass er plötzlich wie ein Schutzschild vor mir stand. „Dann kauf es mir ab."

„Ich wusste es!", krähte er. „Deine Mutter hat es dir überschrieben!"

„In dem Moment, in dem sie geheiratet hat, sind die Rechte auf mich übergegangen, Arschloch. Das Land gehört jetzt mir, Glenn, du kannst also deinem Vater sagen, dass ein Holloway es besitzt."

40

„Du ...“

„Wie ich bereits gesagt habe, kann er es mir abkaufen, wenn er es haben will. Ich kann meine Rinder auch anderswo weiden lassen.“

„Du hast noch viel Land, was?“

„Ja Sir, habe ich.“

„Du weißt, dass wir nicht soviel ...“

„Dann fick dich, Glenn“, stieß er wütend hervor. Er zitterte und ich legte meine Hand auf seine Hüfte um ihn zu beruhigen. „Das Land hat meinem Vater gehört und ich habe genauso viel Recht darauf wie jeder von euch.“

„Es ist Familienland und du hast keinerlei Rechte.“

„Ich habe die gleichen Rechte wie du.“

„Du bist dort nicht willkommen.“ Seine Stimme war kalt, als er Rand mit seinen Blicken fixierte. „Und dein Freund auch nicht.“

„Das Land gehört mir genauso wie dir, Glenn, und es gibt nichts, was du dagegen tun kannst.“

Er ballte die Fäuste und Rand tat es ihm gleich. Er nahm eine defensive Stellung ein und war bereit zu einem Kampf.

„Nein!“, rief ich und beide Männer drehten sich zu mir um. „Nicht in meinem Haus.“

„Fick dich!“, bellte Glenn mir zu.

„Rede bloß nicht so mit Stef“, warnte Rand seinen Cousin. „Schau ihn nicht einmal an.“

Die Welt drehte sich um uns. Beschimpfungen flogen zwischen den beiden Männern hin und her, Ginger weinte und ihre Freunde hatten keine Ahnung, was eigentlich los war. Inmitten dieses ganzen Theaters sagte Brent dann zu Glenn, dass er sich beruhigen sollte, weil er Emily Angst mache.

„Fick dich!“, schrie Glenn ihn an. „Du bist so ein scheiß Fotzenknecht und ...“

In diesem Moment warf sich Brent, den ich als ruhig und kleinlaut und irgendwie idiotisch eingeschätzt hatte, auf Glenn. Es entstand ein völliges Chaos, bis ich auf einmal Rands - und auch Gingers und Glens - Onkel Tyler hereinkommen und brüllen hörte:

„Was in Gottes Namen ist denn hier los?“

Eigentlich benutzte niemand mehr diesen Ausdruck und das war schon irgendwie lustig. Was nicht lustig war, war das Gewehr, das Tyler in der Hand hielt.

Alle hielten inne.

„Ich dachte, dass hier eine Art Invasion stattgefunden hat“, verkündete er.

„Du schaust zu viel Fernsehen“, sagte ich zu ihm.

Er zuckte zustimmend die Schultern. „Also, was zum Teufel ist hier los?“

Die Kraftausdrücke, die der Mann benutzte, waren so passend.

Als Rand die Hände in die Luft warf, wurde mir klar, dass niemand irgendwohin gehen würde, da jetzt Tyler da war und den Streit schlichten konnte.

„Hier, Schätzchen." Er gestikulierte in Lisas Richtung. „Stell dich neben mich."

Ich verdrehte die Augen, als er mir zuzwinkerte, während sie zu ihm hinüberging.

„Oh, verdammt noch mal", stöhnte Rand.

Ich ging um ihn herum, machte einen Satz und er musste sich anstrengen, um mich festzuhalten. Ich schlang meine Arme und Beine um ihn und hörte das zufriedene Seufzen, das aus seiner Kehle drang. Er strich mir das Haar aus der Stirn und schaute mich an.

„Da habt ihr es", murmelte Tyler. „Wenn Stefan nicht hier gewesen wäre, wärt ihr jetzt alle tot."

Rand nickte und ich lächelte.

3

ICH WAR wirklich verwirrt, aber dann hatte Tyler mir alles erklärt. Immer, wenn ich die Ranch besucht hatte, bevor Rand und ich zusammengekommen waren, waren Mitglieder seiner entfernten Familie ebenfalls da gewesen und ich war immer herzlich empfangen worden. Es ergab keinen Sinn, dass sie auf einmal alle ein Problem damit hatten, dass ich schwul war.

„Du bist noch nie einem Holloway begegnet", sagte Taylor. „Du hast bisher immer nur die Millers gesehen."

„Was?"

Also hatte Tyler mir erzählt, dass die Männer und Frauen, die lustig und nett gewesen waren, Rands Familie mütterlicherseits waren. Sie lebten alle in der Nähe, in Lubbock, Midland, Slaton, Paducah.

„Dann habe ich also nie die Familie von Rands Vater kennengelernt?"

„Stimmt." Er nickte. „Du kennst nur mich."

Ich hatte ja keine Ahnung gehabt.

Nachdem ich beobachtet hatte, wie Glenn und die Frauen eine halbe Stunde später wegfuhren, entschuldigte ich mich bei Rand dafür, dass ich diesen Vorfall verursacht hatte.

„Es hat nichts mit dir zu tun", sagte er, nahm meine Hand und zerrte mich hinter sich her.

„Rand ..."

„Stopp", unterbrach er mich und zog mich hinter sich her nach oben.

Ich realisierte plötzlich, was hier los war. „Rand, du musst noch Brent und seiner Freundin Essen bringen. Und du musst noch packen und ..."

„Später", sagte er. Als er den oberen Absatz erreicht hatte, zerrte er mich den Flur entlang. „Und außerdem steht das Essen da. Sie müssen sich nur bedienen."

„Aber du musst unten den guten Gastgeber spielen."

„Scheiß drauf. Sie wissen, dass ich das nicht bin und Tyler kann sich prima um sie kümmern."

„Aber du solltest ... Rand! Du kannst deinen Freund nicht einfach während des Abendessens ficken und die Leute darauf warten lassen, dass du dich mit ihnen unterhältst."

„Du bist nicht mein Freund", sagte er geradeheraus. Er schob mich durch die Schlafzimmertür und trat sie hinter sich zu. „Du bist mein Lebensgefährte."

Ich wollte ihn gerade daran erinnern, dass er nicht in einer Scheune großgeworden war, als ich seinen Blick sah und alles vergaß, was ich hatte sagen wollen.

Sein Blick war Hitze pur.

Ich leckte meine Lippen und seine Augen blieben auf ihnen liegen. Dann trat er vor und schnappte mich. Seine Lippen begegneten meinen in einem stürmischen Kuss und seine Hände waren überall. Als er sich zurückzog, schnappte ich nach Luft, denn ich wusste, dass er meinen Mund gleich wieder einnehmen würde. Als das nicht passierte, öffnete ich nach ein paar Sekunden meine Augen.

Er starrte mich an.

„Was machst du?" Ich lächelte ihn an und meine Hände lagen auf seiner heißen Haut. Sie hatten sich unter das T-Shirt und das Flanell, das er darüber trug, geschoben.

Die Muskeln in seinem Kiefer spannten sich und er zitterte leicht. „Ich schaue dich an. Gott, ich könnte dich jeden Tag für den Rest meines Lebens so anschauen und würde trotzdem nicht genug bekommen."

Sein Blick schaffte es wie immer, dass mein Magen Purzelbäume schlug. Denn ich -und jeder andere - konnte sehen, dass ich geliebt wurde.

„Du bist so schön, Stef", seufzte er und berührte meine Wange. „Und deine Augen, deine wundervollen grünen Augen, bringen mich fast um."

Ich trat zurück und zog mir das T-Shirt über den Kopf. Ich konnte sehen, wie sich seine Augen verengten, während er mich beobachtete und ich war mir seines Verlangens sehr genau bewusst. Sein Atem, die Wölbung in seiner Hose, seine Hände, die nach mir griffen … alles an ihm wollte alles an mir.

Ich trat zurück, sodass er mich nicht erreichen konnte. Dann machte ich meinen Gürtel auf, beeilte mich, um aus meiner Hose zu kommen und meine Unterwäsche loszuwerden. Erst als ich nackt war, ließ ich wieder zu, dass er mich anfasste. Die Tatsache, dass ich nackt und er noch vollständig bekleidet war, ließ ihn tief aufstöhnen.

Er presste sich gegen mich, seine Hand liebkoste meinen Hintern und als ich mich zurückzog, griff er zu und drückte. Meine Reaktion war ein hemmungsloses, primitives, heiseres Stöhnen.

„Gott, Stef", murmelte er, als er mich aufs Bett warf. Ich beobachtete, wie er sich fieberhaft daran machte, seine Kleidung loszuwerden.

Er riss sich die Stiefel von den Füßen und das Flanellshirt herunter. Aber als er aufs Bett krabbelte und nach meinen Hüften griff, stand seine Jeans bloß offen und er hatte sein T-Shirt noch an. Ich wurde auf den Bauch gerollt und dann auf Hände und Knie hochgezerrt.

„Du hast den schönsten Hintern, den ich in meinem ganzen Leben gesehen habe", sagte er und seine Hand strich über die Wölbung meines Rückens zu meinem Hintern. „Er ist fest und rund und einfach perfekt. Weißt du eigentlich, was du mit mir machst? Es reicht schon, wenn ich nur die Rundung von deinem Arsch in einer Jeans sehe, und ich werde hart."

Gut zu wissen, dachte ich und wackelte für ihn mit meinem Hintern.

„Stef", stöhnte er und sein heiserer Tenor klang, als hätte er Schmerzen.

„Rand, komm … oh."

Sein Mund, sein heißer, nasser, köstlicher Mund war auf meinem Hintern. Als er in meine rechte Backe biss, stöhnte ich, als seine Hände über mich strichen, konnte ich nicht mehr atmen und als seine Zunge über meinen Eingang fuhr, keuchte ich seinen Namen.

„Da hast du es", sagte er. Dann drang er mit seiner Zunge in mich ein, tiefer und tiefer, und irgendwann konnte ich fühlen, wie er einen Finger hinzufügte.

Ich wand mich unter ihm und spürte, wie er sich bewegte. Er nahm seine Lippen weg, ließ seinen Finger jedoch wo er war. Ich drückte mich nach hinten und fühlte, wie er sich bewegte. Dann hörte ich das Rumoren im Nachtschränkchen und ein Klicken, als er die kleine Flasche öffnete.

„Oh Gott, Rand, bitte."

Ein zweiter Finger, voll mit Gleitgel, gesellte sich zu dem ersten und das Brennen fühlte sich wunderbar an.

„Gott, Stef, du versuchst ja, meine Finger in dich aufzusaugen. Ich hätte lieber, dass du das mit meinem Schwanz machst. Es muss mein Schwanz sein."

„Dann fick mich."

„Gott, du bist so schön. Deine Figur, dein Haar und deine Augen und deine warme Haut und dein Arsch … Scheiße!"

Er mochte es mich zu betrachten, liebte es mich zu berühren, mich mit den Händen abzutasten. Dann musste er näher kommen, musste mit mir vereint sein, musste seinen Schwanz in mir vergraben.

Ich schob mich auf seine Finger, das Brennen und Kneifen war bereits von einem rasenden Gefühl der Erwartung abgelöst worden, das mein Blut in Wallung brachte.

„Stef, ich kann nicht … besser kann ich dich nicht vorbereiten."

Wenn er nicht bald etwas tat, würde ich schreien. „Rand … Baby …"

Seine Hände umklammerten meine Hüften und er stieß mit einer kraftvollen Bewegung in mich hinein. Ich hatte keine Ahnung, dass er sich so gut anfühlen konnte.

„Rand!"

Und weil er den Klang meiner Stimme kannte, musste er sich keine Sorgen darüber machten, ob er mir wehtat. Er zog sich zurück, nur um dann wieder zuzustoßen, fester, härter, dehnte mich, erfüllte mich. Dabei hielt er mich gut fest und ließ nicht zu, dass ich mich bewegte.

Ich hievte mich höher, nahm ihn tiefer in mich auf und ihm entfuhr ein ersticktes Stöhnen. Er befahl mir, meinen Schwanz zu umfassen, weil er dazu nicht mehr in der Lage war. Er konnte mich einfach nicht streicheln, denn ihm fehlte die Konzentration. Seine Selbstkontrolle war von dem Adrenalinstoß vorhin zunichtegemacht worden und jetzt wollte er sich einfach nur bis zu den Eiern in meinem Arsch vergraben, in mich hineinhämmern und mich hart rannehmen.

Ich bettelte ihn an.

„Stef." Er brachte meinen Namen hervor und biss dann in meine Schulter. „Komm für mich."

Andere Männer hatten versucht, mich zu erobern, und ich hatte sie ausgelacht, weil ich wusste, dass sie letztendlich nicht so stark waren wie ich. Und ja, die meisten waren körperlich stärker als ich gewesen, aber keiner von ihnen hatte meiner höhnischen Verachtung, meiner scharfen Züge und meinen kritischen Kommentaren etwas entgegensetzen können. Ich war eiskalt und gemein und gefühllos, und sie waren irgendwann mit eingezogenen Schwänzen abgezogen, entmutigt und gebrochen. Ich war nie etwas anderes als kaltherzig und gleichgültig gewesen, hatte niemandem mein Herz geschenkt.

Und dann war da Rand.

Rand Holloway hatte sich immer gegen die Angriffe meines rachsüchtigen Wesens gewehrt und hatte mir genau das zurückgegeben, was ich austeilte. Und als ich herausgefunden hatte, dass er mich liebte, und - was noch verwunderlicher war - dass ich ihn auch liebte, war all diese stolze, wilde Gehässigkeit zu einer allesverschlingenden Hitze geworden. Ihm, und nur ihm, unterwarf ich mich und gab mich hin, wenn er das verlangte. Denn ich konnte diesem Mann einfach nichts abschlagen.

Sein Name löste sich in einem heißen Atemzug aus meiner Kehle, als ich von einem Orgasmus überwältigt wurde. Alle meine Muskeln verkrampften sich gleichzeitig und ließen auch Rand kommen. Sein Körper kapitulierte, er brach auf mir zusammen und zwang mich so hinunter aufs Bett. Aber mein Lachen konnte er nicht ersticken.

„Arsch", grummelte er. Er konnte sich nicht bewegen, wollte sich nicht bewegen, und war zufrieden damit, die Nachbeben zu genießen, während er noch in mir vergraben war.

„Sag es jetzt", befahl ich.

Seine Lippen waren an meinem Ohr. „Ich liebe dich so verdammt sehr, Stef. Du gehörst mir."

Und auch, wenn ich das wusste, bedeutete es mir viel, es zu hören. Wer hätte gedacht, dass ich den Worten dieses Mannes genauso sehr verfallen war wie seinen Taten.

NACHDEM RAND und ich uns soweit gesäubert hatten, dass wir wieder vorzeigbar waren, gingen wir wieder nach unten und seinem Cousin Brent verschlug es die Sprache. Das lag daran, dass ich mit meinen geschwollenen Lippen und verschleiertem Blick völlig verdorben wirkte und dass Rand befriedigt und hinreißend gähnte. Ein Lächeln kräuselte seine Lippen.

„Ich hatte keine Ahnung, dass er so sein kann", sagte Brent zu mir und deutete mit dem Kopf zu Rand, der Emily zuhörte, die ihm etwas erzählte.

„Wie?"

„Nicht gemein."

Aber als Rand und ich noch Feinde gewesen waren, hatte ich ihn für einen gemeinen Hinterwäldler gehalten. Erst später hatte ich gelernt, ihn richtig einzuschätzen, auch wenn ich mir selbst über so viele Dinge unklar gewesen war.

Rands Onkel Taylor und wir vier saßen gerade beim Nachtisch, als das Telefon im Flur klingelte. Ich stand vom Tisch auf und entschuldigte mich.

„Hallo?"

„Hallo, könnte ich bitte mit Rand Holloway sprechen?"

„Es tut mir leid, aber der ist gerade beschäftigt. Kann ich ihm etwas ausrichten?"

„Oh ja, bitte. Bitte sagen Sie ihm, dass Katie Beal vom Truscott Rodeo angerufen hat um die Teilnahme der Red Diamond an unserem Rodeo diesen Freitag zu bestätigen."

Ich hatte keine Ahnung, wovon sie redete. „Rodeo?"

„Ja. Ich weiß, dass wir normalerweise nicht anrufen, weil die Leute einfach kommen. Aber das ist das fünfte Jahr und Mr Holloway weiß, dass alle fünf Jahre die Rancher, die Anteile an Weideland in King besitzen, am Rodeo teilnehmen müssen. Sonst gibt die Partei, die nicht erscheint, die Besitzrechte an ihrem Land auf und es fällt zurück an die anderen Parteien. So steht es im ursprünglichen Vertrag."

Ich verstand sofort, was hier los war. „Wollen Sie sagen, dass Rand sein Weideland aufgibt, wenn er dieses Wochenende nicht erscheint und am Rodeo teilnimmt? Und das Land wird dann was? Umverteilt?"

„Ja, es wird zu gleichen Teilen vergeben, außer es gibt noch einen anderen Landbesitzer in der Familie."

Mir wurde alles klar. „Und weil Rands Onkel auch Land in King besitzt, würden die Rechte an Rands Land dann ihm zufallen?"

„Es geht an …", sie schaute nach. „An Rayland Holloway, ja, das ist korrekt."

Alles ergab Sinn und ich musste vor Glenn wirklich den Hut ziehen. Er hatte nicht nur eine ziemliche Show abgezogen, sondern war wahrscheinlich gerade auf dem Weg von unserer Ranch zum Rodeo, während ich noch hier stand und mit dieser netten Frau telefonierte.

„Und wir haben von Mr Rayland Holloway einen Tipp bekommen, dass die Red Diamond wegen einem Notfall in der Familie nicht teilnehmen wird. Aber ich war mir nicht sicher, ob Mr Holloway, ich meine Mr Rand Holloway, sich im Klaren darüber ist, dass es das fünfte Jahr ist. Er hat letztes Jahr nicht teilgenommen und nach allem, was ich gehört habe, wurde seine Anwesenheit vermisst, aber das hat seine Besitzrechte nicht beeinträchtigt."

Jetzt wusste ich also, dass Rands Cousin Glenn und sein Vater eine Intrige gesponnen hatten, um sicherzugehen, dass Rand nicht auftauchte. Ich fragte mich, ob Zach wusste, was los war. Und falls ja, hoffte ich, dass er mit dem Wissen leben konnte, Rand um sein Geburtsrecht betrogen und mit seinem Ehrgefühl gespielt zu haben. Denn ich wusste, dass Rand seine Pläne nicht ändern würde, auch wenn er erfuhr, was hier vorging. Er würde die Weide und seine Rechte an dem Land aufgeben, denn er hatte Zach sein Ehrenwort gegeben, dass er kommen und ihm helfen würde. Für Rand Holloway war ein Versprechen bindend.

„Also, Katie, mein Name ist Stefan Joss, ich bin Miteigentümer der Red Diamond und ich werde die Red Diamond dieses Jahr vertreten."

„Oh." Sie klang ganz aufgeregt. „Das sind tolle Neuigkeiten. Joss war Ihr Name?"

„Ja, Ma'am", sagte ich. „Könnten Sie mir sagen, wann ich einchecken muss?"

„Nun, Sie und Ihre Männer, Mr Joss. Und Check-in ist Freitagmorgen um neun Uhr. Ich weiß ja, dass es nur ein kleines Rodeo ist, aber die Gemeinde verlässt sich auf die Einnahmen durch die Touristen."

„Natürlich."

„Sie müssen uns die Namen von allen mitteilen, die für die Red Diamond an den einzelnen Veranstaltungen teilnehmen. Und wenn Sie ankommen, steht für Sie ein Campingplatz und auch ein kleiner Stall und Paddock für Ihre Pferde bereit."

Was zum Teufel habe ich mir da eingebrockt, weil ich nicht wollte, dass Glenn Holloway gewinnt? Es schien mir auf einmal eine sehr dumme Idee zu sein. Ich brauchte Hilfe.

„Soll ich Ihnen alle Informationen per Mail schicken?"

„Das wäre wunderbar", sagte ich und versuchte nicht so zu klingen, als hätte ich am liebsten gekotzt.

„Soll ich es an die Adresse von Rand Holloway schicken, die wir in unserem System gespeichert haben?"

„Nein, ich gebe Ihnen eine andere."

Wir unterhielten uns noch eine Weile und sie erzählte mir von den verschiedenen Veranstaltungen, von den Wohnwagen, in denen wir wohnen würden, von den Tänzen, der Junggesellen-Auktion und der Siegerehrung. Ich hörte ihr zu und war völlig überwältigt.

„Ich freue mich darauf, Sie kennenzulernen. Alle sagen, dass es immer ein Höhepunkt ist, wenn die Red Diamond teilnimmt. Ihnen gehört die einzige Ranch, die nicht in unserem Landkreis liegt, Mr Joss."

„Ja, ich weiß."

„Rayland und sein Sohn Glenn werden so überrascht sein."

„Oh, das bezweifle ich nicht."

4

ICH HATTE wirklich einen Oscar verdient. Die einzige Zeit, in der ich in den nächsten Stunden niemandem etwas vormachte, was als ich mit Rand im Bett war. Dort war ich körperlich und emotional völlig entblößt und konnte nicht anders, als unter ihm einfach nur ich selbst zu sein. Aber von dem Moment an, als ich wieder an den Tisch zurückgekehrt war und bis wir ins Bett gingen, war ich quasi auf der Bühne. Und zwar so lange, bis ich Rand Donnerstagmorgen zum Abschied küsste, und ihm, Brent und Emily, die sich als Gäste bei Zach angemeldet hatten, eine gute Fahrt wünschte und von der Veranda aus nachwinkte. Ich lächelte wie ein Volldepp bis ich das Auto nicht mehr sehen konnte und war der Meinung, dass ich Applaus verdient hatte, denn es war eine wirklich einwandfreie Vorstellung gewesen.

Eine halbe Stunde, nachdem Rand gefahren war, kam Mac Gentry auf die Veranda. Er war Rands Vorarbeiter und der einzige Typ auf der Ranch, der sich nicht für mich erwärmen konnte.

„Was?", fragte er irritiert.

Ich hatte ihn auf dem Handy angerufen und er war zurückgeritten, um mit mir zu sprechen, obwohl er gerade dabei gewesen war, die Errichtung eines neuen Zauns zu beaufsichtigen.

„Ich brauche Hilfe", sagte ich von meinem Platz auf dem Geländer aus.

Er lächelte spöttisch und auf einmal verlor ich allen Mut. Ich konnte einfach ein paar Männer bezahlen, wenn ich zum Rodeo ging. Scheiß drauf.

„Vergiss es." Ich schüttelte den Kopf und ging auf die Haustür zu. „Es tut mir leid, dass ich dich gestört habe."

Er erwischte meinen Arm und schlang seine Finger fest um meinen Bizeps, um mich aufzuhalten. „Was ist los?"

„Nichts. Lass mich los."

„Jetzt sag es mir schon."

„Du bist ein Blödmann."

„Das ist nichts Neues." Er kniff die Augen zusammen. „Jetzt sag schon, was los ist."

„Rand wird alle Weiderechte in King verlieren, wenn wir nicht bei einem Rodeo mitmachen."

„Wie bitte? Was?"

Ich machte mich von ihm los und erklärte, was passiert war. Er folgte mir ins Haus und ich gab ihm alle Unterlagen, die Katie Beal mir am Vorabend noch zugeschickt hatte. Ich hatte den ganzen Papierkram ausgedruckt.

„Weiß Rand davon?", fragte Mac und sein Blick wanderte kurz zu mir.

„Nein."

Er nickte. „Gut. Das würde ihm sonst das ganze Wochenende im Kopf rumgehen."

„Aber ich kann hingehen", sagte ich zu ihm. „Mir gehört die Hälfte der Red Diamond."

„Wirklich?"

Ich zog die Augenbrauen hoch. „Ja, Arschloch. Also solltest du dir vielleicht mal überlegen, dich nicht immer wie ein kompletter Idiot mir gegenüber zu benehmen."

Er kniff wieder die Augen zusammen und zum allerersten Mal lachte ich ihn an.

Ich war verblüfft, als sich eine Sekunde später seine Lippen leicht nach oben bogen. Ich hatte ja keine Ahnung gehabt, dass Mac Gentry lachen konnte, denn das hatte ich noch nie gesehen. Zuerst hatte ich gedacht, dass es daran lag, dass ich schwul war. Aber dann hatte es sich herausgestellt, dass er glaubte, ich würde Rand verlassen. Er dachte, dass mich das Leben auf der Ranch irgendwann langweilen würde und dass sein Chef, der im Moment glücklich und zufrieden war und lachen konnte, wieder so werden würde wie früher. Niemand wollte einen feuerspeienden Rand, dem man nichts recht machen konnte und der alles bis ins kleinste Detail kontrollierte. Sie mochten ihn so wie er jetzt war. Und Mac mochte es mehr als alle anderen, wenn Rand während der täglichen Arbeit so weit wie möglich von ihm entfernt war. Ihm gefiel, dass ich helfen wollte und zum ersten Mal, seit ich ihn kennengelernt hatte, redete er mit mir, als wäre ich nicht völlig blöd. Das war eine nette Abwechslung.

„Es gibt sieben Veranstaltungen bei diesem Rodeo. Ich schicke sechs Männer mit dir und acht Pferde. Dann habt ihr zwei mehr, für den Fall, dass ihr sie braucht. Du solltest deinen verrückten Hund mitnehmen und auch die Stute, die Rand dir gegeben hat, weil sie das einzige Pferd ist, das du reiten kannst. Und ich erwarte, dass ich meinen Bestand wieder so zurückbekomme, wie ich ihn dir überlassen habe. Verstanden?"

„Ja, Sir." Ich nickte und wandte mich zum Gehen.

„Wir werden Ärger bekommen, wenn er das hier rausfindet, Stef."

„Ich weiß." Ich nickte. „Dann mach einen besseren Vorschlag."

Er schaute mich nur an.

„Siehst du?"

Zwei Stunden später fuhr ich in einem riesigen Pick-up mit Doppelrädern vom Hof. Ich hatte keine Ahnung, warum wir so früh losfahren mussten. Everett saß neben mir im Fahrerhaus, Dusty hatte sich hinter mir ausgestreckt und Bella lag auf dem Sitz neben ihm. Pierce, Tom, Chase und Chris folgten uns in einem anderen Pick-up.

„Du siehst bescheuert aus."

Ich drehte den Kopf und schaute Everett an. „Wie bitte?"

„Ich glaube nicht, dass ich schon jemals jemanden gesehen habe, der weniger dazu geeignet war, einen Cowboyhut und Stiefel zu tragen."

Der abgetragene Cowboyhut, den ich auf dem Kopf hatte, war ein Geschenk von Rand gewesen. Die Stiefel an meinen Füßen auch. Und auch wenn ich mich nicht wirklich wohl darin fühlte, ging es darum, mich anzupassen. Ich wollte nicht, dass jemand meine Gegenwart in Frage stellte.

„Also was wäre dein Plan gewesen, wenn Mac uns nicht alle hierzu überredet hätte?"

„Ich weiß nicht", seufzte ich. „Ich hatte überlegt, Mitch Powell anzurufen und zu sehen, ob er jemanden bezahlen könnte, der mitkommt. Und dann hätte ich ihn einfach bezahlt."

Mir wurde mein Hut ganz schnell vom Kopf gezogen und ich bekam eine über den Kopf gebraten. Dann wurde mir der Hut wieder unsanft aufgesetzt. Alles war in wenigen Sekunden vorbei, aber es tat verdammt weh.

„Scheiße, Dusty", motzte ich ihn an und hob die Hand, um die schmerzende Stelle zu reiben.

Die Bewegung ließ meinen Hut über meine Fliegersonnenbrille rutschen. Aber Everett war zur Stelle, schlug meine Hand beiseite und schob den Hut wieder nach oben.

„Schau auf die Straße, okay?"

„Würde ich ja, wenn ich nicht geschlagen …"

„Du holst keine Hilfe von außerhalb der Ranch", schimpfte Dusty mich aus. „Niemals."

„Aber ich gehöre nicht zu euch", sagte ich. „Ihr respektiert und sorgt euch alle um Rand, nicht mich."

„Du traust dir zu wenig zu", versicherte Dusty mir. „Wenn du nicht über Finanzen und so Bescheid wüsstest, würde Rand niemals so viel Geld verdienen."

„Das stimmt nicht", beteuerte ich. „Rand ist ein sehr schlauer Geschäfts…"

„Und wenn Rand für dich hier kein Zuhause bereiten wollte, würde er nicht all diese Veränderungen in Hillman vornehmen."

Dieser Teil stimmte wahrscheinlich.

„Bevor du hergekommen bist", fiel Dusty ein, „war Rand Holloway ein Arschloch."

Diese Aussage würde ich nicht mal mit einer Feuerzange anrühren.

„Gut gesagt", gackerte Everett.

„Aber seit du auf der Ranch bist, schaffe ich es, mich für mehr als fünf Minuten mit ihm zu unterhalten."

Everett lachte.

Ich lächelte, während ich den Hut auf meinem Kopf zurechtschob und Dusty Bella anschrie, sie solle aufhören sich zu bewegen. Wir lachten alle, als sie ihn einfach aus dem Weg schob. Die siebzig Pfund Hund platzierten sich so, dass Bella und nicht Dusty jetzt hinter mir saß. Sie legte den Kopf auf die linke Seite meines

51

Sitzes und ich konnte ihren warmen Atem auf meiner Wange fühlen, bevor ihre Zunge mein Ohr erwischte.

„Bell", maulte ich, wischte den Sabber weg und kraulte sie unterm Kinn.

„Sie macht sich Sorgen, dass ich dir noch mal eine verpasse", kicherte Dusty. „Ich habe noch nie einen Hund gesehen, der sich so beschützend verhält. Das ist sehr süß."

Als sie an meinem Hals schnüffelte, musste ich zustimmen.

Wir hielten zum Mittagessen und dann noch mal zum Abendessen an. Und nachdem wir den Pferden Wasser und Futter gegeben hatten, holten wir sie aus den Hängern, führten sie ein bisschen herum und verluden sie wieder. Dann fuhren wir weiter. Wir kamen kurz nach Mitternacht in Truscott an und ich freute mich, dass das ganze Gelände hell erleuchtet war. Ich überließ Chase das Kommando und machte mich mit Dusty und Everett auf den Weg, um uns anzumelden.

Der Wagen für die Anmeldung war klar gekennzeichnet und als wir die ersten in der Schlange waren, nannte ich dem Mann auf der anderen Seite des Tisches den Namen der Ranch.

„Red Diamond", sagte ich.

Es saßen drei Leute an dem Tisch, zwei Frauen und ein Mann. Sein Kopf schoss nach oben.

„Uns wurde gesagt, dass die Red Diamond dieses Jahr nicht mitmacht."

„Dann sind Sie falsch informiert worden", sagte ich.

„Nun, also das freut mich." Er lächelte und wühle in dem Stapel Manila-Umschläge vor sich auf dem Tisch. „Oh, ich sehe es hier. Sie haben mit Katie gesprochen."

„Ja, Sir."

„Sind Sie …" Er schielte auf den Zettel, den er aus dem Umschlag gezogen hatte. „Steven Joss?"

„Stefan. Aber ja."

„Wunderbar." Er lächelte zu mir hinauf und schien wirklich erfreut zu sein. „Wir haben uns Sorgen gemacht, dass die Red Diamond dieses Jahr, so wie die letzten beiden Male, nicht kommen würde."

„Das tut uns leid", warf Everett ein. „Und ich kann Ihnen versichern, Sir, dass wir kein weiteres Rodeo mehr verpassen werden."

Der Mann hielt mir die Hand hin. „Ich bin Hud Lawrence und gestatten Sie mir zu sagen, dass dies die besten Neuigkeiten sind, die ich in der ganzen Woche erhalten habe", sagte er, während wir Hände schüttelten. „Eine Menge Leute kommen nur, um euch zu sehen. Das Rodeo ist eigentlich nur eine kleine Veranstaltung der örtlichen Gemeinde. Von Ihnen einmal abgesehen. Und es ist immer schön, Euren Bestand zu sehen. Ich muss Gil Landry anrufen und ihm sagen, dass ihr gekommen seid. Ich weiß, dass er sich darauf gefreut hat, gegen euch anzutreten."

Ich nickte und nahm den Anmeldungspack, den Hud mir hinhielt. Ich stellte dem Mann einen Scheck über siebenhundert Dollar aus, hundert pro Wettbewerb. Dann trat ich zurück, damit Everett ihm mitteilen konnte, wer an welcher Veranstaltung teilnahm. Dusty unterhielt sich mit den beiden Frauen, die noch mit am Tisch saßen. Innerhalb weniger Minuten lachten sie mit ihm. Seine großen blauen Augen und seine Grübchen waren so einnehmend, dass sie ihm allen Klatsch und Tratsch erzählten, während Hud die Informationen in seinen Laptop eingab. Nachdem alle Haftungsfreistellungen und Versicherungsformulare unterschrieben waren, bekamen wir unsere Nummern sowie Anweisungen, wie wir unsere Trailer, den Stall und den Paddock finden konnten. Wir bedankten uns bei Hud und den beiden Frauen und gingen zurück zu den anderen.

„Wer ist Gil irgendwas?", fragte ich Everett.

„Er ist ein Rancher hier", antwortete er und klang auf einmal gereizt. „Zwischen Rand und ihm gibt es, ich weiß auch nicht, eine Art Rivalität. Ich verstehe es nicht wirklich. Sie sind Freunde, aber irgendwie auch nicht. Ich weiß nicht genau, wie ich es beschreiben kann."

„Er hasst Rand", sagte Dusty zu mir. „Das ist, wie man es beschreibt."

„Aber nicht immer. Er hasst Rand nur manchmal."

„Nun ja, ich bin sicher, dass er enttäuscht sein wird, dass Rand nicht hier ist."

„Das stimmt", stimmte Everett zu, aber er hatte einen komischen Gesichtsausdruck.

Everett Hartline war ein seltsamer Mann. Er war absolut gefährlich, schwer einzuschätzen und seine Launen waren furchtbar. Er war auch extrem loyal und beschützte sein Zuhause - Rands Ranch - aber mir war es am liebsten, wenn er nicht da war. Wenn er und Chris sich abends mit ihren Gewehren auf den Weg machten, um die Grenzen der Ranch zu kontrollieren, wurde ich ganz nervös.

„Gibt es da etwas, das du mir nicht erzählst?"

Er schüttelte seinen struppigen Kopf. Sein hellbraunes Haar, mit blonden, von der Sonne gebleichten Strähnen, fiel ihm in die dunkelblauen Augen. Niemand würde je sagen, dass Everett hübsch war, aber wenn man einmal sein Gesicht gesehen hatte, vergaß man es nicht mehr. Er erinnerte mich an die Cowboys auf den Bildern vom alten Wilden Westen, die wild, hart und gebräunt waren, weil sie ihr ganzes Leben draußen verbrachten. Der Mann war kein bisschen sanftmütig oder nachgiebig und bestand nur aus Ecken und Kanten, die ich nie zu spüren bekommen wollte. Er machte mir ein kleines bisschen Angst.

„Wisst ihr alle schon, an welchen Veranstaltungen ihr teilnehmen wollt?", fragte ich ihn.

Er lächelte kaum. „Es ist nett, dass du das fragst. Rand tut das nie."

„Weil er weiß, wo eure Stärken liegen." Ich seufzte tief und hielt ihm das Päckchen mit all den Nummern hin. „Ich bin nur wegen dem Spaß hier."

„Du bist wegen viel mehr hierhergekommen", sagte er, als wir zu den anderen stießen.

Als sie begannen, zu entscheiden, wer was machen würde, rief ich ihnen zu, dass ich ins Bett gehen würde. Niemand hörte mich, aber das machte nichts.

Es gab zwei Wohnwagen für je vier Leute, es war also genug Platz. Als ich umgezogen war und in der Schlafkoje am Ende des Trailers unter der Decke lag, hatte ich mit meinem Hund Erbarmen. Bella schaute zu mir auf, als würde sie gleich sterben.

„Komm schon ins Bett", sagte ich zu ihr.

Sie sprang hoch, machte es sich neben mir bequem und legte ihren Kopf mit einem glücklichen Winseln auf meine Hüfte. Ich hörte nicht mehr, wie die anderen hereinkamen.

5

DAS FRÜHSTÜCK war wunderbar, denn alles war selbst gemacht. Als Everett und ich uns auf den Weg machten, um die Eröffnungsparade zu beobachten, bei der alle Teilnehmer für das Rodeo in die Arena einzogen, blieb ein Mann vor uns stehen. Sofort stellten sich noch drei andere Männer neben ihn. Es war irgendwie furchteinflößend, aber die Tatsache, dass er mir so bekannt vorkam, ließ es dann doch nicht so wirken. Er hatte das gleiche dicke, pechschwarze Haar wie alle Holloway-Männer, auch wenn seines begann, an den Schläfen etwas grau zu werden.

„Sie sehen aus wie ein Holloway", sagte ich zu ihm.

„Sie wissen, dass das so ist."

„Sind Sie Rayland Holloway?"

Er schaute mich mit zusammengekniffenen Augen an. „Mein Sohn hat mir gesagt, dass Sie Stefan Joss sind?"

„Ja. Wo ist denn der alte Glenn? Ich würde gerne mit ihm reden."

Er grunzte und die Männer hinter ihm traten näher. Everett rempelte mich mit der Schulter an, als er sich neben mich stellte.

„Was bringt Sie hier zu diesem Rodeo, Mr Joss?"

„Es ist die fünf-Jahresgrenze für das Weideland", antwortete ich.

Seine Augen verengten sich.

„Und weil mir die Hälfte der Red Diamond gehört, musste ich herkommen, um sicherzugehen, dass wir die Weiderechte nicht verlieren."

Es war lustig, denn er sah so aus, als hätte ich ihn gerade geschlagen.

„Also, auch wenn Rand gerade mit Ihrem Sohn Zach auf der Sarasota Ranch ist", sagte Everett schleppend und trug dann dick auf, „ist die Red Diamond hier offiziell präsent und nimmt an dem Wettbewerb teil. Sie wird daher die Weiderechte in King behalten."

Rayland stand einfach nur da. Er war schneeweiß im Gesicht, sein Mund stand sperrangelweit offen und irgendwie wirkte er kleiner als noch vor zwei Minuten.

„Wie Sie ja wissen, ist es nicht festgelegt, dass man gewinnen oder auch nur platziert sein muss. Er reicht, wenn alle Ranches, die ihre Rinder hier weiden lassen, teilnehmen."

Der Hass in seinem Blick war schwer zu ertragen, aber ich hatte in meinem Leben schon Schlimmeres gesehen, und das hier war ja schließlich zu erwarten gewesen.

Ich musste Everett mit aller Kraft zurückhalten, als der Mann einen Schritt nach vorne trat und mir vor die Füße spuckte.

„Sieh dich vor", warnte er mich und drehte sich dann um, schubste seine Männer beiseite und stakste davon.

„Nun ja", sagte ich, sobald wir allein waren. „Das ist ja bestens gelaufen."

„Der Mann hat dir gerade gedroht", bellte Everett. Er war empört und wütend.

„Ja, und es war völlig verrückt und überzogen, so wie in Walking Tall, oder?", ich kicherte. „Ich meine, also wirklich. ‚Sieh dich vor'? Wer sagt denn so etwas? Das ist ja wie in einem schlechten Film."

Er schaute mich an, als wäre ich verrückt geworden.

„Was?"

„Ich werde aus dir nicht schlau."

Ich zuckte die Schultern und machte mich auf den Weg zur Arena. „Ich will mit ihm reden."

„Mit wem?", fragte Everett, als er mich eingeholt hatte.

„Mr Holloway."

„Du willst mit dem Mann reden, der dich gerade vollgespuckt hat?"

„Der mir vor die Füße gespuckt hat", korrigierte ich ihn. „Und ja."

„Meinst du das ernst?"

„Ja. Es muss doch einen Weg geben, das alles hier irgendwie zu lösen."

„Alles was?"

„Dieses ganze böse Blut", sagte ich. „Es ist eine Schande, wenn eine Familie auseinanderbricht."

„Soweit ich weiß, ist das schon so, seit Rands Vater gestorben ist. Und der Kerl da hinten wollte die Ranch haben, aber mein Chef hat Nein gesagt."

Ich nickte. Es war einfach nicht möglich, dass das alles so einfach gewesen war, wie es klang.

„Du denkst, dass es hier noch um etwas anderes geht?"

„Ja." Ich lächelte ihm zu. „Sehr scharfsinnig von dir."

Er verdrehte die Augen. „Manchmal ist es einfach nur Eifersucht, Stef", sagte er und zog an meinem Arm. „Komm, ich muss zur Arena und du musst dich mal hinsetzten."

Er ließ mich an dem Pferch zurück und eilte zu Chris, der ihm zurief, dass er sich verdammt noch mal beeilen sollte. Ich mischte mich unter die Menschenmenge und mit meiner Jeans, den Stiefeln und dem Hut passte ich dazu. Ich kam zu der Haupttribüne und kletterte solange durch die Menge hindurch nach oben, bis ich einen Platz fand. Der Blick war gut und ich war wirklich überrascht, dass so viele Leute hier waren.

„So, Ihnen gehört die Red Diamond?"

Ich drehte mich um und sah einen Mann, der unter seiner schwarzen Hutkrempe hervor zu mir aufschaute. „Mir gehört die Hälfte der Red Diamond", korrigierte ich ihn.

Er nickte. „Wir haben gestern gehört, dass ihr gekommen seid."

Also dieser Typ musste dann wohl Gil Landry sein, dem Hud Lawrence Bescheid hatte sagen wollen. Nur um sicherzugehen, fragte ich: „Und Sie sind?"

„Gil Landry", sagte er, beugte sich vor und hielt mir die Hand hin.

Der Mann war noch größer als Rand, aber mein Cowboy war schlanker, hatte glattere Muskeln. Gil war kantiger, sein Hemd saß eng über seiner weiten Brust und den muskulösen Oberarmen und der Jeansstoff spannte sich um seine schmalen Hüften und langen, starken Beine. Als sich unsere Blicke begegneten, lächelte er, was seine dunkelbraunen Augen wärmer erscheinen ließ und sein Gesicht weicher. Gutaussehender Mann, aber nicht so atemberaubend wie Rand Holloway. Aber das waren die Wenigsten.

Ich nahm seine Hand und drückte sie fest. Dann ließ ich sie los. „Stefan Joss. Schön, Sie kennenzulernen."

„Wir hatten Rand erwartet."

„Er hilft seinem Cousin, der einen Notfall hatte."

„Ich verstehe." Er nickte und deutete zu der Frau neben ihm. „Das ist meine Schwester Carly."

Ich beugte mich vor und ergriff ihre angebotene Hand. „Nett, Sie kennenzulernen."

„Ebenfalls." Sie nickte und legte den Kopf schief. „Aber ich muss Ihnen schon sagen, dass es schön wäre, wenn Rand mit Ihnen gekommen wäre. Ihn zu sehen, ist einer der Höhepunkte des Rodeos für mich."

Darauf würde ich wetten. „Naja, ich denke, dass er nächstes Jahr hier sein wird."

Sie versuchte, zu lächeln, aber ich merkte, wie traurig sie wirklich war. „Das wage ich zu bezweifeln. Mit der Ranch und seiner neuen Frau hat er ..."

„Frau?"

„Ja", schnappte sie gereizt.

„Rand Holloway ist ..."

„Entschuldigen Sie." Sie senke die Stimme. „Ihnen gehört die Hälfte der Ranch, also haben Sie sie bestimmt kennengelernt. Stephanie, oder?"

Ich schüttelte den Kopf. „Rand Holloway ist nicht verheiratet."

„Wie kommt es, dass Ihnen die Hälfte der Ranch gehört, Stefan?"

„Weil Rand Holloway, wie ich schon sagte, nicht verheiratet ist und es ist nicht Stephanie. Es muss Stefan heißen", sagte ich und stand auf, um mir einen neuen Platz zu suchen.

„Warten Sie." Gil hielt mich auf und mein Blick wanderte wieder zu seinen braunen Augen.

Ich hielt seinem Blick stand.

Er räusperte sich. „Das tut uns leid, Mr ... Stefan, du ... Wir hatten keine Ahnung, dass Rand Holloway ..." Er drehte sich um und schaute zu seiner Schwester. „Oder?"

Ihr Mund stand offen, ihre Augen waren weit aufgerissen und sie schien nicht aufhören zu können, mich anzustarren.

„Also." Gil hustete und schaute wieder zu mir auf. „Setz dich, und lass mich dir alles erklären. Wir haben gehört, dass du aus Chicago hergezogen bist, also hast du in solchen Dingen wahrscheinlich nicht viel Erfahrung, oder?"

Ich musterte erst ihn, dann seine Schwester und wandte mich wieder ihm zu. „Ich vertrage heute nicht noch mehr Schwachsinn."

„Du bist ja ganz schön direkt."

„Ich muss mich heute irgendwann noch mit Rands Cousin Glenn auseinandersetzen und sein Vater Rayland hat mich gerade bedroht. Also wenn ihr mich jetzt auch noch zum Narren halten wollt, dann bin ich dafür wirklich nicht in Stimmung.

Er nickte. „Rayland Holloway ist ein Arschloch."

„Und Glenn ist ein Schwein", stimmte Carly zu, die endlich ihre Stimme wiedergefunden hatte.

Ich setzte mich.

Das Rodeo war größer, als ich erwartet hatte, aber ich wusste aus sicherer Quelle - von Gil - dass es im Vergleich zu einigen anderen geradezu winzig war. Während wir uns unterhielten, hatten wir den Einzug der Teilnehmer verpasst. Alle standen bereits in einer Reihe in der Mitte der Arena und ich sah, wie Rands Männer den Leuten zuwinkten.

„Es ist gut, dass du gekommen bist", versicherte Carly und tätschelte mir über ihren Bruder hinweg das Knie. „Wenn die Red Diamond hier ist, kommen viel mehr Zuschauer und das hilft der Gemeinde wirklich sehr. Danke."

„Kein Problem."

Ich saß also mit ihr und ihrem Bruder da und wurde im Laufe des Morgens und des Nachmittags in Sachen Rodeo unterrichtet. Es war interessant, zu sehen, wie Kälber mit dem Lasso gefangen wurden. Rands stoischer Arbeiter Chris war der schnellste, denn er bewegte sich wie eine Maschine. Der Menge schienen seine Technik und die sparsamen Bewegungen zu gefallen und es freute mich sehr für ihn, dass seine Zeit als die Bestzeit verkündet wurde.

Der Teamwettkampf im Lassowerfen war als nächstes an der Reihe. Carly nannte es Kopf und Fersen-Schlingen.

„Siehst du Stef, dein Mann Chase hat gerade die Hörner des Stiers umschlungen. Er ist der Führer und jetzt wird Everett, der Ferser, sein Lasso um die Hinterbeine des Tieres werfen. Und zusammmen werfen sie ihn dann auf den Boden."

„Das ist ja fies", sagte ich.

Ein paar Leute, die um uns herumsaßen, schauten mich an und Carly schüttelte nur den Kopf.

„Was?"

„Hast du vor, gelyncht zu werden?"

Ich lächelte ihr zu.

Während der Mittagspause gingen alle von der Tribüne hinüber zu den Ständen. Als ich versuchte, zu verschwinden, griff Gil nach mir, legte mir die Hand auf die Schulter und zerrte mich, so wie Rand das auch immer tat, hinter sich her zu den Fressbuden. Wir standen in der Schlange und warteten auf unser indianisches, frittiertes Brot mit Käse und Bohnen. Danach entschieden wir uns, einen kleinen Rundgang zu machen.

Die Veranstaltung war nicht nur ein Rodeo, sondern auch ein Jahrmarkt. Es gab Zuckerwatte, Fahrgeschäfte und Stände, wo man diese riesigen Plüschtiere gewinnen konnte, die nur cool waren, wenn man über den Markt lief. Zuhause waren sie dann nur Müll, der einem das Haus vollstopfte.

„Weißt du, dieser Hut sieht komisch aus", kommentierte Gil, als wir anhielten, damit Carly ein paar Geschenke für ihre Nichten kaufen konnte.

„Das hab ich schon öfters gehört", gluckste ich und dachte daran, dass Everett den Hut auf der Fahrt hierher auch schlechtgemacht hatte.

„Da wette ich drauf." Er nickte und streckte die Hand aus, um die Hutkrempe zu berühren. „Irgendwie passt du hier nicht her, oder?"

„Ich passe zur Red Diamond", sagte ich, weil ich das Gefühl hatte, dass er mir irgendetwas mitteilen wollte. „Und ich passe zu Rand."

„Tust du das?"

Sein Tonfall war eiskalt und ich merkte, dass er gepresst atmete. Ich schaute an ihm vorbei zu Cathy und sah, dass auch sie mich anstarrte. Sobald sich unsere Blicke trafen, lächelte sie breit und drehte sich weg.

„Ich würde eher sagen, dass du zu ihm passen willst und dass du glaubst, dass du das tust. Aber das stimmt nicht."

Ich schaute ihn wieder an.

„Du hast unrecht."

„Wie kann ich unrecht haben? Ich habe den ganzen Tag mit dir geredet und du hast keine Ahnung davon, was es heißt, ein Cowboy zu sein oder auf einer Ranch zu leben. Du hast keine Ahnung davon, was Rand wirklich braucht."

„Und du aber schon?"

„Ja."

„Und was wäre das bitte?"

„Der Mann braucht das gleiche wie ich: Jemanden, der an seiner Seite stehen kann, und nicht jemanden, um den er sich kümmern muss."

Ich wandte mich zum Gehen, aber er ergriff fest meinen Arm und riss mich herum. Dann lehnte er sich dicht zu mir und hielt mir den Zeigefinger vors Gesicht. „Du hast Rand vielleicht den Kopf verdreht mit … was auch immer das hier ist.

Aber wenn er wieder bei Sinnen ist, wird er eine Frau wollen, die ihn und seine Ranch lieben und ihm Söhne schenken kann."

Irgendetwas, was ich nicht verstand, befand sich genau vor meiner Nase. „Carly."

„Stimmt", stieß er leise hervor und rammte seinen Finger in meinen Oberarm. Das würde einen blauen Fleck geben. „Ich dränge ihn schon seit Ewigkeiten dazu, mit ihr auszugehen, damit er merkt, wie schön sein Leben sein könnte. Es hat ihr fast das Herz gebrochen, dass er wieder geheiratet hat. Ich hätte nie gedacht, dass ich sie wieder lächeln sehe. Aber heute, als du aufgetaucht bist … verdammt. Sie freut sich wie eine Schneekönigin."

Und ich wusste, warum sie glücklich war. „Sie denkt, dass die Sache mit uns beiden nicht hält."

„Sie weiß genauso gut wie ich, dass das hier nichts ist und er dich schnell aus dem Haus werfen wird. Dann wird er endlich das sehen, was die ganze Zeit geduldig auf ihn gewartet hat und Carly wird Rand die beste Ehefrau der Welt sein. Und wenn du schlau wärst, würdest du dich verdrücken, bevor Rand dich rausschmeißt."

„Nimm die Hände von mir."

Alles ging furchtbar schnell. Er ließ meinen Arm los, schubste mich zurück und schlug zu. Erst in dem Moment, in dem seine Faust meinen Kiefer berührte, verstand ich, wie wütend er wirklich war. Eigentlich konnte ich mich besser verteidigen, denn ich war in meinem Leben in genügend Kämpfe verwickelt gewesen. Aber das hier kam einfach so unerwartet, dass ich nicht einmal Zeit hatte, zu reagieren, bevor ich auf dem Boden lag.

„Was zum Teufel ist denn hier los?"

Ich schaute auf und sah Glenn Holloway neben mir stehen.

„Halt dich da raus, Glenn."

„Was für ein Weicheihaken", sagte er und hielt mir die Hand hin, ohne dabei aufzuschauen. Stattdessen behielt er Gil im Auge. „Verpiss dich, verdammt."

„Sonst was?"

„Willst du das hier wirklich?", fragte Glenn, während er mir auf die Füße half. „Oder willst du dich nicht lieber einfach davonmachen?"

Die zwei Männer standen da, als würden sie gleich aufeinander losgehen. Dann drehte Gil sich um und ging ohne einen Blick zurückzuwerfen davon. Scheinbar hatten alle Holloways ein mieses Temperament.

„Danke", sagte ich und berührte mein Gesicht, um sicherzugehen, dass mein rechtes Auge noch dort war, wo es hingehörte. „Scheiße, das tut weh."

„Das ist wohl zu erwarten", sagte er trocken und hob meinen Hut auf, der in den Dreck gefallen war. Er gab ihn mir nicht zurück, sondern hielt ihn einfach nur fest. „Komm mit." Er ergriff meinen Arm.

Ich rollte mit der Schulter, sodass er mich loslassen musste. „Es … Ich habe für heute genug davon, mich herumschubsen und -zerren zu lassen, okay?"

„Sicher", stimmte er zu und zeigte auf die Reihe der Verkaufsbuden. „Hier entlang."

Ich hatte nicht gewusst, dass die White Ash hier einen Stand hatte, an dem sie Steaks verkaufte. Ich wurde hinter den Tresen gebeten und weil Glenn sich nicht mehr länger zurückhalten konnte, schubste er mich. Er drückte mich auf einen Stuhl und ging dann weg, während ich das geschäftige Treiben um mich herum beobachtete. Es gab einen riesigen Grill und der Mann dahinter bestrich Steaks mit Sauce, schaute nach der Kohle und der Hitze, und frittierte Pilze über einer offenen Flamme auf der anderen Seite. Ein anderer Mann schnitt die Steaks in mundgerechte Stücke und warf sie in riesige Metallschüsseln. Der nächste Mann in der Reihe briet Zwiebeln, Süßkartoffeln und goldbraune Pommes frites. An der letzten Arbeitsstation wurde Salat gemischt und Krautsalat angerührt.

„Gott, es riecht wunderbar hier drin", sagte ich zu Glenn, als der wieder vor mich trat.

„Jep", grunzte er und knallte dann ein Steak auf mein Auge.

„Au, Scheiße!", schrie ich. Er war kein bisschen sanft vorgegangen.

„Entschuldige."

Es tat ihm nicht das kleinste bisschen leid.

„Lass mich mal sehen", sagte er, legte seine Hand an mein Kinn und drückte meinen Kopf nach hinten, damit er meine Nase begutachten konnte. „Was hast du denn zu ihm gesagt, dass er dir eine reingehauen hat?"

„Er will, dass seine Schwester Carly Rand heiratet."

„Immer noch?", fragte eine ungläubige Stimme.

Ich kicherte, als eine Frau neben Glenn trat und mir ein paar Schmerztabletten hinhielt.

„Die Frau will Rand Holloway seit Jahren. Ich schätze mal, wenn sie ihn hätte bekommen sollen, wäre das schon längst passiert."

„Danke." Ich lächelte und nahm die Tabletten und das Wasser. „Ich bin Stefan Joss."

„Ich weiß, wer du bist." Sie nickte. „Und ich bin Gina, Gina Showalter. Ich arbeite für Mr Holloway hier."

„Schön, dich kennenzulernen", sagte ich und schüttelte ihre Hand, nachdem ich die Tabletten genommen hatte. Dann gab ich ihr das leere Wasserglas zurück.

„Ich hoffe, dir geht's bald besser", sagte sie und tätschelte Glenns Schulter, bevor sie wegging, um sich wieder um die Essensbestellungen zu kümmern.

„Was macht Gina denn auf deiner Ranch?"

„Sie kocht und macht sauber und sorgt dafür, dass mein Vater und ich nicht verhungern", sagte er und bedeutete mir, das Steak wieder auf mein Auge zu legen. „Und sie hat recht. Carly wartet schon seit ich denken kann auf Rand."

„Ach ja? Hatten die beiden irgendwann mal etwas?"

„Nein, denn Rand schläft nur mit Frauen auf einem Rodeo, die ihn nicht festnageln wollen."

„Nichts Ernstes also.“

„Stimmt.“

„Und Carly ist nicht die Art von Frau, mit der man einfach so beim Rodeo fickt?“

„Nein, Sir. Sie ist die Art von Frau, der man beim Rodeo den Hof macht, mit nach Hause nimmt und heiratet.“

„Also hat Rand Carly in Ruhe gelassen.“

„Ja. Alles was Rand hier machen wollte, war sich zu betrinken, zu ficken und den Stier zu reiten.“

„Rand ist ein Bullrider?“

„Er macht auch beim Zureiten mit, aber ja, Rand ist eigentlich immer derjenige, der für die Red Diamond den Stier reitet.“

Ich konnte mir vorstellen, wie heiß der Mann dabei aussah.

„Arme Carly. Ich habe immer gesehen, wie sie ihn angeschmachtet hat und er ist dann mit irgendeiner anderen Frau abgezogen. Und meistens mit mehr als einer am Abend.“

„Also war Rand ein Aufreißer?“

„Er war mehr als das.“

„Und sie will ihn immer noch?“

„Man will doch immer das haben, was man nicht bekommen kann.“

„Ich verstehe gar nicht, dass Gil will, dass seine Schwester einen Mann heiratet, der sie so schlecht behandelt hat.“

„Ich denke, dass Gil mehr an der Red Diamond als an Rand interessiert ist.“

„Gil könnte wohl einen Kredit gebrauchen?“

„Ich denke schon.“

„Carly sagt, dass du ein Schwein bist.“

„Sie muss es ja wissen. Als Rand letztes Jahr nicht zum Rodeo erschienen ist, hatte sie es auf mich abgesehen.“

„Und?“

„Und nichts. Sehe ich vielleicht so aus, als mache ich die Vertretung für Rand Holloway?“

„Nein.“

„Stimmt. Ich bin kein Trostpreis. So dumm bin ich nicht.“

„Oh nein, du bist sehr schlau.“ Ich lächelte ihn an. „Das war sehr schlau, wie du sichergestellt hast, dass Rand dieses Wochenende auf der Sarasota verbringt.“

Aber Glenn sah nicht glücklich oder selbstzufrieden aus. „Du glaubst mir sowieso nicht, also sag ich erst gar nichts.“

„Nun mach und sag schon. Vielleicht glaube ich dir ja.“

Er schaute mich mit zusammengekniffenen Augen an. „Ich hatte vergessen, dass das verdammte Rodeo dieses Wochenende ist. Als ich meinen Vater angerufen habe, um ihm zu sagen, dass ich auf dem Rückweg war und nicht zu Zach fahren würde, hat er mich daran erinnert.“

„Aber du hast Rand nicht angerufen."

„Verdammt nein. Nach diesem ganzen Theater?"

Ich nickte.

„Wie hast du von dem Rodeo gehört?"

„Eine sehr nette Frau hatte mich angerufen. Ich denke, dass ich ihr eine Dankeskarte oder so schicken sollte."

Er verschränkte die Arme und schaute mich an. „Niemand von uns wusste, dass Rand dich in die Besitzurkunde der Ranch mit eingetragen hatte."

„Warum auch?"

„Das ist eine Menge wert."

„Wirst du deiner Frau nicht die Hälfte überschreiben, wenn du mal heiratest?"

„Erstens werde ich nie heiraten. Und zweitens bis du nicht Rands Ehefrau."

„Stimmt, bin ich nicht. Aber so nah dran wie möglich."

Er grunzte.

„Du zweifelst an mir?"

„Ich denke mir gar nichts bei all dem. Ich weiß nur, dass Carly verdammt leer ausgegangen ist. Mal wieder." Er gluckste.

Der Mann war ganz schön schadenfroh und ich musste zugeben, dass ich langsam mit ihm warm wurde.

„Ja." Ich lächelte breit, nahm mir das Steak vom Auge und hielt es ihm hin. „Kann ich das hier für ein gebratenes eintauschen, bitte?"

„Du meine Güte, du bist vielleicht eine Nervensäge."

„Mit Pilzen?"

Er zwang mich dazu, das rohe Fleisch auf meinem Auge zu lassen, kam aber mit einem Teller wieder, auf dem ein Steak, Pilze und Pommes frites lagen, die mit Käse, Speckstückchen und Ranch Dressing überhäuft waren. Ich aß einen Krautsalat dazu.

„Danke", sagte ich aufrichtig, als ich mich aufsetzte. Mein Auge war mir egal.

„Lass mich mal sehen." Er hielt mich ruhig und betrachtete es, während ich anfing, Essen in meinen Mund zu schaufeln.

Es war so lecker. „Ihr solltet ein Restaurant aufmachen", sagte ich zu ihm.

„Könntest du vielleicht erst mal kauen und nicht mit vollem Mund reden, damit ich auch verstehen kann, was zum Teufel du da sagst?"

Ich schluckte und schaute zu ihm auf. „Du solltest ein Restaurant aufmachen. Das ist köstlich."

Er nickte und ging wieder weg. Nach ein paar Sekunden kam er mit einem Riesenbecher Pepsi und einem Eisbeutel wieder.

„Warum bist du so nett zu mir?"

„Weil du verdammter Idiot grade eine verpasst bekommen hast."

„Danke."

„Keine Ursache."

„Du solltest das wirklich irgendwo verkaufen, wo die Leute immer hingehen können", sagte ich. „Ein Restaurant wäre eine gute Investition."

„Ach ja? Sag das mal meinem Vater."

„Er denkt das nicht?"

„Er denkt, dass bei einem Rodeo und sonstigen Events, die wir sponsern, alles anders ist, weil sie eben nur manchmal stattfinden. Er denkt, dass das Interesse an einem Restaurant nur vorübergehend wäre und wir eine Menge Geld verlieren würden."

„Der Meinung bin ich nicht", sagte ich. „Wenn du Lust hast, es zu probieren, kannst du mich anrufen und ich kann eine Marketingstrategie entwickeln und das Finanzielle ausarbeiten. Ich denke, dass es leicht wäre, Investoren zu finden. Du bräuchtest deinen Vater nicht einmal."

Er wurde sehr still und deutlich misstrauisch.

„Glenn?"

„Willst du mich verarschen?"

„Warum sollte ich denn das tun?"

„Weil ich gerade erst mit Rand aneinandergeraten bin?"

„Ja, aber das ist eure Scheiße. Das hier ist etwas anderes. Es könnte dein Leben werden."

Er schaute mich aufmerksam an.

„Wenn du es zulässt, könnte ich dir helfen."

Seine Augen, die eine wunderschöne pfauenblaue Farbe hatten, ließen nicht von meinen. Es war so, als wolle er etwas überprüfen.

„Glenn?"

„Iss deinen Teller leer."

Als ich alles leer gegessen hatte, ließ ich den Kopf nach hinten fallen und legte mir das Eis aufs Auge. Dann schloss ich beide Augen und entspannte mich. Ich hatte gar nicht gemerkt, dass ich eingenickt war, bis ich jemanden schreien hörte. Als ich die Augen öffnete, merkte ich, dass mir der Hut über die Augen gefallen war und dass das Eis nicht mehr da war. Ich schob den braunen Strohhut nach hinten und sah, dass eine Frau Glenn am Arm festhielt und ihre langen, roten Fingernägel in seine Haut grub.

„Glenn Holloway, die Bachelor Auktion beginnt um sechs Uhr und du schmeißt dich am besten erst einmal in Schale, bevor ich dich auf die Bühne rufe."

Er glich einem Tier in einem Käfig.

Ich lachte schnaubend.

„Megan, ich …"

„Oh nein." Die süße Frau mit den blondierten Haaren fiel ihm ins Wort. „Du hast es mir versprochen und dein Vater auch. Ich erwarte, dass du erscheinst."

Er schien sich äußerst unbehaglich zu fühlen. Dann wanderten ihre Augen zu mir.

„Und Sie sind?"

„Stefan Joss", sagte ich und stand auf. Ich massierte kurz meinen schmerzenden Nacken.

Ihre Augen hatten die Farbe von Kornblumen. „Von wo?"

„Red Diamond."

Sie legte den Kopf schief und verengte ihre Augen zu Schlitzen. „Rand Holloway. Ist er gekommen?"

Natürlich wusste sie, wer Rand war. „Nein, Ma'am."

„Sie sehen aus als wären sie verheiratet, Mr Joss. Sind Sie das?"

„Ich lebe mit jemandem zusammmen, uhm ...?"

Sie hielt mir die Hand entgegen. „Megan Reed."

„Ist mir ein Vergnügen." Ich lächelte und schüttelte ihre Hand.

„Ich brauche jemanden, der mir mit der Junggesellenversteigerung hilft, Mr Joss."

„Ich war in meinem Leben schon mindestens bei zehn."

Ihr Gesicht leuchtete auf, als sie meine Hand drückte. „Meinen Sie das ernst?"

„Solange die Typen heiß sind, kann man eine ganze Menge Geld für wohltätige Zwecke sammeln."

„Cowboys in Jeans", sagte sie, als wäre ich verrückt. „Heißer geht es wohl kaum."

So wahr mir Gott helfe. Ich sagte nichts.

„Wollen Sie mein Assistent sein?"

„Oh meine Liebe, sehr gerne."

Sie atmete erleichtert auf, was mich zum Lachen brachte.

„Oh, verdammt noch mal", grummelte Glenn neben mir.

Endlich war ich wieder in meinem Element. Mit wohltätigen Veranstaltungen kannte ich mich aus.

„Kommen Sie mit", sagte sie, nahm meine Hand und zog mich mit. „Oh mein Gott, ich bin so aufgeregt." Ihr Freudenquietscher war furchtbar laut.

„Pass lieber auf, Stefan Joss!", rief Glenn mir nach. „Mach nur nichts Dummes!"

Im Weggehen zeigte ich ihm den Stinkefinger.

„Verdammt!", hörte ich ihn hinter mir krächzen.

EVERETT WAR außer sich. Chase spuckte quasi Nägel. Tom beschimpfte mich und Pierce knurrte. Keiner von ihnen wollte irgendetwas mit einer Bachelor-Auktion zu tun haben. Sie würden nie ... niemals ... in einer Million ... und dann erreichten wir die Bühne und sie sahen all die Frauen. Eine Flut von Frauen, hunderte, die nur darauf warteten, einen Cowboy abzukommen. Wenn es auch nur für eine Nacht oder für ein Date war. Auf einmal war ich ein Genie, total brillant und ganz plötzlich

65

war es schmeichelhaft und nicht mehr erniedrigend, dass auf einen geboten wurde, als wäre man ein Stück Fleisch.

Ich hatte Chris nicht dazu gedrängt, bei der Auktion mitzumachen, denn ich hatte vor ungefähr einem Jahr gemerkt, dass er nicht etwa eingebildet oder ständig gereizt war. Er war schüchtern. Ich lächelte also breit, als er sich zu mir beugte und mir zuflüsterte, dass er nichts dagegen hätte, mitzumachen.

„Heilige Scheiße." Megan war verblüfft, als sie sich umdrehte und mich vor sich stehen sah.

Ich grinste sie langsam an und beobachtete, wie sich ihr Mund öffnete und ihre Augen rund wurden.

„Du ... Stefan ..."

Ich hatte mich herausgeputzt und die ganze Cowboynummer fallen lassen, weil es völlig egal war, ob ich hierher passte oder nicht. So wie die meisten Leute reagierten, würde ich das sowieso niemals tun. Es war viel wichtiger, dass ich mit meinen Männern zum Rodeo gekommen war und dass wir bisher gut abgeräumt hatten.

Kälber fesseln - einzeln und im Team - Barrel Race und Stierkämpfe lagen schon hinter uns und morgen standen uns dann Reiten - mit und ohne Sattel - und Bullenreiten bevor. Es kamen viele Leute, die mir gratulierten, und es kam mir so vor, als wären wir die Favoriten in jeder Disziplin. Ich versuchte, nicht ständig völlig bescheuert zu grinsen, während ich herumstolzierte.

„Ich denke, ich sollte dich auch versteigern, Stefan." Ihr Atem flatterte. „Ich denke, dass ich damit viel Geld verdienen könnte."

Meine Jeans war zu eng, mein Haar war perfekt gegelt und die Armbänder, die ich sonst immer trug, hatte ich auch wieder an. Die übergroße Uhr mit dem dicken Lederarmband durfte auch nicht fehlen. Alle Details, die ich versteckt hatte um als seriöser Rancher dazustehen, waren zurück. Mein Hemd klebte an mir und war diesmal nicht nur am Kragen etwas geöffnet: auch die unteren Knöpfe standen offen, damit etwas Haut frei lag und man sehen konnte, wie tief meine Jeans saß. Niemandem, der mich ansah, konnte die Zurschaustellung von seidig-goldener Haut entgehen. Bisher hatte ich mich selbst im Verborgenen gehalten, aber jetzt wollte ich, dass jeder mich sah so wie ich war.

„Kann ich das Mikrophon haben?", fragte ich sie.

Sie reichte es mir und ich ging auf die Bühne, sobald die Band mit ihrem Song fertig war. Ich hielt dem Frontsänger die Hand hin und er schob seine Gitarre auf seinen Rücken, die das Halteband dort fixierte, um mir die Hand zu schütteln. Ich konnte nur an den Hüten der Männer erkennen, dass es sich um eine Country-Band handelte. Mit ihren T-Shirts und Stiefeln hätten sie genauso gut eine Grunge- oder Alternativ-Band sein können. Aber ich hatte sie vorher schon getroffen und sie waren erfreut gewesen, mich kennenzulernen. Ein Zeremonienmeister sorgte immer dafür, dass alles pünktlich und wie geplant ablief, und das war ihnen nur recht.

„Applaus für die Bootlegger", rief ich. „Lasst sie wissen, wie sehr ihr euch freut, dass sie heute Abend für uns spielen!"

Es gab donnernden Applaus und alle Augen blieben dann an mir hängen.

„Ich bin Stefan Joss von der Red Diamond Ranch und ich möchte euch alle ganz herzlich zur Bachelor-Auktion des diesjährigen Truscott Rodeos willkommen heißen."

Das Geschrei begann sofort und mein Lächeln wurde breiter. Ich war hier, um heiße Typen in engen Jeans, Stiefeln und Cowboyhüten zu versteigern. Oh, ich war ja so gut.

Ich musste für zwanzig Männer eine Abnehmerin finden und ich hatte sie in fünf Gruppen à vier Personen eingeteilt zwischen deren Auftritten die Band je drei Songs spielte. Ich machte aus jedem einzelnen Cowboy eine große Sache, und machte Rands Männern Komplimente, ohne die anderen Cowboys zu vernachlässigen. Als Chris an die Reihe kam, warf er mir ein sehr süßes, schüchternes Lächeln zu, denn die Frauen boten wie verrückt auf ihn. Leute kamen auf die Bühne, tanzten Line Dance mit mir, Frauen küssten die Bandmitglieder, und die Sponsoren des Events, die in den Pausen neben der Bühne standen, wollten mir die Hand schütteln. Megan erdrückte mich beinahe und erklärte mir wieder und wieder, dass wir die Einnahmen vom letzten Jahr um ein dreifaches übertroffen hätten. Und es waren immer noch Männer übrig, die versteigert werden mussten. Hud Lawrence kam persönlich zu mir, um sich zu bedanken.

Als ich nach einer Pause wieder auf die Bühne kam, war der Applaus ohrenbetäubend. Die Band stimmte spontan eine Version von dem Queen Song ‚Somebody to Love' an und die Menge spielte verrückt. Ich lachte lauthals, Megan schrie und klatschte und die Band legte richtig los. Die Leute hielten Feuerzeuge in die Luft und alle sangen mit. Als das Lied nach einer gefühlten Stunde schließlich zu Ende war, hörte der Applaus einfach nicht auf.

Danach kam Glenn auf die Bühne und ich bettelte die Frauen in der Menge an, den Mann mit nach Hause zu nehmen und ihn mal richtig zu lieben. Es war geschmacklos, aber doch heiß und auch die todbringenden Blicke des Mannes konnten mich nicht zum Schweigen bringen. Ich war auf einem Adrenalinhoch.

Glenn zeigte mit dem Finger auf mich, so als wolle er mich gerne richtig verprügeln. Ich winkte.

Die Gebote klangen laut und obszön und Glenns Gesichtsausdruck ließ mich nur umso lauter lachen. Rands Cousin wurde für eintausend Dollar versteigert und war somit der teuerste Junggeselle des Abends. Als ich ihn an Miss Rachel Webb von der Triple Star Ranch überreichte, warf er mir einen Blick zu, den ich nicht deuten konnte. Ich war nicht sicher, ob es sich um Überraschung, Wut oder Angst handelte. Also entschied ich mich, dass er sich wohl geschmeichelt fühlte, und verschwendete keinen weiteren Gedanken mehr an ihn. Stattdessen sang ich mit, als die Band „Life is a Highway" spielte, damit die Menge wieder aus vollem Hals mitgrölen konnte.

Alle meine Junggesellen waren versteigert und als die Auktion beendet war, fragte mich die Band, was für einen Song ich gerne hören wollte. In diesem Moment erhaschte ich einen Blick auf Glenns Vater und entschied mich, dass sie einen Oldie für mich singen sollten. Am Ende sangen Band und Zuschauer zusammen so laut „Don't Bring Me Down", dass niemand hörte, wie ich ins Mikrophon jaulte.

Danach gab ich meinen Moderatorenjob auf und der Dank war überwältigend. Megan umarmte mich fest und sagte, dass ich bei einer Versteigerung noch mehr einbringen würde als Glenn Holloway. Ich zog sie hinter mir her in die Menschenmenge und winkte zu Blake hinauf, der gerade „Crazy Little Thing Called Love" anstimmte, und so die Serie der Golden Oldies vervollständigte. Megan genoss es, mit mir zu tanzen und wir bewegten uns gut zusammen. Als ein anderer Mann übernehmen wollte, tanzte ich zur Seite, obwohl sie versuchte, mich festzuhalten. Aber er war süß und ich war vergeben, also wackelte ich mit den Augenbrauen und sie ließ mich los.

Ich ging zur Seite der Bühne, um Blake die Hand zu schütteln. Auf einmal hielt ich eine Karte mit ihren Kontaktdetails in der Hand, auf die eine Telefonnummer gekritzelt worden war. Als unsere Blicke sich trafen, sagte er lautlos *Handynummer* und *Ruf mich an.* Ich steckte die Karte in meine Hosentasche, was ihm anscheinend sehr gefiel.

Dann eilte ich zur Seite der Tanzfläche und machte mich auf den Weg zurück zum Wohnwagen.

„Stefan!"

Ich schaute über die Schulter und sah Glenn Holloway. Aber ich blieb nicht stehen.

„Verdammt, nun warte schon!"

Aber ich versuchte, zu flüchten und er musste sich anstrengen, um mich einzuholen. „Warum tanzt du nicht mit Rachel Webb?"

„Was?" Er war empört.

„Die hübsche Frau, die nicht die Hände von dir lassen konnte."

„Ich ..."

„Die, die dich gekauft hat", neckte ich ihn.

„Das Date ist nicht heute Abend. Ich muss Morgen den Bullen reiten."

Er klang ungehalten. „Ich verstehe. Nun ja, du solltest trotzdem mit ihr tanzen."

„Warum tanzt du nicht mit dem Sänger?"

Ich blieb plötzlich stehen und er trat in zwei Schritten um mich herum. „Wie bitte?"

„Ich habe gesehen, wie er dich angesehen hat."

Warum in aller Welt versuchte er, irgendeinen Blick zu interpretieren, den er zufällig mitbekommen hatte? „Wie denn?"

„So, als wäre er an dir interessiert."

Warum interessierte ihn das?

„Rand ist nicht hier. Niemand würde es mitbekommen."

„Ich würde es wissen", sagte ich und verschränkte die Arme. „Und der Frontsänger ist nicht schwul."

„Ist er nicht?"

„Nein, Sir, ist er nicht."

„Und was sollte dann die Sache mit der Karte?"

„Ich vermute einmal, dass er will, dass ich ihn anrufe, sollte ich je eine Band brauchen."

Er sah so verärgert aus, dass ich lächeln musste.

„Ich kann nicht glauben, dass du dich heute Abend so benommen hast. Rand würde vor Scham sterben."

„Scham wegen was?"

„Machst du Witze? Du hast dich den ganzen Abend völlig zum Affen gemacht, hast die Leute glauben lassen, dass die Red Diamond ein Witz ist und hast Rands guten Ruf durch den Dreck gezogen."

„Nur dass ich das richtig verstehe …", sagte ich und nagelte ihn mit meinem Blick fest. „Wir haben dieses Jahr mehr Geld gesammelt, als in den letzten fünf Jahren zusammen und …"

„Woher zum Teufel weißt du das?", schrie er mich an.

„Weil Hud Lawrence es mir gesagt hat", sagte ich sarkastisch. „Was denkst du denn?"

Er sah so aus, als wollte er mich schlagen.

„Die Red Diamond hat alle Rodeo-Veranstaltungen gewonnen und die Leute hatten viel Spaß heute Abend. Aber irgendwie, in deinem Kopf, in deiner Welt, wurde Rands Ruf ruiniert. Warum? Weil ich getanzt habe? Habe ich zu schwul getanzt? Denkst du, dass es jeder weiß?"

„Ja, Sir! Ich denke, dass alle wissen, dass du schwul bist!"

„Und wen interessiert das?"

„Du könntest umgebracht werden."

„Ja, sie sind ganz offensichtlich alle hinter mir her."

„Es könnte sein."

„Nun, ich bin hier."

Es folgte Schweigen. Ich machte eine Show daraus, aufmerksam zu lauschen.

„Du bist wirklich ein Besserwisser, weißt du das?"

„Wo ist der wütende Mob? Haben sie sich verspätet?"

Er trat nahe vor mich und schubste mich dann nach hinten.

„Mehr hast du nicht drauf?"

„Ich sollte dich windelweich prügeln."

„Ruf doch Gil Landry, er würde dir sicher gerne helfen."

Sein wütendes Schnauben zeigte mir, wie betrunken er war. Der Mann war nicht mehr ganz sicher auf den Füßen.

„Mein Gott", lachte ich, griff nach seinen Armen und hielt ihn aufrecht. „Du bist so verdammt engstirnig, Mann. Was soll die Scheiße?"

Sein Kopf fuhr nach oben und seine Augen begegneten meinem Blick. Es war, als würde ich von dem tintenfarbenen Blau verschluckt, dann musterte er mich mit schwerem Blick von oben bis unten. Ihm entging nichts.

Ich musste erst eine Sekunde nachdenken und die Situation verarbeiten.

Hatte ich gerade das gesehen, was ich glaubte gesehen zu haben? Checkte Rands homophober Cousin mich etwa ab?

„Glenn", ich keuchte seinen Namen und sah, wie sich die Muskeln in seinem Kiefer spannten.

Er riss sich aus meinem Griff los und wir standen einfach nur da. Stumm. Starrten uns an.

„Du", sagte er und seine Stimme klang rau und barsch. „Wie kommt es, dass du so …"

„Was?", fragte ich, als ich mir sicher war, dass er den Satz nicht beenden würde.

Er antwortete nicht, sondern trat nur vor.

„Glenn?" Ich musste meinen Kopf nach hinten legen, um ihn anzusehen.

„Kommst du morgen, um zu sehen, wie ich den Stier reite?"

„Sicher", sagte ich leise.

„Tu mir einen Gefallen und zieh richtige Kleidung an."

„Okay."

„Nicht solche Jeans", sagte er und seine Augen wanderten an meinem Körper herunter. „Und dieses Hemd ist einfach lächerlich."

„Okay."

„Es ist viel zu klein", sagte er und seine Hand umfasste langsam die zerdrückte Seide.

Ich stand still, konnte seine Knöchel auf meiner Brust, an meiner Haut fühlen. „Glenn."

Er drehte sich plötzlich um und stiefelte davon. Ich hatte keine Ahnung, was in ihm vorging, aber einige Sekunden später hörte ich ein Winseln hinter mir. Als ich zum Korral schaute, sah ich ihren Kopf zwischen den Brettern hindurchlugen. Sie schaute mich an und ihre großen, braunen Augen waren feucht, weil sie so glücklich war, mich zu sehen. Der Hund bettelte, näherkommen zu dürfen.

„Komm her", rief ich Bella zu.

Sie zwängte sich durch die Bretter, sprang an mir hoch, wedelte mit dem Schwanz, winselte und tanzte um meine Beine herum. Sie war ganz euphorisch, dass ich wieder da war. Ich bückte mich, um sie zu streicheln und sie stieß mir die Schnauze ins Auge, bevor sie meine Nase ableckte und mein Kinn anstupste. Dann wurde sie auf einmal ganz steif und ihre Haare richteten sich auf. Bella trat schützend vor mich und presste sich an mich.

„Stefan Joss!"

Ich richtete mich auf und sah Rayland Holloway näherkommen. Er war kurz vorm Explodieren und schien noch wütender zu sein als sonst.

„Ist es wahr?"

Ich wollte wütend auf ihn sein, aber um ehrlich zu sein, erinnerte er mich zu sehr an Rand und auch an Glenn, den ich langsam mochte. Und er ähnelte auch seinem Bruder James, Rands und Charlottes verstorbenem Vater. Und Tyler; er sah auch aus wie Onkel Tyler. Deswegen konnte ich ihn nicht hassen.

„Ist was wahr, Sir?", rief ich ihm zu, als er auf mich zutrat.

„Haben Sie gerade … Was zum Teufel ist denn mit Ihrem Hund los?"

Bella hatte ihren Kopf gesenkt, die Zähne gefletscht und machte Töne, von denen ich keine Ahnung hatte, dass sie dazu fähig war. Das warnende Knurren ließ keinen Zweifel daran, dass sie bereit war, ihm ihre Zähne und Klauen zu zeigen.

„Hören Sie einfach auf, sich so aggressiv zu verhalten", sagte ich. „Das ist ein 30 Kilo Hund, der sich bedroht fühlt."

Er hielt an und ich sah irgendetwas in seinem Blick aufflackern. War es Interesse?

„Sie ist ein Rhodesian Ridgeback."

„Ein was?", schnappte er.

Ich wiederholte den Namen. „Wollen Sie sie mal sehen?"

„Nein, ich will nicht …"

„Sie ist eigentlich wirklich süß, aber so wie Sie sich bewegen, regen Sie sie auf."

„Ich bewege mich nicht …"

„Ich wette, dass Ihre Hunde Sie auch beschützen würden, wenn ich auf Sie zumarschieren würde, so wie Sie das gerade getan haben."

Er starrte mich an.

Ich deutete auf den Picknicktisch, der in der Nähe stand. Er stakste hinüber und setzte sich. Einen Moment später folgte ich ihm und ließ mich am anderen Ende der Bank nieder.

Wir saßen so einige Minuten schweigend da. Bella, die mir nachgekommen war, war zu meinem Schatten geworden und hatte den Kopf in meinen Schoß gelegt. Während ich so da saß, ließ ich meine Gedanken wandern. Ich wurde mir bewusst, dass Bella nur zugeschaut hatte, während ich mich mit Glenn unterhalten hatte und sie hatte weder geknurrt noch gebellt, um mir zu zeigen, dass sie da war. Dabei war sie so beschützend. Also woran lag es dann, dass sie nicht glaubte, mich gegen Glenn verteidigen zu müssen?

„Der Hund ist zu groß, um mit Rindern zu arbeiten."

Der schroffe Kommentar holte mich aus meinen Gedanken.

„Nein", sagte ich. „Sogar Deutsche Schäferhunde wurden ursprünglich gezüchtet, um Hütehunde zu sein. Für gewöhnlich kommt das heute aber nicht mehr vor."

Wir schwiegen wieder.

Er hob schließlich die Hand und ich deutete Bella an, dass sie zu ihm gehen sollte. Sie trottete zu ihm. Aber anstatt sich einfach hinzusetzen und zu warten, legte sie ihren Kopf in seinen Schoß, so wie sie das bei mir auch getan hatte.

Rayland grunzte, bevor er sie streichelte und hinter den Ohren kraulte. Dann kraulte er sie unterm Kinn und mir wurde klar, dass die Mauer um ihn herum nicht so hoch oder dick war, wie ich bisher geglaubt hatte.

„Hier kann es nicht nur um mich gehen", begann ich. Ich hoffte, dass es zu einem längeren Gespräch kommen würde. „Ich bin noch nicht lange hier, erst seit zwei Jahren. Es muss mehr dahinter stecken."

„Ich höre nicht auf Sodomiten."

So hatte man mich noch nie genannt. Man hatte mich hin und wieder mit anderen Ausdrücken beschimpft, aber dieser hier war neu. „Ja, aber diese ganze Feindseligkeit nur deswegen? Das kaufe ich Ihnen nicht ab."

„Nun ja, glaub, was du willst." Er ging zum Du über.

„Und als Rand noch mit Jenny verheiratet war, wart ihr so gute Freunde wie Erbsen und Möhren?"

Er drehte sich um und blickte mich finster an.

Das Zitat aus *Forrest Gump* entging ihm. „Also?"

Er schaute wieder über das Feld. Unsere Wohnwagen, der Stall und der Paddock befanden sich ganz am Rand des Geländes und dahinter lagen nur Unterholz, Gras, Dreck und die unendliche Weite des Himmels.

„Ihr habt also nicht zusammen ‚Kumbaya' gesungen, nicht wahr, Sir?"

„Ich habe keine Ahnung, was du meinst."

„Warum gibt es all das böse Blut zwischen dir und Rand? Ich habe gehört, dass du die Ranch haben wolltest und dass er abgelehnt hat."

Nichts. Nicht mal ein Räuspern. Aber aus irgendeinem Grund war er gekommen, um mit mir zu reden.

„Bist du auch gekommen, um mich anzuschreien, weil ich heute Abend den Moderator gemacht habe?"

„Warum? Wer hat dich denn sonst noch angeschrien?"

„Glenn."

Er grunzte zustimmend. „Hast du deswegen das blaue Auge?"

„Nein, das ist von Gil Landry. Und so schlimm ist es auch nicht."

„Landry? Warum?"

„Er will, dass seine Schwester Rand heiratet."

„Oder Glenn", knurrte er. „Sie will irgendeinen Holloway. Welcher, ist ihr egal."

„Ich denke, dass Carly Rand will."

„Und vielleicht kann sie ihn haben, nachdem er dich vor die Tür gesetzt hat."

„Vielleicht", seufzte ich.

Er wandte mir seine blitzenden Augen zu. „Stell dich vor den Leuten nicht mehr so zur Schau."

„Mich zur Schau stellen?“

„Du wirst dir noch Ärger einhandeln, wenn du weiterhin allen so offen zeigst, dass du eine Tunte bist.“

„Wann habe ich denn das getan?“

„Was?“

„Den Leuten gezeigt, dass ich eine Tunte bin?“

„Es ist … zieh einfach etwas anderes an.“

Es ging also wieder einmal um die Auswahl meiner Kleidung.

„Du hast ausgesehen wie ein Rockstar.“

Als ob der Mann irgendeine Ahnung hätte, wie ein Rockstar aussah. „Ich dachte, ich hätte schwul ausgesehen.“

Er knurrte mich an. „Ich will nur nicht, dass dir einer was antut.“

„Das interessiert dich doch einen Scheiß.“

„Wenn dir etwas passiert, wird Rand …“ Er rieb sich die Stirn, nachdem er sich selbst unterbrochen hatte. „Das reicht. Das hier sollte sich nicht wiederholen.“

„Du willst also, dass ich aufpasse, weil Rand dich verantwortlich machen würde, wenn etwas passiert?“

„Ich bin hier, oder?“, schnappte er. „Wenn etwas passieren würde, wüsste er, dass ich … halt dich einfach bedeckt, okay?“

Mich bedeckt halten? „Warum interessiert dich das eigentlich? Ich dachte, du hasst Rand.“

„Er …“

„Du wolltest die Ranch kaufen und er hat dich zum Teufel geschickt.“

„Er war zu jung, um die gottverdammte Ranch alleine zu führen!“, schrie er mich an. Aus irgendeinem Grund störte das den Hund gar nicht. Vielleicht hatte sie genauso wie ich gehört, dass seine Stimme brüchig war. Er klang, als hätte er Schmerzen.

„Du wolltest helfen?“, fragte ich nachdenklich.

Er schien sich zu mir umdrehen zu wollen, hielt sich aber im letzten Moment zurück und zwang sich still zu sitzen. „Er war nur ein Junge.“

„Er war Mitte zwanzig“, korrigierte ich ihn.

„Es war eine große Verantwortung für eine Person.“

Der Mann hatte helfen wollen. Soviel war mir klar. „Was wolltest du tun?“

„Ich wollte die beiden Ranchen, die Red Diamond und die White Ash, zusammenlegen. Ich wollte ihm nie die Ranch abkaufen und ihn vertreiben.“

„Die Red Diamond war - ist - das Vermächtnis seines Vaters. Wie sollte er sie denn nicht für immer behalten wollen?“

Er räusperte sich. „Rand …“

Ich wartete, aber er schüttelte nur den Kopf.

„Sir?“

Er blickte zu mir und ich schaute in die gleichen elektrisierend türkisblauen Augen wie die des Mannes, den ich liebte. Sie ähnelten auch denen von Charlotte und bisher hatte ich immer geglaubt, dass sie und Rand dieselbe Augenfarbe hatten. Aber Charlottes Augen waren dunkel, so wie die von Glenn. So wie die ihres Vaters. Nur Rand und Rayland hatten die gleiche, strahlende, unverwechselbare blaue Augenfarbe.

Himmelblau.

Türkis.

Ein Blau, das man nie mehr vergaß. Ein Blau, das einem auffiel.

Und nur Rand und Rayland hatten diese Augenfarbe.

Niemand sonst in der Familie.

Aber … Ich sah ihn an und er schaute weg.

Er räusperte sich. „Ich habe Rand vor vier Monaten in Sweetwater bei der Auktion von Paulson gesehen. Hat er dir das erzählt?"

„Nein."

„Er sah gut aus." Er sagte das einfach so vor sich hin und ich merkte, dass er mir nicht wirklich zuhörte, sondern tief in Gedanken versunken war. Er dachte an Rand und hatte einen wehmütigen Gesichtsausdruck. Mir war klar, dass Rand ihm wichtig war, aber das ergab irgendwie keinen Sinn.

Ich war so verwirrt. *Hasst er Rand nun oder nicht?* Und ich wusste, dass Rand gut aussah. Warum sollte er mir also sagen wollen, dass … „Ich kümmere mich gut um ihn", sagte ich zu dem älteren Mann. Ich wollte, dass er das wusste.

„Ja, ich habe gemerkt, dass er sich verändert hat."

Es kam mir vor, als hätte ich mich mitten im Nirgendwo ohne eine Landkarte verlaufen. Ich hatte keine Ahnung, welche Richtung ich einschlagen sollte. Rayland hatte eine Veränderung in Rand wahrgenommen. Er hatte gesehen, dass jemand sich gut um den Mann kümmerte. Er akzeptierte diese Tatsache, hatte sie kommentiert, aber trotzdem …

„Du hast vor, dich nicht umbringen zu lassen, oder?"

Ich hatte keine Ahnung, worum es ging. „Wie bitte?"

Er drehte sich um und schaute mich an. „Morgen. Was hast du vor?"

Wenn er Englisch mit mir reden könnte, würde mir das vielleicht helfen. „Könntest du mir sagen, wovon du redest?"

„Nun, ich weiß, dass du nicht so dumm bist, den Stier zu reiten. Es würde dich wahrscheinlich umbringen, wenn du abgeworfen wirst. Also frage ich mich, was du stattdessen tun wirst. Zureiten mit oder ohne Sattel?"

Ich hatte einen lustigen Kommentar zum Reiten ohne Sattel auf Lager, aber langsam wurde mir klar, was er mich fragte und dieser Gedanke erstickte allen Humor. „Fragst du mich allen Ernstes, an welcher Rodeo-Disziplin ich morgen teilnehme?"

„Ja."

„Warum sollte ich mehr tun, als nur zuzuschauen?"

„Weil jeder Rancher hier mindestens an einer Veranstaltung teilnehmen muss. Glenn reitet den Stier für die White Ash. Rand tut das normalerweise für die Red Diamond, aber du kannst das wohl schlecht machen. Du würdest dich umbringen. Also, wobei machst du mit?"

Ich hätte am liebsten gelacht, aber ich konnte es gerade noch unterdrücken. Das würde ein Theater geben, wenn ich Everett erzählte, dass ich vorhabe, mir morgen den Hals zu brechen. „Und wenn der Rancher nicht mitmacht?"

„Dann gehen die Weiderechte natürlich an jemand anders über."

Natürlich. Natürlich. Wie dumm von mir.

„Ich hatte gedacht, dass du heute bei etwas Einfachem mitmachen würdest, aber du scheinst darauf fixiert zu sein, dich in der Arena von einem wilden Tier abwerfen zu lassen. Ich muss zugeben, dass ich mich darauf freue."

Scheiße.

„Wenn du in der Arena umgebracht wirst, ist das nicht meine Schuld."

„Sir." Ich räusperte mich, um das Thema zu wechseln. Ich wollte weiter mit ihm reden; aber nicht über Morgen, denn sonst würde ich noch verrückt werden. Ich konnte mich nur um eine Katastrophe nach der anderen kümmern und es gab Fragen, auf die ich gerne eine Antwort bekäme. Zum Beispiel warum Rand Holloway genau die gleiche Augenfarbe hatte wie dieser Mann hier? Mein Gespräch mit Everett über den Wettbewerb, den ich ohne gebrochenes Rückgrat überstehen wollte, musste warten. „Erzähle mir von deiner Ranch."

„Warum zum Teufel?", knurrte er.

„Ich will es einfach wissen."

„Warum?"

„Warum nicht?"

Er blieb stumm.

„Wie ist es dort?"

„Was meinst du?"

„Wie groß ist das Haupthaus?"

„Es hat zwölf Zimmer."

„Oh, Scheiße."

„Mein Vater, Henry Holloway, hat das Haus in den Glauben gebaut, dass all seine Söhne dort gemeinsam wohnen und arbeiten würden. Aber Tyler, James und Cyrus sind alle ausgezogen."

„Gehört die White Ash nur dir oder den anderen auch?"

„Nur mir. Alle anderen haben mir ihre Anteile überschrieben, als sie ihre eigenen Ranchen aufgebaut haben."

Tyler hat einmal eine Ranch besessen? Ich brauchte wirklich Nachhilfe im Fach Holloway-Geschichte. „Also wäre Platz für mich?"

„Wo?"

„Auf deiner Ranch. Du hast Platz, also könnte ich zu Besuch kommen."

„Vermutlich."

„Also gut. Ich will sie sehen."

„Mach, wie du denkst", sagte er.

75

Wie ich denke? Also könnte ich zu Besuch kommen und bleiben, auch wenn er mich hasste? Wie passte das denn bitte alles zusammen? Der Mann hatte mir vor die Füße gespuckt, aber jetzt auf einmal konnte ich bei ihm auf ein Bier vorbeikommen? „Mr Holloway, Sir, das ergibt alles keinen Sinn."

„Oh. Nein?"

„Nein", sagte ich und schaute ihm in die Augen.

„Rand", sagte er und räusperte sich. „Du bist ihm wichtig, oder?"

Warum war das wichtig? „Ja."

Er nickte, streichelte Bella noch einmal, stand dann auf und ging ohne ein weiteres Wort davon.

„Was in Gottes Namen war denn das?", sagte ich zu meinem Hund.

Sie legte den Kopf schief, so als wäre ich derjenige, der verwirrt war.

Ich betrat den Wohnwagen, zog mein Pseudo-Cluboutfit aus, duschte schnell und lag dann im Bett und überlegte, wen ich am besten anrufen sollte. Dann fiel es mir wie Schuppen von den Augen und ich wählte die Nummer von May, Rands Mutter.

„Stefan, mein Lieber", begrüßte sie mich und ich konnte hören, wie sie ins Telefon lächelte. „Was für eine nette Überraschung."

„Hi May, ich hoffe, dass ich nicht zu spät anrufe?"

„Es ist erst elf Uhr, Schatz. So alt bin ich nun auch noch nicht."

„Ja, Ma'am." Ich seufzte.

„Was geht dir im Kopf herum?"

„Ich bin verwirrt."

„Weswegen?"

„Rayland Holloway."

Es gab einen lauten Knall und ich wurde mir bewusst, dass sie das Telefon auf den Boden hatte fallen lassen.

„May?"

Ich hörte sie fluchen, was sie sonst nie tat und dann war da hektisches Suchen zu hören. Sie war ziemlich nervös.

Sie hustete kurz, bevor ich sie wieder am Hörer hatte. „Entschuldige. Ich habe aus Versehen … also, was hast du gesagt?"

„Du musst mir von Rayland Holloway erzählen."

„Rayland?"

Ihre Stimme war so hoch, dass ich keinerlei Zweifel mehr hatte. Ich wusste bereits alles, was ich wissen musste. Ich wollte die Geschichte nur von ihr selbst hören.

„Was ist mit ihm?"

„Kannst du mir bitte diese Geschichte erzählen?"

„Welche Geschichte?", fragte sie. Ihre Stimme klang zuckersüß.

„Warum liegt er mit Rand im Clinch?"

„Schatz, er …"

76

„Bitte", bat ich sie. „Ich will es verstehen."

„Wie würdest …"

„Sie haben die gleichen Augen, May."

„Wer?"

„Ich bin nicht blöd. Bitte tu nicht so, als wäre ich es."

Es folgte ein lauter Seufzer. „Was willst du wissen?"

„Wer ist der Älteste?"

„Was?" Sie lachte, aber es klang gezwungen und atemlos.

„Von den Holloway Brüdern."

„Oh, na ja, Tyler ist der älteste, dann James, Cyrus und dann Rayland."

„Rayland hat gesagt, dass Tyler früher auch eine eigene Ranch hatte?"

„Das stimmt."

„Was ist damit passiert?"

„Nun ja." Ihre Stimme wurde ruhiger und sie hörte sich besser an, da wir nun nicht mehr über Rayland, sondern über etwas anderes redeten. Sie befand sich wieder auf sicherem Terrain. „Schatz, Tyler hat früher ziemlich viel getrunken und hatte viele Frauen. Aber die letzte, Dawn, war nicht wie die anderen, denn sie war klug. Ich glaube, dass sie deswegen auch die einzige von allen war, die er geliebt hat, aber … Ich mochte sie sehr, aber was sie getan hat, war falsch. Auch wenn sie es aus den richtigen Beweggründen heraus getan hat."

„Was hat sie gemacht?"

„Nun, sie hat sich von Tyler scheiden lassen und zu dem Zeitpunkt war bereits alles in ihrem Namen. Sie hat es für die Menschen getan, die auf der Ranch lebten und für ihre Zukunft. Aber sie hat Tyler aus seiner Heimat vertrieben und das hat ihn fast umgebracht."

„Führt sie die Ranch noch?"

„Ihr Sohn."

„Tylers Sohn?"

„Mmm-mmm."

Gott. „Ich dachte, dass Tyler keine Kinder hat."

„Er hat einen Sohn und eine Tochter."

„Verdammt, niemand erzählt mir irgendwas", schimpfte ich.

Sie lachte. „Na ja, mein Lieber, es ist nicht so, als stünden sie sich nahe. Ich bezweifle, dass Tyler seine Kinder in den letzten zwanzig Jahren gesehen hat."

„Warum?"

„Du musst verstehen, dass er nach der Scheidung ein gebrochener Mann war, Stef. Er musste mit eingezogenem Schwanz abziehen und hat dann als einfacher Arbeiter auf einem Ölfeld gearbeitet."

„Und dann?"

„Nun, dann hat James ihn im Sommer in Midland besucht. Ich weiß nicht mehr genau, wann, aber ich glaube, es war kurz nachdem Charlotte geboren war. Und als er nach Hause kam, war Tyler bei ihm. James machte ihn zu seinem

Vorarbeiter, gab ihm das Haus des Vorarbeiters und seitdem lebt er auf der Red Diamond. Er ist der Ranch völlig ergeben. Erst James und jetzt Rand."

„Das ist so traurig."

„Ja, das stimmt. Besonders, weil sein Sohn ein wundervolles Heim hat und seine Tochter als Ärztin in der gleichen Stadt arbeitet. Es ist eine Schande, dass er die beiden nicht kennt."

„Denkst du, dass er sie gerne kennen würde?"

„Diese Entscheidung liegt nicht mehr bei ihm, sondern bei seinen Kindern. Wenn sie ihn sehen wollen, wissen sie genau, wo sie ihn finden können."

„Vielleicht sollte er sie einladen?"

„Das hat er vor etwa sechs Jahren gemacht. Beide haben ihn zum Teufel geschickt."

Tyler tat mir leid, aber die Reaktion seiner Kinder war nachvollziehbar. „Deine Familie ist ein völliges Durcheinander, May."

„Die Holloways sind ein Durcheinander, Stef, nicht die Millers. Meine Verwandtschaft redet miteinander. Es sind keine harten, sturen Cowboys."

„Lebt Dawn noch?"

„Nein, sie ist vor zwei Jahren gestorben. Sie hatte Brustkrebs."

„Oh, das ist traurig."

„Ja, stimmt. Ich vermisse sie immer noch."

„Hat sie wieder geheiratet?"

„Nein. Über Holloway Männer kommt man nicht hinweg."

Nachdem Rands Vater gestorben war, hatte May fast zwölf Jahre gebraucht, um auch nur daran zu denken, einen anderen Mann zu lieben. Am Ende hatte sie einen sehr netten Mann, Tate Langley, geheiratet, der das völlige Gegenteil zu ihrem ersten Mann war.

„Vielleicht hätte sie das getan, wenn Tyler gestorben wäre. Aber stattdessen hat er ihr das Herz gebrochen. Das hat mein Cowboy nie getan."

„Okay", sagte ich und versuchte, die Informationen zu verarbeiten. „Jetzt zu Rayland."

„Ja?" Sie klang plötzlich wieder außer Atem.

„Ist er verheiratet?"

„Das war er. Er ist verwitwet. Lily ist im Februar vor fünf Jahren gestorben."

„Wie hat sie ausgesehen?"

„Seltsame Frage." Sie zögerte.

„Ich versuche nur, etwas herauszufinden. Und vielleicht muss ich auf das Punnett-Quadrat zurückgreifen, das ich in der Schule gelernt habe."

„Nun, sie war wunderschön. Eine Halbkomantschin. Raylands Sohn Zach hat ihre Augen. Ein schönes Schokoladenbraun."

„Ich verstehe. Also ist da Raylands Sohn Glenn, der wie James und Charlotte dunkelblaue Augen hat. Und die Augen seines anderen Sohns, Zach, sind braun."

„Ja."

„Und beide, Rayland und Rand, haben blaue Augen."

„Nun, ja, sie …"

„May?"

„Ja, Stefan?"

„Nur weil ich blond bin, heißt das nicht, dass ich dumm bin. Das ist nur ein Vorurteil."

Am anderen Ende der Leitung blieb es still.

„Über blonde Leute."

„Ja."

„May."

„Stefan, es ist …"

„Ich weiß, warum der Mann so wütend ist, May. Aber er versteckt den wahren Grund hinter Homophobie, Landrechten und einem Haufen anderer Scheiße."

Einen Moment später merkte ich, dass sie weinte.

„Bitte sag es mir."

„Du weißt es schon."

Ich atmete ein. „Weiß Rand, dass Rayland sein Vater ist?"

„Nein."

„Weiß es Charlotte?"

„Natürlich nicht!"

Sie würde einen Anfall bekommen, wenn sie das jemals herausfände. „Das war tapfer von dir, dass du es ihr nicht erzählt hast."

„Stefan, warum denkst du überhaupt über Rayland nach? Woher kennst du ihn eigentlich?"

„Weil wir ein paar nette Stunden hier beim Rodeo miteinander verbracht haben." Ich atmete scharf aus.

„Wie bitte? Wo bist du?"

„Ich bin zusammen mit den Männern zum Truscott Rodeo gefahren, um die Weiderechte behalten zu können."

Es blieb für einige Augenblicke still.

„Oh mein Gott, Stefan", keuchte sie. „Woher wusstest du überhaupt, dass …"

„Eine sehr nette Frau hat mich angerufen."

„Stef, mein Schatz, du kannst nicht dort sein."

„Zu spät. Ich bin hier."

„Und wo ist Rand?"

„Auf Zachs Ranch."

„Warum?"

„Er hilft ihm dieses Wochenende mit den Touristen."

„Und er hatte keine Ahnung, dass das Rodeo dieses Wochenende ist?"

„Nein."

„Also bist du in Truscott und kümmerst dich um alles?"

„Ja."

„Nein, nein, nein, Stefan, Schatz. Wenn du an Rands Stelle dort bist, musst du an einer Veranstaltung teilnehmen."

Ich hätte schon früher mit ihr reden sollen. „Ja, das habe ich auch gerade erfahren."

„Was hast du vor, mein Lieber?"

„Zureiten, entweder mit oder ohne Sattel, oder …"

„Nein!"

„Wenn ich den Stier reiten würde, wäre es wenigstens schnell vorbei."

„Stefan!"

„Wen interessiert das schon, May? Morgen fliege ich entweder von einem Pferd oder von einem Bullen. Das ist in Ordnung. Die wichtige Sache hier ist Rayland. Du weißt, dass es ihn beinahe umbringt, dass er seinen Sohn nicht haben kann. Du weißt es."

„Ich weiß", wimmerte sie. Ich konnte hören, wie die Tränen aus ihr hervorbrachen.

„Erzähl mir, was passiert ist. Bitte, May."

Sie erzählte mir, dass es eine Affäre gewesen war.

Als May Miller Rayland Holloway zum ersten Mal gesehen hatte, war sie sofort verliebt. Er liebte sie auch, aber er war jung und wild und nicht bereit, sich niederzulassen. Sie war bereit, eine Ehefrau zu sein, zu heiraten und eine Familie zu gründen. Der bloße Gedanke daran hatte ihn zu den Rodeos getrieben. Einen Monat nachdem er verschwunden war, hatte May entdeckt, dass sie schwanger war. Sie war alleine gewesen, hatte Angst und wandte sich schließlich an ihre Eltern, von denen sie das Schlimmste befürchtete. Sie hatten sie verdammt überrascht und freuten sich beide darauf, ihr Enkelkind zu sehen.

„Manche Leute kennt man nicht richtig, Stef, bis man sie auf die Probe stellt."

May war also bereit gewesen, eine alleinerziehende Mutter zu werden. Sie hatte im Futtergeschäft ihres Vaters gearbeitet, als James Holloway drei Monate später aus Vietnam zurückgekommen war. Er hatte auf dem Weg durch die Stadt kurz angehalten, um seinen Vater zu sehen. Er hatte sich darauf gefreut, seine eigene Ranch aufzubauen und ein Leben in Winston zu beginnen, weit weg von seiner Familie. Er war bereit dazu, auf eigenen Beinen zu stehen und aus dem Schatten seines Vaters zu treten. Henry Holloway war entzückt über die Veränderung, die in seinem Sohn vorgegangen war. Und neben seinen besten Wünschen hatte er ihm auch noch die Anzahlung für das Land mitgegeben, auf dem er die Red Diamond aufbauen würde. James freute sich darauf, sein Leben aufzubauen und seine Träume zu verwirklichen, und darauf, die Frau zu finden, mit der er alles teilen konnte. Als er anhielt, um seinen Vater zu besuchen, sah er May. Sie war erwachsen geworden, während er am anderen Ende der Welt gekämpft hatte. Mit den Augen auf seine Zukunft gerichtet, hatte er in ihr die Frau gesehen, mit der er seinen Traum leben wollte.

Sie war von seiner Aufmerksamkeit geschmeichelt, aber am Ende war es nur richtig gewesen, dass sie ihm gestand, dass sie mit dem Kind seines Bruders schwanger war. Zum zweiten Mal innerhalb kurzer Zeit wurde sie überrascht, denn James sagte ihr, dass es ihm scheißegal war. Er liebte May - hatte das schon immer getan, wie sie später herausfinden sollte, und würde das Kind, das sie trug, beschützen und lieben. Sie war nicht überzeugt. Also ging er zunächst zu ihrem Vater, um um ihre Hand zu bitten und kaufte ihr danach einen Ring. Nachdem sie seinen Antrag abgelehnt hatte, war sie in ihrem Schlafzimmer zusammengebrochen. Während sie schluchzte, hatte ihr Vater sich neben sie gesetzt und ihr gesagt, dass die Entscheidung bei ihr lag. Sie konnte für immer bei ihm und ihrer Mutter bleiben, aber er war der Meinung, dass sie es mit einem Holloway versuchen sollte. Der erste war zu jung gewesen, nur ein Junge, aber dieser hier, James, war ein Mann.

Sie heirateten im nächsten Monat und zogen nach Winston. Rand wurde fünf Monate später geboren und sie warteten noch vier weitere Monate, bevor sie Leute anriefen und die Neuigkeit verkündeten. Niemand konnte sie sofort besuchen, und das passte James und May gut. Da so zeitmäßig alles zusammenpasste, konnten sie ihr Leben weiterleben, ohne dass jemand erfuhr, dass Rand nicht James leiblicher Sohn war.

Drei Jahre später hatte Rayland Holloway die Rodeos aufgegeben und war bereit, sich niederzulassen. Er hatte eine Frau geheiratet, die er in Tulsa kennengelernt hatte, und kam auf dem Weg nach Hause durch Winston. Er brachte seine neue Frau mit nach Hause auf die Ranch seines Vaters, die er nach dessen Tod irgendwann übernehmen würde. Er hatte sich entschieden, auf dem Weg dorthin bei seinem Bruder anzuhalten und hatte vor, May damit aufzuziehen, dass ihr anscheinend jeder Holloway recht war. Es war ein Überraschungsbesuch, aber es stellte sich heraus, dass nicht James und May die Überraschung ihres Lebens erleben sollten.

Er war die lange Straße entlanggefahren, die zum Haupthaus führte und als er und Lily aus dem Auto stiegen, hatten sie einen kleinen Jungen gesehen, der an einem Zaun lehnte. Als er sich zu ihnen umdrehte, war Rayland beinahe ohnmächtig geworden. May war auf die Veranda getreten, hatte sein Gesicht gesehen und zog eine Grimasse. Er durchschaute sofort alles, was sie zu verstecken versucht hatte. Aber James war auch da gewesen, und er hatte Lily auf eine Limonade ins Haus eingeladen. Rayland hatte zwei Tage gebraucht, um May endlich alleine zu erwischen und die Wahrheit aus ihr herauszubekommen. Sie hatte ihm gesagt, dass James alles wusste und dass niemand jemals etwas verraten würde.

Rayland wollte seinen Sohn.

May sagte ihm, dass Rand der Sohn von James war und nicht seiner.

„Du hast ihn sogar nach mir benannt", Raylands Stimme klang gebrochen.

Das stimmte, das musste sie zugeben. Aber das war alles Vergangenheit.

Rayland sagte, dass er sich von Lily scheiden lassen würde und dass sie James verlassen konnte. Dann könnten sie heiraten. Aber May wollte das dem

Mann, der sie liebte und ihr treu war, nicht antun. Sie liebte ihn mehr, als sie je für möglich gehalten hätte. Sie hatte ihre Hand auf ihren Bauch gelegt und ihm gesagt, dass sie von James schwanger war und dass er sein Leben weiterleben sollte. Er und Lily, dessen war sie sich sicher, würden selbst wunderbare Kinder haben.

„Kann ich fragen", ich seufzte tief, „was James über Rand dachte?"

„Es gibt keinen Vater, der seinen Sohn mehr lieben könnte oder stolzer auf ihn war als James", sagte sie. „Du musst verstehen, dass Rand James verehrte und James hat seine beiden Kinder leidenschaftlich geliebt. Er wusste, dass nur Charlotte von ihm war, aber er und Rand waren sich so ähnlich. Sie schätzten die gleichen Werte, teilten die Liebe zu ihrer Familie, zu dem Land, zu ihrem Lebensstil, zu allem … Sie waren ein und dieselbe Person. James hat alles an Rand weitergegeben und wenn ich heute meinen Sohn anschaue, dann sehe ich James, nicht Rayland."

Ich schluckte. „Also was ist dann zwischen dir und Rayland passiert?"

„Er zog nach Hause auf die White Ash, die Ranch seines Vaters. Und neun Monate, nachdem er Lily geheiratet hatte, wurde Glenn geboren."

„Und nachdem James gestorben war?"

„Rayland kam und wollte die Ranch kaufen, aber Rand hat ihn zum Teufel geschickt. Es war hart, die beiden zu sehen, weil Rand um seinen Vater trauerte und Rayland genau vor ihm stand und ihm alles erzählen wollte. Es war furchtbar."

„Rayland hat gesagt, dass er die Ranch nicht kaufen, sondern die beiden nur zusammenlegen wollte."

„Wann hat er dir das gesagt?"

„Heute Abend."

„Du hast ihn gefragt?", stieß sie hervor.

„May, du kennst mich doch. Natürlich habe ich ihn gefragt."

„Oh Gott."

„Aber wie ich schon sagte. Er hat nicht gesagt, dass er sie kaufen wollte."

„Nun, alles, was ich weiß, kommt von Rand. Er hat mir gesagt, dass der Mann die Ranch kaufen wollte, um sie dann weiterverkaufen zu können. Und das hätte Rand nie zugelassen."

„Das klingt, als hätten sie sich gegenseitig nicht zugehört."

„Könnte sein."

„May?"

„Ja?"

„Ich weiß, dass du James geliebt hast. Ich habe dich bei seiner Beerdigung gesehen. Wann hast du dich in ihn verliebt?"

„Ich habe ihn eine lange Zeit geliebt, aber erst, nachdem Charlotte geboren worden war", seufzte sie. „Ich habe gesehen, wie sehr er Rand wirklich liebt."

„Ich verstehe nicht ganz."

„Nun ja, drei Jahre lang habe ich geglaubt, dass James sein Bestes tat, um Rand zu lieben. Aber dass er sich verändern würde, wenn er erst ein eigenes Kind hatte und dass ich ihn dann verlassen müsste. Rand hatte es verdient, wirklich von einem Vater geliebt zu werden."

„Was ist passiert, nachdem Charlotte geboren wurde?"

„Nichts."

„Ich habe den Faden verloren."

„Ich will sagen, dass sich sein Verhalten gegenüber Rand kein bisschen veränderte. Er behandelte Charlotte genauso, wie er das mit Rand getan hatte, als er ein Baby war. James liebte seine Kinder genau gleich und liebte mich selbst wie verrückt." Sie seufzte. „Und als mir klar wurde, dass James mein Kind von einem anderen Mann genauso sehr lieben konnte wie sein eigenes, da habe ich mich wirklich in ihn verliebt."

Ich lächelte ins Telefon. „Du hast endlich zugelassen, dass du dich in deinen eigenen Ehemann verliebst."

„Oh ja."

Es gab keinen Weg um die Frage herum. Ich musste es wissen. „War er glücklich?"

„James hat immer gesagt, dass das Beste in seinem Leben die Tatsache war, dass er von einer guten Frau und von seinen Kindern geliebt wurde. Der Mann hat seine Familie über alles geliebt."

Das wusste ich. Ich hatte ihn mit Rand und Charlotte zusammen gesehen. Er war schroff und hart, kein Mann vieler Worte, aber er vergaß nie, seine Kinder zur Begrüßung und zum Abschied zu umarmen. Und am Ende war er sogar mit mir warm geworden.

„Darf ich fragen, warum du denkst, dass Rayland Rand nicht einfach die Wahrheit sagt? Wo er doch so sehr will, dass Rand es weiß."

„Weil er genauso gut wie ich weiß, dass Rand ihm nie im Leben glauben würde. Es müsste schon von mir kommen."

„Er hat nie versucht, dich zu erpressen, dass du es ihm sagst?"

„Er hat keine Beweise. Was soll er Rand denn sagen? Dass sie die gleiche Augenfarbe haben?" Sie seufzte schwer. „Und die einzige Person, der Rand sonst noch glauben würde, ist vor langer Zeit gestorben."

„Rand ist sein Sohn."

„Rand ist James Holloways Sohn. Es kommt nicht darauf an, wer einen zeugt, Stef, sondern darauf, wer dich großzieht. Du wirst wissen, was ich meine, wenn du und Rand erst Kinder habt. Sie stammen vielleicht zur Hälfte von dir und zur Hälfte von Charlotte, aber sie werden dir und Rand gehören."

Mein Kopf tat weh. Mein Herz auch. *Würde Rand nicht eigene Kinder wollen, wenn das hier erst herausgekommen war?*

„Stefan, Schatz, du wirst ein wundervoller Vater sein. Genau wie Rand. Lass das hier nicht eurem Plan im Weg stehen. Ich kenne dich. Ich weiß, was du denkst."

„Ich …"

„Er will dich, Stefan. Und wenn du mal darüber nachdenkst, dann liebt Rand seinen Vater doch. Und die Gene seines Vaters sind schließlich ein Teil von Charlotte. Genau genommen ist ein Kind von dir und Charlotte also genau das, was er will. Ergibt das Sinn?"

Tat es. Irgendwie. „Gott, May. Das muss eine ganz schöne Last gewesen sein. All die Jahre."

„Du hast ja keine Ahnung."

„Rayland will, dass Rand es weiß."

„Ich weiß."

„Ich glaube, dass es ihn kaputt macht. Und er bemüht sich und will, dass Rand ihn sieht, in seinem Leben bleibt. Aber unglücklicherweise hat er bisher nichts als Ärger und Feindseligkeit provoziert."

„Ja."

„Gott, May. Tylers Kinder, James Kinder, wer ist denn hier nicht verkorkst?"

„Tylers Kindern geht es gut. Rand und Charlotte geht es auch gut, vielen Dank."

„Das wird für Rand nicht so bleiben. Und für Charlotte auch nicht."

„Nur, wenn du mein Geheimnis weitererzählst, Stefan. Und ich erinnere dich daran, dass du dazu kein Recht hast. Wie die Leute Rayland und Rand anschauen können, wenn sie zusammen sind und nicht sehen können, dass der Sohn die genaue Kopie seines Vaters ist, verstehe ich nicht. Es hat mich immer völlig nervös gemacht, deswegen war ich froh, dass wir uns immer nur einmal im Jahr an Weihnachten gesehen haben. Rand war mit James zusammen, und ich konnte sehen, wie Rayland die beiden angeschaut hat. Und ich hätte am liebsten wie ein kleines Kind losgeheult."

„Ich muss auflegen", sagte ich, als meine Augen sich mit Tränen füllten.

„Stefan, nein. Ich will mit dir über das Rodeo morgen reden."

„Ist schon in Ordnung, May. Das schaff ich schon."

„Nicht, wenn du stirbst, weil du vom Pferd fällst."

„Hoffentlich wird das nicht passieren."

„Stefan Joss!"

„Entschuldige."

„Du musst die Weiderechte vergessen und nach Hause fahren. Du, mein Lieber, bist Rand wichtiger als irgendein Stück Land."

„Ja, ich weiß." Ich erzählte ihr nicht, dass ich vorhatte, mit Rayland und Glenn zu fahren. „Danke, dass du mir deine Geschichte anvertraut hast, May. Ich hab dich lieb."

„Oh Schatz, ich hab dich auch lieb."

Ich legte auf, weil sie weinte und ich auch damit anfing. Mein Gott, was für ein Durcheinander.

6

ICH WAR zu der Startbox gegangen und wie gewünscht hatte ich mich etwas konservativer gekleidet. Aber ich passte trotzdem nicht dazu. Die schwarze Jeans, die Prada-Stiefel, das graue Hemd und die Sonnenbrille gehörten eher nach Hollywood als nach Texas.

„Hi." Ich lächelte Glenn zu, als ich ihn gefunden hatte.

Er musterte mich. „Was machst du hier?"

„Du hast mich gebeten, zu kommen und dir beim Reiten zuzusehen."

„Von der Tribüne aus, Arschloch."

„Oh." Ich nickte. „Okay."

Aber als ich mich zum Gehen wandte, hielt er mich an der Schulter fest und schob mich vorwärts zum Rand der Arena.

„Du kannst hier oben sitzen. Aber fall nicht herunter."

„Ich bin sehr koordiniert", versicherte ich ihm.

Seine Augen waren auf meine fixiert.

„Hat dein Vater dir gesagt, dass er mir erlaubt hat, morgen mit zu euch nach Hause zu fahren?"

Wenn er überrascht war, entging mir das. „Nein, hat er nicht."

„Ich kann es gar nicht erwarten, die Ranch zu sehen, Glenn."

Er räusperte sich. „Dann solltest du dein Pferd heute Abend nach dem Tanz zu unserem Hänger bringen, weil wir gegen vier Uhr morgen früh fahren werden."

„Okay."

„Du kannst mit mir reiten gehen."

„Klingt gut. Habt ihr auch Platz für Bella in eurem Wagen?"

„Wer ist Bella?"

„Mein Hund."

„Du bringst deinen Hund auch mit?"

„Wenn das in Ordnung ist?"

„Sicher", sagte er leise. Seine Hand lag auf dem Zaun und er lehnte sich näher zu mir. „Bring deinen Hund mit."

Ich bemerkte die grünen Flecken in seinen dunkelblauen Augen. Also wirklich, die Holloway Männer waren wunderschöne Kreaturen. „Wenn wir auf deine Ranch kommen, zeige ich dir, wie gut ich reiten kann."

„Da freue ich mich drauf", sagte er und streckte die Hand nach mir aus. Seine Finger fuhren an meiner Wange entlang. „Lass mich dein Auge anschauen."

Ich hielt den Kopf schief, sodass er es sehen konnte. Er drückte sanft gegen die Haut.

85

„Ich werde Gil Landry richtig in den Arsch treten."

Der Mann hatte keine Ahnung, wie besitzergreifend das klang. „Ist schon in Ordnung."

„Ist es nicht", sagte er und seine Fingerspitzen glitten hinunter zu meinem Kinn und verschwanden dann. „Also gut. Jetzt setz dich hier oben drauf und beweg dich nicht."

„Alles klar."

Er ließ mich allein.

„Was zum Teufel war denn das?"

Ich drehte mich um und sah Everett. „Wow." Ich lächelte breit. „Schau dich nur an. Diese Hose ist ja heiß."

Er starrte mich an. „Du kannst nicht mit dem Feind gemeinsame Sache machen."

„Beruhige dich", lachte ich. „Oh hey, ich brauche deinen Rat. Soll ich nachher mit oder ohne Sattel reiten?"

Er drehte seinen Kopf zu Chris, der gerade dazugekommen war. „Bin ich immer noch betrunken?"

„Nein, warum?"

Er schaute mich wieder an. „Wiederhole für Chris, was du gerade zu mir gesagt hast."

Ich stellte ihm die gleiche Frage wie zuvor Everett. Er hielt sich am Zaun fest.

„Okay." Everett presste die Lippen zusammen und wandte sich wieder mir zu. „Bist du besoffen?"

Ich musste alles schnell erklären. Everett brüllte und Chris sah aus, als müsse er sich übergeben, als ich ihnen von der Klausel in dem Vertrag erzählte.

„Du kannst weder mit noch ohne Sattel ein wildes Pferd reiten!", schrie Everett mich an. „Das geht nicht, Stef, das geht einfach nicht. Du wirst abgeworfen werden und sterben."

„Ich kann noch nicht sterben. Ich muss danach zur White Ash fahren."

„Es tut mir leid, ich bin wohl wirklich betrunken", sagte Everett trocken. „Hast du gerade gesagt, dass du nach dem Rodeo zur White Ash fährst?"

„Ja."

„Nein."

„Doch."

„Kommt gar nicht in Frage", lachte er. „Und wenn ich dich fesseln und dich zusammen mit deinem verdammten Pferd im Hänger einsperren muss, das wird nicht passieren. Es ist schon schlimm genug, dass wir das hier ohne Rands Wissen machen. Wenn wir heimkommen und du bist nicht bei uns … Da können wir jetzt schon mal anfangen, unsere Gräber zu schaufeln."

„So ist das nicht. Rand wird es schon verstehen."

„Du erzählst eine Scheiße! Rand Holloway wird uns an den Eiern aufhängen!"

Aber ich hatte größere Pläne. „Wird er nicht. Ich besuche nur seine Familie."

„Warte. Sieh mich an."

Ich verdrehte die Augen.

„Was zum Teufel ist mit deinem Auge passiert?"

„Gil Landry hat mir eine reingehauen."

Er wurde kreidebleich.

„Everett", kicherte ich. „Atmen."

„Machst du Witze? Rand wird ... heilige Scheiße!"

„Ich zieh einfach die hier an", sagte ich, nahm meine übergroße Sonnenbrille von meinem Kopf und setzte sie auf. „Siehst du? Als wäre nichts passiert."

„Er wird uns umbringen, verdammt", würgte Chris.

„Das darf er nicht wirklich tun."

„Aber er kann mich dazu bringen, mich selbst um die Ecke zu bringen, indem er mich bis in den Tod hinein schuften lässt."

„Du übertreibst."

„Wenn ich Gil Landry wäre, würde ich mir allerspätestens jetzt die Hosen vollmachen."

„Warum?"

„Bloß weil du ein Kerl bist, heißt das noch lange nicht, dass Rand dich anders betrachtet, als die meisten Männer es hier mit ihren Ehefrauen tun. Gil hat das vergessen und hat dir eine verpasst. Du verprügelst hier nicht einfach den Partner eines Mannes und erwartest, dass dann nichts passiert. Der Mann sollte sich verstecken."

„Rand ist nicht so."

Er hob die Augenbrauen. „Du hast Rand Holloway noch nie wirklich und wahrhaftig wütend gesehen. Aber ich schätze, das wirst du bald."

„Ich habe ihn schon oft sauer gesehen."

„Du hast ihn noch nie in einem Kampf gesehen."

„Nein, habe ich nicht."

„Ich schon. Das ist verdammt furchteinflößend. Und wenn er erst mal so wütend ist, wird noch jemand sterben."

„Nun, dann erzählen wir es ihm einfach nicht."

„Er wird es merken, Stef."

„Nicht, wenn ich auf der White Ash bin."

Er knurrte.

„Lernt ihr Kerle irgendwann einmal, wie man Worte zur Kommunikation benutzt?", neckte ich ihn.

Er warf die Hände als Zeichen seiner Niederlage in die Luft. Ich liebte es, zu gewinnen.

Bullenreiten sieht im Fernsehen und in Filmen wirklich cool aus. Und falls es irgendetwas gibt, das so romantisch ist wie ein Bullenreiter, dann kenne ich es nicht. Aber in Wirklichkeit ist es furchtbar beängstigend, es zu sehen. Eine Stunde später wurde Everett vom Stier geworfen und dann beinahe zertrampelt. Mein Herz blieb beinahe stehen. Aber als der Mann wieder hinter dem Zaun stand, konnte ich auch wieder besser atmen.

Glenn war nach ihm dran. Er wurde auch abgeworfen, aber er war am längsten oben geblieben und der Ansager verkündete die beste Zeit. Das war der gute Teil. Der schlechte Teil folgte einige Sekunden später, als der Bulle sich entschied, ihn zu verfolgen.

Ich schrie eine Warnung. Viele andere Leute auch, aber es war zu spät und er konnte sich nur noch herumdrehen. Der Bulle erwischte ihn und er wurde gegen den Zaun geschleudert. Ich konnte von meinem Sitzplatz aus noch das widerwärtige Brechen von Knochen hören.

Ich rannte zu ihm und fiel neben ihm auf die Knie. Ich sah den Bullen kommen und warf mich über Glenn, schützte so seine Brust und seinen Kopf. Ich schwenkte den Arm und der Stier hielt an, wirbelte herum und setzte dann wieder zum Angriff an. Ich schrie und war erleichtert, die Rodeo Clowns zu sehen. Es waren drei und sie umkreisten den Bullen und hielten ihn so von mir und Glenn fern.

„Stef."

Ich schaute zu ihm hinunter. „Bleib einfach liegen. Wir wissen noch nicht, was gebrochen ist."

„Verschwinde", keuchte er und seine Stimme brach. „Bevor du noch umgebracht wirst."

„Ich? Wen interessiert das schon?", grummelte ich und streckte die Hand nach ihm aus. „Lieg still."

Die Sanitäter waren schnell zur Stelle und als sie Glenn in den Krankenwagen luden, rannte ich hinüber und schüttelte jeden der Männer, die mein Leben gerettet hatten, die Hand. Ihren amüsierten Gesichtern nach zu schließen, bedankte man sich sonst nicht bei ihnen. Sie schienen aufrichtig erfreut zu sein, dass ich mir die Zeit genommen und meinen Dank ausgesprochen hatte. Ich rannte zurück, stieg in den Krankenwagen und wir wurden aus dem Ring gefahren.

„Was machst du hier?", motzte Glenn mich an, als einer der Sanitäter ihn untersuchte.

„Mit dir fahren, natürlich."

„Du musst nicht …"

„Halt die Klappe, Glenn", befahl ich.

„Ich …"

„Halt die Klappe, Glenn", sagte der Sanitäter.

Er verstummte.

Die Fahrt ins Krankenhaus dauerte eine halbe Stunde und als wir ankamen, schoben sie ihn durch den Hintereingang. Nachdem ich erklärt hatte, dass er mein Bruder war, konnte ich mitgehen.

„Du musst nicht hierbleiben", grummelte er, als eine Krankenschwester seine Temperatur maß.

„Ja, ich weiß."

„Sei netter zu deinem Bruder", warnte ihn die Krankenschwester.

Er verdrehte die Augen und hörte auf zu reden, als ich ihn anfeixte.

„Hörst du eigentlich jemals auf das, was man dir sagt?"

Ich wackelte mit den Augenbrauen. „Da musst du Rand fragen."

DIE NOTAUFNAHME ist wie ein Basketballspiel, das sich ewig hinzieht. Nach der anfänglichen Untersuchung musste Glenn sich röntgen lassen. Dann kam er ins Zimmer zurück, wo ich noch saß und die Formulare ausfüllte. Ich fragte mich, wo sein Vater oder die Männer von seiner Ranch waren. Warum war ich die einzige Person hier?

Sie gaben ihm eine Spritze und danach schlief er ein. Aber er wachte wieder auf, als der Arzt seinen Arm untersuchte. Es war nicht annähernd so schlimm, wie sie zuerst angenommen hatten. Es war ein glatter Bruch über seinem Handgelenk, also würde er wieder ganz gesund werden.

„Er wird das hier wahrscheinlich sechs Wochen tragen, wenn man bedenkt, dass er ein Rancher ist und seinen Arm benutzen will", sagte der Arzt, als Glenns Augen zu flattern begannen.

„Ihr Bruder hat dunkelblau für den Gips ausgewählt", sagte Doktor Charles Patel zu ihm. „Und ich habe ihm bereits gesagt, dass der sechs Wochen dran bleiben muss."

Glenn stöhnte.

„Wie fühlst du dich?"

„So, als wäre ich von einem Bullen zertrampelt worden", grummelte er.

„Sie haben recht." Der Arzt grinste mich an. „Er ist witzig. Ich bin gleich wieder da."

Er ging und ich blieb mit Glenn allein zurück.

„Warum bist du noch hier?"

„Weil du noch hier bist, du Idiot." Ich lächelte ihn an. Ich saß neben ihm auf dem Bett, aber anscheinend hatte er das noch nicht gemerkt.

Er schloss die Augen und legte seinen gebrochenen Arm auf seine Brust. „Warum dunkelblau?"

„Damit der Gips deine Augen betont", gackerte ich.

„Ich hasse dich wirklich."

„Ja, ich weiß."

„Ich muss die Versicherungsformulare ausfüllen."

„Habe ich schon gemacht."

„Hast du?"

„Ja, habe ich."

„Wie hast du das gemacht? Hast du mein Portemonnaie durchwühlt?"

„Ja."

„Mein Gott."

„Wenigstens haben sie dir deine Unterwäsche gelassen."

„Du hast nachgeschaut, oder?"

„Natürlich", neckte ich ihn, tätschelte seine Brust und wollte aufstehen.

Er legte seine Hand auf meine und drückte meine Handfläche gegen seine Brust. „Danke, dass du geblieben bist."

„Keine Ursache."

Seine Augen weiteten sich. Ich konnte sehen, wie hell und strahlend sie waren. Und wie glasig. Der Mann war wirklich nicht ganz beisammen.

„Glenn", kicherte ich. „Mach die Augen zu. Ruh dich eine Weile aus."

Er starrte mich einfach an.

„Glenn?"

Er machte ein Geräusch, das tief aus seiner Kehle kam.

„Stimmt etwas nicht?"

„Rand hat sehr viel Glück." Seine Augen fielen zu, öffneten sich aber dann wieder.

„Das ist nett, dass du das sagst."

„Du hasst mich, was?"

„Nein, tue ich nicht."

„Tust du nicht?"

„Nein.", versicherte ich ihm, als seine Finger zwischen meine glitten.

„Gut." sagte er. Dann verlor er den Kampf gegen den Schlaf.

Es stellte sich heraus, dass ich mir kein Taxi bestellen musste, weil Rayland Holloway eine Stunde später auftauchte, um seinen Sohn abzuholen. Er war nicht grade erfreut, mich bei Glenn zu sehen, aber er wusste es doch zu schätzen. Glenn saß auf der Fahrt zurück zum Gelände zwischen uns und schlief auch prompt ein. Sein Kopf fiel gegen meine Schulter, nachdem er eingeschlafen war.

„Er scheint mit dir auszukommen."

„Er ist nicht das homophobe Arschloch, für das ich ihn gehalten hatte."

„Soll das heißen, dass ich eins bin?"

„Das habe ich nicht gesagt, aber du wirkst auf einmal sehr defensiv."

Er grunzte.

„Weißt du, es ist komisch. Aber hast du je darüber nachgedacht, was einmal aus deiner Ranch wird, wenn du stirbst?"

„Wie nett, dass du so etwas sagst."

„Ich meine, du gibst dich nicht mit Sodomiten ab", sagte ich leise und benutzte sein Wort. „Aber du kannst nicht wissen, wen deine Söhne am Ende lieben werden."

Seine Fingerknöchel wurden ganz weiß am Lenkrad.

„Die Liebe ist eine komische Sache, Mr Holloway."

Er blieb still.

Als ich wiederkam, hatte das Reiten bereits begonnen. Ich ging schnell zur Anmeldung, um sicherzugehen, dass sie mich für das Zureiten mit Sattel auf der Liste hatten. Es stellte sich heraus, dass Hud Lawrence mich bereits registriert und meine Startnummer bereit gemacht hatte. Weil es die einzige Veranstaltung war, für die sich keiner meiner Männer angemeldet hatte, hatte er mich auf die Liste gesetzt.

„Danke, Mr Lawrence." Ich lächelte ihm zu.

„Kein Problem", sagte er, so als würde alles hier Sinn ergeben. „Wissen Sie, Rand reitet normalerweise den Stier, aber Sie sind eher fürs Zureiten geschaffen."

Ich war für gar nichts geschaffen, aber ich nickte und lächelte, anstatt zu diskutieren.

„Die Veranstaltung fängt in einer Stunde an. Sie machen sich am besten fertig und holen ihr Seil und die Hose."

Ich rannte zurück zu unserem Wohnwagen und suchte nach etwas zum Anziehen. Ich hatte keine Cowboysachen mehr und wühlte mich durch Pierces Kleidung, weil er am ehesten meine Größe hatte. Da öffnete sich die Tür und Everett und Dusty kamen herein.

„Hi." Ich lächelte ihnen breit zu. „Mr Lawrence sagt, dass ich ein Seil und eine andere Hose brauche. Kann mir einer von euch erklären, wie das Ganze abläuft?"

Dusty wurde weiß wie eine Wand und ich brachte ihn dazu, sich hinzusetzen und den Kopf zwischen die Beine zu stecken. Er sollte nur einfach weiteratmen, während ich ihm ein Glas Wasser holte. Everett brüllte wieder.

„Verdammt, Stef, du steigst nicht einfach zu einem Bullen in den Ring!" Er brüllte wegen dem Vorfall vorhin, als ich versucht hatte, Glenn davor zu bewahren, in Guacamole verwandelt zu werden.

Ich zuckte die Schultern, während ich Dusty mit einer Illustrierten Luft zufächelte.

„Wo ist er?" Ich hörte draußen jemanden schreien.

„Wirklich?", sagte ich zu Chris und Tom, als die sich auch noch in den kleinen Raum zwängten.

„Wer reitet ohne Sattel?", fragte ich.

„Pierce", sagten alle auf einmal.

„Und Chase passt auf ihn auf", sagte Chris.

„Okay", sagte ich. „Von wem kann ich mir eine Hose leihen?"

Man hätte glauben können, ich hätte darum gebeten, mir einen Schwanzring auszuleihen. In ihren Gesichtern stand bloßer Schrecken geschrieben.

NICHT MAL in einer Million Jahren hätte ich geglaubt, dass ich jemals auf einem wilden Pferd in einer Startbox sitzen würde. Es war einfach zu weit von allem Vorstellbarem entfernt. Aber es war eine Tatsache und als ich dort oben saß und über die Arena hinweg zur anderen Seite schaute, sah ich, wie Rayland Holloway auf mich zukam. Als er bei mir angekommen war, überließ Dusty dem Besitzer der White Ash seinen Platz.

„Du musst das hier nicht machen, Stefan", sagte er zu mir und ich war überrascht, dass er mich auf einmal mit meinem Vornamen anredete. „Ich hätte nie gedacht, dass du den Mumm dazu hast, dich auf dieses Tier zu setzen."

„Meinst du den guten Witwenmacher hier?", versuchte ich zu scherzen, aber mein Mund war zu trocken. Das Pferd war nervös und stampfte mit den Hufen und half mir so gar nicht dabei, meine Nerven unter Kontrolle zu bekommen.

„Das Pferd heißt Argent", sagte er. „Es gehört meinem Nachbarn Waylon Taylor, dem die Triple Sage Ranch gehört."

„Ich dachte, Broncos wären Wildpferde."

Er starrte mich finster an. „Das Pferd ist zehntausend Dollar wert und es ist genauso wenig wild wie dein Hund. Alle Rancher besitzen solche Tiere. Rand sicher auch."

„Was meinst du?"

„Tiere, die nur beim Rodeo geritten werden", übersetzte Everett für mich. „Konzentrier dich einfach darauf, was du hier machst und denk an nichts anderes."

Er wollte nicht, dass ich mit den Gedanken woanders war und abgelenkt wurde.

„Okay." Ich nickte und versuchte, mich an alles zu erinnern, was Dusty und Chris mir zugebellt hatten.

„Steig schon ab", befahl Rayland plötzlich. „Ich lasse dich die Weiderechte behalten."

„Aber das ist nicht allein deine Entscheidung", argumentierte ich. „Sondern deine und die aller anderen Rancher. Und wenn die nicht zustimmen, sind wir den weiten Weg gekommen, nur um dann zu scheitern. Und das lasse ich nicht zu."

„Es gehört mir. Mir gehört dort mehr Land als irgendjemand anderem und wenn ich sage, dass es geht, dann geht es, du Stück Dreck."

Leider war es das Letzte, was er zu mir sagen konnte, denn da öffnete sich die Box und das Pferd sprang vorwärts. Mit mir obendrauf.

Acht Sekunden. Das konnte man noch mit den Fingern abzählen. Es schien gar nichts zu sein. In acht Sekunden kann nichts passieren. Sie sind in einem Herzschlag vorbei. Acht Sekunden sind ein Zeitraum, den man wirklich vergessen kann. Außer, man sitzt auf einem bockenden Pferd.

Ich hatte Everett heute Morgen auf dem Stier gesehen, Glenn ebenso. Es sah nicht besonders schwer aus, wenn man zuschaute. Als ich vor vier Jahren von Hawaii nach San Francisco geflogen war, war das Flugzeug in ernsthafte Turbulenzen geraten. Mit einem Jeep durch unwegsames Gelände zu fahren, das schüttelte einen durch. Und einmal war ich sogar mit Charlotte in einem Autounfall verwickelt gewesen, bei dem sich das Fahrzeug überschlagen hatte. Aber nichts in meinem Leben hatte mich darauf vorbereitet, ein irres Viech zu reiten, das nichts anderes im Sinn hatte, als mich abzuwerfen.

Ich verstand, warum der Sattel keinen Knauf hatte. Meine Eier wären sonst zu Brei zermatscht worden. Meine Füße fühlten sich in den umherschwingenden Steigbügeln wie Marionetten an. Es war, als würde ich Spagat machen. Ich versuchte mich daran zu erinnern, dass Dusty mir gesagt hatte, meine Füße müssten bis zum ersten Aufschlag der Hufe im Dreck über den Schultern des Tieres bleiben. Ich versuchte alles zu tun, was der Mann mir gesagt hatte. Ich versuchte mich an dem Seil festzuhalten, was am Halfter des Tieres festgemacht war. Gott, ich versuchte es wirklich. Und acht Sekunden schienen in meinem Kopf gar nichts zu sein. Wie lange konnten sich acht Sekunden schon hinziehen?

Acht Sekunden waren die magische Zahl, weil das Tier - ob Pferd oder Bulle - danach müde wurde. Sagte man jedenfalls. Aus meiner Perspektive sah das so aus: das Pferd sprang nach oben - ich auch; das Pferd landete wieder auf dem Boden - ich auch; dann noch einmal und dann war ich frei. Ich fühlte mich wie ein Luftballon, der durch die Luft fliegt. Wenn ich doch nur so leicht wäre wie diese Helium-gefüllten Plastikballons. Aber stattdessen musste ich mir um die Erdanziehung Sorgen machen.

Ich schlug hart auf den Boden auf, Staub wirbelte auf und ich konnte nicht atmen, weil meine Lungen bei dem Aufprall kollabierten und mein Rückgrat brach. Mein letzter bewusster Gedanke war, dass die Leute, die das hier zu ihrem Lebensinhalt machten, verrückt waren. Und dann war dort Donner und dann nichts mehr.

7

WENN ICH tot wäre, würde nicht alles nach Pferdemist stinken. Das schien mir logisch, also zog ich die Schlussfolgerung, dass ich noch lebte. Als ich ein Auge öffnete, hörte ich ein Keuchen.

„Oh Gott, danke, danke, danke, danke."

Mein zweites Auge öffnete sich und ich sah Everett. „Hey", sagte ich, aber meine Stimme klang schlimm; rau und kratzig.

„Bleib liegen und beweg dich nicht. Und versuche, mir heute nicht noch einmal so einen verdammten Schrecken einzujagen."

Ich nickte.

„Beweg dich nicht!", bellte er mich an. „Der Krankenwagen ist unterwegs."

„Nein, ich will nicht ins Krankenhaus."

„Das werden wir sehen", sagte er und beugte sich über mich.

Aber ich kannte meinen Körper besser als irgendjemand anders. Und als er sich umschaute, um nach den Sanitätern oder dem Krankenwagen oder sonst wem Ausschau zu halten, rollte ich mich zur Seite und stand auf.

„Was zum Teufel?", schrie er mich an, als Beifall von den Tribünen ertönte. Chris, Dusty, Tom, Pierce und Chase kamen zu uns in die Arena.

Dusty umarmte mich und ich legte ihm einen Arm um die Schulter und den anderen um Chase. Sie halfen mir aus der Arena hinaus. Sie brachten mich zum Tor, hoben mich hoch und trugen mich hindurch. Auf der anderen Seite warteten die Sanitäter und ich wurde in den Krankenwagen geladen, damit sie mich durchchecken konnten.

Ich sagte ihnen meinen Namen und den meiner Ranch. Dusty erklärte, was passiert war, da sie anscheinend meinen spektakulären Ritt nicht selbst gesehen hatten. Chase sagte ihnen, wie genau ich gefallen war, wie hart und wie schnell. Er machte sich um meinen Kopf Sorgen.

Dusty sorgte sich um meinen Hals.

Chris sorgte sich um meinen Knöchel, denn ich konnte ihn nicht belasten.

Everett sorgte sich wie Chase um meinen Kopf. Er dachte, dass meine Pupillen zu weit wären.

„Habe ich gewonnen?", fragte ich, als Glenn Holloway zu uns trat.

„Nein, verdammt", knurrte er. „Du bist höchstens zwei Sekunden auf dem Pferd geblieben."

„Wirklich? Es hat sich viel länger angefühlt."

„Das kann ich mir vorstellen", sagte er und griff nach einer losen Locke hinter meinem Ohr. „Um Gottes willen, Stefan, mein Vater hat gesagt, dass du nicht zu reiten brauchst."

„Er war zu spät", lächelte ich, als mir die nette Sanitäterin ins Auge leuchtete.

„Okay, Mr Joss", sagte sie leise.

„Stef", korrigierte ich sie.

„Stef", sie lächelte und deutete hinter mich. „Du musst dich hinlegen, okay?"

„Warum?"

„Weil ich denke, dass du eine Gehirnerschütterung hast."

„Wirklich?"

„Oh ja. Wirklich."

„Eine schlimme?"

„Ich bin nicht sicher, deswegen nehmen wir dich mit ins Krankenhaus."

„Ich komme mit", sagte Glenn.

Mein Lächeln wurde breiter. „Zweimal am gleichen Tag. Mann, sind wir gut."

„Oh ja", sagte die nette Sanitäterin sarkastisch. „Diese ganze Rodeo-Geschichte ist einfach toll."

„Wir fahren hinterher", sagte Everett.

„Nein, nein, nein." Ich griff nach seiner Hand und sah Sterne. „Bleibt hier und nehmt die Pokale in Empfang. Und geht sicher, dass die Teilnahme der Red Diamond und meine auch richtig festgehalten wird."

„Einer von uns muss mit dir mitkommen", stritt er sich mit mir. Und ich sah, dass sein Gesichtsausdruck, der sonst immer finster war, wirklich sehr besorgt wirkte.

„Mach dir keine Sorgen. Rand wird euch nichts tun."

„Ich mache mir Sorgen um dich, Stef. Nicht um Rand."

Ich hätte gerne etwas Beruhigendes gesagt, aber ich musste mich plötzlich übergeben.

ICH HATTE nur eine leichte Gehirnerschütterung, aber aus irgendeinem Grund reagierte mein Körper stark. Alles Licht blendete mich, mir war schlecht und mein Kopf hämmerte so stark, dass sie mir eine Spritze mit Schmerzmittel geben mussten. Danach ging es mir besser. Sie wollten, dass ich über Nacht blieb, aber ich lehnte ab. Ich musste um vier Uhr morgens in einem Truck sitzen.

„Ich passe auf ihn auf", versprach Glenn dem Arzt und ich winkte.

Wie sich herausstellte, war mein Knöchel nicht das Problem. Ich hatte mir mein rechtes Wadenbein gebrochen. Das war besser als das Schienbein oder der Knöchel. Aber es schmerzte doch wie verrückt. Nachdem sie mein Bein vom Knöchel bis zum Knie eingegipst hatten, bekam ich eine zweite Schmerzspritze.

„Ich bin wirklich überrascht, dass du dir nicht den Hals gebrochen hast, so wie du aufgeprallt bist", sagte Glenn. Seinem Blick und dem Klang seiner Stimme nach zu urteilen, hatte ich ihm einen mächtigen Schrecken eingejagt. „Was zum Teufel hast du dir nur dabei gedacht?"

Ich deutete mit dem Kopf zu seinem Gips. „Weiderechte, Arschloch. Genau wie du auch."

„Aber ich habe zuvor schon Stiere geritten."

„Das macht die Tatsache, dass du dich genauso wie ich verletzt hast, nur noch irrer", lachte ich. „Wie viel Uhr ist es übrigens?"

„Kurz nach sechs."

„Also, fährst du mich dann zurück zum Rodeo? Oder sollen wir etwa laufen?"

„Ich habe ein Date", sagte er. „Wir nehmen ein Taxi."

Ich stimmte zu und bat um ein Schmerzmittel zum Mitnehmen. Der Arzt, Norman Aust, wollte nicht, dass ich ging. Aber nachdem ich gelogen hatte und ihm gesagt hatte, dass Glenn mit Adleraugen über mich wachen würde, stimmte er zu und ließ mich gehen.

„Entschuldige", sagte ich zu Glenn, als ich auf meinen Krücken loshumpelte. „Ich glaube, dass die Ärzte denken, dass du mein Freund bist."

„Das ist schon in Ordnung", grummelte Glenn, der hinter mir ging.

„Ach ja? Es ist in Ordnung, dass die Ärzte denken, dass du ein Homo bist? Eine Tunte?"

„Mein Gott, du bist vielleicht bescheuert. Steig ins Taxi."

Ich stieg ein und laberte Glenn konstant zu, bis wir wieder auf dem Veranstaltungsgelände ankamen. Als wir dort waren, wollte er mich zu meinem Wohnwagen begleiten, aber ich hatte schon vorher angerufen und Everett und Dusty waren gekommen, um mich zu begrüßen.

„Hey!", grüßte ich sie. Die völlig entsetzten Blicke, die sie mir zuwarfen, waren lustig.

Sie unterhielten sich, während ich nebenherhumpelte. Auf halbem Weg musste ich anhalten und ihnen erklären, dass das Laufen mit Krücken anstrengend war.

„Das ist echt scheiße", lachte ich. „Und schaut mich nicht so an, als wäre ich verrückt. Ich bin nicht verrückt."

Everett schüttelte nur den Kopf, als er mir die Krücken wegnahm, meinen Arm um seine Schulter legte und darauf wartete, dass Dusty sich auf meiner anderen Seite in Position brachte. Mit ihnen beiden an meiner Seite konnte ich mich viel schneller bewegen.

In diesem Zustand zu duschen war ein wirkliches Erlebnis und ich wollte danach nur noch schlafen. Es war nervig, meinen Gips in Müllsäcke einzuwickeln, aber da er nicht nass werden durfte, hatte ich keine Wahl. Und ich war dreckig und hatte Sand im Haar, deswegen musste ich mich waschen. Bella legte ihren Kopf in meinen Schoß, als ich fertig war und versuchte nicht einmal wie sonst, meine Socken zu klauen. Ich zog eine meiner schwarzen Socken über die Unterseite des

Gipses, weil sonst meine Zehen erfroren wären. Ich hatte keine Ahnung, wie ich Ruby reiten sollte oder sonst irgendetwas auf Raylands Ranch tun konnte. Ich war froh, dass das Rodeo offiziell vorbei war.

Dusty, Everett und die anderen kamen, um mich abzuholen. Man hätte meinen können, dass sie alle ein gebrochenes Bein hätten und nicht ich. Ich musste eine Schmerztablette nehmen und weil ich den ganzen Tag nichts gegessen hatte, fühlte ich mich danach seltsam und mir war etwas übel. Ich brauchte etwas zu essen.

Sie blieben während des Abendessens alle in meiner Nähe und ich wurde dann zur Tribüne gebracht. Ich saß da, klatschte und schrie, pfiff und brüllte, als jede Kategorie aufgerufen wurde. Die einzigen beiden Events, die von anderen Ranches gewonnen worden waren, waren das Stierreiten, das Glenn Holloway gewonnen hatte, und das Zureiten ohne Sattel, welches an die Twin Oaks gegangen war. Aber mein Ritt war nicht der schlechteste gewesen, sondern nur vorletzter, was mich ein kleines bisschen stolz machte. Ich freute mich, als Glenn auf die Bühne kam und von der Menge bejubelt wurde. Rachel Webber, sein Date für heute Abend, strahlte.

An diesem zweiten Abend spielte eine andere Band. Sie spielten nur Coverversionen, keine eigenen Stücke. Aber sie waren gut und der Tanz war in vollem Gange, während ich nach Rayland Holloway suchte, denn ich wollte herausfinden, wo ich ihn um vier Uhr treffen sollte. Ich konnte ihn nirgendwo finden, aber dann sah ich Glenn. Auch wenn ich nicht wirklich sein Date mit Rachel stören wollte, ging ich hinüber zu ihrem Tisch.

„Stef", grüßte Glenn mich mit einem warmen Lächeln und stand auf, um mir die Hand zu schütteln. „Ich habe mich bei dir gar nicht wegen vorhin bedankt. Anscheinend hätte mich der Bulle zertrampelt, wenn du nicht in diesem Moment aufgetaucht wärst. Ich schätze, dass es eine Menge Leute mit ihren Handys aufgenommen haben. Du bist mittlerweile ein Hit auf YouTube."

Das war für genau anderthalb Sekunden lustig.

Rand.

Wenn er das sah, würde er mich umbringen.

Ich zwang mich, zu lächeln. „Nun ja, du hast es wiedergutgemacht, als du mit mir ins Krankenhaus gefahren bist. Also ebenfalls vielen Dank."

„Kommst du mit diesen Krücken klar?" Er deutete auf sie.

„Sicher."

„Vielleicht solltest du dich ausruhen, hmm?"

„Vielleicht", sagte ich und schaute zu Rachel. „Sie sehen toll aus heute Abend."

Sie wurde rot und ich beugte mich hinunter und küsste sie auf die Wange.

„Und Sie tun meinem Ego sehr gut, Mr Joss." Sie strahlte mich an. „Ich bin froh, dass es Ihnen gut geht. Sie haben uns vorhin einen gehörigen Schrecken eingejagt."

„Danke, Ma'am."

Meine Augen wanderten zurück zu Glenn und seine zu mir. „Kommst du noch morgen mit uns nach Hause?"

„Mache ich, wenn du mir sagst, wo ich dich treffen soll."

„Ich komme morgens bei dir vorbei und hole dich und dein Pferd und deinen verdammten Hund", sagte er und starrte mich an.

„Sie ist ein süßer Hund. Du wirst sie mögen."

„Mein Vater sagt, dass sie verdammt angsteinflößend ist."

„Nicht zu dir."

„Gut." Er nickte.

„Wir sehen uns dann morgen früh."

„Morgen früh."

Ich ließ die beiden allein und suchte mir einen Platz, von dem aus ich das Line Dancing beobachten konnte. Es waren viel weniger Leute hier als am Abend zuvor und die meisten gingen schon, weil es Sonntagabend war und sie am nächsten Tag arbeiten mussten. Ich genoss es, Rands Männern beim Tanzen zuzusehen und bemerkte nicht, dass Carly Landry sich neben mich setzte. Erst als sie sich räusperte, wandte ich den Kopf.

„Hi", grüßte ich sie.

„Das mit meinem Bruder tut mir sehr leid, Stefan."

„Ist schon in Ordnung." Ich schaute wieder zu den Tänzern und benutzte meine Krücke, um mich einen Sitz weiterzuschieben, damit ich mein Bein hochlegen konnte. „Er liebt dich. Habe ich kapiert."

„Aber das entschuldigt nicht, dass er dich geschlagen hat."

„Ich werde es überleben", sagte ich und positionierte meinen Knöchel so, dass er nicht das Gewicht des Gipses trug.

„Ich glaube, dass …"

Ich wartete eine Sekunde, bevor ich sie wieder ansah. „Du glaubst was?"

Ihr Gesicht verzog sich beinahe schmerzlich. „Es tut mir leid, aber ich denke, dass das hier nur eine Phase für Rand ist. Er wird darüber hinwegkommen und wenn er das tut, dann wird er kommen und nach mir suchen."

Sie klammerte sich so fest an diese Hoffnung. Ich wollte etwas sagen, aber da klingelte mein Telefon. Als ich die Nummer auf dem Bildschirm sah - seine Nummer - sank mir mein Herz in die Hosen.

„Entschuldige mich", sagte ich und stand langsam auf. Es war schwierig, die Krücken zu manövrieren und gleichzeitig den Anruf zu beantworten.

„Oh nein, Stef, bitte bleib."

„Ich muss rangehen. Mein …" Ich zögerte. Ich wollte ihre Gefühle nicht verletzen. „Mein bester Freund will mit mir reden."

„Oh, natürlich." Sie lächelte mich an. „Aber komm bitte wieder."

„Tust du mir einen Gefallen?"

„Sicher."

Ich lehnte eine Krücke gegen den Tisch. „Könntest du meinen Freund Everett fragen, ob er die hier zum Wohnwagen zurückbringen kann? Er war bei der Siegerehrung dabei, erinnerst du dich?"

„Sicher." Sie lächelte.

Ich nickte und machte mich mit einer Krücke davon, während ich gleichzeitig den Anruf beantwortete. „Hi. Ich hab dich vermisst."

„Wirklich? Das kann ich mir gar nicht vorstellen. Du scheinst so beschäftigt damit zu sein, Leute vor verdammten Bullen zu retten!"

„Warte …"

„Um Gottes willen, Stef, mit der Scheiße hast du mich zehn Jahre altern lassen!"

Oh, er war sauer. Und das Beste wusste er bis jetzt noch nicht. „Siehst …"

„Dein Arsch befindet sich jetzt besser in einem Truck auf dem verdammten Weg nach Hause!"

Ich lachte. „Das ist nicht möglich."

„Warum zum Teufel nicht?"

„Nun, ich habe versprochen …"

„Und was hast du dir verdammt noch mal dabei gedacht, in dieser Jeans und diesem Shirt herum zu paradieren?"

„Paradieren?"

„Du hast nicht die Erlaubnis dazu, deine Fick-mich Klamotten anzuziehen, wenn ich nicht da bin und dich ficken kann!"

Aus irgendeinem Grund konnte ich nicht aufhören, zu lächeln. „Tatsächlich?" Das frustrierte Knurren ließ mein Lächeln noch breiter werden.

„Denkst du, dass ich heiß aussah?"

„Stefan, so wahr mir Gott helfe, ich werde dich windelweich …"

„Wer hat es dir geschickt?"

„Stef …"

„Wer?" Ich lachte und fragte mich, ob es Everett, Chris oder Dusty gewesen war.

„Pierce."

„Diese kleine Petze", kicherte ich. „Es sind doch immer die stillen Wasser."

„Du steckst ganz schön in der Scheiße."

„Warum? Ich bin hergekommen, um deine Weiderechte zu bewahren, Rand. Wie kann ich damit im Unrecht liegen?"

„Ist es dir jemals in den Sinn gekommen, dass ich eine sehr erfolgreiche Ranch leite und dass eine der Eigenschaften eines erfolgreichen Geschäftsmannes ist, organisiert zu sein? Warum glaubst du, dass ich nicht wusste, dass das verdammte Rodeo dieses Wochenende war?"

„Du hattest keine Ahnung", sagte ich. „Bis es dir jemand gesagt hat. Ich vermute Zach."

Er grunzte.

„Werde bloß nicht selbstgerecht. Das ist alles völliger Unsinn."

„Okay, ich wusste es nicht. Aber ich hätte nicht gewollt, dass du allein hinfährst."

„Ich bin nicht alleine. Ich habe die halbe Ranch mitgenommen."

„Aber ich bin nicht da!"

„Und? Du bist da, wo du gerade sein solltest und ich dort, wo ich sein muss. Es hat sich alles zum Besten gewandt."

„Warum hast du mir nicht gesagt, dass du dorthin fahren würdest?"

„Warum hast du mir nicht gesagt, dass du die letzten zwei Jahre bei dem Rodeo nicht mitgemacht hast?"

„Weil es nichts mit dir oder mit uns zu tun hatte, also warum sollte ich?"

„Rand, ich will nicht nur von den Dingen hören, die uns beide betreffen. Ich will alles wissen. Und besonders alles, was deine Familie angeht."

Es folgte eine lange Stille und ich musste stehenbleiben und mich gegen einen Zaun lehnen. Ich musste mich wirklich hinlegen.

„Rand?"

„Warum?"

„Warum was?"

„Warum musst du alles darüber wissen?"

„Wenn ich wirklich dein Partner bin und du willst, dass ich bei dir bleibe, dann ist deine Familie auch meine Familie."

„Du weißt, dass ich will, dass du bleibst."

„Also?"

Er holte tief Luft. „Okay."

„Okay was?"

„Okay, meine Familie ist deine Familie, Arschloch."

Ich lachte. „Das weiß ich zu schätzen."

„Ich will, dass du nach Hause kommst."

„Das werde ich."

„Wann?"

„Bald."

„Gott, was für ein Durcheinander."

Ich war gerade dabei, bei dem Mann Herzrasen zu verursachen, deswegen entschied ich mich, das Thema zu wechseln, solange das noch möglich war. „Weißt du, die Jungs haben sich Sorgen darüber gemacht, was du tun würdest, wenn du herausgefunden hast, dass sie mit mir gekommen sind."

„Es sind genauso deine Männer wie meine. Das ergibt schon alles Sinn für mich."

Gott, ich liebte ihn.

„Und ich verstehe, dass du losgerannt bist, um meine Rechte zu verteidigen, weil ich dir von allem nichts erzählt hatte. Deine Rechte …"

„Ich habe es wegen dir getan, Rand. Ich meine, ich weiß, dass die Ranch zur Hälfte mir gehört und das habe ich dieses Wochenende zu meinem Vorteil genutzt. Aber wenn ich an die Ranch denke, dann denke ich an dich."

Er blieb stumm.

„Rand?"

„Wenn ich früher an die Ranch dachte, dann dachte ich an meinen Vater." Er atmete tief ein. „Du sagst, dass du dabei an mich denkst ... Das ist vielleicht das Schönste, was du je zu mir gesagt hast. Nun ja, gleich nach der Aussage, dass du mich liebst und dass du bleiben willst."

Mein Hals tat weh.

„Aber du hättest mir sagen sollen, was du vorhattest und wo du hin wolltest."

„Ja, das hätte ich."

„Entschuldige, hast du gerade gesagt, dass ich recht habe?"

„Sei kein Arsch."

„Deiner Meinung nach bin ich doch schon einer."

Ich lachte. „Hey, ich weiß, dass das jetzt blöd klingt, weil ich hierhergekommen bin und so. Aber ich dachte, dass du vielleicht die Weiderechte an Rayland weitergeben könntest?"

Er brauchte eine Minute, um zu antworten. „Wovon redest du?"

„Du musst deine Rinder nicht wirklich hier grasen lassen, oder?"

Nichts.

„Rand?"

„Nein, muss ich nicht."

„Du hast noch mehr Land, aber Rayland hat nur seine Ranch und das hier."

„Was willst du damit sagen?"

„Ich denke nur, dass es eine Menge böses Blut zwischen dir und ihm gibt. Und ich denke, es würde sehr viel dazu beitragen, Frieden zu stiften."

„Und warum sollte mich das interessieren?"

„Weil wir hier von deiner Familie reden."

„Lass mich das verstehen. Du willst, dass ich dem Mann meinen Anteil an tausenden Acres Land überschreibe, nur weil es eine nette Geste wäre?"

„Ich denke, dass es ein Olivenzweig wäre."

„Ah, ja?"

„Rand ..."

„Nach dem, was er mir gerade angetan hat? Machst du Witze?"

„Ich will nur, dass du darüber nachdenkst."

„Ich denke über viele Dinge nach, Stef, aber ich bin im Moment nicht dazu bereit, irgendetwas mit diesem Land zu machen, okay?"

Das war fair. „Okay."

„Okay, also mein Cousin Zach wird seine Ranch verkaufen." Er atmete tief aus.

„Wirklich."

„Ja, er ist am Ende. Er ist sich nicht sicher, was er vorhat, aber er hat keine Lust mehr zum Ranchen. Ich habe seine Männer dieses Wochenende gesehen und es scheint, dass sie auch keine Lust mehr haben, bei ihm zu arbeiten. Ich habe ein paar von ihnen Jobs angeboten, und zwei werden bei uns anfangen."

„Und die anderen?"

„Die anderen wollen nicht für einen schwulen Mann arbeiten."

„Das tut mir leid, Rand."

Er grunzte. „Es ist ihr Pech, Stef. Es ist ein Privileg, auf der Red Diamond zu arbeiten. Ich werde niemanden darum bitten, meine ausgestreckte Hand zu ergreifen."

Ich lächelte über seinen Stolz. Ich liebte das Selbstvertrauen in der Stimme dieses Mannes.

„Von dir einmal abgesehen." Er lachte leise. „Dich würde ich anbetteln."

„Das ist nicht nötig."

„Nein?"

„Nein."

„Also dann, Stef. Bitte komm nach Hause."

„Noch nicht."

„Siehst du, das mit dem Betteln funktioniert nicht."

„Ich habe vorher noch etwas zu tun."

„Was?"

„Zum Beispiel, dich dazu zu bringen, die Weiderechte an Rayland abzutreten."

„Wir hatten mit dem Thema doch schon abgeschlossen."

„Lass es uns wieder aufnehmen."

„Also willst du mir sagen, dass du nach Hause kommen würdest, wenn ich meinem Onkel hier und jetzt die Rechte übergebe?"

Ich war am Zug.

„Ja."

„Mache ich", sagte er ohne zu Zögern.

„Prima." Ich seufzte. „Wir treffen uns also auf der White Ash und du kannst Rayland die Rechte überschreiben."

„Oh verdammt, nein!"

„Oh verdammt, nein, was?"

„Oh verdammt, nein. Du fährst nicht hinaus auf die White Ash."

Ich lächelte ins Telefon. „Warum treffen wir uns nicht dort?"

„Stef." Seine Stimme nahm einen warnenden Tonfall an.

„Oder warte zu Hause auf mich."

„Stef."

„Ich bestehe darauf, dass du Rayland triffst."

„Warum?"

Ich hatte nicht das Recht, etwas zu verraten. „Es muss einfach sein. Und Glenn braucht deine Hilfe."

„Glenn? Seit wann interessierst du dich denn für Glenn?"

„Weil deine Familie zusammen sein sollte, Rand. Und nicht völlig zerstritten", sagte ich. „Die Weiderechte werden die Sache mit Rayland vereinfachen. Und Glenn mag mich, also …"

„Mag dich?"

„Ja, wir sind Freunde."

„Du und mein Cousin, ihr seid Freunde?"

„Ja."

„Seit wann?"

Seit wir zweimal zusammen im Krankenhaus waren, aber das wollte ich nicht sagen. Also nannte ich den anderen Grund: „Er hat mich vor Gil Landry gerettet."

Augenblicke vergingen. „Wie bitte?"

„Weißt du, Glenn würde wirklich gerne ein Restaurant starten und ich möchte ihm gerne dabei helfen. Und er braucht wirklich einen Freund. Er hat heute im Krankenhaus meine Hand so fest gehalten, dass …"

„Deine Hand gehalten?"

„Glenn ist vielleicht gerade dabei, es zu etwas Großem zu bringen. Oder er wird in völlige Einsamkeit und Bedeutungslosigkeit abrutschen."

„Das klingt sehr dramatisch."

Ich war immer noch von den Schmerzmitteln aufgeputscht. „Wenn wir ihm helfen, könnte er genauso wie du werden."

„Wie ich?"

„Ja. Glücklich. Du bist glücklich, oder nicht?"

Stille.

„Oder nicht?"

„Nicht in diesem Augenblick", meckerte er mich an.

Ich musste bei dem Gedanken lächeln, wie er am anderen Ende finster dreinschaute.

„Ja, Stef, ich bin glücklich", gab er zähneknirschend zu.

„Also dann. Komm und hole mich von der White Ash ab, okay?"

Er blieb still. Ich auch.

„Du hast mit meiner Mutter geredet, oder?"

Ich hatte Glück, dass ich mich noch an dem Zaun festhielt. „Ja."

Er machte ein verstehendes Geräusch und langsam wurde mir alles klar.

„Dein Vater", seufzte ich.

„Natürlich", sagte er gereizt. „James Holloway ist nie irgendeiner Sache aus dem Weg gegangen, und der Wahrheit schon gar nicht. Er hat mir vor langer Zeit erzählt, dass Rayland mein leiblicher Vater ist."

Ich hustete. „Deine Mutter weiß das nicht, weißt du."

„Ja, ist mir klar. Rayland weiß auch nicht, dass Dad es mir gesagt hat."

Das war das längste verdammte Wochenende meines Lebens.

„Wer hat es dir verraten?"

„Ich bin selbst drauf gekommen und habe dann deine Mutter dazu gebracht, mir die Geschichte zu erzählen."

„Wie hast du es herausgefunden, wenn das sonst keiner getan hat?"

„Weil ich dich genau anschaue und jeden bemerke, der aussieht wie du", sagte ich. „Ich habe immer gedacht, dass du und Charlotte genau die gleiche Augenfarbe habt. Aber ihre Augen sind dunkler als deine. Ihre haben einen violetten Ton, die von Glenn einen kobaltblauen, aber deine sind einzigartig. Außer …"

„Rayland."

„Ja."

„Und? Hattest du vor, mir etwas zu sagen?"

„Natürlich hatte ich das vor. Wie könnte ich es nicht tun?"

„Auch, wenn es nicht dein Geheimnis war?"

„Es darf nichts zwischen uns stehen, Rand. Oder wir schaffen es nicht."

„Da stimme ich zu. Und nur damit du es weißt: Das bedeutet mir viel. Die Tatsache, dass du immer auf meiner Seite bist, dass du es mir sagen würdest, auch wenn du glaubst, dass ich dir nicht glauben würde - das bedeutet mir viel, Stef."

„Aber ich hatte keine Zweifel daran, dass du mir glauben würdest."

„Was? Du denkst, dass ich dir mehr glauben würde als anderen? Mehr als meiner Mutter?"

„Natürlich", sagte ich trocken. Ich hatte mir Sorgen darüber gemacht, wie gekränkt Rand sein würde. Es wäre mir nie in den Sinn gekommen, dass ich ihn davon überzeugen müsste, dass ich die Wahrheit sagte. „Ich weiß, dass du mir vertraust."

Er atmete tief ein. „Ich muss dich wirklich sehen."

Der Schmerz in seiner Stimme stellte mein Innerstes auf den Kopf. „Rand, lass uns einfach alles offenlegen. Komm zur Ranch, rede mit Rayland, rede mit Glenn. Lass uns einen richtigen, mächtigen Krach haben. Bring Tyler mit. Und Zach. Ich werde Charlotte anrufen. Es wird Zeit. Geheimnisse haben es so an sich, dass sie alles nur noch schlimmer machen. Hast du nicht langsam genug davon?"

„Ich denke nicht viel darüber nach, aber ich hätte gerne, dass meine Mutter weiß, dass ich es weiß. Vielleicht kann sie dann nachts besser schlafen. Und Charlotte sollte wissen, dass ich nur ihr Halbbruder bin."

„Ich bezweifle, dass das irgendetwas ändern wird."

„Das werden wir sehen."

Er klang traurig und das tat weh. Aber ich wusste, dass Charlotte ihn liebte und ich wusste auch, dass nichts das jemals ändern würde.

„Ruf deine Mutter an, okay?"

„Ja, Sir, mache ich."

„Und dann komm zur Ranch und rede mit Rayland."

„In Ordnung."

„Und hole mich ab, wenn du schon dabei bist."

„Sonst noch etwas, wo du gerade schon Befehle erteilst?"

„Nein, das war's." Ich seufzte glücklich.

„Also", sagte er leise. „Warum musste Glenn dich vor Gil Landry beschützen?"

Wahnsinn. Nach all dem, nach all dem Reden, nach all den Enthüllungen der letzten Minuten, erinnerte sich der Mann noch immer an diese klitzekleine Information.

„Wen interessiert das schon?"

„Verdammt, mich interessiert es." Seine Stimme senkte sich bedrohlich. „Was ist passiert?"

„Es ist keine große Geschichte. Gil Landry hat mir eine verpasst und Glenn hat ihn davon abgehalten, mehr zu tun, als mich auf den Boden zu befördern."

Am anderen Ende war es totenstill. So, als atmete er nicht einmal.

„Rand?"

Er hustete. „Entschuldige, was?"

„Du hast mich schon verstanden", kicherte ich. „Mein Kumpel Gil hätte wirklich gerne, dass du seine Schwester heiratest."

„Ich verstehe."

„Also, wann kommst du zu Raylands Ranch?"

„Wann fahrt ihr los?"

„Zu irgendeiner unmenschlichen Tageszeit", stöhnte ich. „Gott, Rand, vier Uhr morgens ist wirklich keine Zeit, zu der anständige Menschen aufstehen."

„Es ist die Zeit, um die Rancher aufstehen", versicherte er mir. Er versuchte, spielerisch zu klingen, aber sein Tonfall war steif und kalt.

„Rand?"

„Lass es gut sein, okay? Ich sehe dich dann morgen auf der Ranch."

„Ich kann es gar nicht erwarten, dich zu sehen."

„Ich auch nicht, Baby." Seine Stimme wurde rau und mein Herz machte in meiner Brust einen Sprung.

„Ich habe das Rodeo wirklich genossen, weißt du?"

„Nächstes Mal fahren wir zusammen."

„Deal", seufzte ich, aber mein Bein pochte und ich wimmerte, auch wenn ich das nicht beabsichtigt hatte.

„Was tut weh?", fragte er sanft.

„Nichts."

Er lachte. „Hat dir schon mal jemand gesagt, dass du ein miserabler Lügner bist?"

„Wirklich? Ich denke, es ist genau das Gegenteil."

„Dann liegt es vielleicht an mir."

„Könnte sein." Ich lächelte in mein Handy hinein.

„Sag schon, was los ist."

Ich räusperte mich. „Mir geht's gut. Der Tag hat mich nur etwas mitgenommen."

„Wie? Ich habe das Video mit dem Stier auf der Website gesehen, aber es sah nicht so aus, als wärst du verletzt worden."

Das waren Neuigkeiten. „Das Rodeo hat eine Website?"

„Ja. Pierce hat mir den Link dazu geschickt. Sie laden dort die Höhepunkte des Rodeos hoch, damit die Leute nächstes Jahr kommen, weißt du?"

„Das ergibt Sinn."

„Ich bin gerade auf der Website."

Der Alarm in meinem Kopf ging los. „Also, solltest du nicht ..."

„Stef."

„Ja?"

„Scheinbar gibt es ... Wie hast du dich verletzt, Stef?"

Ich hustete. „Was schaust du dir gerade an?"

„Ich warte darauf, dass irgendetwas lädt, wo dein Name drauf stand."

„Das ist wahrscheinlich noch ein Video davon, wie ich Junggesellen versteigere."

„Ich glaube nicht."

„Du solltest schauen, wie Everett und Chris das Kalb zusammen geworfen haben. Das war wirklich ..."

„Was ist das?", fragte er sich selbst.

„Rand?"

„Mann, das dauert ja ewig."

Es gab keinen Weg darum herum. „Rand, du weißt, dass jeder Rancher in diesem Rodeo mitmachen muss, oder? Ich meine, er oder sie muss persönlich antreten, um die Weiderechte zu verteidigen?"

„Sicher", sagte er.

Ich wartete, bis mein wunderschöner, sexy Cowboy selbst darauf kam.

„Was willst du ... warte!"

Ich machte mich für die Explosion bereit.

„Oh, Scheiße!", keuchte er.

„Mir geht's gut."

„Waa... Stef ... Was hast du gemacht?"

Ich holte Luft. „Ich kann nicht so wie du einen Bullen reiten. Und nachdem ich mit Glenn aus dem Krankenhaus kam, war nur noch das Zureiten mit Sattel übrig."

Ich hörte, wie er Luft holte. Sonst nichts.

„Rand?", sagte ich nach einer Minute. Langsam machte sich ein Gefühl von Angst in mir breit.

„Nein." Er klang, als müsse er sich übergeben. „Was ist ... nein."

„Schau es dir nicht an."

„Warum nicht?"

„Weil es dich bloß verrückt machen wird und mir geht's gut", sagte ich. „Ich habe mir nur das Bein gebrochen."

Er zog scharf den Atem ein.

„Und auch nur den unteren Teil. Es ist keine große Sache."

Der Ton wurde gedämpft und ich war mir ziemlich sicher, dass der Mann, den ich liebte, sich die Lungen aus dem Körper hustete. Als er auflegte, war ich überzeugt, dass er mir seine Würgegeräusche ersparen wollte. Ich nutzte die Gelegenheit und humpelte zu meinem Wohnwagen. Ich seufzte tief, als er in Sicht kam. Mein Handy klingelte wieder und ich sah Rands Nummer erneut auf dem Display aufblinken.

„Ist alles in Ordnung?"

„Nein." Er klang gekränkt und wütend zugleich.

„Ich bin noch heile."

„Es scheint, als hätten dich eine ganze Menge Leute auf Video aufgezeichnet."

„Weil ich hübsch bin", neckte ich ihn.

„Stef ..."

„Hast du schon eins angeschaut?"

„Noch nicht. Es lädt noch."

Das hieß, dass die Datei riesig war, weil das Video entweder sehr lang oder in HD war. Aber wie auch immer, ich wollte nicht, dass er es sah. „Gucke es nicht."

„Warum nicht?"

„Weil du allein bei dem Gedanken umkommen wirst, dass ..."

„Hier ist es", sagte er.

„Bist du zu Hause? Wo bist du?"

„Ich bin bei Zach. Die Gäste sind weg und ich bin in seinem Büro. Ich fahre Morgen fr... Ich ... Ich ... Oh mein Gott!", stieß er hervor.

„Aber du solltest mich sehen. Mir geht es gut. Du redest mit mir. Du kannst an meiner Stimme hören, dass es mir gut geht."

Er blieb stumm. Ich konnte nicht mal hören, ob er atmete. Oder nicht atmete.

„Rand?"

„Warte."

„Rand, es ..."

„Ich sagte, warte!"

Er klang wirklich furchtbar und es war herzzerreißend zu hören, wie sehr er sich um mich sorgte. Ich blieb für einige lange Minuten stumm.

Endlich räusperte er sich. „Hast du eine Gehirnerschütterung?"

„Ich ..."

„Es war eine einfache Frage, Stef. Hast du oder hast du keine Gehirnerschütterung?"

„Warum fragst du das überhaupt?"

„Weil du so hart im Dreck aufgeprallt bist?"

„Oh."

„Stef."

„Ja, ich habe eine leichte Gehirnerschütterung."

„Und du hast dir ein Bein gebrochen?"

„Nur das Wadenbein, den kleinen Knochen, nicht den großen", sagte ich.

„Ich weiß, was ein Wadenbein ist."

„Okay", sagte ich, denn es machte mir Angst, dass er so ruhig klang.

„Du weißt, dass Gehirnerschütterungen tückisch sind. Jemand muss dich entweder wachhalten oder dich die ganze Nacht beobachten. Hast du jemanden da, der das macht?"

„Nein, Rand, ich …"

Sein Tonfall wurde schärfer.

„Nein, Rand, du …"

„Und du hast vor, morgen zur White Ash zu fahren?"

„Ja", sagte ich. Ich klang nicht wie ich selbst.

„Also da du und Glenn jetzt so dicke seid, kann …"

„Das gibt es doch gar nicht, dass du eifersüchtig auf deinen Cousin bist", sagte ich.

„Nein?"

„Hör auf", sagte ich. „Mein Kopf tut weh und du spielst mit mir. Das ist nicht nett."

Er atmete tief ein. „Okay. Das wird jetzt folgendermaßen ablaufen. Ich fahre jetzt zum Flughafen und du bleibst wo du bist und wartest auf mich. Hast du verstanden?"

„Das geht nicht. Das Rodeo ist vorbei, Rand, ich kann nicht hierbleiben. Die Männer müssen wieder zurück zur Ranch und ich habe Glenn und Rayland versprochen, mit zur White Ash zu fahren. Und ich werde mein Versprechen nicht brechen, nachdem ich das ganze Wochenende damit verbracht habe, sie dazu zu bringen, mir zu vertrauen. Ich …"

„Du kannst auf mich warten. Niemand wird dich aus diesem Wohnwagen rausschmeißen. Die Leute fahren alle erst morgen Mittag."

„Die Leute fahren jetzt schon."

„Nicht die Leute, die Rinder und Pferde mitgebracht haben, Stef. Keiner der Rancher oder ihre Männer werden vor morgen fahren."

„Glenn und Rayland fahren schon um …"

„Du aber nicht. Du bleibst dort und wartest auf mich."

„Rand …"

„Stefan Joss! Hast du das verstanden?", brüllte er.

„Ich will die White …"

„Willst du nicht, Stef. Nicht wirklich. Ich kenne dich. Du willst nach Hause kommen. Du willst, dass ich die Weiderechte abtrete. Du willst, dass ich die Sache mit Rayland und meiner Mutter kläre und du willst, dass ich von Glenn herausfinde, wie ernst er es mit diesem verdammten Restaurant meint."

Und das stimmte. Ich wollte das alles.

„Ich werde mit allen reden. Ich schwöre es. Aber das mache ich zu meinen Bedingungen und auf meiner Ranch. Wenn sie mit mir reden wollen, werden sie zu mir kommen. Nicht umgekehrt. Hast du verstanden?"

Rand hatte seinen Stolz und es war nicht meine Aufgabe, zu versuchen, sie ihm abzunehmen. „Ja."

„Ich komme und hole dich nach Hause. Ende der Diskussion. Vielleicht wäre ich dir auf die Ranch gefolgt, bevor du verletzt wurdest, aber nicht jetzt."

Ich wollte wirklich nach Hause.

„Du kommst jetzt nach Hause, Stef. Ende der Diskussion."

Ich konnte mich nicht mehr wehren. Ich brauchte ihn, musste ihn sehen. „Okay."

„Du sollst außerdem am Dienstag unterrichten, hast du das vergessen?"

Scheiße. Das hatte ich tatsächlich.

„Du hast Glück, dass morgen Columbus Day ist. Sonst säßest du jetzt in der Scheiße."

Er hatte recht. „Komm und hol mich."

„Beweg dich bloß nicht. Wo steht der gottverdammte Wohnwagen?"

„Ich bin im letzten vor dem offenen Land."

„Scheiße!"

Er war noch immer ganz aufgeregt. „Aber Rand, mir …"

„Wenn du noch einmal sagst, dass es dir gut geht, dann vergesse ich mich, verdammt noch mal. Hast du mich verstanden? Machst du gottverdammte Witze?"

„Was hätte ich denn tun sollen?"

„Nicht dein Leben für ein Stück Land riskieren, das mir einen Scheiß bedeutet!"

„Das wusste ich nicht!"

„Aber du willst, dass ich es Rayland gebe?"

„Weil er deine Familie ist."

„Du bist meine Familie, nicht er! Mein Gott, Stef, du hättest sterben können und was hätte ich denn bitte davon gehabt? Das hätte mir mein restliches Leben ruiniert, weil ich dann ohne dich gewesen wäre, du egoistischer Hurensohn!"

„Ich habe dabei an dich gedacht!"

„Wenn du an mich gedacht hättest, wärst du nie auf das Pferd gestiegen!"

„Rand …"

„Und Everett und Dusty und Chris und …"

„Rand …"

„Sie sind alle gefeuert, Stef. Verstehst du, wie sehr sie gefeuert sind?"

Nein. „Rand, das kannst du nicht tun!"

„Ach nein? Dann pass mal gut auf. Wie konnten sie es zulassen, dass du auf …"

„Hör auf zu schreien", brüllte ich ihn an. Eigentlich wäre es lustig gewesen, aber im Moment war es das nicht, weil ich stinksauer war. „Du kannst keine Männer von meiner Ranch feuern, weil du sauer bist. Sie sind alle mit mir gekommen, waren für mich da und nein, sie wollten nicht, dass ich dieses verrückte Pferd reite. Aber ich habe das für dich und die Ranch getan, und ja, ich bin verletzt worden, na und? Und Rayland sollte das Land bekommen, weil er es sich nicht einfach so genommen hat. Wir geben es ihm zu unseren Bedingungen, weil wir das wollen und nicht weil er ein hinterhältiges Stück Dreck und uns einen Schritt voraus ist. Die Jungs und ich, Rand, wir haben das hier gemacht. Wir haben ihm und all den anderen homophoben Arschlöchern hier gesagt, dass sie sich ins Knie ficken können. Und Gil Landry und seine Schwester, die denken, dass du über mich hinweg kommst, können sich auch zum Teufel scheren, weil du niemals über mich hinwegkommen wirst."

Am anderen Ende blieb es still.

„Bist du fertig?"

„Ja, bin ich."

„Bleib dort und warte auf mich. Hast du das verstanden?"

„Ja, ich verstehe." Ich zog plötzlich scharf Luft ein. Ich zitterte, weil ich einen Krampf im Bein hatte und weil ich so lange draußen im Kalten gewesen war.

„Du solltest dein Bein schonen."

„Ja, sollte ich", stimmte ich zu.

„Hast du auch nur für eine Sekunde an das Schlimmste gedacht, das hätte passieren können, als du auf dieses Pferd gestiegen bist?"

„Nein. Ich wollte dich nur beschützen."

„Wo bist du jetzt?"

„Ich schaue gerade den Wohnwagen an und sehe Bella im Fenster."

„Du hast deinen Hund mitgenommen?"

„Warum fragen das alle so, als wäre das komisch? Ja, ich mag meinen Hund. Ja und?"

Sein Lachen klang gut.

„Rand …"

„Du hast recht."

„Mit was?"

„Das ich nicht über dich wegkommen würde."

„Ach ja?" Ich seufzte.

„Ja. Mir geht's besser, wenn du da bist."

Auf einmal fiel mir das Atmen schwer.

„Also, kann ich bis morgen früh in diesem Wohnwagen bleiben? Sie werden nicht kommen und mich rausschmeißen, nachdem die Jungs gefahren sind?"

„Die Männer fahren nirgendwo hin. Alle warten dort auf mich. Richte ihnen das aus."

„Bist du sicher?"

„Ich bin sicher."

„Okay. Wenn Rayland und Glenn bleiben, wirst du mit ihnen über die Weiderechte reden?"

„Ich werde sie auf die Red einladen, Stef. Das ist alles."

Das war besser als nichts. „Danke, Rand."

„Schlaf nicht ein."

„Werde ich nicht."

„Hat dir der Arzt etwas gegen die Schmerzen gegeben?"

„Ja."

„Ich will nicht, dass du etwas nimmst, das dich k. o. schlägt."

„Es wird schon gehen."

„Du sagst das ständig und trotzdem wirst du immer wieder verletzt."

„Beeil dich", knurrte ich ihm spielerisch zu.

„Mache ich!"

Ich konnte es wirklich gar nicht erwarten, ihn zu sehen.

8

ICH GING zum Wohnwagen, ließ Bella hinaus und entschied mich, zurück zum Tanz zu gehen und Glenn alles zu erklären. Ich war noch nicht weit gekommen, da tauchte Everett auf und brachte mir meine Krücke.

„Die Schönheitskönigin hat mich beauftragt, dir das zu bringen."

„Wer?"

„Carly Landry."

„Oh, richtig." Ich zwang mich zu einem Lächeln.

„Du siehst aus, als hätte man dich richtig hart rangenommen und dich dann im Regen sitzen lassen."

„Das klingt ja furchtbar", sagte ich. „Ich geh zurück zum Veranstaltungsgelände. Könntest du mir einen Gefallen tun und Glenn Holloway suchen? Sag ihm, dass ich mit ihm reden muss."

Er nickte und ich beobachtete, wie er die Augen senkte und die Hände in den Taschen vergrub. Ich wusste sofort, dass er Schuldgefühle hatte.

„Du hast Rand gesagt, wo ich bin, Arschloch."

„Ich habe Pierce gesagt, dass er es ihm sagen soll. Ja, Sir, habe ich."

„Und nachdem er gesehen hat, wie ich in den Ring gestiegen bin um den Bullen von Glenn fernzuhalten, hat er auch gesehen, wie ich vom Pferd geflogen bin."

Unsere Blicke trafen sich. „Ich vermute also, dass er auf dem Weg hierher ist?"

Ich nickte.

„Bin ich gefeuert?"

„Nein, sei kein Idiot."

Er schien überrascht. „Wirklich? Er ist nicht sauer?"

„Oh, er ist stinksauer. Aber nicht wegen euch, sondern wegen mir."

„Wirklich?"

„Ja. Kling nicht so verdammt zufrieden."

„Ich bin nicht zufrieden. Nur überrascht. Ich habe erwartet, dass er richtig wütend ist."

„Er wird morgen hier sein."

„Nun, dann vermute ich, wir werden ihn treffen. Wir hatten sowieso nicht vor, vor 12 Uhr mittags zu fahren."

„Rayland und Glenn fahren früher, deswegen muss ich mit Glenn reden", sagte ich, klemmte mir beide Krücken unter die Arme und machte mich bereit, zurück zum Tanz zu humpeln. „Du denkst also, dass Carly eine Schönheitskönigin ist?"

„Ich denke, dass sie eine hochnäsige Tussi ist, die sich niemals mit mir abgeben würde, jetzt, wo sie weiß, dass ich nur ein Cowboy bin. Aber wenn ich morgen im Lotto gewinnen würde, dann wäre ich vielleicht gut genug für sie."

Ich lächelte. „Wenn du einfach mal mit Regina Kincaid reden würdest, anstatt einfach immer nur an ihr vorbeizugehen, wenn du sie siehst, dann würde dein Leben vielleicht endlich einmal wirklich anfangen, Everett."

Er sah aus, als hätte ich ihn gerade geschlagen. „Ihr Vater und ihr Bruder hassen mich."

„Sie hassen dich nicht. Sie denken, dass du nur auf Sex aus bist. So einen Mann wollen sie nicht als Ehemann für den Engel der Familie."

Er räusperte sich. „Ihr Vater hat wortwörtlich gesagt, dass er keinen weißen Mann in seiner Familie haben will."

Ich grunzte. „Ich war dabei, als er das gesagt hat. Und was er wirklich gesagt hat, war, dass er keinen weißen Mann in seiner Familie will, der nicht regelmäßig in die Kirche geht. Das hat er gesagt."

Everett starrte mich an.

„Du bist kein schlechter Mann. Tatsächlich bist du ein sehr guter, aber du hast Angewohnheiten, die du ändern musst, wenn du so eine Frau willst. Sie unterrichtet in der Schule, sie geht in die Kirche und sie sieht toll aus. Ich habe noch nie so große, braune Augen und ein so schönes Lächeln gesehen und ihre Haut ist einfach …"

Er machte ein Geräusch, damit ich aufhörte.

„Aber du bist ein Hund und sie hat etwas Besseres verdient. Etwas viel Besseres."

„Sie spielt in einer ganz anderen Liga."

„Nicht, wenn du sie wirklich wolltest", sagte ich. „Aber du müsstest sie mehr wollen als das Leben, das du im Moment führst. Und nur du weißt, ob du das tust oder nicht."

Er nickte.

„Also, können wir jetzt gehen?"

„Nein", seufzte er. Ich konnte sehen, dass sich in seinem Kopf die Rädchen drehten und seine Augen trafen auf einmal wieder meinen Blick. So einen Gesichtsausdruck hatte ich bei ihm noch nie gesehen.

„Gott, was?"

„Auf den besten Ranches, auf denen ich je gearbeitet habe, waren die Männer wie eine Familie. Meistens halten diese Ranches nicht lange durch. Sie werden von den großen Rinderfirmen aufgekauft oder gehen aus irgendeinem anderen Grund unter. Aber die Red Diamond ist eine große Ranch, die sich wie eine kleine Ranch anfühlt. Und dieses Wochenende habe ich verstanden, dass du der Grund dafür bist, dass es so ist."

Ich schaute ihn mit zusammengekniffenen Augen an.

Er nahm seinen Hut ab und drehte ihn in den Händen.

„Ich will nicht hinterwäldlerisch klingen und ich sage auch nicht, dass du wie eine Frau bist. Aber im Bezug auf uns, die Männer, ist deine Sichtweise weicher als die von Rand Holloway. Und ich vermute, dass du ihn deswegen im Gleichgewicht hältst."

Das war das Netteste, was er je zu mir gesagt hatte. „Ich weiß das zu schätzen, aber das war schon alles so, bevor ich gekommen bin. Du musst doch wissen, dass Rand die Ranch ist und umgekehrt."

„Nein, Sir." Er schüttelte den Kopf. „Bevor du gekommen bist, war es ein guter Arbeitsplatz, aber wir waren keine Familie."

Das Gefühl durchzuckte mich, überwältigte mich. Meine Kiefermuskeln spannten sich, meine Augen brannten und ich zitterte, um nicht völlig zusammenzubrechen. Seine Worte bedeuteten mehr, als er ahnen konnte. Denn es bedeutete vielleicht, ganz vielleicht, dass ich Rand Holloway genauso guttat wie er mir.

„Die Dinge haben sich verändert, seit du da bist."

Für alle, so schien es. Nicht nur für mich.

„Rand scheint sich richtig niedergelassen zu haben, seit du auf der Ranch bist. Und vielleicht würde ich gerne etwas darüber wissen."

Er wirkte unbehaglich und sein Hut kreiste jetzt zwischen seinen rastlosen Händen. Ich würde ihm einen Ausweg bieten. „Du meinst, du willst versuchen, dich niederzulassen? Und nicht, dass du mit einem Mann schlafen willst, oder?"

Ich machte mich dafür bereit und er schlug fest gegen meinen Arm.

„Scheiße, Everett!"

„Also, ich kann dir nicht eine auf den Kopf verpassen, weil ich dich so vielleicht umbringe. Ich kann dir auch nicht vors Schienbein treten. Mann, du bist vielleicht ein nerviges Stück Scheiße!"

Als hätte mir das noch nie jemand gesagt. „Tu mir einen Gefallen und hol Glenn Holloway, ja? Ich schaffe es auf keinen Fall bis dahin und dann wieder zurück. Ich falle gleich um."

„Dann geh doch ins Bett."

„Rand hat gesagt, dass das nicht geht. Wegen der Gehirnerschütt..."

„Oh Scheiße, das stimmt", sagte er und wandte sich zum Gehen. „Ich gehe Glenn holen und halte danach ein Auge auf dich. Bleib einfach hier."

„Das musst du mir nicht zweimal sagen", neckte ich ihn. „Hey, wer hat Bella heute gefüttert?"

„Ich."

„Danke, dass du daran gedacht hast.

„Daran gedacht?" Er schaute mich seltsam an. „Wer könnte das vergessen? Dein Hund ist genauso nervig wie du."

Ich lächelte ihm nach, als er davonging. Ich bemerkte, wie er sich umdrehte und Bella rief, damit sie mit ihm gehen konnte.

Sie schaute zu mir auf.

„Los, Bella, schnapp ihn dir", sagte ich spielerisch.

Sie legte den Kopf schief, als wäre ich ein Idiot und setzte sich dann neben mich.

„Es hat keinen Zweck, Stef." Ich hörte ihn lachen. „Der Hund liebt dich am meisten."

Ich fuhr mit der Hand über ihre Schnauze und sie stieß meine Finger an. Ihr Schwanz wedelte eifrig im Sand hin und her. Ich musste lächeln. Das tat sie wirklich.

Ich ging hinein und holte meinen Parka und meine Mütze, weil es heute kühler war als noch vor zwei Nächten. Ich saß auf der untersten Stufe der Wohnwagentreppe und warf einen Tennisball für meinen Hund. Da hielt sie plötzlich inne, erstarrte und legte sich ihre dreckige, fusselige, gelbgrüne Beute zwischen die Pfoten.

„Stef?"

Ich winkte Glenn zu. „Tut mir leid, dass ich dich herbestellt habe. Aber ich kann heute nicht mehr laufen."

Er zögerte, blieb stehen und beäugte meinen Hund.

„Bella wird dir nichts tun."

„Sie ist ja riesig, Stef."

Ich rief sie zu mir und sie bewegte sich schnell. Sie blieb dicht vor mir stehen, damit ich eines ihrer seidigen Ohren streicheln konnte.

Glenn ging langsam und vorsichtig weiter, dabei ließ er seine Augen nicht von ihr.

„Du bist heute auf einem Stier geritten", erinnerte ich ihn. „Reiß dich zusammen."

„Ja, nun, der Bulle springt mir aber nicht an die Kehle."

„Sie ist harmlos."

„Sagst du."

„Wirf den Ball für sie."

Er hob ihn auf, zeigte ihn ihr und warf ihn dann.

„Ich glaube, sie hat mir zugezwinkert", sagte er, als sie sich kein Stück bewegte.

Ich begann zu lachen und sie kam näher und stieß mir mit der Nase ins Auge. Dann wuschelte sie in meinem Haar herum und schnüffelte daran.

Glenn kicherte. „Sie denkt, dass du ihr Welpe bist."

„Gut möglich." Ich lächelte und streichelte meinen Hund. „Hol den Ball, Bella, los, hol ihn dir."

Stattdessen beäugte sie Glenn.

Er kniete sich hin und sie ging langsam auf ihn zu und nahm ihn unter die Lupe. Nachdem sie ihm erlaubt hatte, sie zu streicheln, schoss sie auf einmal davon, um den Ball zu holen.

„Verdammt, das ist ein ganz schön misstrauischer Hund."

„Hey, hör zu. Ich kann leider morgen doch nicht mit euch fahren. Aber wenn ihr auf Rand warten könntet, dann …"

„Rand wird morgen hier sein?"

„Ja, und wenn es irgendwie geht, Glenn, wäre es schön, wenn du morgen mit uns kommen könntest. Ich hätte gerne, dass du mit Rand über deine Restaurant-Idee redest."

Sein Mund stand offen, aber es kamen keine Worte heraus. Als Bella den in Dreck und Sabber gehüllten Tennisball vor seine Füße legte, nahm er ihn ohne nachzudenken in die Hand und warf ihn für sie.

„Hast du mich gehört?"

„Habe ich."

„Und?"

„Rand hasst mich."

Ich schüttelte den Kopf. „Nein."

„Nein?"

„Du solltest mit uns zur Red kommen. Und frage auch deinen Vater."

„Meinen Vater?" Er war erstaunt.

„Bitte."

„Gott, Stef, bist du sicher?"

„Absolut."

„Du willst, dass wir auf Rand warten?"

„Wenn das geht."

„Von mir aus schon. Aber ich weiß nicht, ob mein Vater es tun wird."

Oh, das wird er, dachte ich. „Frag ihn einfach, okay?"

Er räusperte sich. „Sicher."

„Ich muss schlafen", sagte ich und merkte, dass ich nicht einmal glaubte, dass ich es noch schaffen würde, ins Bett zu kriechen. „Bis morgen."

Er schaute mich durchdringend an. „Weißt du, du bist ziemlich blass. Soll ich dir hineinhelfen?"

„Nein."

„Stef, du solltest …"

„Mir geht's gut", log ich. „Jetzt geh schon und genieß den Rest des Abends."

Er nickte. „Okay. Wir halten dann morgen nach Rand Ausschau."

„Super."

„Morgen gibt es noch Frühstück, bevor alle fahren. Du solltest kommen und dich zu uns setzen, wenn's geht."

„Wenn ich mich am Morgen noch bewegen kann, werde ich da sein."

Er zog die Augenbrauen zusammen. „Bist du sicher, dass ich nicht bleiben soll?"

„Nein. Und außerdem musst du wieder zurück zu Rachel." Ich lächelte ihn an. „Weißt du, es fühlt sich an, als wäre es drei Uhr nachts. Aber wahrscheinlich ist es erst zehn Uhr."

„Halb elf", korrigierte er mich.

„Siehst du?" Ich zuckte die Schultern. „Vom Pferd zu fallen raubt einem wirklich jedes Zeitgefühl."

„Nein, Krankenhäuser tun das."

Ich zuckte die Schultern und wir lachten, als wären wir alte Kriegskumpane. Dann ließ er mich zurück und ich warf den Ball für meinen Hund. Zu einer anderen Bewegung war ich nicht mehr fähig.

9

ICH SAH mit meiner Sonnenbrille und meinem Cowboyhut eher so aus, als hätte ich einen Kater und keine Schmerzen. Aber ich kam zum Frühstück, auch wenn mir alles noch mehr weh tat als am Tag zuvor. Ich konnte auf jeden Fall wieder klar denken. Ich hatte vor, keine stärkeren Schmerztabletten als Aspirin zu nehmen, wenn es irgendwie möglich wäre. Alles andere machte mich verrückt und viel zu geschwätzig.

Ich war überrascht, Carly Landry zusammen mit ihrem Bruder an einem der Tische sitzen zu sehen. Ich setzte mich, während Everett mir einen Teller holte.

„Stefan."

Ich schaute auf und da stand sie vor mir.

„Es ist gut, dich heute Morgen hier zu sehen."

Ich wartete darauf, dass sie sagte, was sie von mir wollte.

„Kann ich mich setzen?"

„Sicher."

„Glenn hat dich vorhin gesucht."

Das war gut und ich wollte irgendetwas in diese Richtung zu ihr sagen. Aber als ich mich zu ihr wandte, sah ich, dass sie mich gar nicht anschaute. Sie war auf etwas anderes fixiert. Ihre Lippen waren geteilt, ihre Augen weit aufgerissen und ihre Finger waren auf dem Tisch zu Fäusten geballt. Ich überflog die Menge, um herauszufinden, was sie so verwirrt hatte.

Rand.

Ich war verblüfft. Rand Holloway bahnte sich seinen Weg durch die Menge. Er ging einfach geradeaus und alle machten ihm Platz. Er trug seinen grauen Stetson, ein Flanellhemd, Jeans und Stiefel und irgendwie wirkte das alles - an ihm - atemberaubend. Carlys Reaktion nach zu urteilen, war ich nicht der Einzige, der so dachte.

Rands Gang war einzigartig. Er war flüssig und strahlte ein Selbstvertrauen aus, wie ich es noch nie bei jemand anderem gesehen hatte. Er war sich seines Platzes in dieser Welt bewusst und mein Herz pochte schneller angesichts dieser mühelosen Darbietung von Stärke, Macht und Männlichkeit.

„Rand ist hier", verkündete Carly unnötigerweise, stand auf und winkte. Er bemerkte sie und als sie sah, sah er auch mich.

Ich lächelte, während seine Augen sich verengten, als er mich erreichte.

„Rand", sagte Carly atemlos. „Ich bin froh dich …"

„Stef." Seine Stimme brach als sich seine Hände um mein Gesicht legten und er sich zu mir herunterbeugte.

„Tu es nicht", warnte ich ihn und drehte mich schnell zur Seite. Ich küsste seine Handfläche und lehnte mich dann zurück. „Wie geht's dir?"

Die Muskeln in seinem Kiefer spannten sich und er schluckte alles herunter. Ich konnte sehen, wie schwer es ihm fiel und beobachtete, wie er den Stuhl neben mir nahm, ihn herumdrehte und sich hinsetzte. Er saß mir genau gegenüber, seine Knie waren neben meinen und seine Hände wanderten zu meinen Oberschenkeln, hielten sie fest. Ich atmete tief ein, als mich meine Gefühle für ihn übermannten. Ich war verletzt und hatte mich zusammengerissen, weil ich das musste. Aber jetzt war er hier, ich konnte mich an ihn lehnen und ich war noch nie, niemals so froh gewesen, ihn zu sehen. Seine warme Hand fand ihren Weg zu meiner Wange.

„Du solltest mich nicht anfassen."

„Es ist mir scheißegal, was hier irgendjemand denkt, Stef. Ich liebe dich und das ist das einzige, was zählt."

Ich schaute ihn an, sah seine blauen Augen und fühlte mich besser. „Danke, dass du gekommen bist."

„Ich bin so schnell gekommen, wie ich konnte", sagte er. Seine Stimme war tief, sehr heiser und sehr sexy.

Ich nickte und er lehnte sich zurück, um mein gebrochenes Bein in seinen Schoß zu legen.

„Du solltest es hochlegen", sagte er gerade, als Everett zu uns trat.

„Hey, Chef", grüßte er Rand vorsichtig.

„Das sieht gut aus", sagte Rand zu ihm und beäugte die Eier, Brötchen und Soße, die Everett für mich geholt hatte. „Hol mir auch was, Ev, und sag Chris und Pierce, dass Stef und ich Kaffee und Orangensaft brauchen."

Everett bewegte sich nicht. Er starrte Rand nur an und wartete.

„Habe ich gestottert?"

„Nein, Sir." Sein Lächeln kam ganz plötzlich und es war strahlend. „Danke."

„Nein, ich danke dir", sagte Rand und berührte seine Hutkrempe.

Everett atmete tief aus und ging dann davon.

Ich beobachtete, wie er wegging und als ich mich wieder zu Rand umdrehte, sah ich Carly. Ich hatte völlig vergessen, dass sie da war. Sie sah aus wie ein anderer Mensch. Sie zeigte mir so viel: Schmerz, Erniedrigung, Hass und Sehnsucht. Davon am meisten; Sehnsucht.

„Rand."

Er wandte sich langsam von meinem Bein ab, das er untersucht hatte, und seine Augen wanderten zu ihr.

„Schön, dich zu sehen."

Er nickte. „Dich auch. Du siehst gut aus."

„Danke."

„Wie geht es deiner Familie?", fragte er und machte Smalltalk, während seine Finger sich in meinen Oberschenkel gruben. Er massierte die Muskeln, die von der ungewohnten Lauferei gestern völlig verspannt waren.

„Denen geht es gut."

„Gut. Richte ihnen schöne Grüße aus."

„Mache ich."

Sein Blick wanderte wieder zu meinem Gesicht. „Kannst du die mal für mich abnehmen?"

Ich wollte das wirklich nicht.

„Stef." Seine Stimme grollte und mein Name klang irgendwie drohend.

Ich nahm die übergroße Sonnenbrille ab und setzte sie mir auf den Kopf, was mir das Haar aus der Stirn schob.

Er musterte mich einige lange Minuten und ich sah, wie die Muskeln in seinem Kiefer sich spannten.

„Rand", sagte ich sanft und schmeichelnd. Ich versuchte, den Schmerz und die Wut in seinen Augen zu lindern.

„Ich muss mit Gil reden."

„Nein", sagten Carly und ich gleichzeitig.

„Hast du dir dein Auge mal angesehen?", fragte Rand mit zusammengebissenen Zähnen. Dann hob er sanft mein Bein von seinem Oberschenkel, stand auf und legte es vorsichtig auf den Stuhl.

„Aber Rand", begann Carly. „Gil wollte nur …"

„Er hat Stef geschlagen und Stef gehört mir", sagte er so ruhig, dass ich für einen Moment nicht merkte, wie wütend der Mann war. Dann ging er davon.

„Rand!", rief sie ihm nach.

Er beschleunigte seine Schritte, um ihren Bruder zu erreichen. Nichts, was irgendjemand sagte, nicht einmal ich, würde einen Unterschied machen. Und ich verstand. Niemand durfte die Menschen verletzen, die Rand Holloway liebte.

„Gil!", bellte er.

Ich sah, wie der angesprochene Mann von seinem Stuhl aufstand. Er sah verängstigt aus, deswegen rief ich nach Everett. Ich war wirklich erleichtert, zu sehen, dass Glenn und Rayland mit einigen anderen auf uns zukamen.

„Glenn!"

Er hörte mich, sah Rand und stürzte auf ihn zu. Leider war er nicht schnell genug. Als mein Geliebter den Tisch erreichte, schlug Gil in seine Richtung, verfehlte ihn aber meilenweit. Was sagte mir das jetzt über meine eigene Kampffähigkeit, dass er mich so einfach hatte treffen können? Es war nicht so, als wüsste ich mich nicht zu verteidigen, aber der Schlag, den Rand ihm verpasste, war weit entfernt von dem, was ich hätte aufbieten können. Er war gut gezielt, kraftvoll und traf Gil mitten im Gesicht. Ich konnte das Plopp sogar von meinem Platz aus hören, sah das Blut, und stellte fest, dass es nur Sekunden gedauert hatte, bis Rand dem Mann die Nase gebrochen hatte.

„Verdammt noch mal, Holloway!", schrie Gil als Glenn und Everett Rand packten und ihn zurückzogen.

„Fick dich. Das hätte dein Kiefer sein sollen, du dreckiges Stück Scheiße!"

Gil legte seinen Kopf nach hinten, während einige seiner Männer ihm Servietten hinhielten, damit er das Blut stoppen konnte.

„Das ist alles deine Schuld."

Ich schaute hinüber zu Carly und sah, wie wütend und gekränkt sie war.

„Glaubst du, dass er dir das hier in einem Jahr oder in fünf Jahren danken wird, wenn er weder Kinder noch Freunde hat? Er wird niemanden haben, den er zu sich nach Hause einladen kann, keine anderen Eltern, bei denen er das Wochenende verbringen kann, keine Freunde, mit denen er ins Kino gehen kann oder andere Paare, mit denen er ausgehen kann. Weil er keine Ehefrau haben wird, sondern nur dich."

Das Gift und der Hass in ihrer Stimme waren verletzend.

„Der Mann wurde dazu geschaffen, ein Vater zu sein, ein Freund. Und du raubst ihm alles, was er sein könnte, du egoistisches Dreckstück!"

Es ging wie gewöhnlich um mehr als nur um mich. Ich war in letzter Zeit wirklich ein Auslöser für alles Mögliche gewesen und das war schon in Ordnung. Anstatt ihr eigenes Leben zu leben, hatte sie darauf gehofft, dass Rand ihr seines anvertrauen würde. Carly wartete auf den Prinzen auf dem weißen Schimmel und war so gar nicht wie andere Frauen, die ich kannte. Die bauten sich ihr Leben selbst auf und fanden dann jemanden, mit dem sie ihren Traum teilen konnten. Ich wünschte, dass sie mich gefragt hätte. Ich hätte ihr gesagt, dass jemand kommen würde, um mit ihr zu leben, wenn sie nur ihr eigenes Schloss baute. Aber das musste sie erst einmal tun.

„Du nimmst ihm das Heim, das er hätte haben können! Du nimmst einfach alles weg!"

„Carly", sagte ich leise.

„Ich …"

„Hör auf", schnitt ich ihr das Wort ab. „Es gibt nämlich eine ganze Menge, was du über Rand Holloway nicht weißt."

Sie schnappte nach Luft und starrte mich mit feuchten, geröteten Augen an.

„Ich weiß nicht, auf was für einer Ranch du lebst, Carly. Aber auf der Red Diamond hat Rand keine Zeit, ins Kino zu gehen oder sich mit Freunden zu treffen", beruhigte ich sie. „Der Mann nimmt sich Sonntags frei und an dem Tag kommen alle, die auf unserer Ranch leben, zu uns und wir essen gemeinsam zu Abend. Alle Familien, Ehefrauen, Kinder. Jeder bringt etwas mit und im Sommer grillen wir. Im Winter gibt es dann mehr Eintöpfe oder Braten und so. Rands Freunde sehen ihn normalerweise Samstagabends, nachdem er den ganzen Tag gearbeitet hat. Manchmal spielen sie Karten oder gehen in eine Bar, um ein Spiel zu schauen."

Die Tränen strömten ihr übers Gesicht, aber sie hörte zu.

„Ja, er hat einige Freunde verloren, als er sich für mich entschieden hat, aber er hat auch neue dazugewonnen."

Sie nahm die Serviette, die ich ihr hinhielt.

„Und seine Familie ist gleich geblieben, denn sie lieben mich alle und die Ranch floriert wie verrückt." Ich lächelte ihr zu und streckte die Hand nach ihr aus. „Rand Holloway braucht keine Ehefrau. Er braucht nur jemanden, den er lieben kann und der ihn liebt."

Ihr Zittern wurde schnell zu einem Beben. „Es ist widerlich und du bist krank. Und wenn du denkst, dass er dich wirklich liebt, dann hast du unrecht. Wie könnte er das?"

Es würde hier keinen Durchbruch geben, keine Erleuchtung. Ich war so traurig für sie, dass ich blinzelte, um nicht selbst zu heulen. Ich war wirklich erschöpfter, als ich mir das eingestehen mochte.

„Okay", seufzte ich.

„Wenn er dich rauswirft, dann …"

„Hey."

Ich schaute zu Rand auf, als er zu uns trat und bemerkte, wie breit sein Lächeln war. Die schimmernden türkisblauen Augen strahlten vor Wärme und Glück, als würden sie tanzen.

Ich war gefangen.

„Hast du mich gesehen?" Er wackelte mit den Augenbrauen.

Ich schüttelte den Kopf und das Lächeln wurde teuflisch. Er war sehr mit sich zufrieden.

„Wir gehen nicht einfach hin und verprügeln Leute", schalt ich ihn.

„Nun ja, dann sollten Leute nicht einfach andere Leute verprügeln, von denen wiederum andere Leute denken, dass sie den Mond aufgehängt haben." Er hob eine Augenbraue.

Ich starrte hinauf in die schelmischen blauen Augen und mir wurde klar, dass die Art, wie er mich anschaute, genau zeigte, wie viel ich ihm bedeutete.

Carly atmete scharf ein.

Er stand einfach da und starrte mich mit Besitzgier, Hitze und voller Freude an.

„Lade Glenn und Raymund zu uns nach Hause ein."

„Habe ich schon", sagte er und setzte sich wieder neben mich. Er legte sich mein Bein gerade wieder auf den Schoß, als Everett einen Teller mit Essen vor ihn hinstellte. „Sie fahren uns nach, wenn wir losfahren. Und Zach trifft uns später auch."

Chris kam eine Sekunde später mit einem Eisbeutel. „Hier Chef, für deine Hand."

„Danke", sagte er und aß mit der linken Hand, während er die Fingerknöchel an seiner rechten kühlte. Dusty brachte seinen Kaffee und Orangensaft.

„Mann, ich bin am Verhungern", sagte er und lächelte in die Runde, als alle seine Männer sich zu uns setzten, nachdem sie ihre alten Plätze aufgegeben hatten. „Hey, Ev, ich habe das Bullenreiten gesehen. Gar nicht schlecht."

„Du hättest gewonnen", antwortete er.

„Ja, Sir, hätte ich", neckte Rand ihn. „Aber ich vermute mal, dass Stef nicht will, dass ich noch mal den Bullen reite, also müssen wir sichergehen, dass du nächstes Jahr gewinnst."

„Ja, Sir", stimmte Everett zu.

Rand wandte sich Chris und dann Dusty zu und gratulierte ihnen nacheinander. Und ich beobachtete, wie Carly zuhörte und die Szene vor sich aufnahm. Sie blieb stehen, um zu sehen, wie die Männer um die Aufmerksamkeit des Mannes wetteiferten, der ihre ganze Welt darstellte. Denn ohne Rand gäbe es keine Ranch und ohne die Ranch hätten sie kein Zuhause. Er war das Glied, das alles verband und je länger sie dort stand, desto mehr verstand sie das. Der Mann war der gleiche und ich war quasi eine Verlängerung von ihm. Dass ich ein Mann war, machte dabei keinen Unterschied.

Ihre Bedenken und Vorurteile, von denen sie gesprochen hatte, hätten vielleicht einen Unterschied gemacht, wenn Rand für seinen Lebensunterhalt von einem Ort abhing oder seine Geschäfte nur in seiner Stadt und dem Nachbarort betrieb. Aber er war schlau gewesen, als er sich dazu entschieden hatte, die Ranch seines Vaters zu erweitern und er stellte sicher, dass er alle Marketingoptionen weit und breit ausschöpfte. Egal, ob die Leute es wussten oder nicht, Rand war ein kluger und disziplinierter Geschäftsmann. Er hatte gute Instinkte und er verstand andere Leute. Und in letzter Zeit, seit er einen Partner hatte, der über Einkäufe Bescheid wusste, war er in finanziellen Dingen geradezu tödlich gerissen geworden. Es gab nichts, was dem Mann fehlte, außer Kindern. Und er hatte dafür auch schon einen Plan und die Hilfe seiner kleinen Schwester, die auch meine …

„Oh Scheiße", stieß ich hervor, als ich mich daran erinnerte, dass ich Charlotte anrufen sollte.

Rand drehte sich um und schaute mich an. „Hast du gerade daran gedacht, dass Charlotte am Mittwoch zum Arzt geht?"

„Ja", atmete ich und starrte ihn an.

„Nun, sie hat mich angerufen, als sie dich nicht erreichen konnte. Ich habe ihr erzählt, was du gerade so treibst, also kommt sie dieses Wochenende zu Besuch. Dann können wir über alles reden."

„Oh Gott", stöhnte ich. „Vielleicht schlafe ich einfach in der Schlafbaracke und du kannst ihr sagen, dass ich weggerannt bin, um mich einem Zirkus anzuschließen."

Er lächelte mich an. „Sie wird dich finden, egal wo du hingehst. Denn sie liebt dich wahrscheinlich mehr als ihren Mann, ihre Mutter oder mich."

Ich liebte sie genauso sehr.

Sein Lächeln war träge und hinterhältig. „Sie war bereit, dich zu heiraten."

„Scheiße."

„Vielleicht solltest du ihr etwas Schmuck kaufen", schlug er vor. „Oder ein Auto."

Ich nickte, als er losprustete.

„Rand."

Er schaute zu Carly auf.

„Ich hoffe, dass du glücklich bist."

„Bin ich, danke. Dasselbe wünsche ich dir auch."

Sie nickte schnell, bevor sie sich umdrehte und wegging.

„Pass auf dich auf", rief er ihr hinterher und wandte sich wieder mir zu. „Ich glaube, dass ich genauso in Ungnade fallen werde wie du, wenn ich Char alles erkläre."

„Nein, der Tod steht über allen Geheimnissen."

Er strich mir das Haar aus dem Gesicht und schaute mich an, bevor sich seine Augenbrauen zusammenzogen.

„Es ist bloß ein blaues Auge. Du hättest dir mehr Sorgen über mich auf dem Pferd machen sollen."

„Du hast dich entschieden, das Pferd zu reiten, Stef. Das war deine Entscheidung. Du hast dich nicht dafür entschieden, geschlagen zu werden."

„Ich …"

„Rand, du Wichser!"

Mein Cowboy wandte den Kopf und richtete seine Aufmerksamkeit auf einen spuckenden, schäumenden, rotgesichtigen, stinksauren Gil Landry.

„Ich werde den Sheriff rufen und …"

„Du wirst einen Scheiß tun, Gil", übertönte Rand die Schreie des anderen Mannes. „Du hast Stef zuerst geschlagen und ich habe schon in der Stadt angehalten und Austin einen Besuch abgestattet, bevor ich hergekommen bin. Er hat mir gesagt, dass du ihn ruhig anrufen sollst, falls du das Verlangen haben solltest, mit ihm zu reden."

Gil war erstaunt.

„Du kennst den Sheriff hier?", fragte ich Rand.

„Natürlich. Als wir noch jünger waren, sind wir immer zusammen Angeln gegangen. Jetzt gehen wir jeden Winter jagen. Du hast ihn auch getroffen: Austin Cross. Er hat diese gefleckten Jagdhunde."

„Oh." Ich erinnerte mich.

„Er ist völlig baff", sagte Everett.

Ich drehte mich zu ihm um. „Was?"

„Ich habe nicht viel Gelegenheit, dieses Wort sonst zu benutzen … Gil Landry sieht völlig baff aus."

„Das ist ein gutes Wort", stimmte Dusty zu. „Ich mag prächtig. Ich glaube, prächtig wird zu wenig benutzt."

Everett nickte. „Wie wäre es damit? Der Boss hat ihm einen prächtigen Haken versetzt?"

„Ja." Dusty nickte. „Der war prächtig."

Ich verdrehte die Augen, während Rand beim Essen anfing zu kichern.

„Ihr seid alle nicht mehr ganz richtig im Kopf", murmelte Pierce leise.

Darüber brauchte man nicht zu diskutieren.

Nach dem Frühstück kommandierte Rand alle herum und die Männer machten schnell, da sie daran gewöhnt waren. Dann gingen er und ich zusammen zu den Veranstaltern des Rodeos. Hud Lawrence freute sich, Rand zu sehen und Rand schüttelte Katie Beal die Hand, weil sie diejenige gewesen war, die uns überhaupt erst von dem Rodeo erzählt hatte. Ich beobachtete, wie sie ihn anstarrte und verstand. Wenn man irgendeine Vorstellung davon hatte, wie ein Cowboy auszusehen hatte - mit dem Hut, den Jeans, dem pechschwarzen Haar und den killerblauen Augen - dann verkörperte Rand Holloway dieses Ideal. Den Blick, den sie mir zuwarf, war süß. *Guter Fang.* Es hörte nie auf, interessant zu sein, wie manche Leute meinen Lebensstil einfach akzeptierten, während er andere Leute wütend machte. Mir war es persönlich immer egal gewesen, mit wem jemand schlief und es erstaunte mich immer wieder, dass es Leute gab, denen das etwas ausmachte.

Als Rand mir zurück zum Wohnwagen half und seinen starken Arm um meine Hüfte legte, fühlte ich mich zum ersten Mal seit Tagen wieder wie ich selbst. Und ich verstand es. Wenn ich mit Rand zusammen war, war ich die sanfte, liebende Person, die er in mir hervorbrachte. Ich war immer noch egoistisch, stur und wurde schnell wütend, aber wenn ich mit ihm zusammen war, ging es mir besser. Er brachte das Beste in mir hervor. Konnte ich mehr verlangen?

10

NACH HAUSE zu kommen war unbeschreiblich. Rand legte mich auf die Couch, damit ich mich ausruhen konnte, da ich schon auf der Fahrt im Truck eingeschlafen war. Ich hatte keine Ahnung, warum einem die Hinfahrt immer länger vorkam als die Rückfahrt.

„Wir haben viel öfter angehalten als du", sagte ich zu Rand.

„Das glaube ich."

„Ich denke, dass ich den Unterricht morgen absagen sollte", sagte ich, als Tyler gerade zur Hintertür hereinkam und nach Rand rief.

„Ich denke, das wäre am besten." Er lächelte zu mir hinunter und strich mir das Haar aus dem Gesicht. Auf seinem Gesicht lag der gleiche Ausdruck, den ich schon im Auto bemerkt hatte.

„Mir geht's gut", sagte ich. „Soll ich aufstehen und Abendessen kochen, damit ich es dir beweisen kann?"

Er schüttelte den Kopf und küsste mich auf die Stirn.

„Rand!"

„Was?", knurrte er Tyler an. Das war irgendwie lustig, weil er noch vor einigen Sekunden so sanft gewesen war.

„Deine Mutter hat angerufen, um zu sagen, dass sie morgen herkommt. Und Everett hat angerufen, um mir zu sagen, dass Glenn und Rayland zu Besuch kommen. Was zum Teufel ist denn hier los?"

„Es gibt ein paar Dinge, die ich mit allen besprechen muss. Auch mit dir, alter Mann. Und Stef hier hat vor, auch in deinem Leben Unruhe zu stiften."

Tyler drehte sich um und sah mich an. „Was hast du vor, Stef?"

„Ich hatte keine Ahnung, dass du Kinder hast", sagte ich.

Er schaute mich mit zusammengekniffenen Augen an. „Und was genau willst du mit dieser Information anfangen?"

„Natürlich werde ich sie auf die Ranch einladen."

„Sie werden nicht kommen."

Ich grinste leicht. „Oh, nein?"

Er verdrehte die Augen und Rand kicherte.

„Stef kann man nicht widerstehen, das weißt du doch."

„Ich …"

„Da sind Glenn und Rayland", unterbrach Rand ihn als die Scheinwerfer die vorderen Fenster erhellten.

Ich merkte, wie sehr ich meine Augen schließen wollte.

„Komm schon", sagte Rand und beugte sich vor, um mich auf die Arme zu nehmen.

„Was machst du?"

„Heute Abend ruhen wir uns alle aus. Ich habe keine Lust, mit den anderen zu reden, wenn wir alle müde und leicht reizbar sind. Ich spreche kurz mit Glenn und Rayland und gehe dann ins Bett."

Ich öffnete den Mund, um ihn zu unterbrechen.

„Ja, ich weiß. Lege extra Handtücher und Waschlappen raus und hole die Wasserkanne mit dem passenden Glas, die wir nur benutzen, wenn wir Besuch haben."

„Okay", seufzte ich und rieb mir die Augen mit den Handknöcheln.

„Hör auf. Mach sie einfach zu."

„Ich habe dich vermisst. Ich will dich sehen."

„Das kannst du auch morgen früh noch", sagte er als er mich hochhob und gegen seine Brust drückte.

Ich lehnte meinen Kopf an seine Schulter und küsste seinen Kiefer. „Du musst dich nicht um mich kümmern. Ich bin ja nicht deine Frau."

„Was zum Teufel soll denn das heißen?"

Ich antwortete nicht, sondern schmiegte meinen Kopf unter seinen Hemdkragen. Ich genoss seinen erdigen Duft, leckte Salz von seiner Haut, schmeckte ihn und öffnete dann meinen Mund, um ihn sanft zu beißen.

„Was machst du?", stöhnte er und verlagerte sein Gewicht auf der Treppe.

„Ich bin nicht schwach. Ich kann mich um mich selbst kümmern. Und um dich auch, wenn du mich lässt."

„Ich weiß, was du kannst, Stef", flüsterte er und schaute mir in die Augen. „Aber ich möchte mich nur dieses eine Mal um dich kümmern."

Die Art, auf die er tief Luft holte, die Augen und Lippen zusammengepresst hatte und die Muskeln in seinem Kiefer anspannte, zeigte mir, dass ich ihm einen größeren Schrecken eingejagt hatte, als ich gedacht hatte.

„Ich will heiß duschen und dann mit dir ins Bett gehen."

„Lässt du mich dir helfen?"

„Darauf zähle ich."

Sein starker, massiver Körper erzitterte und zum ersten Mal seit Tagen fühlte ich mich so, als könne ich wieder atmen.

Rand zu beobachten, ließ mein Herz schmerzen. Er war so sanft, redete mit mir, ging so umsichtig mit mir um wie mit seinen Pferden, und hielt einen Monolog, in dem er mir erklärte, warum er mein Bein vor dem Duschen in Müllsäcke einpackte.

Normalerweise hätte ich mich sehr angestrengt, um ihn jetzt zu verführen. Wenn ich hundertprozentig gesund gewesen wäre, hätte ich meine Lenden ohne zu Zögern in sein Gesicht gestoßen, als er sich hinunterbeugte, um mein Bein in Plastik einzuwickeln. Aber so wie die Dinge im Moment standen, erschöpfte mich die Prozedur, in die Dusche zu steigen und danach wieder hinaus. Ich hatte in den letzten Tagen vielleicht drei Stunden pro Nacht geschlafen. Wenn man noch meine Verletzung mit einbezog, war es kein Wunder, dass ich beinahe umkippte.

Rand rieb mein Haar mit einem Handtuch trocken und schubste mich dann aufs Bett. Er hatte mich in Pyjamashorts gesteckt - sonst nichts - und wickelte mich dann in die Decke, zog sie mir über die Schultern und klemmte sie unter mein Kinn. Er küsste mich auf die Stirn und sagte, dass er gleich mit etwas Wasser wiederkommen würde.

Als ich einige Stunden später aufwachte, weil ich am Verhungern war, saß Rand neben mir und las ein Buch. Erst küsste er mich, was wunderbar war, und dann brachte er mir etwas zu essen und gab mir mehr Schmerzmittel. Es war zwar nur Aspirin, aber da ich höchstens ab und zu mal gegen einen Kater eine Tablette schluckte, genügte es, um den verbleibenden Schmerz zu unterdrücken. Das Sandwich mit Roastbeef war lecker und manchmal sind einfache Kartoffelchips ein Geschenk des Himmels. Nach einer Tasse Tee fühlte ich mich wie ein neuer Mensch. Als Rand wieder da war, bedankte ich mich bei ihm und fragte, ob er lesen könne, während ich mich an ihn schmiegte. Er klopfte sich nur auf die Brust.

„Danke, dass du dich um mich kümmerst", sagte ich und legte meinen Kopf gegen seine Brust. Ich platzierte mein verletztes Bein zwischen seinen und drückte meine Lenden gegen seinen Oberschenkel.

Er verwuschelte mein Haar und als ich meinen Kopf zur Seite drehte, küsste er mich auf die Nase. „Ich wünschte, ich wäre die ganze Zeit da gewesen. Bitte, Stef, bitte geh nie mehr weg, ohne mir zu sagen, wohin. Ich muss wirklich immer wissen, wo du bist, wenn du nicht bei mir bist."

Ich nickte und küsste die Unterseite seines Kiefers.

Er küsste mein Haar, roch gleichzeitig an mir und ich konnte fühlen, wie ein kleiner Schauer durch seinen großen Körper fuhr.

„Mir geht's gut."

Er nickte nur an meinem Kopf. Er liebte mich sehr und als ich meinen Kopf wieder nach hinten lehnte um mit ihm zu reden, beugte er sich nach unten und küsste mich.

Sein Kuss war besitzergreifend, zeigte mir ohne Worte, wo ich hingehörte. Seine Hände lagen auf meinem Gesicht als er meinen Kopf bewegte, damit er mein Kinn, meinen Kiefer und meinen Hals küssen konnte. Es war heiß und feucht und ich wimmerte, als ich meinen härter werdenden Schwanz an seinem Oberschenkel rieb.

„Was brauchst du?"

Er fasste nach unten und ergriff mich durch die dünne Baumwollhose hindurch. Ich stieß ein undeutliches Geräusch hervor, das tief aus meiner Kehle kam. Es fühlte sich so gut an.

Ich wurde auf den Rücken gerollt und er zog mir die Shorts herunter, sodass mein Schwanz, der mittlerweile tropfte, hervorsprang. Er winkelte meine Knie an und schob sich an meinen Beinen nach unten. Dann legte er die Hände von hinten gegen meine Oberschenkel, beugte sich über mich und nahm meine Härte bis tief in seine Kehle hinein in sich auf.

„Scheiße, Rand." Ich wölbte mich ihm entgegen, keuchte und mein Rücken hob sich vom Bett.

Der Mund des Mannes war so heiß und feucht, während er mich lutschte. Ich konnte fühlen, wie sich die Muskeln in seiner Kehle verspannten. Ich war tagelang ohne ihn gewesen und mein Körper wusste genau, was er wollte, was er brauchte.

„Oh Gott, Rand, bitte dreh mich rum und fick mich. Ich brauche es hart. Ich will es hart."

Ich wurde sanft auf den Bauch gedreht, dann auf Hände und Knie gehoben. Ich zitterte vor Vorfreude.

Seine Hand wanderte zu meinem Hinterkopf und er vergrub mein Gesicht in der Decke. Im gleichen Moment fühlte ich, wie kühles Gleitgel um meinen Eingang verteilt wurde.

Ich wimmerte laut, als ich fühlte, wie der Kopf seines enormen Schwanzes gegen mich stieß.

Es würde kein Vorspiel geben, keine Vorbereitung, kein langsames Eindringen von Fingern, die mich vorher dehnten. Es würde nichts geben außer Rands langer, dicker Erektion, die tief in mich hineinstieß.

„Beeil dich", bat ich ihn mit durch die Decke gedämpfter Stimme.

Er tauchte in mich ein und ich heulte vor lauter Wollust und Erleichterung und Bedürfnis laut auf. Niemand würde jemals glauben, dass ein Mann, der Schmerzen und blaue Flecke hatte und völlig erschöpft war, so hart gefickt werden wollte, dass er schrie. Aber es war genau das, was ich jetzt brauchte. Ich konnte mich einfach hingeben, mich aufgeben und meinen Körper verwüsten lassen, damit mein Kopf zur Ruhe kam. Ich brauchte das Gefühl, einer anderen Person so sehr vertrauen zu können, dass man ihr auch das letzte bisschen seiner Seele hingab. Ich nahm Rand Holloway in meinen Körper, in mein Herz auf. Es gab nichts, das er nicht hatte, nicht ein bisschen, das er nicht für sich beanspruchte.

„Bitte", rief ich und fühlte, wie mir Tränen in die Augen traten und an meinen Wangen herunterliefen. „Oh, Rand, verlass mich nie."

Er hämmerte in mich hinein. Das Liebesspiel wurde zu einer Mischung aus Küssen, Beißen, Lecken, Saugen und den beständigen, immerwährenden, tiefen, harten Stößen, die meine Welt in einen Rhythmus purer Hitze verwandelten. So lange, bis ich schrie, dass ich kommen würde. Seine Finger, die um meinen tropfenden Schwanz gelegt waren, brachten mir zitternde Erleichterung. Ich schloss meine Augen so fest, dass ich einige lange Minuten nur schwarz sah und mir erst dann bewusst wurde, dass heißes Sperma meinen Arsch füllte und an der Hinterseite meiner Oberschenkel hinunterrann.

Wir blieben vereint, meine Muskeln zuckten, sein Schwanz pochte in mir und wir zitterten beide und schnappten nach Luft.

„Rand?“

„Du bist der einzige Mann, der mich um den verdammten Verstand bringt.“

„Ich liebe dich“, keuchte ich, als sich seine Lippen auf meinen Nacken legten und fest saugten.

„Und ich liebe dich auch“, grummelte er, leckte mir den Schweiß von der Schulter und machte sich dann langsam und sanft von meinem noch immer krampfenden Loch los.

Er fiel neben mir aufs Bett und ich legte mich auf ihn. Ich schmiegte meinen kleineren Körper gegen seinen großen und er zog meinen Kopf an seine Schulter.

„Gott, Stef, ich liebe dich mehr als alles andere. Ich werde nie zulassen, dass du mich verlässt, niemals. Und du darfst nicht denken, dass sich daran etwas ändern wird. Wir werden streiten, aber es wird nie eine Zeit geben, in der ich dich nicht an meiner Seite haben will. Hörst du?“

Ich nickte.

„Sag es.“

Ich lächelte an seiner Kehle. „Rand Holloway liebt mich.“

„Ja, das tue ich.“ Er umarmte mich fest. „Du bist mein Leben.“

In die Arme des Mannes geschmiegt, den ich liebte, schlief ich nackt und klebrig ein. Es gab auf der ganzen Welt nichts Schöneres.

11

ER WAR überrascht. Was immer Rayland Holloway gedacht hatte, auf der Red Diamond vorzufinden, war nicht eingetreten. Das Frühstück hatte ihn überrascht. Ich hatte gekocht und Rand hatte Kaffee gemacht. Tyler und alle anderen unverheirateten Männer hatten sich zu uns gesellt. Die verheirateten Männer kamen von ihren Häusern angeritten, die zwar auf Rands Land gebaut waren, aber doch weit genug vom Haupthaus entfernt lagen, um ihnen Privatsphäre zu gewähren. In den zwei Jahren, die ich jetzt auf der Ranch lebte, hatte Rand Tylers Haus gebaut, das von Mac, weil er Vorarbeiter war, das von Tom, der mit seiner Familie auf die Ranch gezogen war und schließlich das Haus von seinem Cousin Chase. Chase hatte eine Frau in Winston kennengelernt und weil sie unterschiedlicher ethnischer Herkunft waren, war es ihnen schwergefallen, in der Stadt eine Wohnung zu finden. Also hatte Rand ein Haus für sie gebaut. Er sagte, dass alle verheirateten Männer ein Haus brauchten. Ich glaubte, dass Everetts Haus als nächstes dran war, wenn er es jemals schaffte, sich zusammenzureißen.

Tom und Chase kamen angeritten und auch sie grüßten Rayland und Glenn, als sie das Haus erreicht hatten. Alle fragten, wie es mir ging, zuckten zusammen, als sie mein Auge sahen und studierten meinen Gips. Dann sagten sie alle auf unterschiedliche Weise, dass sie sich freuten, dass es mir gut ging.

„Das geht nicht, dass dir was passiert, Stef." Tom grinste mich an. „Ich mag meinen Chef so, wie er jetzt ist. Ich will nicht, dass er wieder so wird wie früher."

Tyler hatte seinem Bruder und Glenn morgens die ganze Ranch gezeigt und Rand hatte ihnen die Website vorgeführt, auf der zu jeder Tageszeit die Bestellungen eingingen. Dann hatte er ihnen per Webcam das effiziente Büro in Dallas gezeigt, das sich um Rands Geschäfte kümmerte, ihnen seine Verkaufsmanagerin June Thomas, seinen Buchhalter und zehn andere Angestellte vorgestellt, die sicherstellten, dass niemand jemals darauf warten musste, Rindfleisch von der Red Diamond zu kaufen.

„Und Glückwunsch noch mal zu dem Grillmaster Vertrag, Rand." June lächelte ihn an.

Sie war eine sehr attraktive Frau, von der viele Männer annahmen, dass sie nur ein hübsches Gesicht hatte. In Wirklichkeit war sie ein beängstigend schlauer Finanzhai und ihr Lächeln war das eines Raubtiers.

„Danke."

„Wir freuen uns darauf, noch viel mehr Geschäfte mit dir zu machen."

„Das weiß ich zu schätzen", versicherte er ihr.

„Grüß Stefan von mir", sagte sie, da sie mich nicht sehen konnte, weil ich mich in der anderen Ecke des Raumes befand.

„Ja, Ma'am." Er lächelte ihr zu, weil er es gut fand, dass sie mich mit einschloss, wie sie das mit jeder anderen Ehefrau oder Ehemann von Leuten tat, mit denen sie Geschäfte machte. Ich war Rands Partner. Es war höflich, nach meinem Befinden zu fragen und ihrer Meinung nach gab es da keinen Unterschied und das war es, was meinem Cowboy so sehr an ihr gefiel.

Rand musste wie jeden Tag die Ranch beaufsichtigen und Glenn und Rayland waren mit ihm geritten, um ihm zuzusehen, um die Arbeiten zu beobachten und um ein Gefühl für das Land zu bekommen. Ich hatte meine E-Mails gecheckt und hatte eine nette Antwort von meiner Chefin am College bekommen. Sie sagte mir, dass ich mir den Tag auf jeden Fall freinehmen und mich ausruhen sollte. Dienstag auch. Und wenn ich Mittwoch auch noch nicht arbeiten könnte, sollte ich ihr einfach Bescheid sagen. Ich antwortete, dass ich morgen früh kommen würde und dass ich Ihre Anteilnahme zu schätzen wusste. Als es Zeit zum Mittagessen war, konnte ich an Raylands und Glenns Gesichtern erkennen, dass sie von der Red Diamond überwältigt waren und als Zach ankam, beobachtete ich von der Veranda aus, wie sie sich miteinander unterhielten.

Zach war genauso groß und gut aussehend wie die restlichen Holloway-Männer, aber während die anderen blaue Augen hatten, strahlten die seinen in einem schönen Goldbraun. Von dem, was ich mitbekam, war mir klar, dass Zach stinksauer war, dass Glenn für seine eigenen, egoistischen Zwecke ausgenutzt hatte, dass er Rands Hilfe gebraucht hatte. Ich hörte Schreie und sah, wie sie sich schubsten. Rayland und Rand mussten dazwischen gehen und die beiden Brüder auseinanderbringen. Als die Beleidigungen anfingen, wollte ich gerade hinüber zum Zaun gehen, aber da kamen Tyler und May. Ich ließ die beiden sich um das Problem kümmern und blieb wo ich war: ausgestreckt auf einem der Gartensessel und mit den Füßen auf dem Tischchen. Das hätte ich im Haus so nie gemacht, aber auf der Veranda schien das durchaus okay zu sein.

„Kommt mal alle hier hoch. Ich muss etwas loswerden."

Ich setzte mich auf, als sie alle die Vordertreppe hochtrampelten. Die Cowboystiefel machten eine Menge Lärm und Rand führte sie zu mir. Er stellte sich hinter mich und legte die Hände auf meine Schultern.

„Oh mein Gott", keuchte May. Sie kam herüber, setzte sich auf die Bank und nahm meine Hand. „Schatz, was um alles in der Welt ist denn mit deinem Auge passiert?"

„Mom", sagte Rand und ihr Blick wanderte zu ihm. „Warte einen Moment, ja? Ähem, Zach, das ist Stef. Stef, Zach."

Er war wirklich furchtbar darin, Leute einander vorzustellen. Er sagte einfach die Namen der betreffenden Personen, mehr nicht. „Schön, dich kennenzulernen." Ich lächelte.

So wie Zach mich musterte, schien er sehr an mir interessiert zu sein. „Gleichfalls."

„Okay." Rand drückte seiner Mutter die Schulter. „Mom."

Oh nein.

„Warte." Ich drehte meinen Kopf und schaute zu ihm auf.

„Ich weiß, dass Rayland mein leiblicher Vater ist. Dad hat es mir gesagt, als ich achtzehn war. Es tut mir leid, dass ich es dir nie gesagt habe, aber ich war erst stinksauer. Und als ich das überwunden hatte, hatte ich nicht den Mumm dazu, es anzusprechen. Es tut mir leid."

Ich schaute zu May.

Stille.

Sie saß einfach mit offenem Mund da und war sprachlos. Als ich zu den anderen schaute, sah ich, dass Rayland zu Stein erstarrt war, dass Tyler sich am Geländer festhielt, und dass Zach aussah wie ein Reh, das von Scheinwerfern geblendet wurde. Und ich war mir sicher, dass Glenn sich gleich übergeben musste.

„Das war ja verdammt toll", sagte ich, drehte mich auf meinem Stuhl um und schaute hoch zu dem Mann, den ich liebte.

Er zuckte die Schultern und vergrub die Hände in den Taschen seiner Jeans. „Ich halte nichts von großem Theater, das weißt du doch. Manchmal ist es am besten, wenn man es einfach ausspuckt."

Das wusste ich. „Ja, aber um Himmels willen, Rand."

Und dann brach die Hölle los.

„Du wusstest es?", schrie May ihren Sohn an.

„Dein Sohn?", brüllte Glenn Rayland an.

„Oh Gott", keuchte Zach. Sein Gesichtsausdruck war schwer einzuschätzen.

„Du wusstest es?" Mays Stimme wurde immer höher.

„Dein Vater?", bellte Tyler Rand an.

Ich stand auf, weil ich nicht hier sitzen wollte. Ich wollte mit meiner besten Freundin reden. Ich vermisste Charlotte. Ich ging ins Haus und nahm mein Handy, das auf dem Sofatisch im Wohnzimmer lag, und rief sie an. Und weil sie es war und ich mir heute morgen vor dem Frühstück die Erlaubnis von Rand dazu geholt hatte, erzählte ich ihr von ihrem Halbbruder.

„Ich weiß", seufzte sie.

Ich war dran, geschockt zu sein. „Was?"

„Ja, Daddy hat es mir erzählt, als ich achtzehn wurde. Er wollte, dass ich es wusste, egal ob Rand es mir jemals erzählen würde oder nicht. Er wollte, dass ich Bescheid wusste."

„Und?"

„Und was? Rand Holloway und ich haben dieselbe Mutter und wir sind mit demselben Vater aufgewachsen. Das macht uns zu Bruder und Schwester. Niemand wird ihn mir je wegnehmen und auch wenn ich ihn manchmal am liebsten umbringen würde, gehört er doch noch immer zu mir."

Natürlich hatten die Neuigkeiten für Charlotte keinen Unterschied gemacht.

„Es tut mir leid, dass ich es dir nicht gesagt habe."

„Oh, Char, es war nicht dein Geheimnis."

„Ich sollte mit ihm reden. Vielleicht komme ich schon vor dem Wochenende, um euch beide zu sehen."

Ich grunzte.

„Was war denn das?"

„Nichts."

„Ich habe das Video gesehen, weißt du? Ich werde dir eins überbraten, wenn ich komme."

„Das hat schon jemand erledigt."

„Was soll das heißen?"

Ich erzählte ihr von Gil Landry und seiner Schwester und Glenn und davon, dass ihr Cousin ein Restaurant eröffnen wollte. Sie bat mich, die Sache mit Gil und wie er mich geschlagen hatte, zu wiederholen.

„Ich werde ihn umbringen!"

Sie war angriffslustig und sie würde es versuchen. „Rand hat ihm schon die Nase gebrochen."

„Oh, wunderbar. Hol ihn mal ans Telefon."

Aber als ich nach draußen ging, sah ich, dass Rand nicht länger auf der Veranda war. Ich schaute mich um und sah ihn an der großen Koppel stehen. Er lehnte am Zaun und Tyler und Rayland standen bei ihm. Rand hatte die Arme auf einem der Querbalken verschränkt und die Stirn gegen das Holz gepresst. Rayland stand dicht neben ihm, so dicht, wie ich das noch nie gesehen hatte. Ich konnte sehen, dass er derjenige war, der redete.

„Wie wäre es, wenn du stattdessen mit deiner Mutter redest?", schlug ich vor.

„Gut", sagte sie leise, und ich merkte, dass sie sich endlich der Dramatik des Augenblickes bewusst geworden war.

Als ich May das Telefon hinhielt und ihr sagte, wer dran war, riss sie mir es aus der Hand und zog sich ins Haus zurück. Ich blieb mit derselben Gruppe zurück, die ich vor einer halben Stunde zurückgelassen hatte. Sie saßen alle still da und ich wollte mich nicht einmischen. Bevor ich mich umwenden konnte, um wieder ins Haus zu gehen, hörte ich ein Räuspern.

Ich drehte mich um und schaute zu Zach.

„Denkst du, dass, ähm, Rand mir erlaubt, hierzubleiben?"

„Sicher", sagte ich sanft. „Aber bist du sicher, dass dir das nicht unangenehm ist?"

Er blickte mich forschend an. „Ich denke nicht."

Ich drehte mich zu Glenn. „Ich weiß, dass Rand dir helfen wird, ein Restaurant zu starten, wenn es das ist, was du willst. Er …"

„Nein", unterbrach mich Glenn und setzte sich neben mich. Sein Knie stieß gegen meins, als er sich vorbeugte. „Mein Vater und ich machen das zusammen. Gestern auf der Fahrt hierher hat er mich als seinen Vorarbeiter gefeuert und mir gesagt, ich solle ein Restaurant aufziehen oder so etwas."

Ich lächelte.

Zach schnappte nach Luft.

„Das sieht ihm ähnlich."

„Das stimmt", pflichtete Zach bei. „Er hat dir nicht gesagt, dass er es für eine gute Idee hält. Er wirft dich einfach von seiner Ranch, aber er wird dir das Geld geben, um ein Restaurant zu starten. Das Restaurant, von dem du seit vier Jahren erzählst."

„Ja."

„Meine Güte."

„So geht das nun einmal."

„Ja", stimmte Zach zu. „Er ist wirklich ein Hurensohn."

„Du kannst sicher meinen Vorarbeiterjob haben", sagte Glenn zu seinem Bruder.

„Nie im Leben", gluckste Zach. „Wenn ich meine Ranch verkauft habe, komme ich für eine Weile hierher zurück, bis ich mich entschieden habe, was ich machen will. Vielleicht inspiriert mich dieser Ort ja."

„Vielleicht", stimmte Glenn zu. Seine Stimme klang rau, als er sich zurücklehnte und meine Schulter mit seiner berührte.

Wir blieben stumm und beobachteten die drei Männer unten bei der großen Koppel. Tyler brüllte, aber wegen des Windes konnte ich nicht hören was genau er sagte. Rayland zeigte auf Rand und klopfte sich dann aufs Herz während er zurückschrie. Mein Cowboy sah aus, als wolle er sich aus seiner eigenen Haut schälen. Ich stand auf, ging zum Geländer der Veranda und rief nach ihm.

Als er den Kopf wandte, winkte ich ihm zu und er machte sich auf den Weg zu mir, ohne noch ein Wort zu den anderen beiden Männern zu sagen.

„Was brauchst du, Stef?", fragte Glenn. „Ich kann dir helfen, wenn du etwas willst."

„Nein, nur Rand", sagte ich, als der Mann die Treppenstufen erreichte und mich mit den Augen fixierte. „Deine Mutter ist im Haus."

Er nickte, ging aber nicht. Stattdessen kam er zu mir und trat nahe an mich heran. Er legte die Hand auf meinen Hinterkopf, beugte sich vor und presste seine Lippen auf meine Stirn.

„Alles wird in Ordnung kommen", versprach ich ihm.

Er nickte, bevor er ging.

Ich drehte mich um und schaute Zach an.

„Du wusstest, dass er eine Pause brauchte. Also hast du ihm eine ermöglicht, ohne es so aussehen zu lassen."

Genau.

Er lächelte leicht.

Ich ging zu ihnen hinüber und setzte mich auf meinen Platz neben Glenn. Als er mich anschaute, wich ich seinem Blick nicht aus.

„Ich weiß vielleicht nicht, wen ich will. Aber ich weiß, was ich will."

„Ich weiß." Ich tätschelte sein Knie, lehnte mich zurück, legte die Füße auf den Tisch und streckte die Beine aus.

Eine Minute später legte er seine Füße neben meine. Und noch eine Minute später tat Zach das auch.

„Alles, was wir jetzt brauchen, ist ein Bier", seufzte Glenn nach einigen langen Minuten.

„Wir haben noch nicht einmal Mittag gegessen", antwortete Zach.

„Wir könnten das Mittagessen trinken", schlug ich vor.

Alle stimmten zu, dass meine Idee super war, aber keiner von uns stand auf. Es war ruhig auf der Veranda. Der Himmel war grau und es sah aus, als würde es noch regnen. Der frische Herbstgeruch lag in der Luft wie eine Mischung aus brennendem Holz, feuchter Erde, Pinien und Regen.

„Diese Ranch fühlt sich wie ein Zuhause an, Stef", sagte Zach nach einer Weile.

„Das stimmt", pflichtete Glenn ihm bei. Er hatte den Kopf zurückgelegt und die Augen geschlossen.

„Tut dein Arm weh?", fragte ich ihn.

„Ein bisschen. Und dein Bein?"

„Ein bisschen", neckte ich ihn.

Er lächelte, öffnete aber nicht die Augen.

„Also ist das mit Rand in Ordnung?"

Er grunzte tief. „Rand Holloway ist nicht mein Bruder. Der einzige Bruder, den ich habe, sitzt hier neben mir. Er wird immer das bleiben, was er ist. Mein Cousin, den ich eigentlich nicht ausstehen kann … und das ist in Ordnung."

Zach streckte die Hand aus und tätschelte Glenns Bein, was ein weiteres Grunzen hervorrief.

„Ich komme für eine Weile nach Hause, wenn ich die Ranch verkauft habe und helfe dir mit dem Restaurant."

„Das weiß ich zu schätzen. Vielleicht willst du ja am Ende bleiben und mir helfen. Da steckt man ja nicht drin."

„Nein", stimmte Zach zu. Er lehnte sich zurück und zog sich den Hut über die Stirn. „Man weiß ja nie."

Ich beobachtete, wie sie so zusammen saßen. Glenn sah aus, als würde er schlafen und Zach starrte ins Blaue. Ich fragte mich, warum sie nicht einfach sagten, dass es ihnen leidtat, dass sie sich angeschrien hatten und sich dann umarmten. Aber Zach hatte Glenn angeboten, ihm zu helfen. Mehr war anscheinend nicht drin.

Tyler und Rayland kamen zusammen zum Haus und beide Männer ließen sich auf die schweren Stühle fallen. Sie schienen erschöpft zu sein.

„Also?", sagte ich zu Tyler.

„Du hättest es mir sagen können", murmelte er.

„Ich wusste auch nichts davon, bis May es mir während des Rodeos gesagt hat."

„Und das ist das Nächste." Tyler wandte sich zu Rayland. „Was zum Teufel hast du dir dabei gedacht, den Partner deines Sohns auf dieses verdammte Pferd steigen zu lassen? Wenn du wusstest, in welchem Verhältnis Rand zu dir steht, und wusstest, was Stef ihm bedeutet ... was in Drei Teufels Namen hast du dir dabei gedacht?"

„Als hätte ich ihn aufhalten können!" Rayland zeigte auf mich. „Er hört auf niemanden. Er ist genauso störrisch wie du und Rand und Glenn und ..."

„Wie ein Holloway", sagte May, als sie auf die Veranda trat.

Alle - mit Ausnahme von Glenn, der eingeschlafen war - schauten zu ihr. Sie ging zu mir, strich mir mit der Hand durchs Haar und gab mir mein Handy.

„Rayland, lass uns etwas spazieren gehen."

Er stand schnell auf und folgte ihr von der Veranda hinunter und zurück zu der großen Koppel. Wir beobachteten sie, wie sie so nebeneinander gingen. Rayland hatte May den Arm hingehalten und sie hatte ihn genommen. Ich hoffte, dass sie beide den Schlussstrich ziehen konnten, den sie so dringend brauchten.

„Hey."

Ich drehte mich um, als Rand zu uns stieß. Er setzte sich neben mich und legte seine Füße neben meine auf den Tisch.

„Ich habe mich gut mit ihr unterhalten."

Seine Mutter, natürlich. „Gut."

„Ich habe auch mit Charlotte an deinem Handy gesprochen."

Ich nickte. „Du siehst fertig aus."

„Ich glaube, wir brauchen alle einen Drink."

„Das habe ich vorhin auch schon gesagt."

Er seufzte tief. „Nur damit du es weißt, ich werde die Weiderechte in King nicht an Rayland abgeben."

„Aber du hast gesagt, dass du darüber nachdenken würdest."

„Ja, nun, das habe ich auch und die Entscheidung ist nein. Nicht nachdem, was er getan hat, um sie zu bekommen." Rand grollte tief aus der Kehle heraus. „Er hat mir gesagt, dass es seine Idee war. Als Glenn hierher kam, hatte er vor, mit mir zu Zachs Ranch zu fahren, wie ich gedacht hatte. Dieses ganze andere Durcheinander, daran waren wir selbst schuld, er und ich, weil wir uns wie immer wie richtige Arschlöcher aufgeführt haben."

Neben mir fing Glenn leise an zu schnarchen.

„Also, er ist ein Arsch, aber das wusste ich schon." Rand lächelte beinahe. „Aber Rayland ist derjenige gewesen, der versucht hat, mir das Land wegzunehmen. Nicht Glenn."

„Er hat mir gesagt, dass er es nicht wusste, als ich beim Rodeo angekommen bin. Ich bin nicht sicher, ob ich ihm geglaubt habe, weil er wirklich ein Arsch sein kann."

„Weil du dachtest, dass er ein Arsch ist, hat er sich dann auch so verhalten."

Ich nickte. „Ihr benehmt euch alle gleich."

„Ja, ich weiß."

„Aber Rand. Noch mal wegen der Weiderechte. Du könntest sie Rayland geben. Du musst deine Rinder nicht dort weiden lassen."

„Vielleicht schon", sagte er. „Je nachdem, wie die Red weiter expandiert, aber darum geht es nicht. Er behandelt dich noch immer so, als wärst du ein Nichts, Stef. Und nachdem was du und die Männer getan habt ... Ich habe jetzt eine Wahl, die ich vorher nicht hatte, denn er hat sich entschieden, mich zu hintergehen und mir das Messer in den Rücken zu stoßen. Was hat das bitte mit Familie zu tun?"

„Da stimme ich zu", warf Tyler ein und ich schaute zu ihm hinüber. „Man bestiehlt einen Mann nicht und erwartet dann, an seinen Tisch eingeladen zu werden."

„Rayland ist Rands Vater."

„James war sein Vater. Und deswegen ist er nicht so geworden wie Glenn oder Zach."

„Fick dich, alter Mann", schnappte Zach.

„Du kannst verstecken, was du willst." Er zeigte auf Glenn. „Du hast das getan, was du eigentlich nie hast tun wollen." Er drehte sich dann zu Zach. „Und du auch. Ihr habt beide Entscheidungen getroffen, weil ihr Angst vor eurem Vater habt."

„Und denkst du, dass Rand mit einem Mann zusammenleben würde, wenn James noch am Leben wäre?"

„Oh ja", mischte Rand sich ein. „Weil ich es ihm gesagt habe."

„Was?", keuchte ich.

Seine elektrisierenden blauen Augen begegneten meinem Blick. „Wir haben über viele Dinge geredet. Und als ich anfing, mit Jenny auszugehen, habe ich ihm gesagt, dass ich sie eines Tages heiraten würde. Er hat das nicht für die beste Idee gehalten. Als ich ihn gefragt habe, warum es keine gute Idee ist, da hat er gesagt, dass ich lieber darüber nachdenken sollte, dich, Stef, zu fragen, ob du mit mir auf der Ranch leben willst."

Ich konnte nicht atmen.

Er seufzte tief. „Und ich habe mein Bestes gegeben, um es zu verleugnen. Er hat gelächelt, wie er das immer tut, und gesagt, dass es in Ordnung ist. Er wusste, dass ich noch nicht bereit war."

Ich beugte mich vor und streckte die Hand nach ihm aus.

„Er hat es mir gesagt", sagte Rand und schluckte. Er setzte sich auf und nahm meine Hand in seine. „Er hat gesagt, dass er damit einverstanden ist, wenn ich mich für dich entscheide, Stef. Charlotte liebt dich so sehr, deswegen hält er große Stücke auf dich."

Ich räusperte mich. „Wie hat er von dir und mir gewusst? Ich wusste es nicht einmal!"

„Ich vermute mal, dass er es wusste, weil ich ständig von dir geredet habe."

„Was hast du gesagt?"

„Nichts Gutes.“

„Das hätte ich auch nicht angenommen.“ Ich lächelte ihn an.

„Ich habe mich ständig über dich beschwert, habe dich mit allen Ausdrücken, die mir eingefallen sind, beschimpft. Ich sag ja, nichts Gutes.“

„Und jetzt benutzen die Leute diese Worte gegen dich.“

„Und das stört mich nicht einmal halb so sehr, wie ich dachte. Ich meine, versteh mich nicht falsch. Ich habe immer noch Probleme damit, mich selbst als schwul zu bezeichnen. Ich meine, ich bin schwul, aber ich fühle mich nicht anders als vorher auch.“

„Weil es nicht verändert, wer du bist, Rand. Nur, mit wem du schläfst.“

„Du bist immer noch ein Arschloch, egal ob schwul oder hetero“, versicherte Zach ihm.

„Niemand redet mit dir“, meckerte Rand ihn an.

„Von mir aus“, grummelte er.

Rand schaute wieder zu mir und zog mich vor, damit er meine Stirn küssen konnte. „Mein Vater wusste, dass es wegen dir sein würde, Stef, wenn ich je den Kopf aus dem Sand ziehen würde. Also ja, du hier auf der Ranch … ich wünschte, er würde noch leben, um zu sehen, dass du auf seiner Ranch lebst.“

Ich schloss die Augen, presste die Zähne zusammen und zwang mich dazu, nichts zu sagen, damit ich seine Worte für immer in mein Innerstes aufnehmen konnte.

„Und das ist der Unterschied zwischen meinem Vater“, hauchte Rand, als ich die Augen öffnete, „und deinem“, sagte er zu Zach. „Also stört es dich, mit mir und Stef hier zu leben, oder nicht?“

„Nein“, grummelte Zach. „Ich habe kein Problem mit euch beiden, solange ich nicht zuschauen muss.“

„Als würde ich dir das erlauben!“, schnappte Rand und drehte sich mit zusammengekniffenen Augen zu mir um.

„Was ist los?“

„Du musst dich hinlegen. Du siehst erschöpft aus.“

„Mir geht's gut.“

„Nein, tut es nicht“, sagte er. „Steh auf.“

Ich stand auf und er schlang einen Arm um meine Hüfte. Ich legte ihm meine Arme um die Schultern.

„Ich bringe Stef ins Bett, mache ihm was zu essen und dann komme ich wieder und füttere euch.“

„Lass dir Zeit“, sagte Tyler lächelnd. „Du hast dich bei dem Rodeo gut geschlagen, Stef. Ich bin wirklich stolz.“

„Ich will immer noch über deine Kinder reden, Tyler.“

„Die beiden Kinder sind älter als du, Stef.“

„Was macht das schon? Ich werde sie auf die Red einladen.“

„Und für dich würden sie kommen, wenn Rand sie einlädt“, gab er zu.

„Gut." Ich grinste ihn an.

Er schüttelte den Kopf und machte es sich wieder auf seinem Stuhl bequem.

Als wir im Haus waren, sagte ich zu Rand, dass er mit Glenn und Zach reden müsste.

„Ich weiß", sagte er, als er sich vorbeugte, einen Arm unter meine Beine schob und mich auf seine Arme nahm.

„Ich bin kein Invalide."

„Halt einfach die Klappe und lass mich dich in meinem eigenen Haus herumtragen, wenn ich das will."

Als er die Treppe hinaufging, lehnte ich meinen Kopf gegen seinen.

„Besser."

„Hast du Rayland gesagt, dass du ihm die Weiderechte nicht gibst?"

„Ja."

„Und was hat er gesagt?"

„Er hat gesagt, dass er sie mir an meiner Stelle auch nicht geben würde."

„Und?"

„Ich weiß nicht, Stef. Wir müssen erst einmal weitersehen. Wir werden niemals Vater und Sohn sein, weil ich schon einen Vater habe. Aber vielleicht können wir etwas Besseres aufbauen, als das, was wir im Moment haben."

„Du lässt Zach hierbleiben, oder?"

„Ja."

„Und was ist mit Glenn?"

„Ich werde Glenn mit dem Restaurant helfen und was er sonst noch braucht. Bis zu einem gewissen Punkt."

„Was heißt das?"

„Das bedeutet, dass ich nicht zulasse, dass er dich bekommt."

Ich prustete und küsste den Mann hinterm Ohr.

Er stellte mich ab, mitten im Flur und als er sich sicher war, dass ich mein Gleichgewicht gefunden hatte, beugte er sich vor und umarmte mich. Ich wurde eng an ihn gepresst und umschlungen, sodass sein Gesicht in meinem Haar war und er atmete meinen Duft ein.

„Ich liebe dich so sehr", flüsterte er wild und drückte mich fester.

Das tat er wirklich. „Ich liebe dich auch, Rand."

Wir standen da, ineinander verschlungen, und waren beide zufrieden, bis er mich hochhob und mich den restlichen Weg in unser Schlafzimmer trug. Ich wurde abgelegt und Kissen wurden unter mein Bein geschoben, die es abstützten und es mir bequem machten.

„Hier." Ich klopfte auf den Platz neben mir. „Leg dich einen Moment hin."

Er schüttelte den Kopf. „Ich habe viel zu tun."

Aber ich wusste, dass Mac Gentry alles unter Kontrolle hatte. Rands Vorarbeiter war so froh gewesen, mich zu sehen, wie noch nie zuvor wenn ich nach Hause gekommen war. Er hatte mir heute Morgen beim Frühstück auf die Schulter

140

geklopft und mir erzählt, dass jeder Cowboy mindestens ein- oder zweimal im Leben vom Pferd geworfen wurde.

„Nur eine Sekunde, Rand, bitte.“

Er zog seine Stiefel aus, legte seinen Hut auf das Nachtschränkchen und krabbelte neben mir aufs Bett. Sein Kopf wanderte zu meinem Herzen und ein Arm wurde um mich geschlungen. Ich streichelte das dicke, schwarze Haar, während ich mit ihm redete.

„Deine Mutter und du, ihr habt euch ganz schön lange im Haus unterhalten, oder?“

Er grunzte.

„Geht‘s ihr gut?“

Ein Nicken.

„Gut, das freut mich. Ich will, dass sie sich dafür vergibt, dass sie es dir nicht gesagt hat.“

„Ich habe ihr gesagt, dass es mir leidtut. Ihr tut es auch leid.“

„Ich wusste, dass ihr beiden das schaffen würdet. Bei dir und Rayland war ich mir nicht sicher.“

Er presste seinen großen, muskulösen Körper enger an mich, und legte sein Gesicht so, dass es an meinem Hals ruhte. „Rayland versteht dich und mich nicht. Wenn er das eines Tages tut, dann kann er mehr für mich sein.“

Das sah ich ein.

„Ich finde es ist eine gute Idee, dass du Tyler mit seinen Kindern hilfst.“

„Wir werden es beide versuchen, Rand, okay?“

„Okay.“ Er gähnte. „Du sahst bei dieser Bachelor-Auktion wirklich gut aus. Habe ich dir das schon gesagt?“

„Ja, hast du.“

„Nie wieder. Du gehst nirgendwo mehr ohne mich hin.“

„Werde ich nicht.“

Er gähnte wieder, schmiegte sich an mich, und als er zum letzten Mal seufzte, wusste ich, dass er am Einschlafen war. So ein großer, starker, angsteinflößender Mann und er hatte mich umschlungen, hielt mich noch fest, auch als er einschlief.

Einige Minuten später kam Bella, um nach mir zu schauen. Sie kam ins Zimmer, sprang auf das Fußende des riesigen Bettes und wartete auf ein Wort von mir.

„Es ist okay. Dieses eine Mal“, sagte ich.

Sie legte sich hin, platzierte ihren Kopf auf ihren Pfoten und stieß mit der Schnauze gegen meinen Fuß. Ich konnte ihren warmen Atem durch meine Socke hindurch spüren.

Als ihr Kopf nach oben ruckte, schaute ich zur Tür. May erschien dort einige Sekunden später.

„Oh, da ist er.“

„Er ist ziemlich fertig“, sagte ich zu Rands Mutter.

Sie lächelte sanft. „Er ist ziemlich verliebt, das ist er."

„Ich auch", sagte ich, als sie hinüber zu dem Schaukelstuhl in der Ecke des Zimmers ging. Sie hob ihn hoch und trug ihn neben das Bett.

„Ich kann nicht glauben, dass er dieses alte Ding behalten hat."

„Er liebt es. Es war dein Stuhl, oder? Normalerweise setzt er sich darauf, wenn er irgendetwas plant oder nachdenken muss."

Sie kicherte. „Das habe ich auch immer gemacht."

Wir blieben für ein paar Minuten still und ich war mir sicher, dass wir beide an Rand dachten.

„Du hast mit Rayland geredet?"

„Ja."

„Und?"

„Nichts hat sich verändert. Aber Rand weiß Bescheid, das macht unser Verhältnis zueinander etwas einfacher."

„James war ein wunderbarer Mann."

„Ja, das war er. Ich sehe so viel von ihm in Rand."

„Er hat seinen Vater wirklich geliebt", sagte ich und küsste meinen Cowboy auf die Stirn.

„Umgekehrt auch. Ich meine, sie haben solche Sachen nie laut ausgesprochen, aber sie wussten es beide."

„Ich mag es gerne, so etwas zu sagen und zu hören."

„Oh, Stef, ich finde es wunderbar, dass Rand ein Mann ist, der keine Angst davor hat, seine Gefühle auszusprechen. Das hat er mit Jenny nie getan und ich habe mir Sorgen gemacht, dass er es nie tun würde. Das war vor dir."

„Er sagt und zeigt es mir."

„Ich weiß." Sie nickte und ich konnte die Tränen in ihren Augen aufsteigen sehen. „Und ich bin so froh, dass er es kann."

Sie griff nach meiner Hand und ich umschloss ihre.

„Wenn du nicht zu dem Rodeo gefahren wärst, Stef, wäre das alles nicht passiert. Es ist so schön, dass du das für uns alle getan hast und nicht nur für Rand."

„Nun ja, ich weiß nicht, ob Rayland mich je akzeptieren wird und ich weiß nicht, ob er und Rand je Freunde sein werden, aber wenigstens haben sie reinen Tisch gemacht."

„Und Rayland sieht das Leben, das Rand für sich aufgebaut hat, für seine Ranch und seine Männer. Und sein Leben mit dir."

„Rayland hasst mich."

„Tut er nicht. Er kann nur nicht verstehen, dass Rand dich so lieben kann, wie er seine Frau geliebt hat, oder …"

„Dich." Ich drückte ihre Hand, bevor ich sie losließ.

„Ja."

„Er wird es vielleicht nie verstehen, und das ist in Ordnung. Er muss es nur akzeptieren, wenn er je ein Teil von Rands Leben sein will."

„Nun, das will er wirklich sehr. Welcher Mann, der noch ganz bei Sinnen ist, würde Rand Holloway nicht als sein Fleisch und Blut bezeichnen wollen?"

„Niemand."

Sie lächelte mich an.

„Er ist auch dein Sohn, weißt du? James hat ihn nicht allein großgezogen."

Sie nickte kurz. „Ich weiß."

Ich sah, wie sie mich musterte. „Was?"

„Du siehst ausgeglichener aus. So, als hingst du nicht mehr an einem Fallschirm."

„Was?"

Sie gluckste. „Stefan Joss, ich weiß genau, dass du, als du die Beziehung mit Rand eingegangen bist, bereit dazu warst, dich davonzumachen, sollten die Dinge schwierig werden. Warst dir sogar sicher, dass das passieren würde. Du hast darauf geachtet, dass du einen guten Job hattest, damit du ein Schlupfloch hast, durch das du sofort hättest verschwinden können."

„Oh Gott", stöhnte ich.

Ihr Lachen wurde lauter. „Aber seit du den neuen Job am College angenommen hast, habe ich das Gefühl, dass du alle Vorsicht in den Wind geschossen hast. Du hast dich festgelegt, auf ihn und darauf, dass du bleibst. Und es fühlt sich so an, als wirst du bleiben."

„Tue ich."

„Ich bin so froh. Ich habe meinen Sohn noch nie so glücklich gesehen. Und nur deswegen ist er nicht stinksauer auf mich oder Rayland. Er ist besser darin geworden, Fehler zu akzeptieren und zu vergeben. Nicht, dass alles perfekt wäre, aber Rand ist an einem guten Punkt in seinem Leben angekommen und ich liebe es, ihn so zu sehen."

„Er und Rayland müssen die Sache zwischen sich reparieren."

„Das bleibt ihnen überlassen, aber davon reden wir gerade gar nicht mehr. Ich rede von dir, Stefan Joss. Du hast die Dinge in Rands Leben verändert, ihm das Heim gegeben, das er immer wollte, und jetzt musst du erkennen, dass jeder seines eigenen Glückes Schmied ist, aber dass deine Gegenwart hier Rands Glück noch vergrößert. Du bist der Einzige, der ihn so glücklich machen kann. Er baut sein Leben um dich herum."

Ich nickte, denn ich wusste das. Als ich es laut ausgesprochen hörte, schnürte mir das trotzdem die Kehle zu. Die Dinge, die man selbst dachte, hatten immer mehr Gewicht, wenn sie ausgesprochen wurden.

„Wenn du nicht hier wärst, Stef, wäre das Ergebnis von alledem ganz furchtbar gewesen; davon, dass Rayland und ich Geheimnisse hatten. Rand hat eine Menge guter Eigenschaften, aber bevor du hergekommen bist, haben Versöhnlichkeit und Akzeptanz nicht dazugehört. Du hast alles verändert."

„Ich hoffe das Beste."

„Oh, Schatz." Sie lächelte warm und stand auf, um mich auf die Wange zu küssen. „Natürlich das Beste."

Ich sah zu, wie sie das Haar ihres Sohnes streichelte und ihm eine Hand auf die Wange legte. „Er ist ein guter Mann", sagte ich.

„Ja, das ist er." Sie nickte und ging dann zur Tür. Sie nahm sich einen Moment Zeit, um Bella zu tätscheln. „Und ich finde es toll, wie deine Gegenwart hier das Leben auf der Ranch verändert hat. Sogar schon so eine Kleinigkeit, dass hier mitten am Tag ein Hund im Haus ist; nicht nur am Abend. Es sind diese kleinen Dinge, die aus einem Haus ein Heim machen."

Sie stand in der Tür, als sie sich noch einmal umdrehte.

„Behalte ihn so lange hier oben wie möglich. Er muss sich ausruhen. Ich kann sehen, dass er erschöpft ist."

„May ..."

„Charlotte hat mir gesagt, dass sie dir und Rand dabei helfen wird, ein Baby zu bekommen."

Ich öffnete den Mund, aber es kam kein Ton heraus.

„Ich amüsiere mich prima." Sie lächelte warm. „Jetzt mache ich mal lieber Mittagessen. Ich bringe euch etwas nach oben, sobald ich mich entschieden habe, was es gibt."

„Ja, Ma'am."

Sie warf mir einen Luftkuss zu, bevor sie ging.

Meine Zukunft lag vor mir und ich konnte alles klar sehen: Mein Leben mit Rand, die Ranch, die Gemeinde, die er schaffen würde. Komischerweise hatte er all diese Möglichkeiten nur, weil ich bei ihm war. Er brauchte mich, um ihn auf dem Boden zu halten und ich war dankbar, dass ich diesem Mann, den ich so sehr liebte, so viel bedeuten konnte.

„Scheiße."

Ich schaute zu Rand hinunter, als er sich neben mir auf den Rücken rollte.

„Ich bin nicht eingeschlafen, oder?"

„Nur für ein paar Minuten."

„Scheiße, Stef, ich habe zu tun."

Ich rollte mich auf ihn und fixierte ihn unter mir aufs Bett. „Bleib noch ein bisschen länger."

„Das ist nicht fair. Du weißt, dass ich zu dir nicht Nein sagen kann."

„Ich weiß, Rand Holloway. Und das ist eines der vielen Dinge, die ich an dir liebe."

WENN DER STAUB
SICH LEGT

Mary Calmes

DANKSAGUNG

WIE IMMER: Ein Dankeschön an Lynn und Poppy dafür, dass sie die Dinge in Ordnung gebracht haben.

1

„DA VORNE links, Chef.“

Ich bog wie befohlen ab, und die fünf anderen, die mit mir in meinem Pickup saßen – drei auf der Rückbank, zwei vorne –, kreischten alle gleichzeitig, dass es das Haus auf der rechten Seite war.

Es war hell erleuchtet, und Kleidungsstücke und Kuscheltiere lagen auf dem Rasen vor dem Haus verstreut.

Mist.

Ich stieg aus und hörte, wie sich die Beifahrertür öffnete, und gleichzeitig die Geräusche von Bewegung von der Rückbank.

„Nein“, bellte ich und wirbelte herum, um einen strengen Blick ins Wageninnere zu richten.

Fünf Paar Augen im Alter zwischen achtzehn und zweiundzwanzig waren unverwandt auf mich gerichtet. Ein Viertel meiner Belegschaft hatte darauf bestanden, mit mir zu kommen, hatte gebeten und gebettelt und sich schließlich schlicht geweigert, aus meinem Truck auszusteigen, als ich losfuhr, um Josie Barnes zu holen. Der Rest der Mannschaft war alt genug, es besser zu wissen, als während der Abendessenszeit ein Restaurant zu verlassen, und war geblieben, um sich um den Ort zu kümmern, der ein Zuhause geworden war – für uns alle, nicht nur für mich.

„Ihr bleibt im Wagen“, befahl ich. „Ich will nicht, dass einer von euch verletzt wird.“

„Aber, Chef, ihr Vater und ihr Bruder sind da drin. Wir müssen mit dir kommen“, flehte Andy Tribble, einer meiner Hilfskellner. „Du hast keine Verstärkung mitgenommen.“

„Kevin wird jeden Augenblick hier sein“, erklärte ich rasch. „Er ist direkt hinter uns – er wird mit mir reingehen.“

„Ja, aber –“, setzte Shawnee Clark zum Protest an.

„Nein!“, schrie ich und machte eine Geste, die sie alle mit einschloss. „Wer aus dem Wagen aussteigt, ist seinen Job los, verstanden?“

„Aber ich war am Telefon, als sie angerufen hat“, schaltete Danny LaRue sich ein. „Ich sollte da rein, weil ich ihr ja gesagt hab, dass ich komme.“

Ich betete innerlich um Kraft. „Was waren ihre genauen Worte, Danny?“

Schweigen.

„Heute noch.“

Er räusperte sich. „Sie hat gesagt, weil du ja noch Angeln bist –“

147

„Weil ich ja noch Angeln bin", wiederholte ich. „Bedeutet, dass sie, wenn ich da gewesen wäre, mich hätte sprechen wollen, richtig?"

Nichts.

„D?"

Er stieß heftig den Atem aus. „Ja, schön, okay."

„Na dann."

Er sah mit verzerrtem Gesicht zu mir hoch. „Du solltest da nicht allein reingehen."

Sie alle nickten gleichzeitig ihre Zustimmung.

Ich wusste auch, warum. Es war nicht schwer zu verstehen. Ich war der Chef: Unser Restaurant, The Bronc, gehörte mir. Ich hatte es aus dem Nichts erschaffen, und sie alle hatten dort Zuflucht gefunden, auf die eine oder andere Art. Ich war das, was sie zusammenhielt. Sollte mir etwas zustoßen … Sie alle wären hilflos und verlassen, stünden auf der Straße, und während das für einige von ihnen eine vollkommen neue Erfahrung sein würde – sie waren noch zu jung, um jemals ganz allein gelebt zu haben –, würde es für die anderen bedeuten, ihren Halt und ihren Anker zu verlieren. Wieder einmal.

Von daher verstand ich gut, warum sie um mich mehr Angst hatten als um sich selbst, warum sie um meine Sicherheit besorgter waren als um ihre eigene. Ihre Reaktionen waren echt und uneigennützig. Sie wollten nicht, dass ich mich in Gefahr begab.

„Keiner von euch rührt sich", knurrte ich, und das waren meine letzten Worte zu dem Thema.

Hastiges Kopfnicken, und sie alle blieben, wo sie waren. Ich wusste, dass es nicht die Drohung war, die sie auf ihren Sitzen festhielt, sondern der Ausdruck auf meinem Gesicht. Es war *Der Strenge*.

Ich hatte die Veranda vor dem Haus beinahe erreicht, als die Fliegentür aufflog und Josies Bruder, etwa zwanzig Jahre alt – sie hatte ihn immer nur Brüderchen genannt –, herausgestürmt kam, eine E-Gitarre in der Hand. Da ich von unserer Weihnachtsfeier vor acht Monaten her wusste, dass es nicht seine war, überraschte ich ihn und riss sie ihm aus der Hand.

„Was zum Teufel", brüllte er und griff wild nach ihr. Ich hielt ihn mit einer Hand auf seinem Schlüsselbein von mir fern.

„Keinen Schritt näher", knurrte ich ihn an. Dann schrie ich, die Augen fest auf sein Gesicht gerichtet: „Kev, hierher!"

Mein oberster Barmann, Kevin Ruiz, war ein kleines Stück größer als ich, so um die einsneunzig, und etwa doppelt so muskulös. Er war meinem Pick-up in seinem Chevy Avalanche, der meinen uralten Dodge winzig erscheinen ließ, gefolgt, und ich hatte gehört, wie er hinter mir geparkt hatte, als ich auf das Haus zugegangen war.

„Sie sollten besser von unserem Grundstück verschwinden, sonst ruf ich die Bullen", drohte Brüderchen.

Ich rührte mich nicht, hielt lediglich das Instrument in Kevins Richtung, bis er mich erreicht und es mir aus der Hand genommen hatte. „Schau, ob du den Verstärker finden kannst."

„Geht klar, Chef."

„Wer zum Teufel glauben Sie eigentlich –"

„Kein Wort", warnte ich ihn und rempelte ihn hart an, als ich an ihm vorbei die Verandastufen hinauf und ins Haus ging.

„Scheiße, was soll das?", schrie er und rannte hinter mir her. Er holte mich ein, als ich das Wohnzimmer betrat.

Die Szene, die sich meinen Augen darbot, war entsetzlich und jagte mir einen kalten Schauer über den Rücken. Gleichzeitig spürte ich etwas Hartes, Heißes in meinem Magen. Das Verlangen, mich auf dem Absatz umzudrehen und meine Faust in die Wand zu rammen, war beinahe überwältigend.

Josie Barnes, geboren als Joseph William Barnes – was ich nur von den Formalitäten bei ihrer Einstellung damals her wusste –, hockte vor den Füßen ihres Vaters auf dem Boden. Mr Barnes hielt eine Haarschneidemaschine in der Hand, und ihr Haar, das in dicken, kastanienbraunen Wellen über ihren Rücken gefallen war, stand nun in hässlichen, unebenen Büscheln von ihrem Kopf ab. Ihr Gesicht zeigte keine Spur des üblichen, schlichten Make-ups, und die Sommersprossen auf ihrer Nase hoben sich dunkel von ihrer blassen Haut ab. Ihr Höschen und BH lagen auf dem Boden verstreut: Sie hockte nackt da, die Beine zusammengepresst, und bedeckte mit beiden Händen ihre Brust.

Ich sah rot.

Ich warf mich förmlich durch den Raum, packte Mr Barnes' Nacken mit der einen Hand und den Haarschneider mit der anderen. Ich schleuderte ihn so kraftvoll von mir, dass er taumelte und aufs Sofa fiel, dann wirbelte ich herum und warf die Haarschneidemaschine mit aller Kraft gegen die Wand. Sie zerbarst in einem Schauer aus Plastik und Metall.

„Oh mein Gott, wer ist dieser Mann?", kreischte Josies Mutter Miranda, die neben dem Kamin stand und eine Bibel umklammert hielt.

„Ich bin ihr Chef", brüllte ich die Frau an, deren Namen ich nur deshalb kannte, weil er als Notfallkontakt auf einem Formular in meinem Büro stand. Ich wäre jede Wette eingegangen, dass wir den Namen gegen einen anderen eintauschen würden, noch bevor der Tag um war.

Alle Holloway Männer sind groß und laut; so sind wir gemacht. Außerdem haben wir allesamt schwarze Haare, ein kantiges Kinn, harte Muskeln und einen Sturkopf, und unhöflich sind wir auch. Das steht nicht zur Debatte. Das sind Tatsachen. Als ich sie also aus voller Lunge heraus anbrüllte, zuckte sie zusammen, wich zurück und kauerte sich gegen die Wand.

„Sie dämlicher Idiot, Sie wissen doch, dass er ein Junge ist, oder?", fauchte Mr Barnes, als er unsicher auf die Beine kam.

149

„Ich seh' keinen Jungen", sagte ich ehrlich, und plötzlich spürte ich eine Hand an meiner Wade. Ich schaute hinunter und sah, dass Josie zitterte.

Ich konnte mir nicht einmal vorstellen, welcher Ausdruck in meinen Augen gelegen haben musste, als ich mich an Mrs Barnes wandte. „Geben Sie mir 'ne Decke, Ma'am, und ich nehm' Ihr Kind mit, Sie werd'n sich nie wieder belästigt fühl'n müssen."

Mein texanischer Akzent, ein gedehntes Näseln, war normalerweise nicht sehr stark ausgeprägt, aber wenn ich wütend war, dann klang ich wie der letzte, hinterwäldlerische Kuhhirte.

„Ich weiß, wer Sie sind", knurrte Mr Barnes und wich einen Schritt zurück. „Sie sind Joeys Chef, die Schwuchtel, der The Bronc gehört, wo er arbeitet."

Er wusste nicht, dass ich schwul war. Er warf „Schwuchtel" lediglich als Beleidigung in den Raum, aber was kümmerte mich das. „Jawohl, Sir, das bin ich."

„Also werden Sie ihn jetzt mit zu sich nach Hause nehmen und ficken?"

Mir kam die Galle hoch. Es ging hier um das *Kind* dieses Mannes, ein Kind, das er auf dem Arm gehalten, mit dem er gespielt und dessen Hand er gehalten hatte … Es ging über jegliches Verständnis und menschliches Mitgefühl.

„Fakt ist, nein, Sir, werd' ich nich'", sagte ich heiser. Meine Stimme versagte beinahe, so wütend war ich. „Josie ist 'n Mädchen. Ich fick' nur Jungs."

Er holte aus, und ich schickte ihn zu Boden. Mrs Barnes schrie, als ich einen Augenblick später Brüderchen auf ihren Ehemann warf. Ob jetzt ein Bauerntrottel auf mich losging oder zwei, das machte keinen Unterschied. Ich war auf einer Ranch aufgewachsen; ich hatte Pferde zugeritten und Rinder getrieben und mich mit jedem gerauft, der sich mit mir hatte anlegen wollen, seit ich selbst ein Kind gewesen war. Verglichen mit Josies unsportlichem Vater und ihrem spindeldürren Bruder war ich ein Gott.

Ich nahm die Decke, die ihre Mutter mir hastig in die Hand drückte, bückte mich, wickelte Josie darin ein und hob sie in meine Arme. Augenblicklich begann sie, verzweifelt und tief verletzt zu schluchzen.

„Gibt's in diesem Haus noch irgendwas, das du brauchst? Sag's mir jetzt, denn du kommst hier nie wieder hin."

Sie stieß heftig den Atem aus. „E-er-er hat meine Gitarre kaputtgemacht! Ich kann nicht –"

„Nein, nein", beruhigte ich sie, drehte mich auf dem Absatz um und marschierte in Richtung Haustür. „Ich hab die Gitarre, es ist alles in Ordnung. Kevin hat sie. Wo ist der Verstärker?"

Im Bruchteil einer Sekunde verwandelte sich ihre Miene von Weltuntergang in strahlende Hoffnung, auch wenn ihr nach wie vor die Tränen über die Wangen liefen. „Du hast meine Gitarre gerettet?"

„Natürlich hab ich deine verdammte Gitarre gerettet", grollte ich mit finsterer Miene. „Wo ist der Koffer?"

Sie zeigte. „Direkt neben der Tür."

„Und dein Verstärker?"

„Auf der Arbeit. Ich hab ihn nie mit nach Hause genommen."

Ich knurrte.

Kevin stand gleich vor der Tür auf der Veranda. Ich stieß die Fliegentür auf und drückte ihm Josie in die Arme, dann wandte ich mich um, um den Gitarrenkoffer zu nehmen – gerade rechtzeitig, um Mr Barnes mit verschwitztem, rotem Gesicht und einem Baseballschläger auf mich losgehen zu sehen.

„Denken Sie da noch mal drüber nach, alter Mann", warnte ich ihn. „Ich werd' Ihnen das Ding in die Kehle rammen, mitsamt all Ihren Zähnen."

„Sie –"

„Glauben Sie denn, ich seh' die blauen Flecken auf ihrem Hals und in ihrem Gesicht nicht? Ihr rechtes Auge ist ganz zugeschwollen, und sie blutet an der Lippe."

„Hören Sie gefälligst auf, sie zu sagen!", tobte er. „Das ist ein Junge! Er ist als Junge geboren, und er wird als Junge sterben, und –"

Ich unterbrach kurzerhand seine Tirade. „Sie singt wie 'n Engel, wissen Sie. Wird eines Tages groß rauskommen, und Sie werden's bereuen, wenn erst alle wissen, was Sie ihr angetan haben."

„Wenigstens sieht er jetzt wie ein Junge aus!"

„Nee." Ich schüttelte den Kopf. „*Sie* sieht aus wie 'n Babyvogel, den Sie unter Ihrem Stiefel zertreten wollten."

„Sie –"

„Ich sag' das nur einmal", begann ich und richtete mich auf, machte mich so groß, wie ich konnte. „Ich will keinen von Ihnen je im The Bronc sehen. Wenn Sie doch'n Schritt durch die Tür tun, lass ich Sie wegen widerrechtlichem Eindringen verhaften."

„Und wo soll er leben? Wer bezahlt dafür, dass er zur Uni geht, oder –"

„Geht Sie nichts mehr an, wie sie das Geld für irgendwas aufbringt", sagte ich, drehte mich um und verpasste der Fliegentür einen Tritt, als ich hindurch ging. Während ich über die Veranda stapfte, sah ich mich um.

Ich fand eine Schminktasche, einen kaputten Haartrockner – den sie leider wohl eine Weile lang nicht mehr brauchen würde – und jede Menge Tangas, Höschen und BHs. Ich sammelte alles ein und marschierte nur einen Moment später durch den jetzt leeren Vorgarten.

Alle schrien gleichzeitig auf.

„Nein!" Josies gebrochene Stimme war lauter als alle anderen.

Ich schaute zurück über meine Schulter und sah Mr Barnes auf der Veranda stehen, ein Gewehr in der Hand. Ich wirbelte zu ihm herum, und im Geiste ging ich alle möglichen Szenarien durch, aber alle hatten dasselbe Resultat.

Ich war tot.

Er konnte mich erschießen und es als Notwehr bezeichnen, denn schließlich stand ich auf seinem Grundstück. Meine Leute würden zusehen müssen, wie ich verblutete, und das würde ihre letzte Erinnerung an unsere gemeinsame Zeit sein. Oder ... ich konnte meinen letzten Trumpf ausspielen.

„Sie kennen Rand Holloway?"

Er sah mich mit zusammengekniffenen Augen an. „Jeder in Hillmann kennt Rand Holloway, Sie dämlicher –"

Ich legte eine Hand über mein Herz. „Glenn Holloway."

Es war lustig, wie ihm die Farbe aus dem Gesicht wich. Rand war die Sorte Mann, mit der sich niemand anlegen wollte. Aber es war nicht so sehr Rand – mein Cousin, das heißt ... eigentlich mein Halbbruder – der so furchteinflößend war, sondern seine Ranch. Sie war inzwischen fast schon eine kleine Stadt, und es gab einige Männer, die für Rand arbeiteten, Mac Gentry im Besonderen, die den Ruf hatten, gefährlich zu sein. Selbst die Polizei war keine bessere Abschreckung als die Männer, die die Red Diamond ihr Zuhause nannten.

Ich sah das Gewehr beben und machte auf dem Absatz kehrt und ging zur Seitentür meines Pick-ups.

Shawnee hielt mir eine Reisetasche hin, und ich ließ die Unterwäsche hineinfallen. Ein rascher Blick sagte mir, dass Josie wieder angezogen war, und als ich in den Wagen stieg, nahm ich meinen Stetson ab und setzte ihn ihr auf, die Krempe tief in die Stirn geschoben.

„Wir fahren bei Caffrey's vorbei und holen dir 'n Hut oder 'ne Mütze für morgen zur Arbeit."

Im nächsten Moment saß sie auf meinem Schoß und schluchzte an meinem Hals, und ich nahm an, dass wir nie von hier wegkommen würden, wenn ich sie nicht einfach ließ, wo sie war.

Wir fuhren schnell davon – nachdem ich einmal tief durchgeatmet hatte und mein Herz wieder begonnen hatte, zu schlagen.

EINE STUNDE später zurück auf der Arbeit wies ich Eric und Jamal an, sich etwas einfallen zu lassen, damit Josie duschen konnte. Sie musste die vielen feinen Härchen loswerden, die auf ihrer Haut klebten, sonst kratzte sie sich noch blutig. Kevin holte den Haarschneider, den wir im Büro hatten, und schnitt den Rest ihres Haars, sodass es einheitlich etwa zwei Zentimeter lang war. Auf dem Weg zum The Bronc hatten wir angehalten und drei lange Schals für sie gekauft, die sie sich um den Kopf wickeln konnte, einen Cowboyhut für die Arbeit, eine plissierte lila Mütze und eine blassblaue Armeekappe mit silbernen Sternen darauf. Außerdem hatten wir neonblaue Haarfarbe gekauft, sodass der verbleibende Flaum auf ihrem Kopf wenigstens eine interessante Farbe hatte.

Nach einer gründlichen Bestandsaufnahme stellte sich heraus, dass keines von Josies Besitztümern fehlte, wobei Gitarre und Verstärker die wichtigsten waren. Sie musste mir etwa neunhundert Mal gedankt haben, während ich sie aus meinem Truck trug, ihre Arme und Beine um mich geschlungen als wäre sie ein kleines Kind statt einer Siebzehnjährigen.

Die Jungen schraubten einen Schlauch am Wasserhahn des Waschbeckens auf der Angestelltentoilette fest und legten ihn nach draußen, und da viele der Mädchen sich vor der Arbeit auf der Dachterrasse sonnten, hatten sie Handtücher, die sie hochhalten konnten, sodass Josie wenigstens ein bisschen Privatsphäre hatte. Es dauerte eine Weile, aber nachdem sie geduscht und angezogen war, die Haare gefärbt und Schminke aufgetragen und etwas gegessen hatte und wieder und wieder umarmt und gedrückt worden war, hörte sie auf, zu zittern, und atmete tief durch. Mir ging auf, dass ich das nun endlich auch tun konnte.

Dann erhielt ich einen Anruf vom Hilfssheriff. Die Barnes hatten Beschwerde gegen mich eingereicht.

„Und was werden Sie jetzt tun?", fragte ich ihn.

Er räusperte sich geräuschvoll am anderen Ende der Leitung. „Nichts", informierte er mich, wobei er entsetzlich nervös klang. „Nur – wenn Sie einen Weg sehen würden, Rand irgendwie wissen zu lassen, dass wir die Sache fallengelassen haben … dann wäre das sehr gut."

„Jawohl, Sir, das werd' ich", erwiderte ich, Texasakzent dick in meiner Stimme. „Schätze, er wird mächtig erfreut sein, das zu hören."

Er atmete hörbar auf.

Menschen, die in Angst vor Rand lebten – für mich war das in Ordnung.

Um elf Uhr abends döste Josie auf dem Sofa in meinem Büro, und ich saß an der Bar und sprach mit Kevin, Callie und Marco. Ich schloss früh, schon um Mitternacht statt erst um zwei Uhr morgens, und eine halbe Stunde später hatte ich die ganze Mannschaft im Pausenraum um mich herum versammelt. Sie sahen mich alle an.

Zwei Tage.

Man sollte nicht meinen, dass Dinge in nur zwei Tagen so komplett aus dem Ruder laufen konnten, aber in diesem Fall waren sie es definitiv. Ohne mich war mein Restaurant ein Ort voller Ärger und Frustration, voller Beschimpfungen und Heimtücke geworden, wo einer dem anderen in den Rücken fiel. Und obwohl ich froh war, endlich zu wissen, was eigentlich vorgefallen war, und dass alles ans Tageslicht gebracht worden war, hätte ich auf das ganze Drama verzichten können.

Ich konnte Drama nicht ausstehen.

„Wenn einer seinen Beitrag nicht leistet", sagte ich zu meiner Belegschaft, „wird das ganze Team runtergezogen."

Explosionsartig füllte sich der Raum mit Geräuschen. Meine Leute gingen aufeinander los, zeigten mit den Fingern aufeinander, schrien sich an, und ich unterbrach sie nicht, denn ich spürte, wie sich die Spannung im Raum allein durch die Lautstärke auflöste.

Kevin stellte sich neben mich, und nach etwa einer Minute nickte ich, und er blies kräftig in unsere Trillerpfeife, was alle erschrocken zusammenfahren ließ.

Ich richtete mich auf, hob die Hände und sagte ihnen, sie sollten verdammt noch mal die Klappe halten. Sobald Schweigen herrschte und ihre Blicke fest auf mich gerichtet waren, begann ich erneut. „Warum hat mir niemand gesagt, dass JT jede einzelne Frau gevögelt hat, die hier durch die Tür gekommen ist?"

Plötzlich konnte mir keiner in die Augen sehen.

„Er ist raus."

Und so schnell sahen sie mich alle wieder an, plötzlich voller Hoffnung, und ich verstand warum. JT hatte mein Geld genommen und im Gegenzug dafür keinen Handschlag getan, und sie alle hatten gedacht, er hätte meinen Segen dazu, wo doch die Wahrheit so viel lächerlicher war: Ich hatte es nicht gewusst. Ich hatte geglaubt, er wäre in Ordnung, ein netter Kerl, aber es hatte sich herausgestellt, dass er faul war und grausam und ein notorischer Schürzenjäger. Als Kevin und ich ihn dabei ertappt hatten, wie er es mit einem der Hotelgäste in meinem Büro trieb, hatte ich ihn auf der Stelle entlassen. Jamal und Eric hatten es sehr genossen, ihn durch die Hintertür zu tragen. Callie Pena, meine Büroleiterin, hatte ihm seinen Gehaltsscheck unter den Scheibenwischer geklemmt, den Betrag auf den Cent genau ausgerechnet.

Sie war gründlich, das war ihre Art.

Sie warteten.

„Um ihn zu ersetzen, ist ab sofort Kevin der Restaurantmanager", sagte ich. Dann nickte ich Bailey Kramer zu, die im hinteren Teil des Raums saß und Josies Hand hielt. „Bail, du bist seine neue Assistentin."

Sie war geplättet, und das zaghafte, schüchterne Lächeln, das sich über ihre Lippen zog und zwei Reihen perlweißer Zähne zeigte, entlockte mir ebenfalls ein Lächeln.

„Also ist jetzt alles in Ordnung", verkündete ich. „Marco hat den Posten als oberster Barmann übernommen."

Es gab Applaus, als er aufstand und sich verbeugte und mir versprach, dass er mich nicht enttäuschen würde. Dies war sein Zuhause. Er hatte im Gefängnis gesessen, und viele Leute hatten es nicht gewagt, das Risiko einzugehen, ihn einzustellen. Die Tatsache, dass ich es getan hatte, bedeutete ihm und seiner Familie alles.

Das war bei vielen der Leute, die für mich arbeiteten, so. Mein Küchenchef, Javier Garza, war – angeblich – wegen Diebstahls entlassen worden, aber – in seinen Worten – nur, weil er Mexikaner war. Ihr Pech: Die Änderungen, die er zusätzlich zu den Steakplatten und Hamburgern, mit denen wir angefangen hatten, eingeführt hatte – die Rinderbrust in einer Pecannuss und Mesquite Marinade und Truthahnkeulchen für die Kinder –, hatten uns in extrem kurzer Zeit extrem erfolgreich gemacht.

Vor zwei Jahren hatte Mitch Powell, der Gründer und Eigentümer des Kings Crossing Resort und Spa, einen der vielen Gefallen, die er Rand Holloway schuldete, damit zurückgezahlt, dass er mir einen mehr schlechten als rechten

Standort für mein neues Restaurant, The Bronc, auf seiner Anlage überlassen hatte. Wir lagen neben dem Golf Klubhaus und damit nicht in derselben Gegend wie die anderen Restaurants, und aus dem Grund hatten viele daran gezweifelt, dass wir Erfolg haben würden. Aber die Sache war die: Es war mein Traum, und ich hatte jahrelang Ideen ausgearbeitet und Pläne geschmiedet. Und als die Zeit gekommen war, sie in die Tat umzusetzen – tat ich genau das.

Wir überzogen den Parkplatz mit demselben Gummikunststoff, den sie auch für die Spielplätze an Schulen verwendeten, stellten Poller auf, sodass keine Autos mehr darauf fahren konnten, füllten die Fläche mit Picknicktischen und bauten einen Tresen um das gesamte Areal herum. Nur Familien war es erlaubt, an den Tischen zu sitzen. Es war traurig, wie oft Alleinerziehende oder zwei Männer oder zwei Frauen dachten, dass wir sie nicht zu den „Familien" zählten. Wie oft schon waren Leute zu mir gekommen und hatten mir gedankt und gesagt, dass ein Mitglied der Belegschaft sie an einen Tisch geführt und ihnen erklärt hatte, dass jeder, der Kinder hatte, sich setzen und entspannen durfte. Auch wer Großeltern dabei hatte, durfte sitzen. Aber zwei Leute auf einem Date oder eine Gruppe Jungs, für sie gab es den Tresen, der gerade breit genug war, dass man einen Teller darauf abstellen konnte. Man musste sich sein Essen im Stehen in den Mund schaufeln. Aber für Menschen mit Kinderwagen, Menschen mit Teenagern gab es einen Tisch unter einem Sonnenschirm.

Die Kommentare auf Yelp, Zomato und TripAdvisor, auf unserer Facebook Seite, unserem Twitter Account sowie im *Lubbock Avalanche-Journal* waren allesamt großartig. Die Bedienung sei fantastisch, hieß es durch die Bank. Wem auch immer The Bronc gehörte, wusste wirklich, wie man sich um Menschen kümmerte und ihnen das Gefühl gab, willkommen zu sein. Es war ungemein befriedigend. Als dann Guy Fieri vorbeikam, um eine Folge von *Diners, Drive-Ins and Dives* zu drehen, wäre ich beinahe umgekippt. Und obwohl nicht ich es war, der in der Küche stand und für ihn kochte, hätte ich nicht stolzer sein können, als ich ihm die Hand schüttelte und er mir dankte. Der Laden gehörte schließlich mir. Der Bronc Burger, mit Ponzu Sauce und Büffelfleisch, war anscheinend eines der besten Dinge, die Guy je gegessen hatte. Ich war völlig aus dem Häuschen, meine Mitarbeiter ebenfalls, und der Zustrom neuer Gäste verschlug uns allen den Atem. Als Resultat des positiven Feedbacks, der vielen Berichte, der Mundpropaganda und der unabhängigen Essensblogs boomte das Geschäft und die Kasse klingelte.

Meiner Ansicht nach war es die Kombination aus leckeren Gerichten und exzellentem Service. Als wir eröffnet hatten, gab es nur Steakplatten – gewürfelte Fleischstücke, mariniert in einer Knoblauch und Rotwein Sauce – und Hamburger. Das war das Ausmaß unseres Angebots, mit Ausnahme der Beilagen: Kroketten, Süßkartoffelpommes, Krautsalat, Makkaroni mit Käse und Chili. Wir hatten kein eigenes Kindermenü, aber man konnte halbe Portionen bestellen, und welches Kind mochte keine Makkaroni mit Käse? Kurz darauf nahmen wir einen fantastischen Tofuburger mit ins Menü auf. Er klang ekelig, als wir ihn auf die Speisekarte schrieben, aber heiliger Bimbam, wir verkauften das Ding tonnenweise. Ich hatte sogar einen eigenen Koch dafür, Han Jun. Seine Mutter stammte aus Ostindien, sein Vater aus Okinawa, und er war auch derjenige, der die Ponzu Sauce über das Steak kippte, wodurch der Knoblauch noch besser schmeckte. Weil der Tofuburger so beliebt war, richtete ich im hinteren Teil des Restaurants keinen zweiten Grill für Fleisch ein, sondern machte ihn zum rein vegetarischen Bereich. Der Grill dort war ganz neu; auf ihm war noch nie Fleisch gebraten worden. Wir hatten ein Schild darüber angebracht auf dem stand: *Fleischfresser müssen draußen bleiben.*

Wirklich, der Tofuburger, der aus denselben Zutaten bestand wie der mit Fleisch, nur dass eben keine Kuh drin war, war ein größerer Erfolg, als ich vorher vermutet hätte. Was als ein „vielleicht" begonnen hatte, wurde zu einem Kassenschlager und gab dem Restaurant ein weiteres, charakteristisches Merkmal, und das Vegetarierfenster, das drei meiner Mädels gemalt und so dekoriert hatten, dass es aussah wie der Eingang zu einem verwunschenen Garten, war nur einer der Gründe, warum viele Leute schnurstracks darauf zuhielten.

Im Innern hatten wir eine komplett eingerichtete Bar, und die Bestuhlung war im Grunde genommen eine einzige, große Insel, damit die Gäste beim Trinken auch etwas essen konnte. Wer nichts trinken wollte, hatte drinnen nichts zu suchen. Wer lediglich etwas essen wollte, blieb draußen.

Im Winter spannten wir Zelte über den Parkplatz und stellten Heizstrahler und Wärmelampen auf. Im Sommer hatten wir Luftbefeuchter und Ventilatoren. Stefan Joss, Rands Partner, hatte alle Details für mich ausgehandelt, als ich eingezogen war. Er war wahrlich furchteinflößend, und das überraschte mich. Er wirkte total lieb und süß, aber dann sah man sich ganz plötzlich einem Raubtier mit scharfen Krallen und spitzen Zähnen gegenüber.

Stefan hatte auch die eine Sache ausgehandelt, von der ich nicht gewusst hatte, dass ich sie brauchte: eine Strompauschale. Für sieben Jahre. Ich wäre beinahe umgekippt.

„*Wie?*"

„Es ist eine Gabe." Er lächelte mich an, und seine hübschen, smaragdgrünen Augen funkelten.

Ich war in dem Moment so dankbar, dass ich dem Teufel meine Seele verkaufte und Stef sagte, dass ich sein Mann war, was immer er wollte. Ich schuldete ihm etwas, und keine Aufgabe war zu gewaltig, kein Gefallen zu groß, als dass ich es nicht getan hätte. Und nun, zwei Jahre später, forderte Rand diesen Gefallen ein, den ich seinem Partner schuldete.

Das war der Grund gewesen, warum ich zwei Tage lang Frieden und Einsamkeit gebraucht hatte.

Ich hatte innerlich zur Ruhe kommen müssen, bevor ich hingehen und mich von Rand herumkommandieren und mir von seinem Vorarbeiter, Mac Gentry, wiederholt anhören konnte, wie dumm ich doch war. Ich musste ganz ruhig und gelassen sein, bevor ich mit ihnen über ein langes Wochenende zu einem Viehtrieb

aufbrechen und eine kleine Rinderherde – nur etwa zweihundert Kopf, plus Kälber –
vom Weideland oben in Panhandle runter zur Red Diamond treiben konnte.

Zumindest nahm ich *an*, dass wir dorthin fahren würden. Ich war mir nicht
ganz sicher. Es waren nicht Rands Rinder, beziehungsweise, sie waren nicht auf
der Red Diamond geboren und aufgewachsen. Er hatte sie bei einer Auktion
gekauft, als die Ranch, auf der sie gehalten worden waren, bei einer Razzia der
USDA beschlagnahmt wurde. Sie hatten verseuchtes Fleisch bis zur Bannon Cattle
Company in Montana zurückverfolgen können, und als verdeckte Ermittler des
FDA sich dort umgesehen hatten, waren sie überall mit groben Verstößen gegen
Gesetze und Richtlinien konfrontiert worden, von den Stallungen bis hin zum
Schlachthaus. Die Rinder wurden unmenschlich behandelt und darüber hinaus
auch noch schmerzvoll und schlampig getötet. Bei der Auktion wollte niemand das
Geld und die Zeit aufwenden, um die Rinder zu weiden, oder um zu sehen, ob die
zweihundert, die übrig geblieben waren, noch gerettet werden konnten. Niemand
außer Rand.

Rand kaufte sie alle, ließ sie per Viehtransport von Montana nach Texas
bringen, und die letzten sechs Monate hatten sie, getrennt von seinen eigenen
Herden, auf der Weide gestanden. Es war sehr einfach, Rands Rinder von denen
anderer zu unterscheiden: Er kastrierte seine Kälber nicht, verödete weder ihre
Hornanlagen noch beschnitt er ihre Schwänze, und Nasenringe bekamen sie auch
nicht. Seit letztem Jahr wurden auf der Red Diamond Ranch and Cattle Company –
er hatte den Namen erweitert, als er angefangen hatte, Rindfleisch international
zu verkaufen – die Rinder auch nicht mehr gebrandmarkt. Niemand stahl Rand
Holloways Rinder. Er hatte zu viele Männer – normalerweise jedenfalls, nur eben
nicht an diesem einen Wochenende –, und er war sein eigenes Gesetz geworden.
Niemand misshandelte ein Lebewesen auf Rands Ranch, und selbst Menschen, die
das Töten von Tieren, um sie anschließend zu essen, abscheulich fanden, konnten
über die Ranch gehen, ohne auch nur einen Moment zu finden, an dem das Vieh litt.

Menschen hingegen waren da eine ganz andere Sache. Ich jedenfalls würde
am kommenden Wochenende definitiv leiden.

Dank einer Kombination aus Hochzeiten, Urlauben und bevorstehenden
Kindesgeburten war Rand unterbesetzt, und so hatte er den Gefallen eingefordert,
den ich Stef schuldete. Ich durfte also die nächsten drei Tage, von Freitag bis
Sonntag, von Sonnenauf- bis Sonnenuntergang im Sattel sitzen und dabei ein
glückliches Gesicht machen.

Also hatte ich Zeit zum Entspannen und Angeln gebraucht, bevor ich in die
Hölle ritt.

Der Viehtrieb sollte früh am Morgen beginnen, und nachdem unsere
Versammlung vorüber war, bot ich Josie an, sie zu ihrer Freundin zu fahren, wo sie
eine Woche lang bleiben konnte. Außerdem musste ich bei mir vorbeifahren und
meinen Kram holen, da ich mich in nur wenigen Stunden schon bei Rand melden
musste.

„Wirst du nicht total müde sein?", fragte Josie.

„Vielleicht verschlafe ich so den ganzen Quatsch ja."

„Was?"

Ich schüttelte den Kopf, denn ich wollte nicht über meine Familie sprechen.

Sie stieg zu mir in den Wagen, und ich fuhr uns zu meinem Haus. Als sie in meinem Wohnzimmer stand und sich in dem ebenerdigen Gebäude umsah, hatte ich das Gefühl, dass man mich beurteilte.

„Was?"

Sie hustete. „Oh, nein, nein, nichts."

Mir wurde bewusst, dass ich die fünf leeren Essenskartons, die auf dem Wohnzimmertisch lagen, entsorgen musste. „Spuck's schon aus."

„Du, ähm, du lebst allein hier, oder?"

„Ja, warum?"

Sie schüttelte den Kopf und lächelte mich breit an. „War nur so eine Frage."

Ich verdrehte die Augen und verließ das Zimmer. Sie folgte mir eine Minute später in mein Schlafzimmer, blieb aber in der Tür stehen. Offenbar hatte sie Angst, näher zu kommen.

„Was?", schnappte ich.

Ihre Augen waren sehr groß, als sie Luft holte. „Riechst du das?"

„Was?"

Sie spähte um den Türrahmen herum. „Hast du hier drinnen etwas umgebracht?"

„Du bist zum Schreien komisch", sagte ich, während ich meine Klamotten sortierte.

Sie legte eine Hand über ihre Nase und würgte.

„Was zum Teufel ist los mit dir?"

„Machst du Witze? Du hast gerade an dem Hemd da gerochen, bevor du's in die Tasche gesteckt hast!"

„Naja, sicher", sagte ich geistesabwesend und hob weitere Kleidungsstücke vom Boden auf. „Sonst weiß ich doch nicht, ob es sauber ist oder nicht."

Sie zeigte auf die Kommode in der Ecke. „Saubere Sachen kommen da rein, Chef."

Ich knurrte.

„Oh mein Gott!", kreischte sie, was mich zusammenfahren ließ, und ich wirbelte zu ihr herum.

„Was ist denn jetzt los?"

„Du bist ein erwachsener Mann, um Gottes willen!" Ihrer gerümpften Nase, gerunzelten Stirn und dem Ausdruck tiefen Ekels auf ihrem Gesicht nach zu urteilen, war sie ziemlich entsetzt. „Wir sind eben an einer Waschmaschine und einem Trockner vorbeigekommen. Sind die kaputt oder was?"

„Nein, sind sie nicht."

„Also dann?"

„Ich –"

„Deine Küche stinkt", sagte sie rundheraus. „Das hier ist dein Zuhause, Chef, keine Müllhalde."

„Ich hatte ja vor –"

„Ernsthaft, dein Haus sieht von außen so süß aus, aber –" Sie verzog so ausdrucksvoll das Gesicht, dass ich es nicht ignorieren konnte „– von innen ist es scheiße."

„Ich bin ja nie hier", verteidigte ich mich.

Sie verschränkte die Arme, legte den Kopf zur Seite und sah mich fest an. „Okay, wie wär's damit", begann sie. „Anstatt Häuschen-wechsel-dich-für-Josie zu spielen, bleib ich einfach hier und bring die Hütte auf Vordermann. Du hast ja das Apartment über der Garage, da kann ich wohnen."

„Es ist voller Werkzeug und Spinnen."

„Ja, okay, aber das Werkzeug kann in die Garage, und die Spinnen können sterben."

„Ja, aber –"

„Es gibt auch eine Toilette und Dusche da drüben, oder?"

„Nun, ja."

„Ich meine, wir haben's ja alle gesehen, als du eingezogen bist."

„Ich –"

„Und als Studio ist auch genug Platz für eine Person."

„Du willst nicht wirklich bei deinem Chef wohnen."

„Doch, will ich", sagte sie nachdrücklich. „Ich fühle mich hier sicher, und, oh lieber Gott, du brauchst mich."

„Du –"

„Dann ist es also abgemacht", verkündete sie fröhlich. „Du ziehst los und reitest Pferde oder was auch immer, und ich mache aus diesem Haus ein Zuhause, und wenn du zurückkommst, ist es wieder bewohnbar."

„Nein, ich –"

„Und als Miete könnte ich vielleicht sogar Kochen, aber ich werde mich definitiv auf das Haus stürzen, und auf den Garten, der könnte super aussehen, wenn man, du weißt schon, mal den Rasen mäht."

„Ich kann kein Mädchen bei mir wohnen lassen. Was sollen die Leute sagen?"

„Die werden sagen: Junge, dieser Glenn Holloway ist ein leichtes Opfer, aber jeder braucht schließlich eine kleine Schwester, um die er sich kümmern kann."

Ich warf die Hände hoch, kramte den Ersatzschlüssel für sie heraus und befahl ihr, weder mein Bier zu trinken noch die Reste im Kühlschrank zu essen.

Ihr gequältes Zusammenzucken bei diesen Worten brachte mich zum Lachen.

„Als ob auch nur einer von diesen Resten noch hier sein wird, wenn du wiederkommst." Sie würgte. „Ich zieh mir 'n Schutzanzug an, und dann werde ich dieses Haus von oben bis unten mit Bleiche bearbeiten."

Ich ächzte nur.

„Und was deine Sorge angeht, dass ich dein Bier trinke: Ich kann das Zeug nicht ausstehen, also wirklich, kein Grund zur Panik."

„Und keine Jungsbesuche, okay? Außer von denen, mit denen du arbeitest, verstanden?"

Niemand hätte den Blick, den sie mir zuwarf – als hätte ich den Verstand verloren – übersehen können. Ganz eindeutig standen Jungs derzeit nicht auf ihrer Agenda.

Ich packte fertig und sagte ihr, sie könne im Gästezimmer schlafen, bis das Apartment aufgeräumt sei. „Sag den Jungs, sie sollen dir helfen."

„Als ob ich alles allein machen würde."

„Und ernsthaft, erst die Spinnen killen."

„Ja, kein Witz."

Sie folgte mir in die Küche, und als ich die Kühlschranktür öffnete und mir eine Flasche Wasser nahm, schnappte sie nach Luft.

„So schlimm ist er auch wieder nicht."

Sie zeigte mit dem Finger. „Ist das *grün*? Oh mein Gott, was *ist* das?"

„Du –"

Zögernd trat sie näher, dann zeigte sie auf etwas, von dem ich mir ziemlich sicher war, dass es vor langer Zeit einmal Kartoffelsalat gewesen war. „Ich glaube, dem wächst ein Pelz."

Ich schloss die Tür hinter mir ab.

2

Es war viertel vor vier Uhr morgens, als ich auf der Red Diamond ankam, mit einem Pferdeanhänger am Wagen, der in besserem Zustand war als mein Truck. Ich war zu den Blue Rock Stables gefahren, wo deren Besitzer Addison Finch mir erlaubte, mein Pferd unterzustellen. Für kein Geld der Welt hätte ich Rand um einen Stellplatz auf der Red gebeten. Addison versorgte die Pferde des Resorts, also war mein Weg abends vom Restaurant zu den Ställen, um Juju zu reiten, nur kurz. Ich hatte da meine feste Routine: Ich joggte hin, ritt mein Pferd und lief dann den langen Weg nach Hause zu meinem Bungalow zurück.

Der Nachteil an diesem Arrangement war, dass ich mein Pferd genauso nachtaktiv gemacht hatte wie mich. Als ich also am frühen Morgen ankam und sie in den Anhänger lud, hatte sie gerade ein Auge offen. Genau wie ich auch.

Das Ranchhaus war hell erleuchtet, als ich ankam, von daher wusste ich, dass sie alle schon wach waren. Machte Sinn. Rand begann seinen Tag gewöhnlich um vier Uhr, und wir hatten mindestens fünf Stunden Autofahrt vor uns, um zu der Rinderherde zu gelangen.

Ich saß dort in meinem Wagen und überlegte, ob ich nicht einfach anrufen und ihm sagen sollte, dass ich mir eine Lungenentzündung geholt hatte oder die Pest oder sonst etwas, *irgendetwas*, damit ich nicht mit musste. Es war nicht einmal wirklich seine Schuld. Es war nur – Rand war überlebensgroß, und alles, was er anging, verwandelte sich in Gold. Das machte es verdammt schwer, mit ihm mitzuhalten.

Rand besaß das größte, sich in Familienhand befindende Grundstück zwischen Dallas und Lubbock und hatte die Ranch notgedrungen unabhängig gemacht. Denn Fakt war, dass sie ihn nicht nur aus dem Bezirksvorstand in Winston – der Stadt, in der sich die Red Diamond eigentlich befand – geworfen hatten, sondern, als das County neu aufgeteilt worden war, auch aus der Stadt selbst. Also gehörte sein Haus, obwohl es in Winston stand, zu Hillman, ebenso wie das Resort, wo mein Restaurant gebaut worden war. Ich hatte nie ganz verstanden, wie diese Grenzziehungen zustande gekommen waren, denn Rands dreihunderttausend Morgen erstreckten sich über eine Länge von nahezu vierhundertsiebzig Meilen, weit über die Grenzen eines Countys hinaus und ins nächste und übernächste, aber offenbar war die Regel, dass der Standort des Hauses ausschlaggebend dafür war, wo man Zuhause war – und Rand war nicht länger willkommen in seinem.

Der Grund warum man Rand vertrieben hatte, war, dass er sich als schwul geoutet und den Mann, den er liebte – Stefan Joss –, zu sich auf die Ranch geholt hatte und dort mit ihm zusammenlebte. Die Stadt Winston hatte es nicht verkraften

161

können, dass eine der Säulen der Gemeinschaft schwul war, und hatte dafür gesorgt, dass man sich von Rand und dem Land, das er sein Zuhause nannte, trennte. Es war ein kolossaler Fehler gewesen: Die Ranch brachte mehr Gewinn ein, als sich auch die optimistischste Person je hätte erträumen können, was Rand den Einfluss und die finanziellen Mittel verschaffte, Veränderungen in Hillman zu veranlassen und zudem seine Ranch in eine kleine, unabhängige Stadt zu verwandeln. Die Red Diamond rühmte sich mehrerer hundert Quarter Horses, tausender Rinder und keine Ahnung wie vieler Morgen Boden, auf denen Landwirtschaft betrieben wurde. Es gab immer noch nur einen zentralen Gebäudekomplex um das Haupthaus herum, aber hinzu kamen inzwischen auch über fünfzig Privathäuser und eine mir unbekannte Anzahl an Zeltlagern für die Cowboys. Nicht, dass ich besonders interessiert gewesen wäre, diese Anzahl genau zu erfahren.

Rand war eine ernst zu nehmende Größe geworden, und jeder andere, mich eingeschlossen, verblasste neben ihm. Da es erschöpfend war, auch nur zu versuchen, mit ihm mitzuhalten, hatte ich, um meiner geistigen Gesundheit willen, um ihn, seinen Ehemann, ihren Sohn und das idyllische Leben auf der Red Diamond einen weiten Bogen gemacht.

Aber jetzt saß ich fest, denn meine Schuld war eingefordert worden. Und auch wenn ich mir sicher war, dass sie gut ohne mich auskommen würden, war es eine zu große Verlockung, meine Schuld jetzt und auf diese Weise zu begleichen, damit sie nicht länger wie ein Damoklesschwert über mir schwebte. Nach dieser Sache waren Stef und ich quitt, und ich würde nie wieder zur Red Diamond zurückkehren und mich beschissen fühlen müssen. Wir waren quitt, und ich würde Rand nie wieder sehen müssen, würde mich nie wieder dabei ertappen müssen, Dinge zu wollen, die ich nicht haben konnte, Dinge wie sein Leben, seinen Partner und den Frieden, den er anscheinend bis ins Mark hinein fühlte.

Ich könnte erbärmlicher sein, das wusste ich, aber in dem Moment, als ich im Dunkeln bewegungslos in meinem Truck saß und auf das Haus starrte, konnte ich mir nicht vorstellen, wie. Es war Zeit, eine Entscheidung zu treffen. Ich holte tief Luft, traf sie, stieg aus und ging zur Veranda.

Niemand antwortete, als ich an die Fliegentür klopfte, also öffnete ich sie und trat ins Wohnzimmer. Augenblicklich kam ein riesiger Rhodesian Ridgeback um die Ecke und auf mich zu gestürmt. Das eine Bellen, das mich willkommen hieß, bevor das Winseln losging, brachte mich zum Lächeln. Ich kniete mich hin, was nicht sehr klug scheinen mochte, handelte es sich doch um fast vierzig Kilo Hund, die da auf mich zu kamen, aber sie kannte mich, deutlich erkennbar an ihrem glücklichen Fiepen, dem wedelnden Schwanz und der kalten, nassen Nase, die sie mir ins Gesicht schob. Die Zunge, die über mein Kinn fuhr, räumte die letzten Zweifel aus.

„Hi, Bella", grüßte ich sie und kraulte sie unterm Kinn und hinter den Ohren. „Wo sind deine Herrchen?"

„Glenn? Bist du das?"

Zum Glück war es nicht Rand, der gerufen hatte, sondern sein Partner, Stefan. Und er war ein bisschen spät dran mit dem Versuch, herauszufinden, ob da ein Fremder in seinem Heim war. Andererseits, er hatte keine Schreie gehört, was bedeutete, dass der Hund mich nicht in Stücke riss. Von daher hatte er wohl gewusst, dass entweder ich es war oder mein Onkel Tyler. Niemand sonst betrat das riesige Ranchhaus ohne Erlaubnis. Und wenn auch alle, die auf der Red Diamond lebten, eine Familie bildeten – es war immer noch das Haus des Bosses, und seit das Baby geboren worden war, seit Wyatt James Holloway vor zwei Jahren angekommen war, betrat niemand mehr unangekündigt Rand Holloways Heim. Niemand.

„Ich bin's", rief ich zurück, als Stef aus der Küche kam, ein Geschirrtuch über die Schulter geschlungen und eine Platte mit gebratenem Speck in der Hand.

„He, bringst du das hier raus zum Esstisch?"

Ich beeilte mich, zu tun, worum er mich bat, ging durch das Wohnzimmer auf ihn zu und nahm die Platte entgegen. Und wie immer staunte ich über den Mann, den Rand liebte. Bevor ich Stef begegnet war, hatte ich nicht gewusst, dass Männer so hübsch sein konnten. Ich hatte nie auch nur davon geträumt, dass ich einmal einen Mann mit solch wunderschönen, feinen, engelhaften Zügen, goldener Haut und dichten, blonden Haaren, die ihm bis auf die Schulter fielen, treffen würde. Wie sich herausgestellt hatte, war diese Begegnung der Tropfen gewesen, der das Fass zum Überlaufen brachte. Ich hatte Stef gesehen, hatte *ihn* gesehen, alles an ihm, hatte alles an ihm wahrgenommen, sein Gesicht, seine Haut, die Art, wie er sich bewegte, den Klang seiner Stimme, und in Verbindung mit meinem inzwischen lang erloschenen Verlangen nach ihm waren mir einige Dinge klar geworden. Ich war es leid, mit der Frage zu kämpfen, ob ich schwul war oder nicht. Stefan Joss zu begegnen, dem Partner des Mannes, von dem ich *gedacht* hatte, dass er mein Cousin ist, fegte die letzten Zweifel hinweg.

Und wieder wurde Rand ein wunder Punkt für mich – und das nicht nur, weil er die Ranch und den monogamen Partner und quasi alles hatte, von dem ich geglaubt hatte, dass ich es wollte. Nein, darüber hinaus hatte ich vor zwei Jahren herausfinden müssen, dass mein Vater, Rayland Holloway, nicht nur meinen Bruder Zach und mich gezeugt hatte, sondern auch Rand Holloway, das älteste Kind meines Onkels James und seiner Frau May.

Das war genau die Art bescheuertes Familiengeheimnis, das irgendjemand der ganzen Familie schon vor Jahren hätte sagen sollen. Was die Wahrheit letztendlich ans Tageslicht brachte, war Stef, der Rayland ansah und dann Rand und sich dachte: „He, deine Augen, die sind irgendwie nicht richtig." Im Grunde genommen hatte Stef nur gedacht, dass er etwas wusste, und dann hatte sich seine Vermutung als richtig erwiesen. Was mir so richtig gegen den Strich ging, denn war er vielleicht Sherlock Holmes oder was? Wirklich, man überschätzte ihn, wenn man ihm die Aufdeckung des lange gehüteten Familiengeheimnisses zuschrieb. Aber wenn er nicht mit May gesprochen hätte und mit Rand, dann hätte keiner von beiden je ein Wort gesagt, und der Rest der Familie wäre weiterhin im Dunkeln geblieben.

Ich wusste es also zu schätzen, was Stef sie alle zu beichten veranlasst hatte, aber ich war immer noch ziemlich fuchsig darüber, dass Rand und ich nun engere biologische Bande teilten als gedacht – und dass meine Beziehung zu Zach nicht länger eine Besondere war. Es war, als hätte ich Rand gewonnen, den ich nie sonderlich hatte leiden können, und meinen einzigen Anspruch auf Zach, von dem ich immer geglaubt hatte, dass er mein einziger Bruder war, verloren. Aber jetzt hatte ich zwei Geschwister, keiner von beiden mochte mich, und sie kamen beide blendend mit dem jeweils anderen aus, was mich entschieden außen vor ließ.

Und am allerschlimmsten war, dass Rayland sich so darum bemühte, die Unstimmigkeiten zwischen sich und Rand auszubügeln, dass er völlig vergessen hatte, dass es mich gab. Und Zach arbeitete jetzt auf Rands Ranch.

Es hatte mich tief verletzt, auf mehr als nur eine Art. Mein Vater, der mir versprochen hatte, mir mit einer Finanzspritze bei meinem Restaurant zu helfen, machte einen Rückzieher, um die Familienranch White Ash zu vergrößern. Er wollte das Land auf Mineralvorkommen und Öl untersuchen lassen, und das kostete Geld. Es war, so sagte er, eine Gelegenheit, die er sich nicht entgehen lassen konnte, und das Geld, das er mir versprochen hatte, wurde schnell anderweitig angelegt. Zach hatte immerhin eine Entschuldigung, die ich akzeptieren konnte: Er konnte mir nicht helfen, weil er für Rand arbeitete, und die Red verschlang seine gesamte freie Zeit. Letzten Endes verkaufte ich alles, was ich besaß, außer meinem Pferd – ich konnte mich einfach nicht von ihr trennen – und hatte gerade genug, um das Restaurant in Gang zu bringen.

Zusammengefasst lief mein Leben also darauf hinaus: Ich outete mich als schwul, erklärte meinem Vater, dass ich ein Restaurant eröffnen wollte, anstatt auf der White Ash zu arbeiten, und meine Familie – soweit sie denn existierte – ließ mich komplett im Stich. Ich hatte meine Mutter immer schon vermisst; es gab ein Loch in meinem Herzen an der Stelle, an der sie gewesen war. Aber ich hatte ihren Verlust nie stärker gespürt als damals, als ich angefangen hatte, meinen Traum in die Realität umzusetzen, und sie nicht da war, um mich zu unterstützen. Dass mein Vater und Zach mich so im Stich ließen, hätte viel weniger wehgetan, wenn sie noch am Leben gewesen und für mich da gewesen wäre. So trauerte ich ein weiteres Mal um sie und spürte den Schmerz ihres Todes wie am ersten Tag.

Wäre das Restaurant nicht so erfolgreich geworden, dann hätte mein Leben aus wenig mehr als einem Scheißhaufen bestanden. Aber die Tatsache, dass es erfolgreich war, und die Erkenntnis, dass ich Teil einer neuen Familie war und mich nicht mehr um meine alte scheren musste – sie war meine Rettung.

„Was wird das, wenn es fertig ist?"

Mir wurde plötzlich bewusst, dass ich mich keinen Zentimeter gerührt hatte, seit Stef mir die Platte in die Hand gedrückt hatte. Er sah mich aus zusammengekniffenen Augen an.

„Entschuldige", brummte ich, ging um ihn herum und durch die Küche.

Er bewegte sich sehr schnell. Plötzlich stand er vor mir. „Was ist los?"

„Du lässt Rand mich für einen Viehtrieb benutzen, Stef."

„Es ist doch nur ein Miniviehtrieb, gar kein echter." Er wackelte mit den Augenbrauen. „Das ist die Gelegenheit, endlich eine echte Beziehung zu Rand aufzubauen. Und dich mit Zach wieder zu versöhnen."

Ich machte ein finsteres Gesicht. „Ich hab' nicht vor, was andres zu machen als Viecher treiben."

„Du könntest es zumindest versuchen und dich ein bisschen bemühen."

„Wie bitte?"

Er verdrehte die Augen, was mir ein Lächeln entlockte. „Trag einfach den Speck raus. Aber gib ja nichts dem Hund, egal was."

Das machte keinen Sinn. „Egal was?"

„Sie wird versuchen, dir weiszumachen, dass sie am Verhungern ist, und dass nur gebratener Speck sie noch retten kann. Das sind vollkommene Lügenmärchen, lass dir nichts erzählen."

Er war komisch, das stand mal fest. „Sie ist nur ein Hund, Stef."

„Das will sie dich glauben machen."

Ich lachte schnaubend, streifte ihn im Vorbeigehen und verließ das Haus durch die Küchentür, Bella auf den Fersen. Ich blieb rasch stehen, gab ihr eine Scheibe Speck und ging dann weiter, um das Haus herum zu den Picknicktischen, die unter der riesigen Eiche dort standen. Tagsüber spendete der Baum viel Schatten, und unter seinem ausladenden Blätterdach war es immer um einige Grad kühler als in der Sonne. Aber so früh am Morgen machte das keinen Unterschied, denn es war überall kühl. Rands Männer riefen mir Grüße zu, als ich die Platte abstellte, und griffen danach, häuften sich Speck auf ihre Teller zu den Eiern, Bratkartoffeln, gebratenen grünen Tomaten, Schinken und weichen Brötchen mit Bratensauce. Auf den Tischen verteilt standen Krüge mit Orangensaft und Kaffeekannen. Es sah nach einem besonderen Anlass aus, aber das war es nicht. Die Ranchhelfer aßen jeden Tag hier, und jeden Sonntag frühstückten Rand und Stef mit allen, die auf der Ranch lebten. Die Leute auf der Red waren eine Familie, und während ich das sehr schön fand, hatte ich meine eigene Familie. Endlich.

Ich machte kehrt, um zu meinem Truck zurückzugehen, aber jemand rief mir laut zu, stehenzubleiben. Ich drehte mich auf dem Absatz um und entdeckte Rand Holloway höchstpersönlich, die Arme über der Brust gekreuzt und einen finsteren Ausdruck auf dem Gesicht. Er wirkte riesig und, dank der zehn Zentimeter, die er größer war als ich, ein wenig furchteinflößend.

„Und wohin haust du wieder ab?"

„Zu meinem Truck", erwiderte ich knapp und ließ ihn stehen.

Während ich meine Beine streckte, sah ich hinauf zu den Bergen, über denen sich die Silhouetten der Turbinen, die dort standen, dunkel vom Himmel abhoben. Sie und die Solarzellen auf allen Häusern auf der Ranch machten die Red Diamond vollkommen autark und unabhängig von der Energieversorgung des Countys. Ich kannte die Unterschiede zwischen einem Windrad, einer Windturbine und einer windgetriebenen Pumpe nicht, aber Rand tat das. Und weil ich neugierig war und es einfach wissen musste, hatte ich ihn gefragt, was denn wäre, wenn es einen Monat lang jeden Tag regnen und die Solarstromanlage kaputt gehen würde und sich auch seine Windrädchen nicht mehr drehen konnten? Was würden sie dann machen?

Anscheinend konnte Energie gespeichert werden. Aber wichtiger noch war der Zusatzplan: Er arbeitete daran, den Mist aus den Ställen für die Herstellung von Methangas zu verwenden, um die Windkraft, die ihm bereits zur Verfügung stand, zu ergänzen. Die Umsetzung dieses Vorhabens stand als Nächstes auf Rands Plan, und wie es aussah, war sie auch gar nicht mehr so weit entfernt. Rand überlegte und plante immerzu, und er hatte Stef, der Kostennutzenanalysen aufstellen konnte und ihm im Grunde genommen dabei half, jeden Traum, den er hatte, wahr werden zu lassen. Sie gaben ein großartiges Gespann ab. Und während ich meinerseits sehr dankbar für Stefs Hilfe war, war es doch ein herber Schlag, dafür mit drei Tagen purer Folter zahlen zu müssen.

„Ich dachte, du treibst kein Vieh mehr."

Mein Tag wurde immer fürchterlicher, und dabei hatte er noch nicht mal richtig angefangen. Erst Rand und jetzt Mac Gentry, der sich von hinten angeschlichen hatte und meinte, mit mir sprechen zu müssen. Gleich würde er wieder anfangen, mir zu sagen, wie dumm ich doch war.

Und wirklich, wenn er nicht das größte Arschloch gewesen wäre, das ich neben Rand kannte, dann wäre mir seine rauchige, heisere Stimme, sinnlich und sexy zugleich, direkt in die Lenden gefahren.

„Glenn?"

Ich ignorierte ihn und marschierte weiter zu meinem Truck. Dort holte ich meine Reisetasche vom Rücksitz, zog meine lammfellgefütterte Jeansjacke an, steckte mein Handy ins Handschuhfach und schlug die Tür zu. Ich wusste, dass ich mir um den Wagen keine Gedanken machten musste, während ich fort war. Auf der Red war alles sicher.

Als ich mich umdrehte, stand Maclain „Mac" Gentry direkt vor mir. Er war groß, so wie Rand, einsfünfundneunzig, und hundertacht Kilo steinharte Muskeln. Ich wusste das so genau, weil ich einmal gehört hatte, wie er es einem der Männer gesagt hatte. Es war schon komisch, irgendwie: Es störte mich nicht, zu Rand aufsehen zu müssen, aber dass Mac größer war, dickere Muskeln, breitere Schultern und eine tiefere Brust hatte als ich, das wurmte mich gewaltig. Ich fühlte mich klein im Vergleich zu dem Vorarbeiter der Red Diamond, und ich mochte das Gefühl überhaupt nicht.

„Steh mir nicht im Weg rum", grollte ich und machte Anstalten, an ihm vorbeizugehen, aber er packte mich fest am Oberarm. Mein Kopf fuhr hoch, und meine Augen begegneten seinem rauchgrauen Blick.

„Ich will dich nicht dabei haben, wenn du die ganze Zeit nur rummeckerst."

Obwohl er wie immer an mir etwas auszusetzen fand, ertappte ich mich dabei, dass meine Blicke von den Lichtpunkten angezogen wurden, die das schwache Licht der Veranda in seine dunkelblonden Haare zauberte. Es strich über die Stoppeln auf seinen Wangen und über seiner Oberlippe, schimmerte in seinen Augenbrauen und an den Spitzen seiner Wimpern. Mit meinen dunklen Haaren und dunklen Augen, wie alle Holloway Männer sie hatten, verschmolz ich mit den Schatten. Er, in all seiner goldenen Pracht, tat das nicht.

„Keine Sorge", knurrte ich, wütend auf mich selbst, dass ich überhaupt bemerkt hatte, wie gut der Mann aussah, und riss meinen Arm mit mehr Kraft aus seinem Griff als nötig. „Ich schwör', nicht einer von euch wird auch nur 'n Sterbenswörtchen von mir hören."

Er machte ein finsteres Gesicht, und ich ließ ihn stehen. Ich hatte keine Geduld für seine übliche Machotour. Seit wir uns das erste Mal begegnet waren und er mich angesehen hatte, als wäre ich die nutzloseste Person der Welt, war klar, dass wir schlicht und ergreifend nicht miteinander kompatibel waren. Zach mochte er, weil der mit Rand auf der Ranch arbeitete. Meinen Vater mochte er, weil der genau wie Rand eine Ranch besaß. Aber mich, den Typen, der das Ranchen an den Nagel gehängt hatte, um ein Restaurant zu eröffnen, verstand er nicht, und von daher mochte er mich auch nicht. Nicht, dass mich das sonderlich gestört hätte. Maclain Gentry war ein Arsch, und ich konnte meinerseits mit ihm auch nichts anfangen.

Ich kehrte zu den Tischen zurück, stellte meinen Kram zu den Taschen der anderen und setzte mich an einen Platz am Ende einer Bank, um zu essen. Es würde ein langer Viehtrieb werden, und ich brauchte Kraft.

ICH FUHR nicht mit Rand, Mac und Zach in einem Auto, da ich keine Lust hatte, mit einem von ihnen Streit anzufangen, sondern mit Pierce und Chase, Tom, Dusty und seinem Sohn Rebel – nur in Texas, ernsthaft –, der Wagen und Pferdeanhänger zurück zur Red fahren würde, nachdem er uns abgesetzt hatte. Ich hatte keine Ahnung, wer Rands Pferdetransporter zurückbrachte.

Uns fehlte einer von Rands besten Männern. Everett und seine Frau Regina waren frischgebackene Eltern, und er wollte bei ihr und ihrer kleinen Tochter bleiben. Da diese Tochter erst vor drei Tagen aus dem Krankenhaus gekommen war, hatte Rand ihm gesagt, dass er natürlich zu Hause bleiben könne. Ich war mir sicher, dass er sich daran erinnerte, wie es gewesen war, als er seinen Sohn nach Hause gebracht hatte.

Rands Halbschwester, meine Cousine Charlotte, hatte ihnen ein Ei geschenkt, und er und Stef hatten eine Leihmutter engagiert, um das Kind auszutragen. Wyatt James Holloway war Mitte Juli geboren worden und hatte vor einem Monat erst seinen zweiten Geburtstag gefeiert. Ich sah ihn nicht oft, da ich nicht gerne zur

Ranch fuhr, aber es war süß, wie er uns allen zum Abschied zuwinkte, als wir in die Autos einstiegen. Er war ein niedlicher kleiner Junge, auch wenn er wie eine Miniaturausgabe von Rand aussah. Er hatte dieselben rabenschwarzen Haare, allerdings die dunkelblauen Augen, die Charlotte von ihrem Vater geerbt hatte, und nicht die meerblauen, die Rand von meinem hatte.

Ich konnte sehen, dass es Rand schwer fiel zu gehen. Die Anspannung in seinem Kiefer, die Art, wie er seinen Sohn hielt und sich an Stef klammerte … Er wollte nicht gehen. Er war die Sorte Mann, der am liebsten immer zu Hause war; es gab für ihn keinen schöneren Ort auf der Welt. Von Stef getrennt zu sein, war für ihn nie leicht, und jetzt war da zusätzlich noch sein Sohn. Er bot ein Bild der Qual, als er sich umdrehte, um mit uns zu fahren.

Als Stef ihn noch einmal zurückrief, wirbelte er herum und rannte. Sie gaben ein hübsches Bild ab, wie sie dort auf der Veranda standen, Stef eine Hand auf Rands Brust gelegt, Rands Hand um seine Wange geschlossen, das Kind zwischen ihnen, als Rand sich zu ihm beugte und ihn auf die Stirn küsste. Es schien ihm besser zu gehen, als er schließlich zu uns zurückkam, aber einen Augenblick später schwand jeder Ausdruck aus seiner Miene – Traurigkeit, Sehnsucht, alles –, und eine ausdruckslose Maske legte sich über seine Züge. Rand war auch die Sorte Mann, der niemanden, außer Stefan, seine Verwundbarkeit sehen ließ. Bevor wir aufbrachen, hatte er wieder komplett dicht gemacht.

Da ich nicht fahren musste, zog ich mir den Hut über die Augen und döste. Ein paar Stunden später machten wir zum Essen Rast, und ich war überrascht, als Zach, der mit Rand und den anderen gegessen hatte, zu mir herüberkam und sich neben mich setzte. Sein prüfender Blick war nervenzerfetzend, weil er meiner Mutter so ähnlich sah und ich sie noch immer so vermisste. Er hatte ihre großen, braunen Augen; zu schade, dass das, was aus seinem Mund kam, seine eigenen Worte waren.

„Du hast super viel Gewicht verloren, Glenn. Bist du krank?"

„Nein", antwortete ich knapp.

Er rieb mit den Knöcheln einer Hand über meine bärtige Wange und stieß dann einen Finger in das Bärtchen über meiner Oberlippe, bevor ich ihm ausweichen konnte. „Und was sollen die vielen Haare im Gesicht?"

Holloway Männer waren gewöhnlich glattrasiert, von daher war der Vollbart – so man ihn denn voll nennen konnte, die Haare waren noch nicht wirklich dicht genug –, der mir gewachsen war, ein weiteres Merkmal, das mich von ihnen unterschied. „Ich hab viel zu tun", sagte ich defensiv, wütend darüber, dass er die Sache überhaupt erst angesprochen hatte.

„Wie viel kann man in einem Restaurant schon zu tun haben?"

Ich biss auf den Köder nicht an, da die Bemerkung schlicht dumm war.

„Das war ein Witz!", krähte er und schlug mir hart auf den Rücken. „Um Himmels willen, Glenn, nimm doch nicht immer alles so ernst."

Mir tat ein bisschen der Rücken weh. Er war stärker, als ihm bewusst war. Aber ich wollte keinen Streit anfangen. „Wie geht's dir auf der Red? Bist du noch zufrieden?"

Und schon sprudelte er los, erzählte mir von den Kälbern, die geboren worden waren, und den Pferden, die er zugeritten hatte, und wie gut sie sich machten und dass einer der Bullen der Red gerade erst für eine verboten hohe Summe verkauft worden war.

„Es fällt einem nicht leicht, wegzufahren, aber mit dem Viehtrieb kann Rand seine Rechnung mit Hawley McNamara begleichen, und so lange wird es ja auch nicht sein, und außerdem haben wir Normalos dabei –"

„Normalos?"

„Naja. Die Rinder haben auf McNamaras Ferienranch geweidet, weil Rand sie vom Rest seiner Herde getrennt halten wollte."

Ich langweilte mich bereits. „Und?"

„Kannst du mal langsam machen?"

Ich knurrte.

„Also", sagte er laut. „Weil unsere Weiden alle voll waren, hat Rand sich bei McNamara erkundigt, ob der ihm für Bezahlung erlauben würde, sie auf sein Land zu stellen."

„Okay."

„Aber er sagte, er braucht kein Geld. Er wollte, dass Rand, wenn er die Rinder zur Red runtertreibt, seine Gäste mitnimmt."

„Verstehe."

„Leicht genug, oder? Und es wird nett sein, mal etwas Abwechslung zu haben."

„Abwechslung wovon?", fragte ich ehrlich neugierig.

„Von immer derselben Routine natürlich", erwiderte er und sah mich aus zusammengekniffenen Augen an. „Mann, bist du kratzbürstig."

„Ich wollte nicht –"

„Doch, wolltest du, das weißt du ganz genau."

„Weißt du was, Zach", fuhr ich ihn an. „Ich glaub, dein Herrchen ruft."

„Fick dich, Glenn", schoss er zurück und stand auf, wobei er mit voller Absicht mein Glas Eiswasser umstieß, der Arsch.

Alle lachten, und ich hatte einen nassen Schritt, sodass ich aussah, als hätte ich mir in die Hose gepinkelt. Und die Leute wunderten sich, warum ich nicht mehr Zeit mit meiner Familie verbrachte.

Auf meinem Weg zurück von der Toilette stolperte ich auf dem losen, groben Kies unter meinen Füßen und hätte eine Bruchlandung gemacht, wenn mich nicht jemand am Oberarm gepackt und festgehalten hätte.

„Vorsicht."

Ich wäre lieber zu Boden gegangen, als mich gleich zwei Mal an einem Tag mit ihm herumzuschlagen.

„Pass auf, wo du hingehst."

„Ich pass schon auf", knurrte ich Mac an und fluchte innerlich über meinen Ärger und die vom Schlafmangel verursachte Benommenheit, mit der ich herumtappte. Normalerweise war ich koordinierter.

„Nein, passt du nicht", widersprach er mir. „Du warst drauf und dran, dich auf die Nase zu legen."

„Ja, und? Willst du jetzt 'ne Medaille oder was?"

Er schüttelte mich, und ich hob den Kopf, sodass ich geradewegs zu ihm auf und in seine Augen sah.

„Du solltest nach Hause gehen, Glenn. Geh zurück zu deinem Restaurant, wo du hingehörst."

„Geht nicht", murrte ich. „Ich spring' für Everett ein, und –"

„Wir kommen auch ohne dich zurecht."

Ich wusste das. Er – sie alle – würden sehr gut ohne mich zurechtkommen. Aber ich war hier, um Stefans Gefallen zu erwidern, und das war mir wichtiger als alles andere. „Oh, da bin ich mir sicher", sagte ich spitz. „Aber ich bin hier, um meinen Job zu erledigen, wie befohlen."

Ich versuchte, meinen Arm loszumachen, aber er war größer als ich und stärker, also würde ich nirgendwohin gehen, solange er mich nicht gehenlassen wollte.

„Wir brauchen dich hier nicht, für keinen Job."

Ich zog scharf den Atem ein, denn die silbernen Flecken in seinen Augen waren wirklich wunderschön.

„Hast du mich gehört?"

Ich hatte Mac nie gefragt, wo er ursprünglich herkam, denn jetzt mal ernsthaft: Wo immer das auch war, er hätte dort bleiben sollen. Aber es war definitiv nicht Westtexas wie der Rest von uns. Sein Akzent war weicher, sanfter, mit einem Hauch von etwas Undefinierbarem, das nur dann hörbar war, wenn er wütend war.

„Was?", fragte er plötzlich und betrachtete prüfend mein Gesicht, als ob sich gerade etwas verändert hätte.

Ich schüttelte den Kopf, denn auf gar keinen Fall würde ich ihm sagen, dass die Wärme seiner Stimme allein ausgereicht hätte, mich aus meinen Klamotten zu bekommen. Zum einen hörten Heteros so was nicht gerne, und zum anderen war er ein Arsch.

Er zerrte mich näher an sich, und ich musste meinen Kopf weiter in den Nacken legen – er war so verdammt groß –, und seine stürmischen Augen wurden zu schmalen Schlitzen.

„Wieso bist du so dürr?"

„Was?"

„Du hast mich gehört."

„Ich bin nicht dürr", versicherte ich ihm. „Ich hab nur viel zu tun gehabt. An manchen Tagen komm ich einfach nicht zum Essen."

Ein langsames Nicken. „Aber an anderen Tagen joggst du?"

„Wie bitte?"

„Ich habe dich gesehen, nachts, wie du gejoggt bist."

„Wie?", fragte ich und versuchte erneut, meinen Arm aus seinem schraubstockartigen Griff zu befreien. „Bist du nicht immer schon um neun oder so im Bett, weil du um vier Uhr aufstehen musst?"

„Manchmal", antwortete er. „Aber manchmal kann ich auch nicht schlafen, und dann fahre ich rüber zum Resort und sehe dich nach Mitternacht joggen oder mit deinem Pferd ausreiten."

Eigenartig, dass er mich im Dunkeln erkannt hatte, aber er hatte recht: Ich joggte, wann immer ich konnte. Ich wusste, dass ich eine Menge Muskelmasse verloren hatte und dass mein Körper im Vergleich zu vorher schmal aussah, aber ich war immer noch stark und nicht gerade im Dahinsiechen begriffen. Es war einfach nur so, dass er und Zach mich nicht oft genug sahen, um zu wissen, dass es eine langsame Entwicklung gewesen und nicht plötzlich über Nacht gekommen war.

„Ich –"

„Es ist nicht gut, dein Pferd so spät nachts noch zu reiten. Du verhunzt ihn noch total."

Ich war so dumm. Einen Moment lang war ich doch tatsächlich im Begriff gewesen, mit ihm zu reden, als wäre er ein normales, menschliches Wesen und kein komplettes Arschloch voller Vorurteile wie mein Cousin. „Sie", betonte ich, „ist nicht verhunzt. Ihr geht's gut. Aber reizend, dass du dir solche Sorgen machst."

Er schüttelte den Kopf und ließ mich immer noch nicht los.

„Und ich schwör', ich bin auch nicht krank oder so", sagte ich. „Ich hab früher echt hart dran gearbeitet, so groß und stark zu werden wie mein Dad und Zach und auch Rand." Die Steroide, die ich genommen hatte, hatten geholfen, Muskelmasse aufzubauen, aber ich hatte aufgehört, sie zu nehmen, als ich die Ranch meines Vaters verlassen hatte. Ich war jetzt viel gesünder, da ich joggte und schwamm, was für mich natürlicher war und was mir half, meine nervöse Energie loszuwerden. Außerdem hatten die Steroide mich in ein ziemliches Arschloch verwandelt, und nach vierundzwanzig Monaten ohne sie konnte ich im Umgang mit den meisten Menschen auch eine Veränderung in meinem Verhalten wahrnehmen. Wobei „die meisten Menschen" sich auf jene bezog, die mich nicht wie einen Fünfjährigen behandelten.

Er nickte langsam.

„Vergiss es", brummte ich und versuchte wieder einmal, mich loszumachen. „Ich weiß nicht mal, warum ich überhaupt – aber ich bin nicht krank, du kannst also aufhören, dir Sorgen zu machen, okay?"

„Sag Dankeschön."

„Wofür?"

„Dass ich dich vorm Hinfallen bewahrt habe."

„Oh, ja", presste ich heraus. „Herzlichen Dank."

Er stieß mich von sich, und ich stolperte, bevor ich mein Gleichgewicht wiederfand. Natürlich drehte ich mich um und zeigte ihm den Mittelfinger, bevor ich zum Wagen zurückging. Ich setzte mich auf meinen Platz, überstand einige weitere, höhnische Bemerkungen über meine nasse Hose, zeigte ihnen *allen* den Mittelfinger und schlief ein.

Ich hatte irgendwo einmal gelesen, dass es ein Zeichen für Schlafmangel war, wenn man innerhalb von weniger als fünf Minuten, nachdem man zur Ruhe gekommen war, einschlief. Ich fragte mich, was weniger als eine Minute wohl bedeutete.

3

GREEN LEAF war meiner Meinung nach kein besonders guter Name für eine Ranch. Tee? Absolut. Eine Gärtnerei? Sicher. Aber keine Ranch. Als wir also nach ein paar weiteren Stunden Fahrt darauf zuhielten, dachte ich zuerst, dass wir irgendwo Rast machten, um etwas zu essen oder um einen Bioladen zu besuchen oder so. Aber nein, es war eine Ferienranch, was ein bisschen mehr Sinn machte. Trotzdem fand ich den Namen komisch.

Bei einem richtigen Viehtrieb brach man vor Sonnenaufgang auf. Bei einem Urlaubsviehtrieb hingegen war Mittag offenbar normal. Wieder verfluchte ich Stef und den Gefallen, den ich ihm schuldete. Bis ich den Mann sah, der die Veranda des Hauses überquerte, aus dem die anderen Urlauber gekommen waren. Wunderschön wurde ihm nicht gerecht. Er war kleiner als ich, schlank, hatte einen fließenden Gang und einen Hüftschwung, den zu beobachten eine wahre Freude war. Sein Lächeln brachte seine kornblumenblauen Augen zum Leuchten, und als er zusammen mit einer Frau und einem anderen Mann zu Rand hinüberging, wurde mir klar, dass er, zusammen mit vielen anderen, uns begleiten würde.

Natürlich war der hübsche Mann, nachdem alle aufgesessen waren, nicht mal ansatzweise in meiner Nähe. Offenbar war er nicht allzu erfahren, und so ritt er vorne bei Rand und Mac und Zach mit, anstatt hinten bei mir. Von einem Mann, den ich gerne näher kennenlernen wollte, durch zweihundert Kopf Rinder getrennt zu sein, entsprach nicht gerade meiner Vorstellung einer glücklichen Fügung. Immerhin, wenn wir am Ende des Tages anhielten, würde ich mit ihm reden können.

Ich war bereit, jemanden kennenzulernen, und zwar für mehr als nur einen One-Night-Stand. In den vergangenen zwei Jahren hatte ich wirklich versucht, mit einem Mann ins Bett zu gehen, einfach um herauszufinden, wie es war, ein schwuler Mann zu sein. Aber keine der Bars in Lubbock und auch die zwei in Dallas, die ich besucht hatte, als ich das letzte Mal auf einem Kongress dort gewesen war, waren das gewesen, was ich erwartet hatte. Die Männer dort gingen schneller vor, als ich es gewohnt war. Und nein, ein Quickie auf der Herrentoilette war nicht das, was ich für mein erstes Mal wollte. Und die Barszene machte auch nicht wirklich Sinn für mich, denn keiner dieser Männer lebte in meiner Nähe. Und wie sollte ich eine Unterhaltung darüber führen, dass ich oben sein würde und wie vorsichtig ich mit dem Mann sein musste, der unten war, wenn er über ein Waschbecken gebeugt dastand oder in eine der Kabinen gezwängt war? Ich wollte diese Dinge mit meinem Partner besprechen, denn ich wusste zwar, dass ich oben sein würde – das war sonnenklar, gar keine Frage, das war notwendig, damit ich weiter ich sein konnte – aber … ich hatte Fragen. So viele Fragen. Angefangen davon, wie *er* sich bei der Sache fühlte, was *er* darüber dachte, unten zu sein, mein Gewicht über sich zu haben und zu spüren, wie ich ihn aufs Bett drückte, wie es war, wenn ich mich in ihm bewegte. Ich brauchte das. Ich wollte hören, dass er bereit für mich war. Ich musste *sein*, wonach er verlangte.

Dieses Verlangen konnte ich auf Rand zurückführen. Ich gab ihm die Schuld. Ich wollte, was er und Stef hatten. Ich wollte die monogame, abends-gemeinsam-ins-Bett-gehen-und-morgens-gemeinsam-aufwachen Sache, mit allem Drum und Dran. Ich wollte einen Mann, der mich ansah, als wäre ich nicht dumm. Der dachte, dass ich eine Menge zu bieten hatte, und der wirklich *mich* sah … Das war es, was ich wollte, wonach ich mich sehnte. Aber bisher waren alle Typen, die ich in den Bars oder in meinem Restaurant oder im Resort gesehen hatte, nur auf der Durchreise gewesen. Ich hatte viele Angebote für heißen, bedingungslosen Sex gehabt, aber da zu jemandem gehören alles war, was ich je gewollt hatte, war ich bis dato noch nicht mit einem Mann im Bett gewesen. Ich wollte zumindest die Chance auf eine dauerhafte Beziehung.

Als wir anhielten, um eine Pause zu machen und etwas zu essen, suchte ich nach Rand, um ihm zu sagen, dass unser Tempo zu schnell war für die frischgebackenen Mütter und ihre Kälber am Ende der Herde. Er zeigte gerade den Kindern, wie man ein Lasso band, Jungen und Mädchen dicht um ihn gedrängt, und ich sah die Mienen ihrer Mütter. Er gab ein sehr anziehendes Bild ab, und als ich einen Blick auf den Mann warf, den ich kennenlernen wollte, und seine geöffneten Lippen sah, die Sehnsucht in seinem Gesicht, wusste ich, dass ich recht gehabt hatte. Kein Mann, der nicht schwul war, sah einen anderen Mann so an. Jetzt musste ich ihn nur noch dazu bringen, mich zu sehen.

Ich wollte gerade zu ihm gehen, als Mac hinter Rand auftauchte und an ihm vorbei zur Essensausgabe stiefelte, und mir wurde klar, dass mein Mann nicht den Boss der Red Diamond begehrte, sondern den Vorarbeiter. Er beeilte sich, Mac zur Schlange vor der Essensausgabe zu folgen, stellte sich hinter ihm an und legte eine Hand auf seinen Arm, um seine Aufmerksamkeit auf sich zu ziehen. Mac drehte sich um, und seine Stirn legte sich in Falten, als er den Mann ansah, der seinerseits das entweder nicht bemerkte oder den es nicht kümmerte, so fixiert auf das, was er wollte. Und ich verstand: Der kleine, hübsche Mann war interessiert an groß, stark und gut aussehend, und er hatte es in Mac gefunden. Was auch immer die Fehler des Vorarbeiters der Red Diamond sein mochten, er war in der Tat umwerfend. Er und der Schnuckel hätten ein schönes Paar abgegeben, wenn er schwul gewesen wäre. Ich hätte dem Objekt meiner jüngsten Fantasien ja einen Fingerzeig gegeben, dass er sich da auf dem Holzweg befand, aber da er mich nicht einmal sah, bezweifelte ich, dass er mich würde hören können.

„Glenn!"

Meine Augen huschten zu Mac, der meinen Namen gebrüllt hatte.

„Du musst etwas essen!"

174

Aber ich hatte noch Müsliriegel in meinem Rucksack, von daher musste ich nicht. Ich drehte mich um und ging zu Juju, die neben den Hunden stand. Sie war nicht angebunden. Das musste sie nie, denn Juju blieb dort, wo ich sie hingestellt hatte, es sei denn, ich rief nach ihr.

Als ich an Zach und ein paar der Männer vorbeiging, hörte ich, wie er die Geschichte von meinem letzten Bullenritt erzählte. Es war nicht gerade mein glorreichster Moment gewesen. Da mein Name noch auf der Liste der Ranch meines Vaters gestanden hatte, hatte ich am jährlichen Rodeo teilnehmen müssen. Das Jahr davor war Stef mit mir auf dem Rodeo gewesen, und ich hatte mir das Handgelenk gebrochen. Vorletztes Jahr hatte ich mir dasselbe Handgelenk, drei Rippen und die Nase gebrochen. Es war reines Glück gewesen, dass meine Beine nicht zermalmt worden waren, als der Bulle über mich getrampelt war, aber seine enormen Hufen hatten mich um nur wenige Zentimeter verfehlt.

Natürlich erwähnte das keiner, nicht einmal Zach, und sie lachen zu hören – wieder einmal, als hätten sie beim ersten Mal noch nicht genug gelacht, nachdem sie erfahren hatten, dass ich überlebt hatte – erinnerte mich wieder einmal daran, dass ich nicht länger zu ihnen gehörte. Wenn ich das je getan hatte.

„Jungs, macht euch nicht über unsern Glenn lustig", gackerte Zach. „Er ist sensiiiibel."

Ich ging schneller, und als ich bei Juju ankam, kochte ich innerlich vor Wut. Der Blick, den sie mir zuwarf, à la „Wo zum Teufel ist mein Apfel?", machte mich nur noch wütender, weil ich vergessen hatte, ihr einen mitzubringen.

„Tut mir leid."

Natürlich tat sie, was sie immer tat, und kehrte mir den Rücken zu.

„Oh, jetzt komm schon", quengelte ich.

Als ich um sie herumging, drehte sie erneut den Kopf weg, bis ich die Verpackung eines der Müsliriegel aufriss und sie das Geräusch des Zellophans hörte. Dann stieß sie mich mit ihrem Kopf an und führte ihren gib-ihn-mir-sofort Tanz auf, und ich lachte leise, als sie behutsam den gesamten Riegel aus meiner Handfläche nahm, ein paarmal darauf herumkaute und ihn dann hinunterschluckte. Sie hatte Glück, dass ich noch einen hatte, sonst wäre ich wirklich sehr ungehalten – und sehr hungrig – gewesen.

„Kann ich den hier selbst essen?", fragte ich.

Es war, als würde sie mit den Schultern zucken, und mir wurde bewusst, wie müde ich sein musste. Mein Pferd sprach zu mir.

Guter Gott.

Ich klopfte ihren Hals, umarmte sie, und sie ließ mich, wie sie das immer tat, und blies mir ihren warmen Atem ins Gesicht. Sanft, wie sie es immer mit mir war, und ich war nicht überrascht, als sie ihre Nase für einen Moment an meiner Brust rieb und dann ihren Kopf auf meine Schulter legte. Die Zuneigung, die sie mir zeigte, und ihre besitzergreifende Art – sie versuchte jedes Mal, mich zu beißen, wenn ich ein anderes Pferd ritt – waren nur zwei der vielen Gründe, warum ich sie mitgenommen hatte, als ich die White Ash verließ.

Sie war wunderschön, komplett schwarz bis auf den weißen Fleck auf ihrer Stirn, der theoretisch ein Stern war, für mich aber immer mehr wie ein Totenschädel ausgesehen hatte. Als sie geboren wurde, hatte ihre Mutter, aus welchen Gründen auch immer, eine sofortige Abneigung zu ihr entwickelt; hatte genau genommen sogar versucht, sie mit Bissen und Tritten umzubringen. Wir hatten die beiden sofort voneinander getrennt, und ich war damit beauftragt worden, das Fohlen am Leben zu halten.

Ihre Mutter, Voodoo, war eine reinrassige Araberstute, und mein Vater hatte sie gekauft, um sie mit seinem Araberhengst Hamza, den er drei Jahre zuvor gegen Land eingetauscht hatte, zu kreuzen. Rayland Holloway liebte Araber, aber es gab so viele gute Gestüte in Texas, dass er Schwierigkeiten gehabt hatte, eine Stute mit passendem Stammbaum zu finden. Und als er dann endlich eine gefunden hatte, wollte Voodoo tragischerweise nichts von Hamza wissen. Eine künstliche Befruchtung hatte ebenfalls nicht funktioniert: Beim ersten Mal war sie schlicht nicht befruchtet worden, und beim zweiten Mal hatte sie eine Fehlgeburt gehabt, die laut Tierarzt durch den Stress der ganzen Angelegenheit hervorgerufen worden war. Beim dritten Versuch hatte einer der neuen Ranchhelfer sie in die falsche Box gestellt, und anstatt in Hamzas Korral zu laufen, landete sie bei Medallion, Vaters Foundation Quarter Horse. Angesichts der darauf folgenden Ereignisse wurde klar, dass Voodoo Hengste nicht per se nicht mochte: Sie hatte lediglich kein Interesse an Hamza. Medallion hingegen mochte sie, und so bekam mein Vater Juju, die ein Halbblut und kein bisschen reinrassig war. Niemand machte sich auch nur die geringsten Sorgen, als Juju geboren wurde. Sollte sie es nicht schaffen, dann wäre das auch in Ordnung. Er würde es mit den beiden reinrassigen Pferden einfach noch einmal versuchen. Aber als ihre Mama sie nicht wollte und ich der Erste in der Box war, sie hochhob und an mich drückte und wegtrug, hatte ich mein Herz an sie verloren.

Ich schlief neben ihr und fütterte sie, ging neben ihr her, wenn sie herumstakste, und später rannte ich mit ihr, und als das Füllen Juju getauft wurde – weil das, was ihr passiert war, schlechtes Juju war – und sie kein Fohlen mehr war, bestand zwischen uns ein unzertrennbares Band.

Sie war gemein zu allen außer mir, unglaublich klug, nahezu diabolisch clever, wenn es darum ging, aus ihrer Box zu entkommen oder aus einem Korral oder von wo auch immer, wo sie nicht bleiben wollte, und sie gestattete es niemand anderem außer mir sie zu reiten. Sie buckelte und stieg nicht, das wäre viel zu anstrengend gewesen. Stattdessen legte sie sich hin. Erst knickte sie mit Vorder- und Hinterbeinen ein, sodass sie auf der Seite lag, und wenn das nicht half, rollte sie sich auf den Rücken, sodass man abspringen musste, denn sie war verdammt schwer und niemand wollte sein Bein unter ihrem Körper zerquetschen lassen. Mein Vater wollte es nicht glauben, als sie es das erste Mal tat oder das zweite Mal.

Oder das dritte. Schließlich aber gab er auf. Er hatte noch nie ein so stures Pferd gesehen. Wenn sie gebuckelt hätte, dann hätte er sie brechen können, aber wie er mit ihrer passiv-aggressiven Masche fertigwerden sollte, das wusste er nicht. Als ich aufstieg und sie sofort aufstand, bereit zu tun, was immer ich wollte, verkündete er, dass sie mir gehörte. Als ob das je in Frage gestanden hätte.

Sie stieß mich mit dem Kopf an und holte mich so aus meinen Gedanken zurück. Sie stupste mich weiter, bis ich sie losließ, sodass sie im kühlen Schatten ein paar Grashalme zupfen konnte. Es waren wirklich nur ein paar – sie war so wählerisch, dass die Stelle, an der wir standen, nicht wirklich ein adäquates Angebot für sie lieferte.

Es war gut, dass ich mich abseits hielt, denn so fühlte sich niemand gezwungen, mit mir zu reden. Die Hunde lagen im Schatten ausgestreckt da, und ich ging zu ihnen und setzte mich neben sie. Einer nach dem anderen kam, um mich zu begrüßen; Beau, Rands Leithund, legte seinen Kopf in meinen Schoß. Während ich dort saß und ihn streichelte, mit den anderen sprach, Juju in der Nähe, die ein wachsames Auge auf mich hatte, spürte ich, wie sich ein Teil meines Ärgers langsam auflöste.

Wäre ich zu Hause gewesen, in meinem Restaurant, und meine Leute hätten mich aufgezogen, dann hätte ich zurückgestichelt und mich an den Wortgefechten beteiligt. Zu Hause galt ich als cooler Typ, der Sinn für Humor hatte. Aber meine Familie und die Männer, die für sie arbeiteten, brachten immer nur das Schlechteste in mir zum Vorschein. Und weil Aggression nicht sexy ist, schlug ich mir den hübschen Mann aus dem Kopf. Ich sollte mich besser einfach nur darauf konzentrieren, diesen Viehtrieb zu überstehen. Ich schwor mir, dass ich mich niemals wieder in eine Position bringen würde, in der ich Stefan Joss einen Gefallen schuldete.

Man lernte nie aus.

DER FLUSS, den wir am späten Nachmittag überquerten, war nicht sehr tief, was aber nicht bedeutete, dass die Kälber hätten hindurchwaten können, ohne darin zu ertrinken. Die anderen Männer trieben das Vieh durch den Fluss, aber ich stieg ab und ließ Juju trinken, während ich mich daran machte, die Babys eines nach dem anderen hinüberzubefördern. Wenn ich sie erst mal im Wasser hatte, war alles kein Problem mehr: Die Schwierigkeit bestand darin, sie bis dorthin zu bekommen. Ich wurde mehrfach getreten und verlor öfter, als ich zählen wollte, das Gleichgewicht, sodass ich der Länge nach im Wasser landete. Es dauerte ewig, alle zwanzig auf die andere Seite zu bringen. Ihre Mütter folgten brav, sobald sie sahen, dass ich ihre Babys hinüberbrachte.

Ich saß auf der anderen Seite des Flusses und goss Wasser aus meinem Stiefel, als Rand herangeritten kam, gefolgt von Mac und Zach.

„Wieso zum Teufel brauchst du so lange hier … hinten … und wo bitte sind Pierce und Tom?", fragte Rand, so als müsste ich das wissen.

Ich sah zu ihm hoch, kniff die Augen zusammen und wartete darauf, dass er selbst drauf kam, derweil ich meine Hemdzipfel auswrang.

„Du solltest zwei der Männer bei dir haben", beharrte er und ließ den Blick über beide Ufer des Flusses gleiten, dann drehte er sich im Sattel um und suchte die Umgebung ab, bevor er sich wieder an mich wandte. „Hast du sie weggeschickt?"

„Als ob einer von denen auf mich hören würde", grollte ich.

„Wo zum Teufel sind sie dann?"

„Da weißt du so viel wie ich, Boss", erwiderte ich knapp.

Zach lenkte sein Pferd neben Rands Hengst und sah mit finsterer Miene auf mich herab. „Wieso zum Teufel bist du so nass und … oh." Er stöhnte, drehte sich im Sattel um und sah zu den Kälbern hinüber, die ein paar hundert Meter entfernt um ihre Mütter herumtollten. „Himmel, Glenn."

Ich stand auf. „Tote Kälbchen wären bei den Kindern bestimmt richtig gut angekommen, Zach."

„Wo zum Henker sind Pierce und Tom?", wollte Rand wissen, und ausnahmsweise galt sein Ärger einmal nicht mir.

„Ich dachte, du hast gesagt, dass sie vorne mitreiten sollen, um mit ein Auge auf die Kinder und ihre Eltern zu haben", erklärte Zach, warf mir einen Blick zu und sah dann Rand wieder an.

„Nein", sagte Rand schroff und wies mit einer Geste auf mich. „Sie sollten Glenn helfen."

„Warum hast du uns nicht gerufen?", knurrte Zach mich an. Ich wusste, warum er wütend war: Rand war wütend auf ihn, und er musste das an irgendjemandem auslassen.

„Weiß ich auch nicht", sagte ich flapsig. „Bisher hat sich da keiner irgendwelche Sorgen gemacht."

„Hast du irgendwem Bescheid gesagt, dass wir zu schnell sind?", schimpfte Zach.

Das hatte ich nicht. Ich hatte es vorgehabt, aber dann hatten meine Beute und Mac mich davon abgelenkt. „Nein."

„Na, dann, wie zum Teufel hätten wir – oh, um Gottes willen, Mann, du blutest."

Ich hatte eine Schürfwunde über der linken Hüfte, aber ich würde es überleben. „Keine große Sache."

„Morgen bist du grün und blau."

„Was kümmert dich das?", fauchte ich. „Geh einfach wieder nach vorn und mach da dein Ding."

Er trieb sein Pferd auf mich zu, und sein Gesicht war nahezu mordlüstern. „Du –"

„Stopp", befahl Rand barsch. Sein Ton ließ keinen Widerspruch zu. „Geh, hol die Jungs, die hier hinten mit ihm reiten sollten."

„Rand, ich –"

„Jetzt sofort", knurrte er und wandte sich wieder mir zu, gab Zach keine Möglichkeit, sich zu verteidigen.

Zach warf mir einen mörderischen Blick zu und verschwand. Damit blieb Rand, hoch in seinem Sattel aufgerichtet, der mich stirnrunzelnd ansah.

„Was?"

„Wir schicken dir ein paar der Männer, dass sie dir hier hinten helfen."

„Tu mir bloß keinen Gefallen."

„Du bist so ein Arschloch", bellte Rand. „Warum musst du immer so ein Arschloch sein?"

„Ist 'n Talent." Ich grinste zu ihm hoch.

Er ritt weg, aber Mac stieg ab.

„Oh, um Gottes willen, was?"

„Anders als Rand *werde* ich dir eine reinhauen", warnte er mich, seine Stimme tief und heiser. „Jetzt lass mich einen Blick auf die Wunde werfen."

„Die ist nicht der Rede wert", sagte ich zu ihm, nahm den Hut ab und fuhr mir mit den Fingern durch mein schulterlanges, nasses Haar, um die Strähnen aus dem Gesicht zu streichen, bevor ich den Hut wieder aufsetzte.

„Lass mich einfach sehen."

Ich riss Hemd und T-Shirt hoch und zerrte den Hosenbund nach unten, sodass er die Schramme sehen konnte. „Da, siehst du, nicht der Rede wert."

„Machst du Witze?" Er sprach in jenem gewissen Tonfall: dem vor Verachtung nur so triefenden. „Himmel, Glenn." Er berührte die gerötete Haut. „Das muss genäht werden."

„Das ist nur 'ne Schramme", argumentierte ich.

„Es ist eine Wunde", verbesserte er mich. „Und sie muss geschlossen werden."

„Du hast sie nicht mehr alle, wenn du glaubst –"

„Halt den Mund", sagte er schroff, eine Hand auf meiner Hüfte. Sein Griff war fest. „Gott, du bist der reinste Albtraum."

„Dann solltest du dir ja um mich keine Sorgen machen." Ich wand mich aus seinem Griff, stiefelte davon und zupfte mir dabei Hemd und T-Shirt zurecht.

Er konnte sich sehr viel schneller bewegen, als ich vermutet hatte, und eine Sekunde später wurde ich zu ihm herumgewirbelt, sodass ich ihn ansehen musste, sein Gesicht nur wenige Zentimeter entfernt. „Du wirst mich diese Wunde versorgen lassen", sagte er, dann machte er eine Pause und sein Blick begegnete meinem. Der flehende Ausdruck in seinen Augen überraschte mich. „Bitte."

Es war eigenartig: Seine Hände auf meinen Armen, sein fester Griff und die Art, wie er zu mir herunter und direkt in meine Augen blickte, wirkten beruhigend auf mich. „Okay", willigte ich völlig überrumpelt ein. Es störte mich bemerkenswerterweise gerade gar nicht, dass er mich herumkommandierte, und ich merkte, wie seine körperliche Dominanz – denn er konnte mich einfach hochheben und über seine Schulter werfen, wenn er das wollte, so viel war er größer und stärker als ich – etwas Warmes, Flatterndes in meinem Bauch aufleben ließ.

Er hatte den Atem angehalten, und der finstere Blick, mit dem er mich jetzt ansah, und der seine Augen zu einem dunklen Schiefergrau werden ließ, war wirklich beeindruckend. „Gut. Folge mir zurück zum Wagen."

„Aber die Kälber." Ich wedelte mit der Hand.

„Du hast Rand gehört. Zach wird Pierce und Tom nach hinten schicken."

„Na gut", willigte ich ein.

Er wandte sich ab, und ich sah mich seinem breiten Rücken und mächtigen Schultern gegenüber, den sich unter dem dünnen Stoff seines Hemdes bewegenden Muskeln, und der Art, wie der Stoff sich um seine Oberarme spannte und seinen Bizeps noch betonte. Die Jeans, die er trug, hing an seinen schmalen Hüften und seinem festen, runden Hintern und schloss sich eng um seine langen, mächtigen Beine. Mac war wirklich ausgesprochen gut gebaut, aber ich würde diese Erkenntnis mit in mein Grab nehmen.

„Du bist wirklich eigenartig", sagte er und drehte sich wieder zu mir herum.

Ganz versunken in die Bewunderung seines festen, wie gemeißelten Körpers lief ich beinahe in ihn hinein, und weil mir das peinlich war, stellte ich die Stacheln auf. „Hör auf, mich ständig zu beleidigen, ich –"

„Sei still. Ich wollte nichts damit sagen."

„Warum hast du es dann gesagt?"

„Was ich meinte", setzte er gereizt an, „ist, dass du meckerst und maulst und dich beschwerst wie kein zweiter, aber dann springst du ohne ein Wort zu verlieren in einen eiskalten Fluss und trägst ein Kalb nach dem anderen rüber. Was zur Hölle?"

„Ich beschwer mich nicht."

„Pass nur auf, dass du dich nicht in eine Salzsäule verwandelst, wenn du weiter solche Lügenmärchen erzählst."

„Ich –"

„Du wolltest nicht am Schluss reiten, obwohl du aufgrund deiner Erfahrung einer der wenigen bist, der das kann", sagte er. „Du bist der Ansicht, dass Rand uns zu viel Ausrüstung mitschleppen lässt." Anscheinend hatte er sich eine Liste gemacht. „Du bist müde und hungrig, aber wenn wir Rast machen, streichelst du die Hunde, statt ein Nickerchen zu machen, und wenn wir zum Essen halten, isst du nicht einen Bissen. Und das war nur der heutige Morgen. Ich will gar nicht erst davon anfangen, wie du meckerst und herumzickst, wenn du auf der Red bist."

Ich spürte, wie mein Gesicht heiß wurde. „Na, dann mach dir mal keine Sorgen, nach der Nummer hier komm' ich nicht wieder."

Er knurrte, packte meinen Arm. „Du bist so ein Idiot."

Ich riss mich los und marschierte weg von ihm, rüber zu Juju. „Ich find's wirklich richtig toll, das alle naselang gesagt zu bekommen!"

„Komm sofort zurück!"

Ich stieg auf und warf einen Blick über die Schulter zu ihm zurück, als ich losritt, um die umherwandernden Rinder einzusammeln. Mit Hilfe der Hunde und dank meiner schnellen, wendigen Juju hatte ich die Kälber und ihre Mütter bald zusammengetrieben und ließ sie vor mir her den Weg hinuntertrotten. Ich würde mithalten, und wenn es mich umbrachte, denn ich hatte keine Lust, mich mit Mac oder Zach oder Rand herumzuplagen. Ich wollte einfach nur meinen Job erledigen und wieder nach Hause gehen.

Ein paar Stunden später hatte ich dank des Jeansstoffs, der über meine Hüfte rieb, der Gürtelschnalle, die drückte, und des Krampfs in meiner Seite, verursacht durch meine schiefe Haltung im Sattel, um Reibung und Druck auszugleichen, echte Schmerzen. Ich zog mir das T-Shirt aus, das ich unter dem Hemd trug, faltete es zusammen und schob es unter den Bund der Unterhose, über die Schramme. Reibung und Druck ließen nach, wodurch es mir sofort besser ging. Mir war zwar ein bisschen schwindelig, aber ich nahm an, dass das von der Hitze kam, und daher, dass ich kaum etwas gegessen hatte.

Wir erreichten die nächste Flussbiegung, und nachdem ich die Kälber hinüberbefördert hatte, ließ ich Juju ausruhen, während ich mir Wasser ins Gesicht spritzte.

„Glenn!"

Guter Gott. Mit dieser Stimme konnte er Glas schneiden, so hart war sie.

Rand lenkte sein Pferd näher, blieb aber außerhalb von Jujus Reichweite, und nachdem ich wieder aufgestiegen war, wandte ich den Kopf, um ihn anzusehen.

Er schwieg.

„Was?", fragte ich knapp.

„Hör auf, allein das Vieh zu treiben, und warte auf Pierce und Tom."

„Warum?"

Sein Kiefer wurde hart. „Gottverdammt, Glenn! Erst bist du sauer, weil du allein am Schluss bist, aber wenn ich sag, warte, ich schicke dir Hilfe, willst du allein weitermachen. Du machst von vorn bis hinten keinen Sinn."

Ich stöhnte genervt und spannte meine Beine enger um Jujus Flanken, und als ich das tat, bewegte sie sich von allein und trat ein paar schnelle Schritte zur Seite.

Sowohl Ross als auch Reiter sahen uns an. Der Hengst wieherte leise – das war ihm eindeutig gegen den Strich gegangen –, und Rand machte ein finsteres Gesicht.

„Was?"

„Was?", wiederholte Rand ungläubig. „Was zum Henker war das? Ist sie ein Zirkuspferd oder was?"

„Nein", fuhr ich ihn an, denn es gefiel mir nicht, wie er das sagte. Es klang abwertend. „Das ist ihr Ausweichmanöver, das macht sie immer, wenn sie spürt, dass ich gereizt bin."

Er zeigte auf uns. „Das ist nicht normal."

„Sagt der Mann, der ein wahres Monster von einem Hengst reitet", schoss ich zurück.

Sein Kopfschütteln war voller Abscheu. „Ist dir eigentlich klar, dass du inzwischen so weit zurückliegst, dass du gar nicht mehr siehst, wo es langgeht?"

„Ich hol' mir schnell mein' Kompass", murmelte ich und wollte absteigen, um an meine Satteltasche zu gehen, aber Rand stoppte mich mit dem scharfen Befehl, im Sattel zu bleiben. Ich stellte die Stacheln auf. „Oh, dann gefällt's dir also, wenn ich mich verirre, oder –"

„Halt einfach den Mund", wies er mich an. „Herrgott, es ist ein Wunder, dass du bis heute überlebt hast."

Ich warf die Hände hoch und wartete.

„Herrgott im Himmel."

„Sind wir *fertig*?"

„Mac sagte, du wärst schwer verletzt", entgegnete er.

„Mac macht sich Sorgen wie ein altes Weib."

„Du hast Blut auf deinem Hemd, du Idiot", schnaubte er.

„Es ist getrocknet. Ich blute schon nicht mehr."

„Egal, komm mit zum Verpflegungswagen und lass mich dir eine Dose Penizillin verabreichen und ein Schmerzmittel, und wir verbinden die Sache."

„Zu schade, dass du keinen Stapler hast."

„Habe ich, auf der Red", sagte er.

„Ja?"

Er nickte. „Und was noch wichtiger ist, wir haben uns passend dazu auch einen Arzt und eine Krankenschwester zugelegt."

Ich lachte leise in mich hinein, ich konnte nicht anders. „Du hast auf der Red bald 'ne ganze Stadt versammelt, was, Rand? Du wirst für gar nichts mehr von irgendwem abhängig sein."

„Das ist der Plan", sagte er und lächelte mich – unglaublich, aber wahr – tatsächlich an. „Und jetzt komm mit."

Ich folgte ihm, denn er war nett zu mir, und es war wirklich schwer, ihm etwas abzuschlagen, wenn er nett war.

Wir stiegen ab, als wir den Verpflegungswagen erreicht hatten, der neben Proviant jetzt offenbar auch medizinisches Bedarfsmaterial transportierte. Ich sah, dass die Männer dabei waren, Zelte aufzuschlagen, und das überraschte mich. Bei einem echten Viehtrieb hielt man fürs Mittagessen, und das war es. Aber mit Normalos dabei und mit Kindern waren viel mehr Pausen erforderlich.

„Wir haben auch ein Erste-Hilfe-Zelt", informierte Rand mich, „und eine Klappliege zum Hinlegen."

„Na, das ist ja nett, so muss man nicht die Hosen fallen lassen und sich ans Pferd lehnen, um 'ne Spritze verabreicht zu bekommen."

„Du bist so ein Klugscheißer."

Ich zuckte die Schultern und folgte ihm. Wir traten ins Zelt, und er schob mich vorwärts, in Richtung der Klappliege, und ich legte mich hin und drehte mich auf die Seite.

„Oh, um Himmels willen, Glenn, du hast durch dein T-Shirt geblutet."

Ich lockerte meinen Gürtel, knöpfte die Jeans auf und versuchte, die Hose über meine Hüften zu schieben. Das Gefühl, von einem Messer durchbohrt zu werden, das mich bei dem Versuch durchzuckte, überraschte mich. „Scheiße."

„Okay." Rand seufzte. „So funktioniert das nicht."

Mit einem Ächzen wies ich ihn an, mir Jeans und Unterhose mit einem schnellen Ruck auszuziehen.

„Oh, das werde ich auf jeden Fall tun müssen, aber du musst genäht werden."

„Nein, ich –"

„Die Wunde ist zu tief und zu breit."

Ich konnte mir in dem Moment wirklich nichts Schlimmeres vorstellen, als dass Rand mit Nadel und Faden auf mein Fleisch losging. „Es reicht, wenn du –"

„Halt verdammt noch mal den Mund", befahl er. „Die Wunde muss gesäubert und genäht werden und – wenn du sie sehen könntest, würdest du mir zustimmen."

„Ich kann sie sehen", sagte ich. Ich hatte diesen Teil des Viehtriebs – den Teil, wo man Schmerz mit einbeziehen musste – vergessen. „Verband reicht völlig."

„Sie ist zu tief, um – Scheiße."

„Du machst einen Riesenwirbel um –"

„Ich gebe dir eine örtliche Betäubung", sagte er und ignorierte meine Bemerkung.

„Wo hast du die her?"

„Ich habe dir doch gerade gesagt, dass ich einen Arzt auf meiner Ranch habe."

Ich hatte keine Lust mehr, mit ihm zu reden.

Er spritzte mir zuerst das Schmerzmittel in die linke Hüfte, und dann ein Antibiotikum in die rechte.

„Und als Nächstes brandmarkst du mich?", zog ich ihn auf.

„Wir brandmarken auf der Red nicht mehr, hast du das noch nicht gehört?" Er klang genervt, also antwortete ich ihm rein aus Prinzip nicht. „Glenn?"

„Hör auf zu reden. Ich blute hier."

Sein angewiderter Laut war nicht zu überhören.

„Ich glaub, ich brauch ein Nickerchen."

„Unter anderem, würde ich sagen", stimmte er zu. „Du brauchst eine Woche auf der Red, in der du nichts anderes tust als Essen und Schlafen."

„Als ob das möglich wär'. Du würdest mich doch sofort irgendwo an die Arbeit schicken."

Er schwieg für einen Moment. „Das würde ich nicht. Du könntest einfach *sein*."

Das war vermutlich die seltsamste Unterhaltung, die ich je mit ihm gehabt hatte, und ich merkte gar nicht, dass ich vor mich hindöste, bis er mich mit etwas pikte. „Kannst du das fühlen?"

„Ich fühle Druck, aber's tut gar nicht weh."

„Gut, ich pike dich nämlich mit einer Nadel."

Ich knurrte.

Er fing an, die notwendigen Utensilien zusammenzusuchen, mit denen er die Schramme reinigen konnte, dazu Wasser und Seife, und er ließ sich Zeit und war wirklich sehr vorsichtig, was mich überraschte.

„Du kannst ruhig schneller machen. Du tust mir nicht weh."

„Halt einfach den Mund."

Schließlich legte ich den Kopf wieder hin und schloss die Augen, und ich musste wirklich eingedöst sein, denn plötzlich hörte ich Zach murmeln: „Oh, Scheiße." Ich hatte gar nicht mitbekommen, dass er überhaupt da war. Normalerweise hätte mich das allein aufgerüttelt, aber ich war sehr schläfrig, und ich fragte mich, was genau in der ersten Spritze gewesen war, die Rand mir gesetzt hatte. Ich war ein bisschen vollgedröhnter, als ich es hätte sein sollen.

Vielleicht.

Vermutlich.

Die Tatsache, dass es mir egal war, hätte besorgniserregend sein müssen. Aber ich konnte mich nicht dazu bewegen, einen von ihnen anzuschnauzen.

„Das ist schlimmer, als ich dachte", sagte Zach. Er klang, als wäre er sehr weit weg, aber das konnte nicht sein.

„Ja, er hat ganze Arbeit geleistet", brummte Rand.

„Er wird doch wieder in Ordnung kommen, oder?", fragte Zach Rand, und die Angst, die ich in seiner Stimme hörte, überraschte mich.

„Er wird wieder in Ordnung kommen, sobald ich das hier gesäubert und genäht habe."

Ich spürte eine warme Hand auf meinem Oberarm, eine sanfte, aber feste Berührung, die nicht fortging. Dann eine weitere Hand zwischen meinen Schulterblättern, die in sanften Kreisen über meinen Rücken rieb, wie meine Mutter das früher immer getan hatte. „Gott, ich mach' mir um niemanden so viel Sorgen wie um Glenn."

„Kommt mir bekannt vor", gestand Rand mit belegter Stimme. „Ich wünschte, er würde auf die Ranch ziehen, sodass ich ein Auge auf ihn haben kann."

Das tat er?

Nach einem Moment seufzte Zach tief. „Das fände ich schön."

Fände er?

„Stef auch."

Stef auch?

„Aber er wird's nicht."

„Nein. Er ist ein verflucht sturer Maulesel."

Das war ich definitiv.

„Ich wünschte, er würde aufhören, das, was uns tatsächlich wichtig ist, mit dem zu verwechseln, was er glaubt, das wir von ihm wollen, was er zu tun oder wie er zu sein hat."

„Das Problem hatte er immer schon", erklärte Zach. „Und bei Daddy war es ja auch so, aber nur bei ihm und niemand anderem."

Rand knurrte.

„Man kann es Rayland Holloway nicht recht machen, es sei denn, man ist du."

„Rayland Holloway ist nicht mein Vater."

„Da sagen deine Gene aber etwas anders."

„Du weißt, was ich meine", murmelte Rand gereizt. „James hat mich aufgezogen. Er ist mein Vater. Du und Glenn, ihr könnt Rayland behalten."

„Mächtig großzügig von dir, vielen herzlichen Dank", sagte Zach spitz.

Nach einem Moment stieß Rand heftig den Atem aus. „Wenn ich könnte, würde ich meine Mutter nach Hause zurückholen und ihr sagen, sie soll Tate mitbringen. Ich würde Charlotte und Ben ein Haus auf der Ranch bauen. Und auch eins für Glenn, sodass wir alle zusammen sein könnten."

„Was ist mit Tyler, wo du schon Luftschlösser baust?"

„Tyler ist glücklich, sechs Monate lang bei seiner Tochter und ihrer Familie zu leben und die anderen sechs Monate bei seinem Sohn und dessen Familie. Ihm ist nie langweilig, sagt er, und er verbringt viel Zeit mit seinen Enkeln. Ich würde ihm das nie kaputtmachen wollen, indem ich ihn auf die Red zurückhole. Schon gar nicht nach all der Mühe, die Stef sich gemacht hat, um die Familie wieder zusammenzubringen."

„Sicher."

„Aber Tyler weiß, dass er immer ein Zuhause bei mir und Stef haben wird."

„Ja."

„Du auch. Das weißt du."

„Ja, ich weiß."

„Ich kenne Cyrus und seine Familie nicht sehr gut, und Brandon hat Stef an dem Wochenende, an dem Charlotte geheiratet hat, geschlagen", sagte Rand knapp. „Ich glaube nicht, dass ich ihm das je verzeihen werde."

„Die Geschichte kenne ich noch gar nicht."

„Lass sie dir von Stef erzählen. Der Teil, wo Stef ihn dann später aus einer Schlucht raustragen muss, ist witzig, wen *er* ihn erzählt. Ich finde das nicht so lustig."

„Ich muss dran denken, ihn danach zu fragen, das klingt nach einer wirklich guten Geschichte."

Rand machte ein Geräusch. „Aber wenn ich Glenn irgendwie auf die Ranch bekommen könnte – das wäre wirklich prima."

„Na, es ist ja auch nicht so, als ob er nicht könnte. Er könnte sogar sein dämliches Pferd mitbringen."

Rand knurrte. „Warum um alles in der Welt dieses Pferd nicht auf der Red steht, geht über meinen Verstand."

„Er ist stolz."

„Ja, ich weiß. So sind wir alle erzogen worden. Niemanden jemals um irgendetwas zu bitten."

„Jepp", sagte Zach leise.

„Man sollte meinen, Familie wäre etwas anderes."

„Tja", schnaubte Zach. „Du bist eben nicht mit Rayland Holloway groß geworden."

„Zum Glück nicht." Rand klang ernst, beinahe finster, als er das sagte.

„He!", schrie Mac, aber er klang weit weg, so wie Zach, von daher ließ ich das Geräusch einfach über mich fließen.

„Was schreist du so?"

„Ich – Du bist voller Blut."

„Das ist nicht meins", informierte Rand ihn. „Ich verarzte Glenn, wie du ja sehen kannst."

„Was machst du?"

„Ich habe vor, ihn zu nähen, Maclain", sagte Rand sarkastisch. „Wonach zum Henker sieht es aus?"

„Ja, okay." Mac räusperte sich. „Nur, sei vorsichtig."

„Sei vorsichtig?"

„Bitte."

Momentanes Schweigen, dann sprach Rand erneut.

„Mac?" Er klang verwirrt.

„Ja. Was – Zach, rutsch rüber, lass mich da hin."

„Mac, ich kann mich um –"

„Jetzt rutsch schon rüber."

„Was machst du da?"

Ich hörte ein Räuspern, und Zachs Hände verschwanden. Stattdessen grub sich eine größere Hand in meine Haare und massierte sanft meine Kopfhaut. Eine zweite berührte meine Hüfte, warm und stark und schwielig, und strich langsam über meine Haut.

„Mac?", fragte Rand.

„Was?", antwortete er barsch.

„Gibt's da etwas, das du mir sagen möchtest?"

„Nein, glaube ich nicht."

„Okay", sagte Rand, und das Reinigen der Wunde wurde gröber, schneller, aber das war okay, denn es tat überhaupt nicht weh.

Die langsamen Bewegungen der Finger in meinem Haar lullten mich ein, und Sekunden später war ich eingeschlafen.

„GLENN."

Ich fuhr hoch, aber eine sanfte Hand auf meiner Schulter stoppte mich, und als ich hochsah, meine Augen gegen das Licht zusammengekniffen, blickte ich geradewegs in ein Paar atemberaubender, silber-grauer Augen.

„Maclain?", sagte ich, sprach ihn bewusst mit vollem Namen an, denn ich wollte die Atmosphäre warmer, stiller Intimität, die uns in dem Augenblick umgab, nicht zerstören. Er war hier, bei mir, lag direkt neben mir, so nahe, dass ich die Hitze spüren konnte, die sein großer, harter Körper ausstrahlte. Und weil ich immer davon geträumt hatte, ihn so nahe zu spüren, und er es jetzt in diesem Moment war, wollte ich nichts tun, das diesen zerbrechlichen Frieden stören konnte.

Er räusperte sich. „Seit wann?"

„Seit wann was?", krächzte ich.

„Seit wann ‚Maclain'?", fragte er, und seine Stimme war tief und träge und sexy.

Ich erwiderte seinen Blick. „Du bist so nett zu mir, da dachte ich mir, ich benutz besser nicht den Namen des Typen, der mich nicht ausstehen kann."

„Mac kann dich also nicht ausstehen?"

Ich nickte.

„Nein", korrigierte er mich mit einem Seufzen. „Das stimmt nicht."

„Scheint aber so."

„Okay", sagte er, und seine Stimme wurde noch tiefer, als er sich näher zu mir beugte. „Von jetzt an nennst du mich nur noch Maclain, damit du den Unterschied kennst."

Ich lächelte. „Hört sich schön an."

„Gut." Er seufzte und streckte sich neben mir aus. „Wie fühlst du dich?"

„Mir geht's gut. Wie lange war ich weg?"

„Etwa eine Stunde."

„Ich kann weiterreiten", versicherte ich ihm und machte Anstalten, mich aufzusetzen.

Seine Hand auf meiner Schulter hielt mich auf der Liege fest. „Bleib einfach noch eine Weile liegen. Wir haben schon das Lager für die Nacht aufgeschlagen; wir können von den Urlaubern nicht so viel verlangen wie von unseren eigenen Leuten."

Das leuchtete mir zwar ein, aber ich hätte trotzdem weiterargumentiert, dass ich aufstehen und helfen musste, aber er streckte eine Hand aus und strich mir das Haar aus dem Gesicht. Ich hatte nicht gewusst, dass eine so simple Geste mein Herz so wild klopfen und meinen Puls so rasen lassen konnte, aber obwohl beides neue Empfindungen für mich waren, machten sie vollkommen Sinn: Während ein Teil von mir immer auf der Suche nach einem Mann wie Stef gewesen war – klein und zierlich und wunderschön –, war die Vorstellung davon, dass Mac mich gegen eine Scheunenwand drängte und mir sich zu Willen machte, immer genauso verlockend gewesen – wenn nicht sogar verlockender. Ich hatte Angst davor, mich zu unterwerfen, aber es hatte nie einen Zweifel gegeben, für wen ich meinen Hintern in die Höh' recken würde. Ich hatte mir Macs Hände auf meinem Körper schon oft vorgestellt.

„Ist Rand sauer auf mich?", brachte ich heraus.

„Ehrlich gesagt ist er mehr sauer auf sich, weil er dich alleingelassen hat. Ich glaube, wir haben alle gedacht, du hättest noch jemanden hinten bei dir."

Seine Hand war so warm. Mir wurde plötzlich bewusst, dass ich sie ein ganzes Stück weiter unten spüren wollte. „Maclain?"

Er knurrte leise.

„Du weißt schon, dass du mich berührst, ja?"

„Weiß ich", flüsterte er, und sein unbeschwertes Lächeln ließ mir den Atem stocken.

Das war so gefährlich. Er bedeutete Ärger, und ich hätte aufspringen und Reißaus nehmen sollen. Das Klügste wäre gewesen, eine Menge Meilen zwischen mich und diesen umwerfenden, atemberaubenden Mann mit dem sündhaften Mund und dem verruchten Glitzern in den Augen zu legen, aber heilige Mutter Gottes, er roch so gut. Wie konnte ein Mann nach einem ganzen Tag im Sattel so riechen? Nach Leder und Rauch, mit einem Hauch von Seife, der Sonne auf seinen Kleidern und frisch gemähtem Gras. Ich wollte ihn einatmen, wollte mein Gesicht an seinem Hals vergraben und seine Haut dort kosten, auch wenn mein Verstand mir zuschrie, dass das ein Fehler war. Er wusste nicht, was er da tat, dass er diese Augenblicke zuließ, denn er hatte keine Ahnung davon, was in meinem Kopf vor sich ging und was ich wirklich von ihm wollte.

„Maclain", flüsterte ich und stellte fest, wie gut sein Name auf meinen Lippen klang.

Er knurrte.

„Warum?", wollte ich wissen und schluckte schwer.

„Warum was?"

„Du weißt schon."

„Was glaubst du?"

Er hatte wirklich ein wunderschönes Lächeln. Es ließ tiefe Lachfältchen in seinen Augenwinkeln entstehen und hob beide Mundwinkel fast verführerisch an. Er sah in der Tat sehr gut aus. Nicht atemberaubend schön oder wie ein Filmstar oder so, sondern wild und schroff, wie ein Sheriff im Wilden Westen. Er war real, stark und solide, und, mein Gott, ich brauchte das. Es war zu schade, dass er nicht für mich war.

„Glenn?"

Obwohl ich die Angst wie einen Ball in meiner Brust spürte, antwortete ich: „Weiß nicht."

„Willst du mal raten?"

Ich konnte, und ich hoffte wirklich, dass mir das keine Prügel einbrachte. Mac hatte locker zwanzig Kilo Muskelmasse mehr als ich, und jedes einzelne Gramm sah aus wie aus Stahl geschmolzen. Wenn er mir wirklich wehtun wollte, würde ich in ernsthaften Schwierigkeiten stecken. Aber ich konnte nicht anders, ich musste es wissen. Und so räusperte ich mich und warf all meine Ängste über Bord. „Ich dachte, du wärst hetero", nuschelte ich.

„Bin ich nicht", sagte er geradeheraus.

Mein Mund wurde trocken, und für eine Sekunde hatte ich das Gefühl, als wäre die Zeit stehengeblieben und ich würde ewig in diesem einen Moment des absoluten Unglaubens weiterleben, in dem alles, was ich zu wissen geglaubt hatte, auf den Kopf gestellt worden war.

„Wie bitte?"

„Ich denke, du hast mich sehr gut verstanden."

Was zum Teufel hatte er da gesagt?

Sein leises Lachen war ein kleines bisschen dreckig. „Du solltest dein Gesicht sehen."

Ich konnte mich ums Verrecken nicht daran erinnern, wie man feststellen konnte, ob man träumte oder nicht. Es wäre wirklich gut gewesen, das mal zu überprüfen, ich war mir nämlich nicht sicher, ob ich wach war oder nicht.

Mac Gentry war *schwul*? Wie zum Teufel hatte ich das all die Jahre über nicht gesehen?

Ein Schauder durchlief mich, dann fand ich die Orientierung wieder und sah ihm in die Augen, hielt seinen Blick. Hielt ihm stand, ohne wegzusehen. „Warum hast du das nie gesagt?"

„Du hast mich nie gefragt."

Ich räusperte mich, um mir ein bisschen Zeit zu verschaffen.

„Rand hat eben Everett angerufen. Er wird kommen und dich und dein Pferd mit dem dämlichen Namen mit dem Wagen abholen."

„Was?"

Sofort machte er wieder ein finsteres Gesicht. „Du hast mich gehört."

„Warum werde ich nach Hause geschickt?"

„Weil man nicht reiten kann, wenn man die halbe Seite aufgerissen hat. Sei kein Idiot."

Natürlich. Wie immer war ich der Idiot. Ich setzte mich auf und stieß seine Hände weg, als er versuchte, mich aufzuhalten, und fragte ihn, wann Everett kommen würde.

„Irgendwann in aller Herrgottsfrühe, nehme ich an."

„Und ihr habt alle einfach so beschlossen, dass ich nach Hause fahre?"

Er zeigte auf meine Hüfte. „Nein, Glenn", sagte er verärgert. „Die Wunde an deiner Hüfte hat das beschlossen."

Ich schüttelte den Kopf.

„Du wolltest doch von Anfang an nicht dabei sein", erinnerte er mich. „Du kannst die Ranch nicht ausstehen, das Viehtreiben auch nicht und alles andere erst recht nicht. Jetzt brauchst du mit all dem nichts mehr zu tun haben."

Aber das war nicht die Abmachung. „Ich schulde Stef einen Gefallen."

„Rand hat gesagt, dass man Familie nichts schuldet, Gefallen hin oder her. Sollte man nicht müssen."

„Stef gehört nicht zur Familie."

„Natürlich tut er das", brummte Mac. „Er ist mit deinem Bruder verheiratet, du Dussel."

Es erforderte all meine Kraft, um nicht loszuschreien. Idiot. Dussel. All die verschiedenen Namen, die er mir gab, bedeuteten letztendlich nur das eine: Mac war der Ansicht, dass ich schlicht und ergreifend dumm war. Er hätte es nicht deutlicher machen können.

„Warum bist du hier?" Ich hoffte, dass mein Tonfall so kalt war, wie ich mich innerlich fühlte.

Sein Blick war eisig; die Zärtlichkeit, die er gerade erst an den Tag gelegt hatte, war verschwunden, als hätte es sie nie gegeben. „Das frage ich mich auch."

Das Zelt fühlte sich anders an, nachdem er hinausgestürmt war – so, als wäre alle Wärme mit ihm gegangen. Aber was kümmerte mich das? Es war mir gerade erst wieder, und wohl zum millionsten Mal, vor Augen geführt worden, dass ich in der Welt der Red Diamond Ranch keinen Platz hatte.

Was machte es schon, dass Mac schwul war? Er war es jedenfalls nicht für mich. Er war der Meinung, dass es mir an etwas mangelte. Genau wie meine Familie, genau wie alle Ranchhelfer, genau wie alle es je gewesen waren, die in irgendeiner Art zur Ranch gehörten. Ich war schlicht und ergreifend nutzlos. Alles, was Rand und auch Zach gesagt hatten, während ich vor mich hingedöst hatte – sie hatten es nur gesagt, weil sie dachten, sie müssten es, oder vielleicht weil ich ihnen leidtat. Sie fühlten keine echte Zuneigung für mich. Es gab zwischen uns kein echtes Gefühl von Familienzugehörigkeit, keine Liebe, keinen Respekt und auch sonst kein wahres Gefühl. Und obwohl sie gedacht hatten, dass ich schlief, und ich hätte annehmen können, dass ihre Worte von Herzen kamen, taten sie das offensichtlich nicht. Denn mein wahrer Wert ließ sich daran messen, was für eine Art Cowboy ich war, und da ich keiner sein wollte, war ich für sie von keinerlei Nutzen.

Ich konnte es kaum erwarten, dass Everett kam und mich abholte, denn ich wollte mit der Ranch nie wieder etwas zu tun haben. Ich hatte die Nase endgültig voll.

4

ICH KONNTE nicht schlafen.

Ich dachte über Mac und Rand und Zach nach, über Stefs Hoffnung, dass eine Annäherung zwischen uns stattfand, und wie mein Scheiß – und auch ihrer – da in die Quere gekommen war, und mir wurde bewusst, dass es so nicht weitergehen konnte.

Je länger ich darüber nachdachte, desto schlechter fühlte ich mich. Schließlich gab ich in den frühen Morgenstunden – die beleuchtete Anzeige meiner G-Shock Mudmaster teilte mir mit, dass es kurz nach zwei war – den Versuch auf, einschlafen zu wollen, und rappelte mich von dem Schlafsack hoch, auf dem ich gelegen hatte. Ich tätschelte Juju im Vorbeigehen, was ihr einen verärgerten Laut entlockte – vermutlich, weil ich sie geweckt hatte – und ging zurück zum Kreis der Laternen um das Lager. Andere mochten sich Sorgen über Schlangen, Spinnen, Skorpionen oder anderes Krabbelgetier machen, aber da mein Pferd mich bewachte, ob sie nun schlief oder nicht, tat ich das nicht. Ihr Gehör war besser als meins, und ich hatte im Lauf der Jahre schon oft gesehen, wie sie irgendwelches Geziefer unter ihren Hufen zerquetschte. Sie war erstaunlich blutrünstig für eine Vegetarierin. Pflanzenfresserin. Wie auch immer.

Ich hatte während des Abendessens so getan, als hätte ich geschlafen, damit niemand sich gezwungen fühlen musste, sich mit mir zu unterhalten oder auch nur bei mir nach dem Rechten zu sehen. Aber jetzt, wo ich wusste, dass ich in nur wenigen Stunden abreisen würde, und Gott allein wusste, wann ich das nächste Mal auf die Red kam – wenn überhaupt –, hatte ich das Bedürfnis, die Sache ins Reine zu bringen.

Mein Verstand hatte sich über Nacht nicht abgeschaltet. Wieder und wieder und immer wieder hatte ich über Rands und Zachs Worte nachgedacht. Fakt war, dass wir, ob wir es wollten oder nicht, eine Familie waren, und Blut war dicker als Wasser. Diese Verbindung konnten wir nicht auflösen, sie würde für immer Teil unseres Lebens sein. Ich musste das in meinen querschädeligen Dickkopf reinbekommen. Außerdem musste ich den Tatsachen ins Auge sehen und erkennen, dass, nur weil die Ranch nicht mein Leben war, das nicht bedeutete, dass sie an sich schlecht war. Ich musste sie nicht herabwürdigen, um das, was ich tat, aufzuwerten. Tatsache war doch, dass die Leute in meinem Restaurant genauso waren wie die auf der Red Diamond, und jede Gruppe war entweder von mir oder von Rand abhängig. Wir waren nicht so verschieden, wie ich es gerne darstellte.

Es war Mac gewesen, der mich das hatte erkennen lassen. Mac, der mir gesagt hatte, wer er war. Zum Guten oder zum Schlechten, Mac schloss die Lücke zwischen Rand und mir. Ich hätte Platz für Maclain Gentry in meiner Welt finden können, aber er hatte bereits einen auf der Red Diamond. Und wir konnten alle nebeneinander leben, wenn ich nur aufhörte, so defensiv und permanent auf Krawall gebürstet zu sein und einfach mal durchatmete. Nicht, dass Mac und ich je mehr sein würden als flüchtige Bekannte, aber trotzdem. Es konnte Waffenstillstand herrschen. Und es begann mit mir: Ich war derjenige, der mit gezückten Waffen in die Schlacht ritt, also musste ich auch derjenige sein, der den Waffenstillstand ausrief. Das war es, was Stef die ganze Zeit über gewollt hatte – dass Brücken gebaut und auch überquert wurden. Kommunikation musste irgendwo anfangen.

Ich ging durch das Lager und suchte die Zelte ab, bis ich schließlich das mit Rand und Zach darin gefunden hatte.

Ich schlüpfte hinein, ging zu Rands Feldbett und kniete mich neben seinem Kopf hin. Beau schlief unter dem Bett, aber er rührte sich nicht einmal, als mein Knie neben seiner Nase landete. Ich schüttelte Rand sanft, und seine Lider hoben sich flatternd.

„Hi", sagte ich und lächelte zu ihm hinunter.

Er sah mich einen Moment lang mit zusammengekniffenen Augen an, dann zuckte er unter meiner Hand zusammen. „Was ist los? Bist du okay? Tut dir deine Wunde weh oder –"

„Mir geht's gut, keine Sorge", beruhigte ich ihn. „Ich wollte nur sagen, tut mir leid, dass ich mich vorhin wie ein Arsch benommen habe. Und es tut mir auch leid, dass ich verletzt worden bin."

Er starrte mich einen Moment lang an. „Träume ich das?"

Ich schnaufte ein leises Lachen. „Nimm – nimm die verdammte Entschuldigung einfach an, okay?"

„Ja, okay", willigte er ein und lächelte mich schläfrig an. „Ich wollte dich auf dem Viehtrieb dabei haben, Glenn. Du machst mir die Sache leicht."

„Nein, das tue ich nicht. Das Gegenteil ist der Fall, und das wissen wir beide."

Er schüttelte den Kopf. „Nein, Sir. Ich habe mir den ganzen Tag über nicht einen Moment lang Sorgen gemacht, bis ich erfahren habe, dass du verletzt worden bist."

Es war nett, dass er das sagte. „Das bin einfach nicht mehr ich."

„Das weiß ich", sagte er und betrachtete eingehend mein Gesicht. „Aber das bedeutet nicht, dass du auf der Red kein Zuhause hast. Dort arbeiten und dort leben sind zwei verschiedene Dinge. Frag Stef, ob das nicht der Wahrheit entspricht."

Ich nickte.

Er hob eine Hand und tätschelte mir sanft die Wange. „Komm einfach ab und an mal zu Besuch. Bitte. Okay? Es ist ja nun nicht so, als ob dich zu sehen, mir wehtun würde oder so."

„Ich werd's im Hinterkopf behalten", versprach ich, als ich mich aufrichtete. „Danke, dass du dich um mich gekümmert hast."

„Ich weiß, dass du mit deiner Verletzung nicht zum Arzt gehen wirst, aber lüg mich an und versprich es mir?"

Ich grinste ihn an. „Versprochen."

Er schüttelte den Kopf, und ich suchte meinen Weg zurück zur Zeltklappe.

„Es würd' dich auch nicht umbringen, mal vorbeizukommen und mich zu besuchen."

„Wir haben alle viel zu tun, Zacharias", sagte ich und wandte mich der Stelle zu, von der seine Stimme gekommen war. Sehen konnte ich ihn nicht. „Aber du hast sonntags frei, und vielleicht passt es ja mal in deinen Terminkalender, mit mir Angeln zu gehen oder ein Spiel zu gucken oder so. Ich komm' auch raus und hol dich."

Er räusperte sich. „Das fände ich schön. Ruf mich an, okay?"

Ich würde mir in Zukunft definitiv Mühe geben, denn es war wirklich an der Zeit, das Kriegsbeil zu begraben. Meine Wut, meine Verbitterung, sie waren schließlich meine eigene Angelegenheit. Sie alle reagierten nur auf mich; sie trugen das nicht für jemand anderen mit sich herum.

Draußen vor dem Zelt atmete ich tief durch und fühlte mich besser, als ich es den ganzen Tag über getan hatte, trotz des Stechens in meiner Seite. Da ich auch mit Mac reden wollte, machte ich mich auf die Suche nach seinem Zelt, und als ich um eine Ecke bog, stieß ich beinahe mit dem hübschen Gesicht von heute Mittag zusammen.

„Mist", keuchte er, in Verlegenheit gebracht, als er sich an mir festklammerte, um nicht zu fallen. „Tut mir so leid, ich hab dich gar nicht gesehen."

„Natürlich nicht. Du hättest mich auch gar nicht sehen können", sagte ich sanft und senkte meine Stimme, in der Hoffnung, dass er meinem Beispiel folgte. Es war sehr früh am Morgen, und seine Stimme war laut.

„Ich war nur – ich –" Er verstummte, und seine Augen blickten suchend in mein Gesicht, als er mich losließ. „Darf ich dich fragen, was du so spät nachts hier draußen machst?"

Ich nickte. „Ich suche Macs Zelt."

Er zog scharf den Atem ein. „Da komme ich gerade her."

„Oh", war alles, was mir darauf einfiel. Dann drehte ich mich um, um zu gehen.

Aber er glitt um mich herum und versperrte mir so den Fluchtweg. Er trat näher, zu nahe, drängte sich geradezu an mich, und sah hoch und in meine Augen, sein Blick prüfend und eindringlich. „Bist du der Grund, warum ich nicht bleiben durfte?"

„Was?" Ich war verblüfft. Was zum Henker dachte er denn, dass zwischen mir und dem Vorarbeiter der Red Diamond war?

„Ich meine, ein Kerl wie Mac Gentry", begann der Schnuckel. „Dir ist schon klar, dass das keiner zum Behalten ist, oder?"

Ich war sprachlos, fassungslos, völlig perplex und wie gelähmt, denn was er da annahm, was er da sagte, das hatte rein gar nichts mit mir zu tun. Außer ganz tief innen, an jenem geheimen Ort, wo die Wahrheit ruhte.

„Mac ist nur was für den schnellen Spaß", fuhr er fort. „Er ist die Sorte, mit der man ins Bett steigt, seinen Spaß hat und sich dann verabschiedet, aber trotzdem … Ich dachte, ich könnte wenigstens noch eine Nacht mit ihm haben, weißt du?"

Noch eine Nacht? War er denn irre? Wenn es ihm gelungen war, Mac in sein Bett zu bekommen, dann hätte er ihn verdammt noch mal auch darin behalten sollen. Ich jedenfalls hätte das definitiv getan, gar keine Frage.

Natürlich, wenn Mac einen so perfekten Mann wie den, der vor mir stand, haben konnte – und so wie es klang, auch schon gehabt hatte –, warum sollte er denn einen zweiten Gedanken an mich verschwenden? Ich war keine so atemberaubende Schönheit wie dieser Mann.

„Stimmt's?", fragte er und drängte sich noch näher, Hände auf meine Hüften gelegt.

Ich hatte keine Ahnung, was ich sagen sollte, aber einer Sache war ich mir sicher: Er war nicht das süße, unschuldige Ding, für das ich ihn gehalten hatte. Er war ein Raubtier, kein Häschen.

„Niemand sagt jemals nein zu mir", schnurrte er.

Das machte Sinn. Ich hätte gewettet, dass er noch nie in seinem Leben ein „nein" gehört hatte.

„Also frage ich mich", sagte er, und seine Augen wurden schmal, als er an mir hoch und runter blickte. „Wer bist du?"

„Ich bin niemand für ihn."

„Bist du sicher, dass er –"

„Du bist betrunken, Robin, geh und schlaf das – oh", sagte Mac, der aus seinem Zelt kam, in Schlafshorts und einem langärmeligen T-Shirt.

Es war zwar Sommer, aber früh morgens war es draußen auf der Prärie immer noch sehr kalt, von daher trug ich auch meine Jacke. Mac musste in seinem Schlafsack gelegen haben. Er sah zerzaust und verschlafen aus, mit abstehenden Haaren, schmalen Augen und gerunzelten Brauen. In meinen Augen hatte er noch nie besser ausgesehen.

Er war umwerfend, das stimmte schon, aber ich hätte mich dennoch nicht so zu ihm hingezogen fühlen sollen. Wunderschön und zierlich, so wie Stef, zart und zerbrechlich, das war die Sorte Mann, die mich anzog. Ich hatte einen Typ, und ich hatte nach Männern Ausschau gehalten, die diesem Typen entsprachen. Das seltsame dabei war, dass ich, wenn ich angesprochen wurde, wenn ich ein Angebot zur Erfüllung meiner Sehnsüchte erhielt und die Chance hatte, mit einem gut aussehenden Mann ins Bett zu gehen – ablehnte. Und während ich mir gesagt hatte, dass es daran lag, dass ich eben keinen One-Night-Stand wollte … Wenn ich Mac ansah, musste ich mich fragen, ob es nicht mehr gewesen war als nur das.

Der Vorarbeiter der Red Diamond Ranch hatte mich vom ersten Tag an, von jenem Moment an, als ich ihn gesehen hatte, wie er auf das Haus zugeritten kam, um mit Rand zu sprechen, fasziniert. Er war von seinem Pferd abgestiegen, und ich war ihm vorgestellt worden und hatte einen fürchterlichen ersten Eindruck hinterlassen, da mir die Zunge am Gaumen festgeklebt war.

Allein ihm zuzusehen, wie er ging, brachte mich zum Verstummen. Sein Gang ließ mich wünschen, dass ich Gedichte schrieb, und diese starken, geschickten Hände hatten es verdient, dass man Lieder auf sie dichtete.

Aber Mac sah aus wie die Sorte Mann, die mich – oder wen auch immer – im Bett dominieren würde, und das war ... das war nicht richtig. Und ja, das war lächerlich, schließlich musste man Rand und Stef nur ansehen, um sofort zu wissen, dass nicht Stef derjenige war, der im Bett oben war. Oder vielleicht irrte ich mich da auch und sie wechselten sich ab. Aber ein Mann wie Mac ...

Mein Gehirn war permanent aktiv. Es ratterte pausenlos und analysierte unaufhörlich alle Möglichkeiten und Eventualitäten und Szenarien, es wurde nie still; das Schlimmste daran war, ich hatte wirklich geglaubt, dass, nachdem ich mich geoutet und allen – meinem Vater, Zach, Rand und Stef – gesagt hatte, dass ich schwul bin, der schwerste Teil vorbei war. Aber offenbar änderte die Tatsache, dass ich schwul war, nichts daran, wie verkorkst ich war.

„Glenn?", sagte Mac leise. „Was machst du hier draußen?"

Der Ausdruck auf seinem Gesicht, eine Mischung aus Unbehagen und Ärger, überraschte mich. Ich wollte gerade etwas Gemeines sagen, etwas bezüglich heißer Typen, die er in den frühen Morgenstunden aus seinem Zelt jagte, als sein Blick meinem begegnete. Und weich wurde.

Seine Augen erwärmten sich im Schein der Laternen, seine kräftigen Schultern sanken herab, und er atmete aus, während er die Arme vor der Brust verschränkte.

Er wurde ruhig.

Es hatte vermutlich nichts mit mir zu tun, aber während ich jeden einzelnen der festen, straffen Muskeln seines gestählten, wohlgeformten Körpers katalogisierte, sah ich, wie sich seine Unterlippe langsam verzog, und mir ging auf, dass er mir den Hauch eines Lächelns schenkte.

Er war nicht wütend auf mich. Seine Frustration, Gereiztheit oder was auch immer es war – sie hatte nichts mit mir zu tun. Vielmehr war sie auf den anderen Mann in der Runde gerichtet. Gut, hatte ich doch einen Blick auf die Sanftheit in Mac erhascht, und lieber Gott ... wie leicht konnte ich mich daran gewöhnen, sie jeden Tag zu sehen.

„Maclain?", hauchte ich.

Sein hitziger Blick begegnete meinem. „Komm her."

Ohne nachzudenken ließ ich den hübschen Mann, der an mich gedrängt dastand, los, und wollte zu Mac gehen, aber Robin stoppte mich, indem er sich in mein Hemd krallte.

„Warte."

Ich konnte den Blick nicht von Mac wenden. Ich hatte ihn noch nie so warm und einladend, mit einer Prise Gefahr dahinter, gesehen. Ein Strom des Verlangens floss durch mich hindurch, und ich musste mich dazu zwingen, stillzustehen und nicht schnurstracks auf ihn zu zu marschieren.

„Das ist mir ja so peinlich", flüsterte Robin.

Es bedurfte einiger Kraft, meinen Blick von Macs herrlicher Gestalt zu lösen und Robin anzusehen.

„Ich dachte, er wollte nur spielen", sagte er und warf mir ein anzügliches Grinsen zu.

„Was hast du gemacht, bist du zu ihm rein und hast ihn angefallen oder was?", zog ich ihn auf, wobei meine Kehle eng wurde und mein Mund staubtrocken.

Seine riesigen blauen Augen wurden groß wie Untertassen. „Ich – ich, nein, nicht dire–"

Ich hob eine Hand, und er verstummte. Die Anspannung wich aus seinem Körper, und er lehnte sich an mich.

„Er kann nicht, nicht während eines Viehtriebs. Mac ist der Vorarbeiter der Red Diamond: Er ist für die Männer verantwortlich, für ihre und auch für unsere Sicherheit. Er kann nichts tun, das damit in Konflikt geraten könnte."

Seine Augen huschten an mir vorbei zu Mac und kehrten dann zu mir zurück. „Das ist es nicht, nicht nur. Ich war schon draußen auf der Red Diamond."

„Oh", brachte ich heraus. Ich wollte nicht, dass er sich länger an mich lehnte. Ich wollte ihn aus meiner Nähe haben. Jetzt sofort. Anscheinend war Robin bereits eine Kerbe in Macs Bettpfosten.

„Sag ihm, wie lange das her ist", befahl Mac mit eisiger Stimme.

„Was?", fragte Robin, abgelenkt, und ich nutzte die Gelegenheit, machte mich von ihm los und trat ein paar Schritte zurück.

Offenbar war ich hier in einen … was, einen Streit zwischen Liebenden? … geraten. Ich sollte mich besser dünne machen, damit sie miteinander reden konnten. Ich war hier eindeutig das fünfte Rad am Wagen. „Ich sollte euch zwei allein lassen, also –"

„Nein", fuhr Mac dazwischen, kam auf mich zu und packte meinen Oberarm, sodass ich nicht weggehen konnte. „Es gibt keinen Grund für dich, zu gehen", stellte er klar, dann nagelte er Robin mit seinem harten Blick an Ort und Stelle fest. „Sag es ihm."

„Ich –" Er sah Mac aus zusammengekniffenen Augen an. „– was? Warum?"

„Weil ich das sage."

„Leck mich, Mac", fauchte er und schwankte ein wenig, unsicher auf den Beinen. „Ich schulde dir kein gottverdammtes –"

„Das hier ist Robin Halsey", erklärte Mac und ignorierte den alkoholisierten Robin, während er mich behutsam zur Seite zog, näher zu ihm und seiner Zeltklappe hin. „Und er organisiert und koordiniert die Pauschalreisen für das Resort."

„Bei Kings Crossing?", fragte ich, während Mac mich noch näher zog und dann vor mich trat, sodass ich zwischen ihm und dem Zelt stand.

„Ja", sagte er und neigte den Kopf in Robins Richtung. „Wir haben uns kennengelernt, als er mit Mitch Powell zur Ranch gekommen ist, bevor da draußen auch nur ein Stein auf dem anderen gestanden hat."

Ich sah zwischen den beiden hin und her. „Na, ich hatte jedenfalls nicht vor, irgendwas zu unterbrechen", sagte ich leise. „Ich wollt nur schnell mit dir reden."

Mac nickte und wies auf sein Zelt. „Dann komm rein und rede mit mir."

„Ja, aber –"

„Du unterbrichst hier gar nichts", versicherte er mir, dann warf er einen Blick zurück auf Robin. „Stimmt das nicht?"

„Nein", sagte Robin mit einem Kopfschütteln. „Das stimmt überhaupt nicht. Ich habe dir gesagt, dass ich mit dir reden will, und –"

„Und ich habe dir gesagt", knurrte er, „dass wir fertig sind."

„Du machst keinen Sinn."

„Geh und schlaf deinen Rausch aus, Robin."

„Machst du Witze?" Seine Stimme wurde laut und wütend. „Wie kannst du ihn wollen anstatt mich? Das ist idiotisch."

„Nein, das ist es ganz bestimmt nicht", erwiderte Mac und schob mich in sein Zelt.

Als ich mich zu ihm umdrehte, zog er gerade den Reißverschluss zu.

„Tut mir leid", sagte er schroff, dann kam er zu mir und nahm mein Gesicht in seine großen, rauen, schwieligen Hände.

Plötzlich konnte ich kaum mehr atmen.

„Sag, was du mir sagen wolltest."

Reden? Machte er Witze?

Sein schiefes Grinsen erfüllte mich mit Hitze, und das war komplett verrückt, denn er fuhr lediglich mit einem Finger den Schwung meines Kiefers nach und sah mir in die Augen.

„Glenn?"

Das tiefe Grollen in seiner Stimme, fast wie ein Schnurren, sandte einen Schauder durch mich hindurch, den ich nicht verbergen konnte. Verstärkt wurde das Gefühl durch den Hauch von Minze in Macs Atem und dem Geruch von Seife auf seiner Haut. Die Wärme seiner Hände machte das Ganze nur noch schlimmer.

Er seufzte und schüttelte den Kopf. „Darauf zu warten, dass du es kapierst, kann einen wirklich fertigmachen."

„Was?"

„Erlaube mir, dich aufzuklären", sagte er heiser, zog mich an sich, senkte den Kopf und küsste mich.

Ich winselte tief in der Kehle und öffnete mich ihm, öffnete meine Lippen, als seine Zunge sie berührte. Wie, warum, was ging hier eigentlich vor sich – nichts davon war in dem Moment wichtig. Ich hatte Mac küssen wollen, hatte herausfinden wollen, wie all diese Kraft und Hitze schmeckten, also würde ich diese Gelegenheit beim Schopfe packen, egal, wie verwirrt ich war.

Er trat noch näher und ließ eine Hand in meinen Nacken gleiten, während der Kuss inniger wurde, drängender und verzehrender, fast schon grob, so als wollte er mich verschlingen. Nicht, dass mich das gestört hätte. Ich war sein; was immer er wollte, ich war bereit, mich ihm zu ergeben.

Ich schlang meine Arme um seine Schultern und überließ ihm mein Gewicht, lehnte mich an ihn, als er seine andere Hand auf meinen unteren Rücken legte und mich noch enger und fester an sich drückte. Er drängte sich an mich und schob seinen Oberschenkel zwischen meine Beine, während ich darum rang, auf den Füßen zu bleiben.

Der Kuss machte mich schwindelig, aber ich ließ mich nicht überwältigen und erwiderte ihn mit gleicher Intensität. Ich musste meine Neugierde stillen, wollte wissen, wie es war, Macs Mund auf meinem zu spüren, seine Zunge in meinem Mund und das sanfte Knabbern seiner Zähne an meinen Lippen; seine kräftigen Hände auf meinem Hintern.

„Verdammt", knurrte er und brach diese unglaubliche, fantastische Verbindung, beendete den berauschenden Kuss, indem er mich von sich schob.

Ich war verloren und konnte ihn nur groß ansehen, wie er dastand, keuchend, die Lippen rot und geschwollen, die Fäuste geballt, und seine Schultern bebten leicht.

„Ich sollte dich erwürgen."

„Was?", fragte ich und machte einen Schritt auf ihn zu.

Er hob eine Hand, um mich aufzuhalten. „Erst stellen wir was klar."

„Ich weiß nicht –"

„Du bist kein Top."

Ich hatte keine Ahnung, wovon er da sprach.

„Gott, sieh dir dein Gesicht an und deine großen, dunklen, wunderschönen blauen … Verdammt, Glenn", stöhnte er, packte mich und riss mich an sich.

Ich schlang meine Arme um ihn, als er mich näher zog, meinen Kopf zurückbeugte und mir einen Kuss gab, den ich vom Scheitel bis zu den Zehenspitzen und in jeder Zelle dazwischen spürte. Seine Zunge wand sich um meine, und er vergrub eine Hand in meinem Haar, hielt mich so fest, während er sich mit der anderen über meine Jeans hermachte. Der Gürtel ergab sich ihm augenblicklich, der Knopf folgte, der Reißverschluss glitt mit einem raschen Laut auf, und dann legte er eine narbige, starke, abgearbeitete Hand um meinen Schwanz und *drückte*.

Meine Hüften stießen hoch, in seine Hand, und ich richtete beinahe augenblicklich eine nasse Sauerei zwischen uns an. Aber ich riss mich zusammen, vergrub meine Hände in seinem Haar und wand mich unter ihm, während er mich fest aber sanft streichelte. Ich wollte, musste ihm noch näher sein, und so fing ich an, an seinem T-Shirt zu zerren. Es musste weg.

„Himmel, Glenn", sagte er mit rauer Stimme und machte sich los, zog mich zu seinem Feldbett und stieß mich darauf hinunter. Ich landete mit einem Plumps und sah abwartend zu ihm hoch.

Er hockte sich vor mich, hob behutsam einen meiner Füße und zog mir den Stiefel aus, dann wiederholte er den Vorgang mit dem anderen Fuß. Das getan, packte er den Saum beider Hosenbeine meiner Jeans und zog sie mir in einer schnellen Bewegung aus.

„Siehst du, genau das", sagte er und wies mit einer Geste auf mich. „Du ... du wartest, du siehst mich mit deinen wunderschönen Augen an und wartest auf meine Anweisungen, und ... das sollte dir ein Licht aufgehen lassen."

Ich war verloren, aber ich musste ihn berühren. Das war das Einzige, das ich wusste, das Allerwichtigste. „Bitte zieh dich aus. Ich will dich ganz sehen."

Man hätte meinen können, er sei ein Stripper, so langsam packte er den Saum seines Shirts und zog es hoch, über seinen Kopf. Die Bewegung entblößte seinen harten, flachen Bauch, die breiten, wie gemeißelt wirkenden Brustmuskeln mit ihren dunkelbraunen Brustwarzen, den sexy Schwung seines Schlüsselbeins, seine wohlgeformten Arme und starken Schultern. Sein ganzer Körperbau war stark und kraftvoll, und ich wollte ihn über mir, auf mir spüren.

Sein Schwanz war steif unter seiner Schlafshorts und drängte gegen den weichen Baumwollstoff, auf dem sich bereits ein feuchter Fleck formte. Ich konnte nicht anders: Bevor er tun konnte, worum ich ihn gebeten hatte, und sich auch dieses Kleidungsstück auszog, beugte ich mich vor und löste den Knoten, der seine Hose zusammengebunden hielt. Prompt rutschte sie ihm bis auf die Hüften hinunter, hing für eine Sekunde dort, dann glitt sie weiter hinunter, über seinen Schwanz, und blieb am Ende des langen, prallen Glieds hängen, als wäre sie an einer Keule aufgehängt worden.

„Glenn", flüsterte er, als ich den Stoff löste, die Shorts fallen ließ, sodass sie in einem Haufen um seine Knöchel landete.

„Lass mich einfach", stöhnte ich. Mein Atem stockte, als ich mir über die Lippen leckte, sie öffnete und ohne Zögern über die breite, weiche Spitze seines wunderschönen Schwanzes gleiten ließ.

Er war wie Seide auf meiner Zunge, heiß und glatt; sein Geschmack, bitter und salzig zugleich, der Geruch von Seife auf seiner glatten Haut, der moschusartige, erdige Duft in seinem Schritt, die dichten Löckchen, das alles zusammen überwältigte mich beinahe, ließ mein Verlangen nach ihm schmerzhaft ansteigen.

„Du weißt ja nicht, was du da ... Verdammt, Glenn, du bist so ... Jetzt ergib dich mir schon, gib dich mir hin. Lass mich dich haben."

Wie lustig. Das war genau das, was ich auch wollte.

Ich hatte keinen Würgereflex, hatte noch nie einen gehabt, und die Übungseinheiten mit meinem Sexspielzeug zu Hause – das ich immer gut versteckt vor den neugierigen Augen von Besuchern verwahrte – hatten bestätigt, dass ich, wenn aus sonst nichts, zumindest darin sehr gut war, Dinge tief in meine Kehle aufzunehmen. Und in dem Augenblick war ich froh darum, keine Sekunde zögern zu müssen, denn das schmutzige, erstickte Stöhnen, das tief aus Macs Kehle drang, als ich ihn in mich aufnahm, ihn schluckte, sagte mir alles, was ich wissen musste.

Ich hatte keinerlei nennenswerte Technik, war ich doch bisher immer nur Empfänger dieser Art Zuwendung gewesen, aber mein ungestümer, unbeholfener, ungeübter Enthusiasmus war offenbar mehr als willkommen. Seine Finger in meinen Haaren, die meine Bewegungen begleiteten, die Tiefe und Tempo kontrollierten, während ich leckte und saugte und lutschte und meine Zähne sanft über den harten Schaft mit seinen dicken Venen gleiten ließ, sagten mir lauter als Worte, dass er meine Bemühungen genoss.

„Himmel, Glenn, wer auch immer dir beigebracht hat, das mit deinem Mund anzustellen, ich werde ihn umbringen, gleich nachdem ich ihm gedankt habe."

„Warum –", setzte ich an und vergaß prompt wieder, was ich sagen wollte. Stattdessen leckte ich ihn von den Eiern bis zur Spitze, saugte einen Moment lang hart und schmutzig an seiner Eichel und schluckte ihn wieder tief.

„Scheiße!", keuchte er und zuckte in meinem Mund, stieß für eine Sekunde noch tiefer, dann zog er heftig den Atem durch die Nase ein. „Du bist wie eine Jungfrau mit dem Können einer Hure."

Ich gluckste, meine Lippen um seinen Schwanz zu einem schiefen Lächeln verzogen, und summte einen Moment, wohl wissend, wie sich die Vibration in seinen Hoden anfühlte. Dann ließ ich seinen Schaft aus meinem Mund gleiten und sah zu ihm hoch. „Ich bin seit ich fünfzehn war keine Jungfrau mehr."

„Du hast noch nie mit einem Mann geschlafen", wurde er präziser und strich mit seinem feuchten Schwanz über meine Unterlippe.

Ich öffnete den Mund, und er glitt hinein, hinaus und wieder hinein, und ich spürte, wie meine Latte anschwoll, dicker und länger wurde, bis ich beinahe schmerzhaft hart war.

„Wie zum Teufel machst du – stopp", brachte er krächzend heraus, und die Finger in meinem Haar griffen fester zu. „Ich komme, wenn du –"

Ich saugte ihn fester, härter, und packte seinen Hintern; ein Finger glitt in seine Ritze, und ich zog seine Pobacken ein Stück auseinander, und er rammte sich in meinen Mund hinein.

Er war atemberaubend, als er kam: den Kopf zurückgeworfen, die Augen geschlossen, Zähne in seine Unterlippe gegraben, all seine wunderschönen Muskeln hart und angespannt und seine unglaubliche Brust wie erstarrt unter seinem angehaltenen Atem.

Die heiße Flüssigkeit in meiner Kehle war zäh und salzig, aber nicht schlecht, und ich schluckte ihn und alles, was er mir gab. Ich blieb, wo ich war, bis er sich langsam zurückzog.

Als seine Lider sich flatternd hoben, lächelte ich zu ihm hoch, mehr als nur ein bisschen stolz auf mich.

„Du hast einen riesigen Fehler gemacht", informierte er mich, kniete sich vor mich hin, legte seine Hände um mein Gesicht und küsste mich.

Einen Fehler? Nach der Belohnung zu urteilen, die ich bekam, konnte ich mir nicht vorstellen, dass ich irgendetwas falsch gemacht hatte. Der Kuss schien dazu da, mich zu schmecken, meine Zunge mit seiner zu verschmelzen, und als er mich in die Hand nahm und mit seinem Daumen über die feuchte Spitze meines Glieds strich, stieß ich unwillkürlich ein wimmerndes Geräusch aus.

„Welchen –", keuchte ich, „– Fehler?"

Er beendete den Kuss und sah mich an. „Du hast dich mir ergeben. Ich lasse dich jetzt nie wieder gehen."

Das klang nicht so, als wäre das etwas, das mir leidtun müsste.

„Tut dir die Hüfte weh?" Seine Stimme war voller Besorgnis.

„Was?" Ich atmete seinen Atemhauch ein, sog seinen Duft in mich hinein, wollte ihn näher spüren, wollte ihn gänzlich, ganz und gar, aber ich wusste nicht, wie ich das bewerkstelligen sollte. Stieß ich ihn aufs Bett und nahm mir, was ich wollte?

„Hast du Schmerzen?"

„Nur Kavaliersschmerzen", scherzte ich.

Er biss nicht auf den Köder an. Wir würden uns offenbar nicht in eines unserer üblichen Wortgefechte verstricken. „Bist du schon mal gefickt worden?"

Ich war überrascht, beinahe alarmiert, und versuchte, mehr Abstand zwischen uns herzustellen, damit ich sein Gesicht sehen konnte. „Ich – nein. Du musst mich dich haben lassen."

Er betrachtete mich einen Moment lang prüfend. „Wenn es das ist, was du willst", sagte er und küsste mich, bis ich vergaß, worüber wir gesprochen hatten, und mich in seinem Geschmack verlor.

Ich war immer oben, und ja, ich war bisher nur mit Frauen im Bett gewesen, aber ich hatte angenommen, dass es irgendwann einmal einen Mann geben würde, wunderschön, kleiner als ich, so wie Stef, und ich ihn … Aber ich hatte eine Menge Pornos gesehen, und obwohl mir bewusst war, dass die Dinge im wahren Leben anders waren, hatte ich oft genug gesehen, wie riesige Typen von wesentlich kleineren Männern bestiegen wurden, die nicht wie Bodybuilder gebaut waren. Von daher wusste ich, dass Größe an sich nicht der ausschlaggebende Faktor war. Es gab Power Bottoms und unterwürfige Tops, und wenn man sie Seite an Seite die Straße hinuntergehen sah, konnte man denken, es wäre andersherum, aber in Wahrheit konnte es niemand genau sagen.

Ich hatte eine Idee davon, was in Rands und Stefs Schlafzimmer ablief, weil ich sie als Männer kannte. Ich wusste auch, was alle anderen dachten. Aber vielleicht lagen wir auch alle falsch. Vielleicht mochte mein großer, unheimlicher Halbbruder es ja, wenn Stef ihn sich zu Willen machte. Vielleicht wechselten sie sich ab. Und während das nicht wirklich wichtig war, und es auch nicht so war, als hätte ich das genau wissen wollen, hatte sich die Vorstellung allein verheerend auf mein Verständnis davon, was ich zu tun und wie ich zu sein hatte, ausgewirkt; hatte mich letztendlich dazu gebracht, darüber nachzudenken, ob ich nicht auf der Suche nach der einen Sache war, während eine andere – oder ein anderer – das war, was ich eigentlich brauchte.

Ich stieß ihn rücklings auf die Liege und blickte in Macs nun dunkelgraue, vor Leidenschaft verhangene Augen, die unter schweren Lidern hervorsahen, die Pupillen geweitet.

Sein Atem stockte. „Worauf wartest du?"

Ich hatte keinen blassen Schimmer, was ich tun sollte. „Maclain?" Der rein mechanische Aspekt des Aktes war mir vertraut, und ich wusste, dass Gleitgel notwendig war und dass man seinen Partner vorbereiten musste und dass ich mich nicht einfach so in ihn hineinschieben konnte. Die Vorgehensweise war klar, aber wie ich den ersten Schritt tun sollte, das war mir ein Rätsel.

„Liebling", sagte er mit leise grollender Stimme. „Ich kann mich wirklich nur mühsam beherrschen, nicht über dich herzufallen, also wenn ich das bin, was du willst, dann kram das Gleitgel aus meiner Tasche da drüben und fick mich."

Ich konzentrierte mich darauf, mit ruhiger Stimme zu sprechen. „Du würdest mich das tun lassen?"

„Ich werde dich darum anflehen, wenn das nötig ist."

Himmel.

Er wollte mich so sehr, dass es ihm egal war, ob er mich nahm oder ich ihn. Wie verflucht heiß war das? Es war ihm egal, obwohl seine ersten Worte vorhin gewesen waren, dass ich kein Top war, und das musste bedeuten, dass er vorgehabt hatte, oben zu sein. Und als er es gesagt hatte, war ich erregt gewesen, nicht ängstlich, nicht skeptisch; in mir war nichts gewesen als ein Ja. „Aber du … du magst mich nicht mal", presste ich hervor.

„Idiot", murmelte er, dann stürzte er sich auf mich, warf mich um, und plötzlich lag ich auf seinem Feldbett und einhundertacht Kilogramm rauer, harter, kräftiger Mann lagen auf mir.

Selbst nach nur so kurzer Zeit waren mir diese hungrigen Küsse, bei denen sich meine Zehen kringelten und meine Knochen flüssig wurden, bereits vertraut, und ich erwiderte jeden einzelnen von ihnen, während meine Hände seinen Körper erkundeten, ihn überall dort berührten, wo ich ihn schon immer hatte berühren wollen – sein dichtes, dunkelblondes Haar, seinen breiten, wohlgeformten Rücken, von dort über seine Rippen und zu seiner festen, klar definierten Brust. Als er nach Luft rang, küsste ich ihn überall sonst: sein Schlüsselbein, seine Kehle, seinen Unterkiefer. Meine durch seine Küsse geschwollenen Lippen waren wund von den Stoppeln auf seinen Wangen, als ich sie wieder auf seinen Mund legte.

„Warte", verlangte er und machte Anstalten, den Kopf zu heben.

Ich fing seine Unterlippe zwischen den Zähnen ein, sodass er stillhalten musste, zupfte sanft daran und ließ ihn so wissen, dass er keine andere Wahl hatte, als mich zu küssen.

„Das ging schnell", seufzte er, als ich ihn auf den Rücken drehte, mich aufsetzte und rittlings auf seine Oberschenkel schwang.

„Was?"

„Dass du mir zeigst, was du willst", antwortete er und legte seine Hände um meine Oberschenkel. „Warum sagst du mir jetzt nicht noch, was dir im Kopf herumgeht, sodass ich nicht der Einzige bin, der hier nackt ist."

„Ich sehe dich gerne an", gestand ich und ließ meine Hände über seine Brust hinunter zu seinem Bauch gleiten. „Und ich hätte nie gedacht, dass du es mir erlauben würdest, dich zu berühren."

„Jeder Mann würde dir erlauben, ihn zu berühren, Glenn", versicherte er mir, „und um das Privileg bitten. Du hast ja keine Ahnung, wie tödlich dein Lächeln ist, oder wie sehr ich deine dichten Wimpern berühren wollte, wenn sie auf deinen Wangen lagen. Oder wie oft ich mich davon abhalten musste, dich flach auf den Rücken zu werfen, weil ich wusste, wie dringend du geküsst werden musstest."

Ich zog den Atem ein. Die Offenbarung, dass er mich anziehend fand, brandete wie eine Woge durch mich hindurch, und es fühlte sich so gut an. Aber ich schob das beiseite, denn ich musste einen klaren Kopf behalten, wenn ich mit ihm sprach. „Hör zu, ich will nicht einfach gefickt und dann verlassen werden – davor war ich immer auf der Flucht."

„Du warst vor vielen Dingen auf der Flucht."

„Was soll das bitte heißen?"

Er schüttelte den Kopf. „Dir ist bewusst, dass du normalerweise gemein genug bist, einen Tiger das Fürchten zu lehren, richtig?"

„Ich?"

„Teufel, ja, du." Er schnaubte. „Ich habe noch nie einen Mann gesehen, der so schnell so viele Leute auf die Palme getrieben hat, die nichts anderes wollten, als ihn in ihrer Nähe zu behalten."

„Behalten?"

„Um Gottes willen, Glenn", erwiderte er beinahe wütend, „wir wollen alle nur eines, und das ist, dass du draußen auf der Ranch lebst. Punkt."

„Wovon redest du?"

„Das weißt du."

Ich zuckte die Schultern, dachte an meine Unterhaltungen mit Rand und auch Zach und was sie gestern gesagt hatten, als sie dachten, ich würde schlafen. „Vielleicht ein bisschen. Jetzt."

Er rollte mich auf den Rücken und legte sich auf mich, vorsichtig, sanft, um meiner Hüfte nicht wehzutun, aber gleichzeitig hielt er mich so fest, dass ich nicht entkommen konnte.

„Rand hätte am liebsten seine ganze Familie draußen auf der Red, und du bist derjenige, den er haben könnte, aber nicht hat."

„Ich –"

„Zieh das aus", ermutigte er mich und machte sich an den Knöpfen meines Hemdes zu schaffen. „Wir alle, ich eingeschlossen, hatten gehofft, dass dein Restaurant schlecht laufen würde, damit du –"

„Oh ja?" Ich stellte die Stacheln auf und versuchte, ihn von mir wegzuschieben.

„Hör auf zu zappeln, du gehst nirgendwohin."

„Ich –"

„Wir alle wollten, dass The Bronc in Flammen aufgeht, damit du zur Ranch zurückkommst."

„Das habt ihr?"

„Das haben wir", bestätigte er. „Aber jetzt sehen wir, wie erfolgreich du bist, und wir freuen uns alle für dich. Und das umso mehr, weil es für uns so aussieht, als wärest du dort absolut in deinem Element."

„Oh." Seine Worte hatten es darauf angelegt, mein Herz stillstehen zu lassen, so schön klangen sie.

„Du kannst wirklich gut mit Leuten umgehen."

Das konnte ich, solange sie nicht mit mir verwandt oder Vorarbeiter auf einer Ranch waren.

„Du hast eine Art, die Leute dazu zu bringen, dir zu folgen, genau wie Rand."

Es war ein wirklich schönes Kompliment, und gleichzeitig etwas, das ich selbst auch schon realisiert hatte: dass Rand und ich uns ähnlicher waren, als ich je vermutet hatte. „Danke."

„Es war mir ein großes Vergnügen", sagte er und lächelte mich an. „Aber das bringt uns wieder dazu, was Rand will, und das bist du auf der Red."

Es klang alles wirklich wunderschön, was er da sagte. Aber viel wichtiger als das, war für mich die Art, wie er mich ansah, mit dem weichsten Ausdruck in seinem Gesicht, den ich je gesehen hatte. Es fühlte sich so still an im Zelt, still und verbunden, als hätten wir die Kluft zwischen uns geschlossen, als würden wir mit jedem neuen Moment von größtmöglicher Distanz zu größtmöglicher Nähe übergehen. Als würde sich mit jeder Sekunde etwas direkt vor meinen Augen verändern, und ich wusste, ganz ohne jeden Zweifel, dass er mich gern hatte, dass er auf mich stand, dass er Zeit mit mir verbringen wollte und Dinge über mich, über uns, herausfinden wollte, die er noch nicht wusste. Jetzt, da ich mir sicher war, was es war, dass ich da vor mir sah, jetzt, da ich erkannt hatte, wie echtes Interesse an ihm aussah, würde ich wohl niemals mehr den besitzergreifenden Ausdruck oder die Glut in seinen Augen oder das selbstzufriedene Lächeln auf seinen Lippen missverstehen können.

„Er möchte, dass du dein Restaurant raus auf die Red verlegst."

„Was?", fragte ich abwesend, völlig darin versunken, die Anzeichen von Begehren in Mac zu katalogisieren.

„Rand möchte The Bronc auf der Ranch haben", wiederholte er, seinerseits abwesend, da er damit beschäftigt war, mir aus dem Hemd und dem T-Shirt, das ich darunter trug, zu helfen. „Aber wenn das schon nicht geht, dann will er wenigstens, dass du da draußen wohnst."

„Aber ich –"

„Zach will das auch, will dich direkt und jederzeit erreichbar in seiner Nähe haben. Und ich auch."

„Du?"

„Ja, ich", knurrte er, strich mit einer Hand über meinen Bauch und fuhr die Konturen des Sixpacks nach, das anzutrainieren ich lange gearbeitet hatte. „Aber anders als die anderen kann ich darauf bestehen, dass du kommst und bei mir bleibst."

„Bist du betrunken? Ist das der Grund für … das alles?"

Er schnaubte verächtlich, und sein träges Lächeln ließ seine Augen glitzern wie flüssiges Quecksilber. „Nein, Sir. Ich will, was ich will, das ist alles, und ich habe fest vor, es auch zu bekommen."

„Oh? Und was willst du?"

„Das wärest dann du, Glenn Holloway. Einfach nur du."

5

ICH BEKAM keine Luft mehr. Er versuchte wirklich, mich mit seinen nackten Geständnissen umzubringen.

„Maclain, du … oh Gott!"

Er hatte seine Hand unter den elastischen Bund meiner Unterhose geschoben und meinen Schwanz herausgeholt, daher mein momentaner Sprachverlust.

„Jedes Mal, wenn ich dich sehe und deine blau-grünen Augen auf mich gerichtet sind und mein Herz wie verrückt schlägt, weiß ich, dass du mir gehören solltest."

Aber wie konnte er das so genau wissen, wenn ich doch keine Ahnung gehabt hatte?

„Du bist so durcheinander", sagte er, lehnte sich zurück, griff in seine Tasche und holte eine Tube Gleitgel heraus. „Alles, was passiert, all deine Probleme, es geht dir alles ständig im Kopf herum."

„Ich verstehe nicht."

„Ich weiß, Liebling", sagte er beschwichtigend, setzte sich auf und zog mir die Unterhose aus, sodass ich genauso nackt war wie er. „Verdammt."

„Du wolltest etwas erklären?"

Sein Lächeln blitzte auf. „Entschuldige. Deine Haut kann einen wirklich ablenken."

Meine? „Kann sie?"

Er warf mir einen finsteren Blick zu, aber anstatt mich darüber zu ärgern oder wütend zu werden, fand ich den Blick geradezu lächerlich heiß. „Mir ist gerade etwas wirklich Verrücktes klargeworden. Deine Angeberei, deine große Klappe – das ist alles nicht echt, du spielst den Draufgänger nur. Und du hast keine Ahnung, überhaupt keine, wie du aussiehst."

„Machst du Witze?"

„Sehe ich aus, als würde ich Witze machen?"

Das tat er nicht, nein. Aber … „Oh, bitte. Ich sehe aus wie mein Vater und Rand und Zach und mein Onkel –"

„Nein. Das tust du nicht."

„Maclain, ich –"

„Rand und der Rest der Holloway Männer sind große, furchterregende Alphatypen. Du bist das nicht."

Aber das *war* ich.

„Vielleicht *warst* du es, vielleicht bist du es gewesen, als du dir noch Gift in den Körper gespritzt hast, und –"

„Woher weißt du von den Steroiden?"

Er bewegte sich, setzte sich auf, und plötzlich hatte ich Mac dort, wo ich ihn nie zu sehen erwartet hatte: rittlings auf meinen Hüften.

Augenblicklich streckte ich die Hände aus, um ihn zu berühren, über seine Haut zu streichen und die Konturen der dicken Muskelstränge, aus denen seine Beine zu bestehen schienen, nachzufahren.

„Sieh mich an."

Aber ich genoss das Gefühl von ihm.

„He."

Ich sah zu ihm hoch.

„Ich habe gewusst, dass du kein Gewicht verloren hast. Du hast nur die aufgeblasenen Steroidmuskeln verloren, die nie wirklich du gewesen sind. Ich nehme an, dir ging es dabei mehr darum, auf der Ranch dazuzugehören als um irgendwas anderes."

„Ich gehöre nicht auf eine Ranch", erklärte ich ihm.

„Nicht als Cowboy, nein, das stimmt", stimmte er mir zu. „Aber das ist es auch nicht, was Rand will. Er will dich dort haben, weil du Mitglied seiner Familie bist, und weil er dich in seiner und Stefs und Wyatts Nähe haben will, und er braucht dein Geschick im Umgang mit Menschen, weil er selbst keins hat."

Ich lachte leise.

„Versteh mich nicht falsch, der Mann weiß es, lebenslange Loyalität in seinen Leuten hervorzurufen, aber das meine ich nicht."

Das war mir auch klar.

„Du kennst Rand, du weißt, wie direkt er ist, und das verschreckt die meisten Leute und stößt sie zurück. Zu versuchen, mit ihm darüber zu reden, ist wie mit Schlangen spazieren zu gehen."

Gott, er war wunderschön, und ihm zuzuhören fühlte sich so natürlich an, so als wäre es schon immer so zwischen uns gewesen. Ich wollte etwas sagen, wollte ihm sagen, was ich fühlte, aber er drückte meine Hüften mit seinen Oberschenkeln, und ich zuckte vor Schmerz zusammen.

„Oh, Scheiße", keuchte er, und Sekunden später hatten wir die Plätze getauscht, ich war oben und er lag unter mir auf der dünnen Matratze des Feldbetts. „Besser so?"

Ich saß auf ihm, und sein dicker Schwanz ruhte zwischen meinen Pobacken. Mir wurde schwindelig von dem Gefühl von ihm, so viel besser war es so.

„Maclain", flüsterte ich.

„Hoch", wies er mich an. „Rutsch ein Stück nach hinten, schnapp dir das Gleitgel und mach dich ordentlich glatt und schlüpfrig."

Aber als ich auf sein Glied hinuntersah, das steif und unbeugsam und feucht zwischen uns emporragte, hatte ich etwas anderes im Kopf.

„Du wirst meine Beine auf deine Schultern heben müssen, wenn du dich reinschiebst, und –"

„Maclain."

„Glenn", sagte er spielerisch und lächelte zu mir hoch.

„Es gibt dir nicht das Gefühl …" Wie sollte ich ihn das nur fragen?

„Sprich mit mir", forderte er mich ermutigend auf, hob eine Hand und fuhr meine linke Augenbraue nach.

Ich lächelte zu ihm hinunter. „Du magst mein Gesicht wirklich."

Er nickte. „Das tue ich. Ich stolpere ständig über irgendwas, wenn du mich ansiehst."

„Nein. Das bin ich. Ich stolpere ständig."

„Wenn du müde bist und erschöpft, dann ja", stimmte er zu. „Aber normalerweise nicht. Du gehst nachts im Dunkeln Joggen, Liebling. Du bist verdammt koordiniert."

Ich sah wütend zu ihm hinunter. „Wieso sagst du mir all diese netten Sachen erst jetzt?"

Er griff um mich herum und kniff mir in den Hintern. „Weil du nackt bist, und damit meine ich nicht nur, dass du nichts anhast."

„Was?"

„Ich *sehe* dich", sagte er mit Nachdruck. „Du gibst dir bei allem immer solche Mühe. Und manches ist total bescheuert, wie der Versuch, so groß und stark zu sein wie die anderen Männer in deiner Familie, wo du doch ganz offensichtlich schlanker und schmaler gebaut bist, mit so unglaublich langen Wimpern und großen Augen und einem Mund, den ich nur ansehen muss, um eine Latte zu haben."

Ein Schauer rann durch mich, und ich schmierte das Gel, das ich mir in die Hand gedrückt hatte, über seine Erektion statt über meine. Ich wollte ihn streicheln, nicht mich.

„Du versuchst, alle, die für dich arbeiten, auf deinen Schultern zu tragen."

„Woher weißt du –"

„Ich bin schon ein paar Mal zum Essen da gewesen. Ich unterhalte mich mit deinen Leuten, aber überwiegend höre ich zu."

„Ich habe dich noch nie bei mir gesehen."

„Weil du immer herumrennst. Buchstäblich."

„Stalkst du mich?", fragte ich hoffnungsvoll.

„Ich sehe nach dir", räumte er ein.

„Wo ist der Unterschied?", fragte ich, drückte seinen Schwanz, rieb ihn sacht und sah zu, wie glitzernde Lustperlen an der Spitze hervorquollen.

„Ich –" Er schloss für einen Moment die Augen, und ich sah, wie er tief Luft holte, den Atem anhielt und sich über die Lippen leckte, bevor er die Augen wieder öffnete. „Was?"

Ich beugte mich zu ihm hinunter und nahm seinen Mund in Besitz, ermunterte ihn dazu, seine Lippen meiner Zunge zu öffnen, dann küsste ich ihn langsam und ausgiebig und gründlich.

208

Sein heiseres Stöhnen war voller Sehnsucht, und ich lachte leise an seinen Lippen.

„Du weißt, dass du Macht über mich hast, und es macht dich an, sie zu benutzen", sagte er mit belegter Stimme, die Hände um den Metallrahmen des stabilen Feldbetts zu Fäusten geballt.

„Warum berührst du mich nicht?", neckte ich ihn, nahm seinen jetzt sehr feucht-glatten Schwanz in die Hand und drückte die Spitze gegen meine Öffnung. „Magst du mich nicht mehr?"

„Wenn ich dich jetzt berühre, werde ich dich – Jungfrau oder nicht, verletzt oder nicht – auf die Matratze werfen und mich bis zum Anschlag in dich reinrammen."

„Nein, das glaube ich nicht", sagte ich, fest überzeugt, selbst als ich tiefer sank und seine Eichel in mich aufnahm; das Gefühl von Dehnung und das Brennen raubten mir den Atem.

„Können wir bitte aufhören zu reden", flehte er rau und mit bebender Stimme. „Ich kann wirklich nicht – oh, bitte, Glenn, Liebling, nimm mich ganz auf."

Aber es tat weh, und meine Erektion sank in sich zusammen, bis er mich in die Hand nahm und streichelte. Binnen Sekunden war ich wieder hart, heiß und hungrig, hungrig nach seiner Berührung und mehr noch, hungrig nach ihm in mir.

„Ich werde dir nicht wehtun", versprach er, setzte sich halb auf und küsste meine Lider, meine Wangen, meine Nase und schließlich meinen Mund, so zärtlich, dass Sehnsucht nach ihm schmerzhaft meine Brust zusammenzog und ein Sturm aus Blitzfunken durch meinen Körper raste.

Ich bewegte meine Hüften, drängte mich Stück für Stück immer tiefer nach unten, nahm mehr und mehr von ihm in mich auf, bis endlich seine Lenden meinen Hintern berührten.

„Lass dir einen Moment Zeit, damit dein Körper sich – Glenn!"

Ich konnte nicht warten. Sein Schwanz rieb über diese gewisse Stelle in mir von der ich gelesen hatte, und mein Körper, der sich unschlüssig gewesen war, bebte vor Erregung und einem widererwachten Gefühl von Dringlichkeit. Ich wollte mich auf ihm pfählen, wollte ihn härter und schneller, und so beugte ich mich vor, ließ ihn hinausgleiten und sank dann zurück, bis er wieder vollkommen in mir vergraben war.

„Du bist so eng", staunte er, Hände um mein Gesicht gelegt, während er mir in die Augen sah. „Und so glatt, und du musst mich dich auf alle Viere drehen lassen."

„Kannst du es in der Stellung schneller machen?"

„Jawohl, das kann ich", schwor er, seine Stimme rauchig und glatt wie Whiskey.

Ich krabbelte von ihm herunter, sank auf allen Vieren auf den Zeltboden, und nur ein paar Sekunden später spürte ich ihn hinter mir. Eine Hand auf meinem unteren Rücken gelegt spreizte er meine Pobacken und bohrte sich in mich, stieß in einem glatten Stoß tief in mich hinein.

„Oh Gott, warum will eigentlich irgendwer jemals oben sein", wimmerte ich und atmete bebend ein, als er sich langsam hinauszog und dann wieder in mich hineinrammte, wieder und wieder in mich hineinstieß, hart und schnell wie ein Maschinenkolben und ganz genauso, wie ich es wollte.

„Weil du dich fantastisch anfühlst, darum", antwortete er mir. „Ich habe davon geträumt, dich um meinen Schwanz zu spüren, und ich kann's kaum erwarten, dich in mein Bett zu bekommen."

In sein Bett.

„In mein Haus, auf meine Laken, unter meiner Decke – sag mir, dass ich das kann, sag mir, dass du mit mir nach Hause kommst und auf meiner Veranda sitzt und in meiner Küche isst und in meinem Bett schläfst."

Es war der beste Sex meines Lebens, und er sagte so was. Mein Herz drohte zu zerspringen. „Willst du damit sagen, dass du mit mir zusammen sein willst?"

„Genau das will ich sagen", sagte er schlicht und umfasste meinen Hintern. Er war vorsichtig mit der verletzten Hüfte, aber auf der anderen Seite packte er so fest zu, dass ich da wohl auch blaue Flecken bekommen würde. „Und zwar ganz oft. Nur ich, nur du, nur *wir*, niemand sonst. Also sag, dass ich kann."

„Oh, ja."

„Und schwöre, dass du das hier mit niemandem sonst machen wirst, bis einer von uns was anderes sagt."

„Ich verspreche es", sagte ich heiser. Ich war so rattenscharf auf ihn, ein Gefühl, das von stetig wachsender Zuneigung begleitet wurde. Dass ich scharf auf ihn war, das war nicht neu, aber die Zuneigung war es.

„Gut", sagte er, lachte leise in mein Ohr, dann drückte er einen Kuss darauf und drehte meinen Kopf so, dass er meinen Mund plündern konnte. Einen Moment später wurde mir befohlen, meinen Schwanz in die Hand zu nehmen. „Ich will, dass du vor mir kommst, darum –"

„Hör einfach auf, dich zurückzuhalten, und nimm mich hart."

„Oh, ja, verdammt noch mal für mich gemacht", knurrte er, als er meinen Worten folgte und begann, in mich hinein zu hämmern, und meine Muskeln schlossen sich eng um ihn.

„Maclain!", schrie ich, als ich unter ihm explodierte und mich über den Zeltboden ergoss.

Er spritzte in meinen Hintern, und in dem Moment wurde mir bewusst, dass ich mich einer anderen Person noch nie zuvor so nahe, so verbunden gefühlt hatte. Sex war nicht Liebe, das war mir auch klar, aber dieser Moment hatte mich verändert. Und das nicht nur, weil ich jetzt wusste, was ich bisher verpasst hatte. Maclain, er kannte mich, er sah mich wirklich, und er war der Einzige, dem es jemals wichtig genug gewesen war, genau hinzusehen.

„Oh Glenn", krächzte er und zog mich hoch, sodass ich mich, immer noch kniend, an ihn lehnte, und sein Schwanz pulsierte in mir. Eine seiner Hände legte sich um meine Kehle, die andere drückte auf meinen Bauch. „Du bist erledigt."

Ich schnaubte spöttisch. „Kann man so sagen."

„Nein, nicht so", flüsterte er in mein Haar. „Ich meine, du hast keine Ahnung, was du da gerade getan hast."

„Und was habe ich da gerade getan?", fragte ich und lehnte mich schwerer an ihn, ließ meinen Kopf zurückfallen, auf seine Schulter, sodass unsere Wangen gegeneinander rieben, mein bisschen Bart über seinen Dreitagebart.

„Du hast dich mir hingegeben."

Das hatte ich. „Es war dumm, was ich vorher gedacht habe."

„Sag mir, was du gedacht hast."

„Ich dachte, ich wäre kein Mann mehr, wenn ich unten bin."

„Du hast gedacht, du wärst weniger Wert. Weniger Mann."

„Genau."

„Aber jetzt weißt du, dass das dumm ist, denn oben oder unten hat nichts mit Mann-Sein zu tun. Du tust, was du willst, und was sich in dem Moment gut für dich anfühlt."

Ich konnte nur nicken.

„Aber das bedeutet nicht, dass wir das nicht beim nächsten Mal ändern –"

„Nein", sagte ich schnell, meine Stimme vor Leidenschaft und Emotionen immer noch ganz belegt. „Ich will dich wieder, und ich will's genau so wie jetzt."

„Was immer du willst", sagte er heiser, dann zog er sich behutsam aus meinem hypersensiblen Kanal zurück.

Bei dem Gefühl der zähen Flüssigkeit an meinem Hintern und Oberschenkeln fiel mir plötzlich etwas ein. Ich räusperte mich. „Maclain?"

„Du machst dir Sorgen, weil wir kein Kondom benutzt haben", sagte er und nahm meine Hand, half mir, mich aufzusetzen.

„Nicht direkt Sorgen, nur … Ich meine, ich war noch nie … und es ist jetzt auch schon ein paar Jahre her, dass ich mit einem Mädchen zusammen war, und ich hab mich seitdem auch untersuchen lassen und es ist alles okay, aber ich hätte es dir sagen sollen, ich hab die Untersuchungsergebnisse in einer E-Mail, wenn du –"

„Ich habe meine auf meinem Handy gespeichert", erklärte er, strich mir das Haar aus der Stirn und fuhr mit seinen Daumen über meine Wangen. „Ich kann sie dir –"

„Nein, ich hab mich nur gefragt, warum du keins benutzt hast."

„Weil ich wusste, dass du noch nie mit einem Mann zusammen gewesen bist, und ich bin immer vorsichtig, also gab's keinen Grund zur Sorge."

„Woher weißt du, dass ich noch nie mit einem Mann zusammen gewesen bin?"

„Erinnerst du dich, dass ich dir gesagt habe, dass ich dich im Auge behalten habe?"

Das tat ich. „Ja."

„Was ich vergessen habe zu sagen, ist … Naja, jedes Mal, wenn irgendein Typ um dein Restaurant herumgelungert ist, in der Hoffnung, dich abzufangen und anzusprechen, habe ich ihn … diskret entmutigt."

„Du lügst." Ich lachte leise, während mein Herz hämmerte, denn ich hoffte so sehr, dass das der Wahrheit entsprach. Für einen anderen wäre die Vorstellung vielleicht unheimlich und beängstigend gewesen; für mich war diese Art Anspruch auf mich zu erheben unbeschreiblich heiß.

„Oh, nein, das tue ich nicht", versicherte er mir. Seine Augen, noch immer dunkel vor Hunger, waren fest auf mein Gesicht gerichtet. „Und weil allein der bloße Gedanke daran, in dir zu sein, mich zu mehr kalten Duschen gezwungen hat, als ich zählen kann, hatte ich definitiv nicht vor, mir ohne Grund ein Gummi überzuziehen."

„Weil du wusstest, dass es sicher ist."

„Genau", stimmte er zu, und sein Blick hielt meinen fest, als er mich für einen Kuss an sich zog. Er war zärtlich, aber gründlich, und als er damit fertig war, meine Mandeln im Detail zu erkunden, lächelte er mich selbstzufrieden an. „Ich würde dich nie einer Gefahr aussetzen. Niemals. Das schwöre ich."

„Ich glaube dir", seufzte ich, fühlte mich so zufrieden, so ruhig. Mir kam der Gedanke, dass mit jemandem ins Bett zu gehen, der wusste, was er tat, und der mich genauso sehr wollte wie ich ihn, ein Segen war, der es verdient hatte, dass man zum Dank in der Kirche eine Kerze anzündete. „Solange es nur wir beide sind, sollten wir nie ein Kondom benutzen, meinst du nicht auch?"

„Absolut", seufzte er und strich mir erneut die Haare aus der Stirn. „Sie sind ziemlich lang geworden."

„Ja. Ich müsste sie mir schneiden lassen."

„Viel zu hübsch zum Abschneiden", sagte er wehmütig, dann küsste er mich erneut. „Der Bart und Schnurrbart gefallen mir auch."

Ich lächelte ihn an. „Du scheinst ziemlich viele Dinge an mir zu mögen."

„Da gibt's kein ‚scheint', ich mag alles an dir", sagte er entschieden, und ich bekam noch einen Kuss. „Bleib still, jetzt. Ich will mich um dich kümmern."

„Das hast du schon", erklärte ich ihm, und diesmal biss er mich in den Hintern, nur ein kurzer Kniff, damit ich den Mund hielt.

Ich blieb stockstill wo ich war, während er Decken und Kissen vom Feldbett zog und alles auf dem Boden arrangierte, bevor er mich auf das so geschaffene Lager hinunter stupste.

Ich streckte mich lang aus und seufzte tief. Ich konnte mich nicht daran erinnern, dass mein Körper je so gesättigt gewesen war und mein Geist so still. Als ich spürte, wie ich mit einem T-Shirt abgewischt wurde, grinste ich.

„Sinnlos, ich werde trotzdem nach Sex und Schweiß stinken und mit deiner getrockneten Wichse auf mir rumlaufen", bemerkte ich fröhlich.

„Ja, nun, das ist keine wirklich schlechte Sache", sagte er, ließ sich neben mich fallen und kuschelte sich an mich; sein Mund berührte mein Ohr, dann die zarte Haut dahinter, und er saugte und leckte und verteilte endlose, raue Küsse und Bisse, die ihre Spuren hinterlassen würden. „Meinetwegen kannst du jederzeit mit mir auf deiner Haut herumlaufen."

„Du bist ein sehr besitzergreifender Mann, Maclain Gentry."

„Du hast ja keine Ahnung, Glenn Holloway", sagte er und lachte schnaubend, schob seine Nase in die Kuhle unter meinem Halsansatz. „Hmm, ich wusste doch, dass du gut riechst."

„Du hast viel über mich nachgedacht."

„Tag und Nacht."

„Und was zum Beispiel?"

„Einfache Sachen."

„Ja?"

„Dass du gut aussiehst."

„Du auch", seufzte ich.

„Dass ich süchtig nach deinen Augen bin."

Seine Himmel-nach-einem-Sturm Version war auch nicht zu verachten. „Dito."

Sein leises Lachen war sexy, tief und verführerisch und auf jene gewisse Art schmutzig, die mir sagte, dass sinnliche Genüsse auf mich warteten.

„Ich werd' direkt wieder steif, wenn du so lachst", sagte ich gedehnt.

„Oh, ich habe doch gewusst, dass du im Bett gut sein würdest. Teufel wenn ich das nicht gewusst habe."

„Häh, wovon redest du?"

„Naja, ich meine, wie schnell du wütend wirst, deine Leidenschaft, und dann auch dir beim Essen zuzusehen, wie du darüber herfällst und es verschlingst und wie du das Fleisch von einem Hühnchenschenkel ablutschst – das ist heiß."

Ich lachte über ihn, und er rollte mich auf den Rücken, vergrub sein Gesicht an meinem Bauch und küsste mich dort, dann schob er sich höher und legte seinen Kopf auf mein Herz.

„Das ist es. Du genießt dein Essen und dein Bier, und letzten Sommer zu sehen, wie du Erdbeeren isst, das war quasi eine religiöse Erfahrung."

„So geht's mir, wenn ich dich gehen sehe", seufzte ich. Meine Hände in seinem Haar vergraben zog ich ihn für einen Kuss zu mir hoch. „Ich liebe es, dir beim Gehen zuzusehen."

Er öffnete sich mir, und ich küsste ihn langsam und träge, ließ mir Zeit, aus keinem anderen Grund, als weil ich es konnte. Er gehörte mir nicht … noch nicht … aber der Anfang war schon mal gut.

Ich rollte ihn auf den Rücken und streckte mich auf ihm aus, genoss das Gefühl all dieser geballten männlichen Kraft, die unter mir schlummerte.

„Wir kommen Sonntagnachmittag vom Viehtrieb zurück. Ich will, dass du auf der Red bist, wenn wir ankommen, damit du direkt mit mir nach Hause kommen kannst."

„Ja?", fragte ich ängstlich, hielt beinahe den Atem an, so schön klang das, so als würde er Pläne machen, mir ein *Versprechen* geben, und ich war beim bloßen Gedanken daran, ungestört Zeit mit ihm verbringen zu können, ganz aufgeregt und voller Vorfreude.

„Sag, dass du da sein wirst."

„Werde ich."

„Gut", sagte er, packte meinen Hintern und drückte ihn, ließ einen Finger in die Spalte gleiten, und ein Schauder durchlief mich. „Jetzt sag mir ganz ehrlich, fühlst du dich okay mit dem, was du getan hast? Was ich getan habe?"

Ich machte ein Geräusch, das vage als Sprache identifiziert werden konnte, und rollte mich auf die Seite, sodass er sich von hinten an mich schmiegen konnte.

„Glenn?", fragte er. Ich hörte, wie der Verschluss der Gleitgeltube aufschnappte. „Sag es mir."

„Wie kannst du das überhaupt nur fragen, wo ich mich doch noch nie in meinem Leben besser gefühlt hab?", fragte ich schroff und drängte mich ihm entgegen, als er zwei Finger in mich schob und über jene Stelle in meinem Innern strich.

„Tue ich dir weh?"

„Nein."

„Ich habe das Gefühl, als müsste ich mich an dir überfressen, nur für den Fall, dass ich morgen früh aufwache und alles nur ein verflucht heißer Traum war."

„Kein –" Ich keuchte, als er seine Finger herauszog und sie mit der Spitze seines langen, wunderschönen Schwanzes ersetzte, den in mir zu spüren ich schon jetzt brauchte. „– Traum."

„Das ist gut", sagte er und drang langsam ein, dehnte mich, füllte mich, hielt erst inne, als ich ihn vollkommen umschloss.

Er zog sich ein kleines Stück zurück und drängte wieder vor, sanft, zärtlich, bewegte sich mit quälender Trägheit, die in mir beinahe augenblicklich wildes, unersättliches Verlangen entfachte.

„Nicht aufhören. Bitte nicht aufhören."

„Dann sag mir, dass du okay bist", befahl er und ließ eine Hand um meine Hüfte gleiten, wobei er sorgfältig die Naht mied, und schloss sie um meinen steifen, zuckenden Schwanz. „Oder, dass du nicht okay bist, und dann reden wir drüber, aber so oder so, ich will wissen, dass die Sache in Ordnung ist."

„Alles in Ordnung", keuchte ich. „Mir geht's gut."

„Ja?"

„Ich dachte, vorher …" Ich stöhnte. Er fühlte sich so gut an, in mir, wie er mich dehnte und füllte, so gut, das Gefühl seiner Bewegungen in mir so viel exquisiter, als ich es mir je hätte vorstellen können. Was es schwer machte, einen klaren Gedanken zu fassen. „Dass unten zu sein einen Unterschied machen würde, und dass es mir wichtig wäre, oben zu sein. Aber es macht keinen Unterschied, ich bin immer noch ich, nichts hat sich geändert." Nichts war mir genommen worden dadurch, dass ich mich meinem Partner hingegeben hatte. Ich war immer noch ich, nicht weniger stark, nicht weniger Mann als vorher. Im Innern war ich der Selbe, mit dem einen Unterschied, dass ich jetzt wusste, was mein Körper fühlen konnte. „Ich hab's nur nicht gewusst, und man hört überall so viel Stuss und das bringt einen ganz durcheinander."

„Du wusstest nicht, wie du dich fühlen würdest oder was du fühlen würdest, und viele glauben fälschlicherweise, dass der Mann, der unten ist, nicht so stark oder männlich ist wie der andere. Dass sich hinzugeben einen schwach macht."

„Was total dumm ist."

„Was total dumm ist", stimmte er zu, und seine Stimme brach, als er sich seinem eigenen Begehren hingab. „Und denk dran, wie auch immer du mich willst, wie auch immer du mich brauchst, ich gehöre ganz dir. Alles, was ich bin … gehört dir."

Ich hatte das Gefühl, dass wir hier von mehr als nur seinem Körper sprachen, aber ich hatte ein Geständnis zu machen. „Maclain?"

„Ja, Liebling", sagte er schroff, als er sich in mich bohrte, tiefer und tiefer und sein Tempo steigerte, mich schneller streichelte, und sein Atem stockte.

„Ich mag es so." Die Worte fielen von meinen Lippen, als ich mich über seine Finger und sein Handgelenk ergoss. „Ich liebe es so."

6

ALS ICH am nächsten Morgen wach wurde, tat mir alles weh. Aber es war faszinierend, wie schnell sich meine Stimmung änderte, als ich den Kopf von Macs Brust hob und hinunter in seine wunderschönen Augen blickte.

„Ja, okay", gab ich zu und strahlte ihn an. „Das ist definitiv die beste Art und Weise morgens wach zu werden."

Er küsste mich, morgendlicher Mundgeruch und alles, und noch besser, er drückte mich fest an sein Herz und vergrub sein Gesicht in meinen Haaren.

„Wenn ich Sonntag von den Viehpferchen komme, musst du da sein."

„Werde ich."

„Versprochen?"

Er hatte Angst, dass ich meine Meinung über uns ändern würde, sobald ich nicht mehr in seiner Nähe war, und das war ein kleines Stück vom Himmel, direkt hier, in meinen Armen, denn ich war es, der so wichtig war, und das war funkelnagelneu für mich.

„Ja, Baby, ich verspreche es."

„Oh, das ist gut. Ich will dein Baby sein."

„Und, erzähl, wo ist deine Familie?", fragte ich. „Ich hab das immer schon wissen wollen."

Er strich mir das Haar aus der Stirn; es wurde ihm bereits zur Gewohnheit, selbst nach nur so kurzer Zeit. „Als ich allen daheim in Jackson Hole, Wyoming, gesagt habe, dass ich schwul bin, haben sie keine Zeit verloren, mich von der Ranch zu werfen."

Ich zog ihn in meine Arme und drückte ihn fest an mich, denn was konnte ich schon sagen, das ihm helfen würde?

„Ich vermute", seufzte er und kuschelte sich enger an mich, „dass die Dinge anders gelaufen wären, wenn meine Mutter noch gelebt hätte, aber sie starb, als ich zehn war, und mit ihr auch das Herz meines Vaters."

„Himmel, Maclain, das tut mir so leid."

„Ist schon in Ordnung. Sheridan Gentry hat fünf Söhne, die sich um ihn kümmern können, also vermisst er mich nicht."

„Ich würde", platzte ich heraus und hob seinen Kopf, damit ich ihn küssen konnte. „Dich vermissen, meine ich."

Es war fast schon beängstigend, wie bereit wir beide dazu waren, einem anderen Menschen zu gehören. Es war, als hätten wir beide nur darauf gewartet, dass der andere realisierte, dass gemeinsam nach vorn die Richtung war, die wir beide einschlagen wollten.

„Nun, ich hoffe ja sehr, dass wir an den Punkt kommen werden, wo du dir nicht einmal mehr Gedanken machen musst, ob du mich vermisst oder nicht, einfach weil du dir nicht vorstellen kannst, mich jemals gehen zu lassen."

„Ich glaube nicht, dass du dir da Sorgen machen musst."

Sein Lächeln war sündhaft. „Schau sich einer uns zwei an, sind wir nicht ein Paar, dass wir uns so schnell verlieben?"

Schnell war eine Untertreibung, von daher war es vermutlich ganz gut, dass wir uns trennen mussten, wenn Everett kam, um mich zur Ranch zurückzubringen.

EVERETT TRAT aufs Gas und der Truck fuhr an, und plötzlich schienen die Dinge, über die ich mir vor einer Stunde erst den Kopf zerbrochen hatte – wie genau wir die Sache angehen sollten, wie wir unsere Beziehung verborgen halten konnten, bis wir eine Entscheidung darüber getroffen hatten – idiotisch. Ich wollte Mac nicht festnageln, aber mir wurde klar, dass ich es im Trubel meiner Abreise gar nicht mehr geschafft hatte, ihn zu fragen, was er eigentlich wollte oder auch nicht wollte. Ich hatte Vermutungen angestellt, und das war nie eine gute Idee.

„Hast du was vergessen?", rief Zach mir zu, als ich ausstieg und zurückkam. Im Lager hatten sich Männer und Urlauber zum Frühstück versammelt, aber da ich keinen Hunger hatte und Everett so schnell wie möglich zu seiner Familie zurück wollte, hatten wir beschlossen, die Mahlzeit ausfallen zu lassen und direkt zur Red aufzubrechen. Aber offenbar war ich doch noch nicht bereit zu gehen. So sagte ich Everett, dass er anhalten solle, stieg aus und lief zu Mac zurück, der noch genau da stand, wo ich ihn vor zehn Minuten zurückgelassen hatte.

Er hatte sich nicht gerührt, stand mit finsterer Miene und verschränkten Armen da, die Stirn gerunzelt, ein Bild der Gereiztheit, vielleicht sogar Ärger.

Ich ging schnellen Schrittes auf ihn zu, ein breites Lächeln auf dem Gesicht, und blieb direkt vor ihm stehen, hob eine Hand, legte sie um seinen Nacken und drückte sanft. „Hi", sagte ich, als wäre ich nicht völlig verrückt geworden und schon wieder zurück, nachdem ich nicht einmal wirklich aufgebrochen war.

Ich hatte ja keine Ahnung gehabt, dass seine Miene noch finsterer werden konnte. „Was soll das werden, wenn es fertig ist?"

Ich legte meine rechte Hand auf seine Hüfte. „Erinnerst du dich daran, wie ich mich verabschiedet und dir gesagt hab, dass wir die Sache wohl am besten für uns behalten?"

„Ich kann mich erinnern", sagte er, sein Tonfall so eisig wie sein Blick.

„Naja, ich dachte dabei an dich und daran, wie reserviert und zurückhaltend du bist, und dass du vielleicht nicht möchtest, dass alle Bescheid wissen. Aber gerade ist mir aufgegangen, dass du das vielleicht nicht so verstanden hast, sondern so, dass ich nicht will, dass jemand etwas von uns weiß."

Er knurrte, aber ich sah einen Funken Wärme in seinen silber-grauen Augen aufglimmen. Er taute auf.

„Also bin ich wieder hier, weil ich dir sagen wollte, Maclain Gentry", sagte ich, während ich seinen Kopf zu mir herunterzog und mich zu ihm hinaufreckte, „dass ich will, dass verdammt noch mal alle von uns wissen."

Der Kuss, den ich ihm gab, war voller Sehnsucht, aber mehr noch, er war voller Hoffnung. Außerdem, da war ich mir ziemlich sicher, ließ er niemanden im Zweifel darüber, dass Mac mit mir zusammen war. Ich trat einen Schritt von ihm zurück und spürte tiefe Freude in mir aufwallen, als er der Bewegung folgte, mich noch nicht loslassen wollte.

„Tja, wie's aussieht, bin ich wirklich nicht sehr gut darin, ein Geheimnis zu bewahren", sagte ich und lächelte hoch in ein Paar Augen, das nicht länger traurig war, sondern sich in brodelnde Quellen geschmolzenen Silbers verwandelt hatte.

„Sieht ganz so aus", stimmte er zu, seufzte tief und zog sich den Hut tiefer in die Stirn. „Geht mir genauso. Außerdem bin ich, wie du ja bereits festgestellt hast, ein wenig besitzergreifender, als für die meisten Menschen erträglich ist."

„Ich bin nicht die meisten Menschen."

„Nein, das bist du nicht."

„Du wirst mich vermissen, oder?"

„Du hast ja keine Ahnung."

Ich war sehr mit mir zufrieden, als ich zu Everetts Truck zurückging, und als ich Mac vom Wagen aus noch einmal zuwinkte, stand er noch da und winkte zurück. Das war nett. Ein Mann, der zeigen konnte, dass er Gefühle hatte … Sehr, sehr nett.

Die Fahrt zurück zur Red Diamond war sterbenslangweilig, da Everett keine Lust hatte, sich zu unterhalten. Er war ganz auf die Straße konzentriert und darauf, nach eventuellen Streifenwagen Ausschau zu halten, deren Insassen an seinem Tempo Anstoß nehmen könnten. Er jagte mir genug Angst ein, dass ich ihm befahl, verdammt noch mal langsamer zu fahren. Ich wollte nicht, dass er, ich und Juju als Schmierstreifen auf dem Asphalt endeten.

„Du hättest nicht kommen müssen", schimpfte ich.

„Die Wahl war ich oder Stef", erwiderte er knapp. „Und hast du schon mal gesehen, wie Stef einen Truck mit Anhänger fährt?" Er zog vielsagend die Augenbrauen hoch, und ich lachte. „Gruselig wird der Sache nicht mal ansatzweise gerecht."

„Nein, das stimmt."

„Und Rand wäre von der Palme gar nicht mehr runter gekommen, wenn ich das zugelassen hätte."

Vermutlich. „Okay, aber ich würd' es trotzdem zu schätzen wissen, wenn du ein bisschen langsamer fahren könntest."

Er tat das, ohne dass ich ihm weiter in den Ohren liegen musste, und im Gegenzug sagte ich ihm, als wir die Red erreicht hatten, dass er mich nicht bis hoch zum Haus fahren musste, sondern mich unten am Ende der langen Einfahrt absetzen konnte, ich würde dann auf Juju zu meinem Truck reiten.

„Danke, Glenn", sagte er aufrichtig und lächelte mich breit an. „Es ist das erste Kind, weißt du, und … ich will einfach nur zu Hause bei ihr und meiner Frau bleiben."

Ich nickte und machte mich daran, mein Mädchen aus dem Anhänger auszuladen. Bevor ich sie satteln konnte, legte Everett eine Hand auf meine Schulter.

„Ev?"

Er holte tief Luft. „Ich wollt' nur sagen, Mac ist ein guter Mann, und ich hab noch nie gesehen, wie er jemandem nur für Sex nachgestellt hat."

Ich hatte keine Ahnung, was ich darauf sagen sollte. „Okay."

„Du und er." Er hielt inne und dachte eine Sekunde lang nach. „'s macht Sinn, finde ich."

Fand er? „Findest du?"

„Ja, doch. Ich meine, er ist furchteinflößend und despotisch, und du bist immer nett und wirst nie laut, genau wie Stef. Ihr gleicht euch da also prima aus."

Er fand, dass ich nett war? „Everett, wann hast du es denn erlebt, dass ich nett war?"

Seine mürrische Miene war irgendwie lustig. „Du kümmerst dich um die ganzen Waisen, die bei dir arbeiten, hast ein Auge auf sie und hilfst ihnen, wo du kannst. Ich hab gesehen, wie du Bella drei Meilen weit durch die Wüste getragen hast, nachdem sie durchgebrannt ist und sich mit den Kojoten angelegt hat. Und du hast nie auch nur ein böses Wort für irgendwen außer für die Mitglieder deiner Familie übrig."

Ich lächelte ihn an, sprachlos. So sah er mich? So sahen mich andere? Vielleicht sollte ich mich in Zukunft selber auch so sehen. Vielleicht war ich ja wirklich fürsorglicher und liebevoller, als ich mich selbst gesehen hatte. Vielleicht war ja tatsächlich mehr von meiner Mutter in mir, als ich vermutet hatte.

„Und jeder weiß schließlich, dass die einzigen Leute, über die man so richtig meckern und abziehen kann, die eigenen sind."

„Das … ja."

„Also, solltest du auf der Ranch enden und gegenüber von Tylers altem Haus unten am Bach wohnen … ist das völlig okay", schloss er und hielt mir die Hand hin.

Es war wirklich erstaunlich, wie einen die Menschen immer wieder überraschen konnten.

Es WAR fast elf, als Juju und ich auf das Haus zutrabten. Sie war glücklich darüber, endlich aus dem Anhänger raus zu sein, und ich war einfach glücklich, Punkt. Die Naht an meiner Hüfte tat ein bisschen weh, nicht viel, nur ab und an ein stechender Schmerz. Aber als Mac sie sich heute Morgen angesehen hatte, hatte er keine Rötungen oder Anzeichen für eine Infektion gefunden. Rand hatte seine Sache wirklich sehr gut gemacht, und zum Dank hatte ich ihn, als ich mich verabschiedet hatte, fest umarmt – und ihn damit ganz gehörig erschreckt.

„Du –" Er räusperte sich. „Lass dich bald bei uns blicken, okay? Würde mich freuen."

„Jawohl, Sir", neckte ich ihn. Er tat dann etwas wirklich Seltsames: Er legte eine Hand um meine Wange und studierte mein Gesicht. „Rand?"

„Ja. Es ist nur … Komm vorbei."

Und dieses Mal *hörte* ich ihn, hörte ihn wirklich, denn letzte Nacht hatte ich Mac Glauben geschenkt, als er mir gesagt hatte, wie die Dinge wirklich standen. Sie wollten mich tatsächlich um sich haben. Also konnte ich aufhören, mich wie ein Arsch zu benehmen und immer davon auszugehen, dass sie die Dinge, die sie sagten, nur deshalb sagten, weil sie dachten, sie müssten es, oder weil ich ihnen leidtat. Mein Vater interessierte sich nicht die Bohne für mich, aber das war keine große Überraschung. Dass andere sehr wohl an mir interessiert waren, das war mehr, als ich je für möglich gehalten hatte.

Ich hatte also wirklich richtig gute Laune, als ich das Haupthaus erreichte, war aber andererseits auch nicht so völlig benebelt, dass ich mich über die zwei fremden Autos, die vor dem Haus parkten, nicht gewundert hätte.

Die gehörten da nicht hin.

Die meisten Autos parkten vor den Ställen, das war normal, oder vor dem Ranchbüro, auch normal, oder noch weiter draußen, vor Macs Haus, wenn jemand kam, um ihn zu sehen – nichts davon hätte mich gewundert. Aber hier, direkt vor dem Haupthaus, wo ich bisher nur Stefs Auto oder Rands Truck hatte stehen sehen, hier standen nur Autos, wenn Leute kamen, um sie persönlich zu besuchen. Okay, es war nicht völlig abwegig, dass Stef Besuch hatte – er hatte schließlich Freunde in der Stadt –, aber andererseits war es auch nicht sehr wahrscheinlich. Normalerweise nutzte Stef die Gelegenheit und besuchte Charlotte oder andere im ganzen Land verstreute Freunde, wenn Rand nicht da war. Ich ging im Geiste alle Möglichkeiten durch, und die wahrscheinlichste schien mir, dass er doch Besuch hatte, und dass dieser mit dem Auto vom Flughafen in Lubbock gekommen war.

Andererseits, diese Autos waren keine Mietwagen, und keines davon gehörte Rands Mutter May, denn ihren schauerlich pinkfarbenen Jeep Wrangler erkannte ich schon von weitem.

Vermutlich interpretierte ich zu viel in die Sache hinein. Stef kannte mit Sicherheit sehr viel mehr Leute, als mir bewusst war. Aber dann sah ich Bella draußen auf der Veranda auf und ab laufen, und mir stellten sich die Nackenhaare auf.

Was machte der Hund draußen vor der Tür?

Der Gedanke war Resultat einer Kindheit und Jugend auf einer Ranch. Dort draußen änderte sich nie etwas, und im Lauf der Zeit entwickelte jeder, der auf einer Ranch lebte und aufgewachsen war, jene eigenartige, schrullige Überempfindlichkeit gegen Änderungen. Zum Beispiel: Warum fuhr der Junge der

Mullins so schnell? Oder hatten die Ballards einen neuen Truck? Oder, wie jetzt: Warum zum Teufel parkten ein Toyota Highlander und ein Prius – ausgerechnet! – in Rands Einfahrt? Bis auf Stefs Wagen waren alle Fahrzeuge hier auf der Ranch amerikanische Marken, und das galt auch für den Rest des Countys. Und ich war mir sehr sicher, dass das auch immer schon so gewesen war. Mein eigener Truck war bereits mit den Wikingern rübergekommen – ich hatte ihn von meinem Vater bekommen und mir nie die Mühe gemacht, ihn zu ersetzen, da in dem uralten Motor immer noch Leben steckte. In anderen Worten: Importierte Wagen wie die in Rands Einfahrt waren eigenartig. Die gehörten da einfach nicht hin, das machte keinen Sinn.

Vielleicht war ich ja dumm, aber trotzdem. Wer besuchte Stef denn an einem späten Samstagnachmittag, wenn alle anderen Männer, die auf der Ranch lebten, einschließlich Rand, nicht da waren?

Für einen Moment dachte ich, dass es vielleicht Einbrecher wären, denn vielleicht war Stef ja auch nicht da. Andererseits stand sein neuer Volvo S60 in der Einfahrt, was bedeutete, dass er mit hoher Wahrscheinlichkeit doch zu Hause war. Und außerdem war Bella da, und Stef ging selten irgendwo ohne sie hin.

Aber … der Hund war draußen. Was zum Teufel war los?

Statt schnurstracks die Treppe hoch zu stürmen, ritt ich um die dichte Hecke auf der linken Seite des Hauses herum, die angepflanzt worden war, um den Betonklotz zu verdecken, in dem sich der Abwassertank befand, und verknotete Jujus Zügel in den Ästen, damit sie nicht herumwandern und so Aufmerksamkeit erregen konnte.

Ich eilte zurück um die Hausecke und schlich geduckt zum Fenster ganz am Ende der Veranda, wo sich augenblicklich eine winselnde Bella zu mir gesellte.

Ich bückte mich, streichelte sie und befahl ihr, still zu sein. Sie kannte den Befehl, denn Rand brachte allen seinen Hunden bei, Rinder entweder zu treiben oder sich still zwischen ihnen zu bewegen, und so gehorchte sie mir. Ein Glück, ging es mir durch den Kopf, als ich durch das Fenster spähte.

Stef war im großen Wohnzimmer, den schlafenden Wyatt auf den Armen. Bei ihm standen ein junger Mann, vielleicht neunzehn oder zwanzig, der Typ Bücherwurm, in Anzughose und Hemd mit Kragen; ein Mädchen, das gleichaltrig aussah, in Hotpants und einem fuchsiafarbenen, bauchfreien Oberteil, das ihre ebenmäßige Bräune, straffen Bauchmuskeln und ein Bauchnabelpiercing zur Schau stellte; und zwei andere Typen, die beide älter und größer waren. Einer davon trug eine Schirmmütze in Tarnfarben und ein Jeanshemd mit abgerissenen Ärmeln und der andere einen Strohcowboyhut und ein graues T-Shirt, das mindestens zwei Nummern zu klein war, aber jeden einzelnen Muskel in seinem Bauch, seiner Brust und seinen Armen abmalte. Er war um einiges größer und massiger als ich, aber das war nebensächlich. Es war der andere Typ, der mit der Schirmmütze, der mir Sorgen machte. Er war derjenige mit der Waffe in der Hand.

Ich hatte zu große Angst um Stef und Wyatt, um loszureiten und die Männer zu alarmieren, die unten bei den Viehpferchen sein mussten. Bella loszuschicken, um Everett zu holen, hätte vielleicht funktioniert, wenn wir im Film gewesen wären, aber das waren wir leider nicht. Außerdem vermutete ich, dass sich die Situation von selber auflösen würde, sobald ich die Waffe an mich gebracht hatte. Ich wollte die Typen aus dem Haus haben und weit, weit weg von Rands Familie. Wir konnten sie später jederzeit wiederfinden, das County war nicht so groß.

Ich überlegte, wie ich am besten ins Haus gelangen könnte. Das Haus durch die Küche zu betreten würde nicht unbemerkt bleiben, da die Fliegentür in der Küche laut quietschte und die Bohlen der Veranda ebenfalls knarzten. Die Eingangstür oder eines der vielen, zur Veranda zeigenden und zur Kühlung des Hauses weit geöffneten Fenster fiel ebenfalls aus, da mich alle kommen sehen würden. Also sprang ich von der Veranda und rannte um die linke Hausecke – diese Seite des Hauses blickte auf die Hügel mit ihren Windrädern – und zu dem Fenster des ersten der beiden Räume hier unten. Er war vor ein paar Jahren in ein Büro für Stef umgebaut worden.

Ich sprang hoch und packte den Fenstersims, zog mich daran hoch und stellte die Füße auf die Stuckzierleiste, die sich dekorativ um das ganze Haus herumwand. Nachdem ich einigermaßen festen Stand gefunden hatte, schob ich den Fliegenschutz am Fenster hoch, hob ihn aus dem Rahmen und ließ ihn in das Zimmer dahinter gleiten. Dann zog ich mich auf den Fenstersims und kauerte mich zusammen, schob den Fliegenschutz beiseite und ließ meine Hände über den Boden wandern wie beim Schubkarrenspiel, bis ich meine Füße einziehen und auf den Fußboden stellen konnte. Vor zwei Jahren hätte ich das nicht lautlos geschafft. Ich war schwerer gewesen, hatte sehr viel mehr Muskelmasse besessen und war wesentlich weniger gelenkig gewesen. Leichter, wie ich jetzt war, und biegsamer gelang es mir mühelos.

Ich beugte mich aus dem Fenster, warf meinen Stetson ins Gras und gab Bella einen scharf geflüsterten Befehl: „Komm ins Haus, Mädchen. Komm rein!"

Sie drehte durch.

„Scheiße, was war das?", hörte ich jemanden fragen.

„Das war die dumme Töle, die er rausgeschickt hat."

Ich drückte mich an der Wand entlang und hörte, wie Bella draußen heulte und genug Radau veranstaltete, dass die Typen anfingen, sich Sorgen zu machen, dass jemand sie hören würde. Endlich schlug einer von ihnen das vor, worauf ich gewartet hatte.

„Ich werd' den Hund abknallen."

„Oh, nein, bitte nicht", bat Stef.

„Sie macht einen Scheißlärm."

„Sie will mich nur sehen."

„Ich jag ihr 'ne Kugel in den Schädel, wenn sie nicht bald das Maul hält."

Ich erreichte die offene Bürotür und spähte vorsichtig in den kleinen Flur hinaus, der das Büro mit dem dahinterliegenden Raum verband. Niemand zu sehen, und so huschte ich durch den Flur in das angrenzende kleine Wohnzimmer. Ich stieg auf das Sofa, balancierte von dort aus weiter auf den Sofatisch und über die Chaiselongue zur gegenüberliegenden Wand. Die beste Methode, in einem alten Haus mit Holzfußböden zu vermeiden, dass man gehört wird, ist, über Mobiliar zu laufen, das bereits auf besagtem Holzfußboden steht; den Trick hatte ich schon früh gelernt.

Gegen die Wand gelehnt beugte ich mich Stückchen für Stückchen vor, bis ich um den Türrahmen schauen konnte; von dort aus konnte ich die Spiegelbilder in der Glastür der Standuhr an der rechten Wand sehen. Ich musste den Kopf nur leicht zur Seite drehen, um sie alle im Blick zu haben.

Sie standen auf der anderen Seite des großen Wohnzimmers, nahe an der Küchentür, was Sinn machte. Wer auch immer diese Typen waren – Einbrecher, Kidnapper, Weißgottwer – sie waren in ein bewohntes Haus eingedrungen und klug genug, Stef von der Veranda vor dem Haus fernzuhalten, wo ihn jeder hätte sehen können. Ihr Nachteil dabei war, dass sie mich auch nicht die Einfahrt hatten heraufreiten sehen.

„Mr Joss, es tut mir ja so leid", jammerte Hemdkragen und machte Anstalten, einen Schritt in seine Richtung zu gehen, aber das Mädchen packte seinen Arm und riss ihn zurück. „Ich bin ja so dumm."

„Du bist nicht dumm", sagte Strohhut zu ihm. „Du hast deshalb mitgezogen, weil du gewusst hast, dass niemand verletzt wird." Er wandte sich wieder an Stef. „Und das wird auch niemand, solange Sie zuhören und genau das tun, was wir Ihnen sagen."

„Niet' ihn einfach um und schnapp dir das Baby", sagte Hotpants.

„Nein!" Hemdkragen war entsetzt.

„Nicht totschießen, Babe, nur ins Knie oder so, damit wir den Jungen mitnehmen können. Das wär so jedenfalls viel einfacher, und wir könnten ihn auch viel einfacher ruhigstellen."

Stef drückte Wyatt fester an sich, und ich griff hinter mich nach dem gusseisernen Schürhaken, der in einem Ständer neben dem Ledersessel hing, der vor dem hübschen, antiken Schreibpult stand, das meines Wissens nach niemand benutzte. Das Haus war gebaut worden, bevor es Zentralheizungen und Klimaanlagen gab, und da Rand es nie modernisiert hatte, gab es in jedem Zimmer – außer in der Küche und im Esszimmer – einen Kamin, und das Hauptschlafzimmer im Obergeschoss hatte ebenfalls einen. Es war ein bezauberndes Haus mit einem reizenden, altertümlichen Charme, und Stef weigerte sich, es modernisieren zu lassen, sodass Rands Pläne diesbezüglich auf Eis lagen. Also war es derzeit noch eine Schachtel voller kleiner Räume und vieler Wände, hinter denen man sich verstecken konnte. Da mir das in dem Moment sehr zugutekam, war ich für Stefs Eintreten für die Bewahrung von Traditionellem sehr dankbar.

„Wir sollten rüber in die Küche gehen", sagte Schirmmütze. „Ich will die Hintertür in der Nähe haben für den Fall, dass wir türmen müssen."

„Okay", stimmte Strohhut zu.

„Was ist in dem Zimmer da drüben? Hast du da überall nachgesehen, als wir reingekommen sind?", fragte Schirmmütze, und ich wich ein Stück zurück, als ich ihn näherkommen sah.

Als er durch den Türrahmen trat, holte ich mit dem Schürhaken aus und erwischte ihn im Nacken. Er stolperte geräuschvoll in den Raum und schrie um Hilfe, bevor er über die Couch fiel und sich den Kopf hart am Couchtisch anschlug.

Ich sprang von der Chaiselongue und wollte mir die Pistole schnappen, die er fallengelassen hatte, aber Strohhut war schneller und warf sich von hinten auf mich. Gemeinsam stolperten wir vorwärts und in eine Wand.

„Stef, in die Küche, lass Bella rein!", schrie ich.

Er rannte an mir vorbei, Hotpants dicht auf den Fersen, und Hemdkragen folgte ihnen. Ich kämpfte mit Strohhut, stellte dem Jüngelchen aber trotzdem ein Bein, als er an mir vorbeirannte. Unglücklicherweise lenkte mich das genug ab, dass Strohhut mich mit dem Messer, von dem ich nicht gewusst hatte, dass er es bei sich hatte, in der Schulter erwischen konnte.

„Du Schwein!", fluchte ich wütend. Es war ein zweiundzwanzig Zentimeter langes Klappmesser, definitiv illegal, und ich war froh, dass es in meiner Schulter steckte und nicht in meinem Herzen.

Ich holte mit meinem noch funktionstüchtigen Arm aus, erwischte ihn mit der Faust am Unterkiefer, und als er zurücktaumelte, trat ich ihn gegen das Knie. Ich sah, wie es sich verdrehte, und hörte gleichzeitig einen Knall. Sein Schrei war ohrenbetäubend in dem kleinen Raum, und ich ließ ihn sich auf dem Boden windend zurück.

Ich wusste, dass die Waffe hier noch irgendwo liegen musste, aber ich wusste auch, dass Schirmmütze bewusstlos war und Strohhut zu große Schmerzen hatte, um sich auf die Suche nach ihr zu machen. Also rannte ich hinter Stef her, durch den Flur und in die Küche, wo sich mir ein wundervolles Bild darbot: Hotpants und Hemdkragen, die nebeneinander vor der Anrichte standen, die Hände erhoben, bewegungslos und wie zu Salzsäulen erstarrt, vor ihnen eine außerordentlich erboste Bella. Ihr Nackenfell sträubte sich, und sie hatte den Kopf gesenkt, die Ohren zurückgelegt und die Zähne gefletscht, sodass man das Zahnfleisch – und jeden einzelnen spitzen, scharfen Zahn darin – sehen konnte. Ein tiefes Knurren drang aus ihrer Kehle. Sie meinte es absolut ernst.

„Braves Mädchen", sagte ich, als ich hereintaumelte. Stef war am Telefon. Wyatt hob den Kopf von seiner Schulter und blinzelte verschlafen.

„Ongen", sagte Wyatt, als er mich sah, strahlte mich an und lehnte sich zur Seite: Ich sollte kommen und ihn auf den Arm nehmen. Ongen, das war ich: Onkel und Glenn, ohne das L, das der süße kleine Junge noch nicht richtig aussprechen konnte.

Ich wollte gehen und ihn auf den Arm nehmen, aber ich konnte nicht: Mein linker Arm hatte den Dienst komplett eingestellt. Ich konnte ihn nicht einmal mehr anheben. Was mich allerdings mehr beunruhigte, war das viele Blut. Ich schnappte mir ein Geschirrtuch vom Griff des Backofens, drückte es über meinem Herzen an meine Schulter und lehnte mich gegen die Anrichte, um das Gleichgewicht nicht zu verlieren.

„Könnten Sie vielleicht den Hund zurückrufen?", fragte Hemdkragen. „Sie macht uns Angst."

„Nein", fuhr ich ihn an. Er hatte versucht, das Baby zu entführen, aber der Hund war ein Psychopath? Himmel.

„Geht's meinem Freund gut?", fragte Hotpants, Tränen in den Augen. „Haben Sie ihn umgebracht?"

„*Ich* bin dein Freund!", keuchte Hemdkragen.

Arme Sau. Er war so ausgenutzt worden.

„Mr Holloway?", hakte sie nach.

Woher wusste sie – ah … Bei der ganzen Aufregung dauerte es einen Moment, bis es Klick machte. „Ich bin nicht Rand Holloway."

Ihre und Hemdkragens Augen wurden groß.

„Ich bin sein klitzekleiner Halbbruder", fügte ich mit einem kleinen Lachen hinzu und sah voller Befriedigung, wie sie beide herzallerliebst totenblass im Gesicht wurden.

„Oh, mein Gott, du blutest", krächzte Stef.

Das Geschirrtuch war schon ein bisschen feucht, das stimmte. Aber viel wichtiger war, ich hatte gerade zum ersten Mal von mir selbst als Rands Bruder gesprochen – *und gedacht* – und nicht als seinem Cousin. Faszinierend, wie sich so viele Dinge so schnell verändert hatten.

Stef kam näher, bis er direkt neben mir stand, und legte seinen Kopf auf meine unverletzte Schulter. Wyatt begann zu zappeln und quengelte, weil er zwischen uns eingedrückt wurde. „Danke, dass du mich und meinen Sohn gerettet hast."

„Hättest du selbst auch", versicherte ich ihm, denn ich kannte den Mann gut genug. „Wir beide wissen schließlich, dass du absolut furchterregend bist."

„Ich werde es sein", sagte er eisig, drehte sich um und sah Hemdkragen und Hotpants an. „Ich werde Wyatt hier auf die Anrichte setzen, und du wirst ein Auge auf ihn haben, während ich nach oben gehe und meinen Baseballschläger hole."

Gott sei Dank waren alle Waffen, die Rand besaß, in seinen Satteltaschen auf einem Viehtrieb unterwegs, weit von zu Hause entfernt. Ich vermutete, dass die zwei vor uns in echten Schwierigkeiten gewesen wären, wenn Stef eine Schusswaffe in die Finger bekommen hätte. Zu sagen, dass er ein wenig unglücklich aussah, wäre die Untertreibung des Jahrhunderts.

„Ist der Sheriff auf dem Weg?", fragte ich.

„Ja."

„Das ist gut", sagte ich ihm. „Weil ich glaub', ich verlier gleich das Bewusstsein."

Das letzte, das ich hörte, war Wyatt, der meinen Namen rief.

7

IM KRANKENHAUS aufzuwachen, ist nie besonders lustig. In Gegenwart eines angespannten Stefan Joss aufzuwachen, war einfach nur seltsam.

„Was ist los mit dir?", fragte ich. Krächzte ich, besser gesagt. Meine Stimme klang ein bisschen komisch. Ich brauchte einen Schluck Wasser.

„Oh, Gott sei Dank, du bist wach", flüsterte er und sackte erleichtert in sich zusammen, dann lehnte er sich auf seinem Stuhl vor, ergriff meine Hand und lächelte mich tapfer an.

„Um Himmels willen, Stef, ich hab doch nur ein bisschen Blut verloren", grummelte ich. „Ich lieg nicht im Sterben."

Er stand auf, beugte sich über mein Bett und umarmte mich fest. Ich erlaubte es ihm einen Moment lang, sich an mich zu klammern, dann sagte ich ihm, er solle sich zum Teufel scheren.

„Du bist ohnmächtig geworden", brachte er mühsam heraus, und in seinen Augen standen Tränen.

„Scheiße", brummte ich. „Tut mir leid, dass ich dir Angst gemacht habe."

Er holte tief Luft. „Ich habe noch nie vorher gesehen, wie jemand wegen Blutverlust ohnmächtig geworden ist."

„Es schleicht sich so langsam an einen ran."

Sein Kiefer klappte herunter. „Dir ist das schon mal passiert?"

„Ich bin auf einer Ranch aufgewachsen, Stef. Natürlich ist mir das schon mal passiert."

„Oh Gott", stöhnte er. „Ich weiß wirklich nicht, ob ich will, dass Wyatt reiten lernt."

Ich kicherte. „Schätze, diese Entscheidung ist längst gefallen, häh?"

Er zuckte die Schultern, als wolle er sagen *vielleicht*.

„Wo wir gerade von Pferden sprechen", begann ich.

„Juju steht auf der Red im Stall", sagte Stef. „Ihr geht's gut. Ich habe Elliot, einem der neuen Stallburschen, gesagt, er soll sich um sie kümmern."

„Ich bring sie da weg, sobald ich hier raus bin."

„Oder du könntest sie lassen, wo sie ist."

Bei den vielen Veränderungen der letzten Tage und der langsamen Annäherung zwischen Rand und mir war das in der Tat eine Option, die in Betracht zu ziehen war. Aber ich wollte nicht darüber reden. „Wie lange war ich ohnmächtig?", fragte ich und wechselte so das Thema.

„Fast zwei Stunden."

„Oh, dann war's nicht so wild", sagte ich und grinste ihn an.

„Nicht so wild?" Er keuchte und riss die Augen weit auf; er schien ein bisschen entsetzt zu sein.

Es war schön, dass er so besorgt um mich war, aber jetzt mal ernsthaft, ich war schon für länger ohnmächtig gewesen. Wenn ich beim Zureiten eines Pferdes oder beim Bullenreiten abgeworfen worden war, zum Beispiel, oder als ich ein junges Pferd beim Barrel Race geritten war und er mich direkt in eine Wand gehämmert hatte.

„Ist es wirklich nicht", versicherte ich ihm, streckte eine Hand aus und tätschelte ihm die Wange. „Aber dass du es weißt, mir geht's jetzt gut, also kann ich bitte einen Schluck Wasser haben?"

Er musste eine Krankenschwester rufen, um zu fragen, da er keine Risiken eingehen wollte, und kurz darauf erschien eine junge Krankenschwester, die einen kessen Pferdeschwanz, rosa OP-Kleidung und ein Namensschild mit der Aufschrift „Paisley Chambers" trug. Sie erklärte mir, dass ich zwei Stunden lang bewusstlos gewesen war, was ich ja schon von Stef wusste, dass ich aber wieder Farbe im Gesicht hatte und allgemein sehr viel besser aussah.

„Wir mussten Ihnen Flüssigkeit und dazu noch eine Zuckerlösung geben, um Ihren Blutzuckerspiegel anzuheben", sagte sie streng, ihre Stimme voller Autorität. Ungewöhnlich für jemanden, der noch so jung war, genauso ungewöhnlich wie der vorwurfsvolle Blick, mit dem sie mich musterte. „Warum waren Sie dehydriert und warum essen Sie nicht?"

Also erklärte ich ihr die Sache mit dem Viehtrieb und dass ich normalerweise schon aß, aber just an dem Tag eben nicht, dass ich aber wusste, dass ich hätte essen sollen, wo ich doch den ganzen Tag im Sattel gesessen hatte.

„Ja, das hätten Sie", stimmte sie zu. „Ich schicke Ihnen etwas hoch, und Sie essen bitte alles auf, was auf dem Tablett ist, verstanden?"

„Jawohl, Madam", erwiderte ich.

„Braver Junge", sagte sie mit einem Lächeln, dann wandte sie sich Stef zu und teilte ihm mit, dass sie den Arzt suchen würde und dass er mir in der Zwischenzeit etwas zu trinken geben konnte. Nur ein bisschen allerdings. Ich durfte es nicht übertreiben.

Als sie weg war und Stef mir Eiswasser in einen kleinen Plastikbecher goss, stellte ich die naheliegende Frage: „Wer zum Teufel waren diese Leute, Stef?"

„Der Typ mit dem Hemd, das ist David Lawrence, er ist ein ehemaliger Student von mir."

Ich wartete darauf, dass er fortfuhr, und nippte an meinem Wasser.

Er räusperte sich. „Das Mädchen ist Kree Walton, und sie wollten –"

„Oh, ich weiß, was sie wollten", erklärte ich ihm. „Sie wollten Rand Holloways Kind entführen und Lösegeld erpressen."

Er nickte.

„Und was, dieser David hat dich einfach so aus heiterem Himmel heraus angerufen?"

„Ja, er hat gesagt, dass er ein Empfehlungsschreiben braucht, und … Gott, Glenn, es ist –" Er zog scharf den Atem ein. „Er war einer meiner Lehrassistenten, weißt du? Welchen Grund hätte ich gehabt, ihm zu misstrauen?"

„Geh nicht hin und gib dir die Schuld, Stef", sagte ich eindringlich. „Nichts davon ist deine Schuld."

„Ich fühle mich so dumm."

„Weil du einem ehemaligen Studenten helfen wolltest?"

Seine Augen glitten suchend über mein Gesicht. „Du hättest sterben können."

„Du auch", schoss ich zurück, ohne zu erwähnen, dass Wyatt ebenfalls in Gefahr gewesen war. „Aber es geht uns beiden gut, also lass uns kein großes Aufhebens drum machen."

Sein Lächeln war wunderschön. „Ja, Glenn."

Ich legte den Kopf zurück und sah ihn an. „Dir ist schon klar, dass die Sicherheitsvorkehrungen auf der Ranch jetzt generalüberholt werden, oder?"

Er verdrehte die Augen. „Oh, ja, diese Diskussion hatte ich bereits mit Mr Holloway, als wir vor einer halben Stunde miteinander telefoniert haben."

Ich lachte leise. „Ist er auf dem Heimweg?"

Er schnitt eine Grimasse, als die Tür aufging und eine niedliche kleine Hilfsschwester mit meinem späten Mittagessen, Krankenhausfutter plus heißem Tee, Apfelsaft und Milch, hereinkam. Ich dankte ihr und begann zu essen. Stef ließ sich neben mir in seinen Stuhl fallen, und ich konnte mein Lächeln nicht unterdrücken, als er mir mitteilte, dass Fort Knox nicht an die Red Diamond Ranch heranreichen würde, wenn Rand erst mit ihr fertig war.

„Du und Wyatt", seufzte ich, „sind für ihn die beiden wichtigsten Dinge auf der Welt. Was hast du anderes erwartet, Stef?"

„Naja, wenn man es so betrachtet", sagte er leise und sah mich hoffnungsvoll an. „Dann ist es süß, dass er so viele Pläne für Verbesserungen schmiedet."

„Genau", stimmte ich mit einem Grinsen zu. „Ich wette, es wird sich auch gar nicht wie im Gefängnis anfühlen."

„Oh Gott."

„Vielleicht sagst du ihm aber, dass er sich bei Stacheldraht und Bewegungsmeldern und Suchscheinwerfern und dergleichen zurückhält, was?"

Offenbar war ich nicht so lustig, wie ich dachte.

ALS STEF Rand ein weiteres Mal anzurufen versuchte, war er außerhalb der Reichweite, was Sinn machte. Es gab mehr Funklöcher als alles andere draußen auf der Prärie, und da Rand sein Satellitentelefon Charlotte geliehen hatte, als sie mit ihrer Mutter nach Paris geflogen war, hatte Stef keine Möglichkeit, mit ihm in Kontakt zu treten. Also konnte er nicht noch einmal mit Rand sprechen, und ich konnte auch nicht mit Mac sprechen. Ich hoffte, dass Rand dem Mann, mit dem ich bereit war, ein neues Leben zu beginnen, sagte, dass es mir gutging, aber ich konnte es nicht mit Bestimmtheit wissen.

Um sich für die Witzelei über die Ranch als Gefängnis zu revanchieren, so sagte Stef als er Samstagabend zurückkam, um noch mal nach mir zu sehen, hatte er im The Bronc angerufen und der Person am anderen Ende der Leitung mitgeteilt, dass ich eine Stichverletzung hatte, aber in stabilem Zustand in Hillman im Krankenhaus lag.

„Du Arsch", winselte ich. „Weißt du, was du da angerichtet hast?"

Er lächelte lediglich und nickte, bevor er den Fernseher anmachte und begann, durch die Kanäle zu zappen.

„Sie werden alle herkommen. Alle", erklärte ich ihm.

„Nicht mehr heute Abend", sagte er boshaft. „Die Besuchszeiten sind vorbei, man wird sie nicht mehr reinlassen."

„Wie kommt es dann, dass du hier bist?"

„Ich gehöre zur Familie, du Arsch."

Nett. „Solltest du nicht zu Hause bei deinem Kind sein?"

„Er ist bei Morgan und seiner Frau. Ihm geht's gut."

„Ich kenne keinen Morgan."

„Morgan Sowers, er ist unser neuer Schmied. Ein sehr netter Bursche."

„Was, wenn er ihn auf den Kopf fallen lässt?"

„Seine Frau ist die Kinderärztin draußen auf der Red. Ich mache mir da keine Sorgen."

„Rand kann nicht einfach hingehen und weiter Leute mit nützlichen Berufen sammeln, die Gesetzeshüter glauben sonst noch, er wäre ein Drogenbaron oder so was."

Er stellte den Fernseher aus, drehte sich auf seinem Stuhl um und sah mich an. „Und?"

„Und was?"

„Habt ihr Jungs zueinander gefunden?"

Ich schwieg.

„Haben du und Rand und Zach eure Schwierigkeiten aus dem Weg räumen können?"

Ich knurrte.

Seine Augenbrauen hoben sich, dann lächelte er. „Das ist ein ja."

„Wir hatten ein bisschen einen Komm-zu-Jesus-Moment, ja."

„Und?", bohrte er nach.

„Und ich werde die Red in Zukunft vielleicht öfter besuchen."

Er sah so zufrieden mit sich aus, mit seinen zusammengekniffenen Augen, die Lippen fest aufeinandergepresst und die Hände im Schoß gefaltet.

„Es ist ein andauernder Prozess, okay?"

„Ja. Gut. Das freut mich so."

„Du magst es, die Holloways wieder zusammenzuführen, was, Stef?" Er hatte das mit Tyler und seiner Familie auch getan.

„Ja, tue ich", gestand er. „Dein Vater und du, Rand und Zach, ihr seid als Nächstes dran."

Ich würde da nicht drauf wetten.

Es WAR früh am nächsten Morgen, kurz nach Beginn der Besuchszeiten – wie ich das ja schon geahnt hatte –, als jemand gegen mein Bett stieß und ich ein geflüstertes „sei still, verdammt" und „du weckst ihn noch auf" hörte, bevor ich überhaupt die Augen aufgeschlagen hatte.

Der Raum war voller Menschen – sehr viel mehr, als normalerweise erlaubt waren, da war ich mir sicher –, und zehn oder so drängten sich um das Bett, sodass ich nicht mal mehr die Tür sehen konnte. „Scheiße", grummelte ich und sah mit zusammengekniffenen Augen zu ihnen hoch. „Warum seid ihr nicht im The Bronc, um aufzumachen? Heute ist Sonntag, das ist einer der Tage, an denen am meisten los ist."

Eine Sturmflut aus Stimmen brach über mich herein, alle sprachen gleichzeitig und jeder versuchte, lauter zu sein als alle anderen.

„Stopp!", schrie ich, dann wandte ich mich an Josie, die am nächsten stand. Sie umklammerte meinen Unterarm mit beiden Händen, und ihr Atem ging schnell und geräuschvoll. Erst, als ich ihr Gesicht genauer betrachtete, fiel mir auf, dass ihre Augen rot und geschwollen waren.

„Oh, um Himmels willen, du kannst doch sehen, dass es mir gut geht."

Sie schniefte. „Du bist verletzt worden. Als Mr Joss im Restaurant angerufen und es Kev gesagt hat, haben wir uns alle zu Tode erschreckt."

Was Stef ja auch beabsichtigt hatte. Er fuhr noch auf direktem Wege in die Hölle, wenn er nicht aufpasste.

„Wir alle haben uns große Sorgen gemacht", sagte Callie mit belegter Stimme, und ich sah, wie sie sich auf die Unterlippe biss.

„Du bist noch nie vorher ohnmächtig geworden", erklärte Kevin und kam um die Mädchen herum, stellte sich links neben mich und berührte den Verband. „Und du musstest auch noch nie mit einem Krankenwagen ins Krankenhaus gebracht werden."

„Doch, bin ich, und doch, musste ich, alles beides, und zwar schon oft", korrigierte ich ihn. „Ihr habt mich nur alle noch nicht gekannt, als ich noch auf der Ranch gearbeitet hab."

„Dein Arzt hat gesagt, dass du 'ne Menge Blut verloren hast", warf Shawnee vom Fußende meines Bettes ein und ignorierte meine Bemerkung völlig. „Er hat Bailey gesagt, dass du wegen der Naht an der Hüfte und der Stichverletzung ein paar Tage lang hierbleiben musst."

„Was bedeutet, ich komme morgen früh wieder raus", erklärte ich.

Befreites Aufatmen und Lächeln überall; sie waren alle sichtbar erleichtert und glücklich.

„Wie kam es dazu, dass du mit meinem Arzt gesprochen hast?", fragte ich Shawnee.

„Hab ich nicht, das war Bailey. Du weißt doch, wie überzeugend sie sein kann, wenn sie etwas will."

Das wusste ich nur zu gut. Sie sah lieb und süß aus, aber unter der unschuldigen Fassade war sie ein Tiger. „Ist sie im Restaurant?", fragte ich und wandte mich an Kevin. „Bail?"

„Ja, sie und Jamal, Sandy, Esteban, Marco, Deshaun, Kelly und oh, wir haben da ein Problem."

„Und was für eins?"

Callie und Kevin tauschten besorgte Blicke.

„Was?"

Callie atmete tief ein. „Naja, offenbar soll das Resort wegen Rassendiskriminierung verklagt werden."

„Okay, und? Was hat das mit uns zu tun? Du sagst mir doch immer, dass unsere Belegschaft Werbung machen könnte für – was war das noch?"

„The United Colors of Benetton", sagte sie mit einem Grinsen.

„Und das ist gut."

„Das ist sehr gut", stimmte sie zu. „Dein Team ist das mit der größten Diversität in Punkto Rasse und Kultur im ganzen County, Boss."

„Und in puncto sexueller Orientierung", informierte Shawnee mich.

„Und von daher", fuhr Callie schnell fort, da sie mich beim Thema halten wollte, „ist Gillian gestern vorbeigekommen –"

„Wer?"

„Die neue Leiterin der Personalabteilung."

Sie und Kevin kannten die Hotelleute gut. Er war großartig darin, sich die vielen Namen und Berufsbezeichnungen zu merken und locker mit den Leuten zu plaudern, und Callie war großartig darin, Essen gegen Dienste einzutauschen, sodass es an der Rezeption und in der Hausmeisterloge immer Leute gab, die wir um Hilfe für unsere Gäste bitten konnten. Ich war absolut nicht zu gebrauchen in diesen Dingen, in denen sie so gut waren, und das war okay, denn keiner von ihnen kannte sich mit Verträgen aus oder wie man ein Unternehmen führte oder wie man im Budget blieb.

„Sprich weiter", wies ich sie an.

„Ja, also, wie es aussieht, steht ihnen nächste Woche ein Besuch von höherer Stelle ins Haus, und sie wollte, dass deren Personalleute kommen und mit uns reden."

„Warum?" Ich war verwirrt.

„Damit sie so tun können, als würden wir zum Resort gehören, und damit sie uns, unser Team, vorschieben können, um ihre eigene Diversitätsquote zu erfüllen."

Das machte keinen Sinn. „Das ist das Dümmste, das ich je gehört habe. Die müssen doch nur sehen, dass wir mit dem Hotel rein gar nichts zu tun haben, um zu wissen, dass das Quatsch ist."

„Sie hofft, dass die Bosse nicht über die Tatsache, dass wir auf dem Gelände liegen, hinausschauen werden. Und dann hat sie gesagt, dass sie uns, sollte tatsächlich Klage erhoben werden, abstoßen werden, weil wir ja nicht Teil des Kerngeschäfts der Hotelkette sind", erklärte Kevin.

„Mitch Powell war Rand etwas schuldig, und das bedeutet, wir gehören dazu."

„Ja, aber wenn die Sache größere Kreise zieht und nicht mehr nur Mr Powell involviert ist, sondern auch sein Vorstand, und der ihn überstimmt, dann können sie uns rauswerfen. Und dann müssen wir uns einen neuen Ort für The Bronc suchen."

Es war eigenartig: Weder er noch Callie noch einer der anderen im Raum sah besonders besorgt aus bei der Neuigkeit, dass wir vielleicht umziehen mussten. Sehr eigenartig.

„Um Himmels willen, Kev, muss ich dir denn jeden Wurm einzeln aus der Nase ziehen?"

Er grinste mich an. „Tja, weißt du, gestern Abend, nachdem Bailey mit dem Arzt gesprochen hat, hat sie Mr Joss angerufen, weil man ihr sagte, dass er hier bei dir war, und sie wissen wollte, wie du aussiehst."

Sie war *sehr* gründlich.

„Und dann sind sie ins Gespräch gekommen, und sie hat ihm von der Sache mit dem Hotel erzählt, weil er ja derjenige war, der den ursprünglichen Pachtvertrag mit Mr Powell ausgearbeitet hat, und er hat ihr gesagt, dass das Resort, wenn sie uns tatsächlich vom Grundstück werfen, vertraglich dazu verpflichtet ist, für unseren Umzug zu bezahlen. Und das würde den Bau eines neuen Broncs mit einschießen, wenn kein geeignetes Gebäude gefunden werden kann."

„Wirklich?"

„Das sagt Mr Joss, und du weißt ja, dass er Akquisemanager war, bevor er Hochschulprofessor geworden ist. Er kennt sich aus."

Das tat er.

„Aber er hat mir auch den Namen eines Rechtsanwalts in Chicago gegeben, und zwar von dem, der sich auch um die Belange der Red Diamond kümmert, Knox Jenner. Ich habe zuerst gedacht, das wäre nur ein Mann, aber wie's sich herausstellt, ist das eine ganze Kanzlei, und –"

„Ich bringe dich um, Kevin", verkündete ich.

Er räusperte sich. „Also habe ich heute Morgen mit Mr Richard Jenner gesprochen, und er hat mir gesagt, dass sie tatsächlich für unseren Umzug bezahlen müssen, wenn sie uns aus dem Gebäude, in dem wir jetzt sind, rauswerfen."

„Okay", seufzte ich. Zumindest ein Problem weniger.

„Er hat auch gesagt, dass du ihn direkt morgen früh in der Sache anrufen sollst."

„Ich kann nicht glauben, dass er an einem Sonntag ans Telefon gegangen ist."

„Naja, wie Mr Joss eben gesagt hat. Ich habe nämlich auch zu ihm gesagt, dass ich kaum glaube, dass so ein toller Anwalt aus Chicago am Tag des Herrn ans Telefon gehen wird, um einen Anruf von irgendeinem Restaurantmanager aus Texas, von dem er vermutlich noch nie im Leben gehört hat, anzunehmen. Und Mr Joss meinte dazu, dass er ganz definitiv an einem Sonntag ans Telefon gehen wird, wenn die Red Diamond anruft."

Auch wieder wahr.

„So wie's aussieht ist diese Ranch tatsächlich eine ernst zu nehmende Größe, oder?"

„Das würde ich auch so sagen."

„Und es kann auch nicht verkehrt sein, Rand Holloway auf unserer Seite zu haben."

Das stimmte. „Nun, wie dem auch sei, es soll nicht unsere Sorge sein."

„Genau", fuhr Kevin fort, „und es geht noch weiter."

„Wie weiter?"

„Naja, Mr Joss sagte zu mir, ich soll dir sagen, dass du mal darüber nachdenken sollst, das Restaurant auf die Red Diamond zu verlegen. Für den Fall, dass sie uns tatsächlich rauswerfen."

„Oh?"

„Ja, er meinte, auf der Hälfte der Hauptzufahrt zur Ranch, das wäre die ideale Lage, und sie würden uns ein wunderschönes Gebäude da hinbauen, mit dreimal so vielen Parkplätzen wie jetzt. Und wir könnten alle in der Sicherheit, die die Ranch bietet, arbeiten."

Es war fast ein wenig beängstigend, dass Stef Rand so gut kannte, dass er jederzeit für ihn sprechen konnte. Die Tiefe der Kommunikation zwischen ihnen war phänomenal. Ich wusste natürlich, dass Rand mich auf der Ranch haben wollte, aber ich hatte keine Ahnung gehabt, dass Stef das auch tat.

„Und um es offiziell zu sagen, mir gefällt diese Idee", gab Callie zu. „Auf Privatland zu arbeiten bedeutet, dass Rand Holloway uns und unser persönliches Eigentum beschützen kann."

„Du bist doch nur einfach immer noch sauer, weil jemand deinen iPod aus deinem Auto geklaut hat."

„Verdammt, ja, das bin ich", sagte sie. „Aber das ist nur ein Teil. Ich meine, wenn wir nachts das Restaurant verlassen, müssen wir in Gruppen gehen", erinnerte sie mich. „Wenn wir auf der Ranch wären, müssten wir A) nicht so lange auf haben, da wir uns nicht an die Öffnungszeiten im Resort halten müssten, und B) wären wir und unsere Sachen sicher, denn wer legt sich schon mit den Jungs von der Red Diamond an? Jeder weiß, dass die unheimlichsten Typen im ganzen County für Rand Holloway arbeiten."

„Wenn wir also wirklich rausgeschmissen werden, sind dann alle einverstanden damit, auf die Ranch zu ziehen?"

„Sind wir", bestätigte Kevin mit einem Lächeln. „Wir haben gestern Abend abgestimmt."

Natürlich hatten sie das. Sie ergriffen die Initiative, meine Leute. „Okay, gut, aber so weit kommt es hoffentlich nicht", bemerkte ich. „Und wenn doch, dann kann ich uns durchaus draußen auf der Red Diamond sehen."

Stille.

„Was denn?"

„Wirklich?", fragte Kevin. „Du würdest das ernsthaft in Erwägung ziehen? *Wirklich* wirklich?"

„Wie alt bist du, zehn?"

„Ich bin nur überrascht, das ist alles."

„Wie du meinst. Aber ja, ich würde es in Erwägung ziehen."

„Oh mein Gott, das ist fantastisch", quietschte Callie. „Das einzige, worum ich mir bei der ganzen Sache Sorgen gemacht habe, war, dass du nicht raus auf die Ranch willst. Aber wenn es dir egal ist, wenn es okay ist, ooh, ich bin ganz aus dem Häuschen! Ich hätte nie einer Sache zugestimmt, die dich unglücklich gemacht hätte."

„Ich weiß."

Sie beugte sich über mich und umarmte mich.

„Was wird das denn?"

„Ich will dich nur mal kurz drücken."

Und das tat sie, inklusive eines Küsschens auf die Wange, bevor sie sich wieder aufrichtete.

„Ich hatte solche Angst", beteuerte sie. „Also bring dich bitte nie wieder in Gefahr."

„Ich werde mein Bestes tun", versprach ich ihr, ihnen allen.

„Um zum Thema zurückzukommen", sagte Kevin und stupste mein Bein an. „Gillian will trotzdem versuchen, ihre Bosse auszutricksen, aber solange wir einen Plan haben, kann uns ja egal sein, wie das ausgeht."

Ich nickte und sah aus den Augenwinkeln, wie Josie ihr Kinn auf ihre Faust stützte und mich nachdenklich ansah. „Also … Chef."

Oh Gott. „Ja?"

„Hast du jetzt vor, öfter mal auf der Ranch zu sein?"

Hatte ich. „Weiß ich noch nicht."

Sie räusperte sich. „Weil, Mr Joss hat gesagt –"

„Nenn ihn Stef. Ich bin mir sicher, er hat dir das auch gesagt."

„Hat er, aber ich war mir nicht sicher, ob das okay ist."

„Ist es."

„Okay, also, Stef hat gesagt, dass du jetzt wohl mit Mac Gentry zusammen bist."

Ich stöhnte, und alle Anwesenden hielten gleichzeitig den Atem an.

„Wir werden sehen, wie die Dinge stehen, wenn er vom Viehtrieb zurück ist", versuchte ich, mich diplomatisch herauszureden. Ich hatte keine Lust, mit dem ganzen Raum die Details meines Liebeslebens zu diskutieren. Stef musste noch mal mit Rand telefoniert haben, nachdem er gestern Abend gegangen war, und man hatte ihn über die jüngsten Entwicklungen in Kenntnis gesetzt. Und er wiederum hatte Josie davon erzählt. Ich war fest entschlossen, ihm eine reinzuhauen, wenn ich ihn das nächste Mal sah.

„Was sehr bald sein wird", teilte Josie allen mit. „Mr – Stef – hat gesagt, dass Mr Holloway schon zu Hause ist. Offenbar sind sie die ganze Nacht durchgeritten. Und er hat gesagt, dass sie kommen werden, um dich zu besuchen, sobald sie sich umgezogen haben."

Mein Magen machte bei dem Gedanken, dass ich Mac sehen würde, den inzwischen vertrauten Purzelbaum.

„Also." Josie ließ nicht locker. „Wenn sie dich hier morgen früh entlassen, gehst du dann mit Mac Gentry nach Hause?"

„Deine Tasche ist auch schon gepackt", informierte Callie mich. „Ich meine, wir mussten deine Klamotten erst mal alle waschen, weil, jetzt mal ernsthaft, Chef – e-kel-haft."

„Hab ich doch gesagt", warf Josie ein.

„Weißt du, was –", begann ich mit einem bösen Blick in ihre Richtung.

„Aber jetzt sind sie sauber, gepackt und bereit, um –"

„Danke", sagte ich zu Callie und unterbrach sie damit, dann wandte ich mich wieder an Josie.

„Oh, komm schon, ich habe nur einen Witz gemacht."

„Bist du okay?", fragte ich Josie und ignorierte Callie.

„Weil ich erst neulich zur Vollwaise geworden bin, meinst du?"

„Ja."

Ihre Augen wurden warm. „Ja, Chef, dank dir bin ich okay."

„Ich hab mir Sorgen gemacht", murmelte ich.

„Das weiß ich, und deshalb hab ich dich ja auch lieb."

Ich sah sie an.

„Du weißt schon, wie ich das meine."

Das wusste ich. „Josie?"

Ihr Blick begegnete meinem.

„Wenn ich umziehe, wo wirst du dann wohnen?"

„Mr Joss hat gesagt, dass es auf der Ranch noch ein paar leer stehende Häuschen gibt, und dass er mir erlauben würde, in einem davon zu wohnen, unter deiner Aufsicht, versteht sich, wenn ich im Gegenzug dafür an bestimmten Wochentagen auf seinen süßen kleinen Jungen aufpasse."

„Ach ja?"

„Ja. Er hat gesagt, dass er nächstes Semester andere Kurse gibt als dieses, und dass er Wyatt nicht mehr jeden Tag mitnehmen kann."

„Und da kommst du dann ins Spiel."

„Genau, aber nur, wenn du auch auf die Ranch ziehst."

Ich wollte etwas sagen, aber in dem Moment öffnete sich die Tür und Rand trat herein.

„Ihr solltet jetzt gehen", verkündete er, und obwohl sie für mich und nicht für ihn arbeiteten, begann augenblicklich der Exodus.

Die Holloway Männer wussten, wie man einen Raum leerte, so viel war sicher.

8

ICH RECHNETE nicht damit, dass Rand den Raum durchqueren, sich über mein Bett beugen und mich umarmen würde, noch bevor der letzte durch die Tür war, aber genau das tat er.

„Seit wann machen wir das denn?", neckte ich ihn und warf einen Blick auf Stef, der, Wyatt auf dem Arm, direkt hinter Rand stand.

„Du hast meine Familie gerettet, Glenn", erwiderte Rand barsch, und ich konnte das Beben in seiner Stimme hören. „Von jetzt an machen wir das."

Ich lachte leise in seine Schulter, während er mich hielt, eine Hand um meinen Hinterkopf gelegt. Dann ließ er mich los und richtete sich auf. Er bekam seinen Sohn überreicht, der vergnügt von Stefs in Rands Arme wechselte, und dann hatte ich meine Arme voll mit dem Typen, der mir mein Happy End geschenkt hatte, denn er war es gewesen, der mich dazu gebracht hatte, an einem Viehtrieb teilzunehmen.

„Alles okay", sagte ich zu Stef und klopfte ihm auf den Rücken, während ich ihn umarmte.

„Ich hatte solche Angst."

„Ich weiß."

„Und wenn Wyatt nicht gewesen wäre –"

„Auch das weiß ich", versicherte ich ihm, denn die meisten Leute wussten es nicht, aber Stef war ein Raufbold. Er sah süß und nett aus, aber er wusste, wie er sich zu verteidigen hatte. Und nur, weil er im Vergleich zu Rand klein war, bedeutete das nicht, dass er nicht wusste, wie man einen Mann mit einem gezielten Kinnhaken zu Boden gehen ließ. Aber Wyatt war da gewesen: Sein Leben, seine Sicherheit hatten von Stef abgehangen, und das hatte Stef nicht erlaubt, zu kämpfen oder zu fliehen.

„Wenn du nicht gewesen wärst … Ich will gar nicht daran denken, was hätte passieren können."

„Oder was jetzt auf der Red passieren wird", schnaubte ich.

Er machte sich los und hätte mich geschlagen, wenn Rand ihm nicht stark davon abgeraten hätte.

„Dreh nur bitte nicht durch", bat Stef. „Es war ein Einzelfall, Rand."

„Die Leute wissen, dass du ein reicher Mann bist", merkte Zach – ich hatte gar nicht gehört, wie er hereingekommen war, – an und schlüpfte um Stef herum, beugte sich über das Bett und umarmte mich.

„Mir geht's gut", versicherte ich meinem Bruder. „Versprochen."

„Ich möchte mich nicht mehr mit dir streiten."

„Einverstanden", seufzte ich, glücklich über dieses neue Band zwischen uns und eine Beziehung, die die Chance hatte, besser zu werden, als sie es je gewesen war. Wir waren gemeinsam von Rayland Holloway großgezogen worden, und weil es immer wir zwei gegen unseren Vater gewesen war, besonders, nachdem unsere Mutter gestorben war, waren wir einander einmal sehr nahe gewesen. Ich wollte das zurückhaben, wollte diese Nähe zurück, und jetzt, endlich, hatten wir die Chance auf einen neuen Versuch. Und wie es aussah, waren wir auch beide bereit, es zu versuchen. Ich zumindest wollte es; ich war bereit, meine Familie wiederzubekommen, angefangen mit Zach.

„Ich will dich auch nicht mehr wie ein Arsch behandeln, und ich möchte, dass es zwischen uns wieder so ist wie damals, bevor ich ausgezogen bin, weil ich dachte, ich müsste eine eigene Ranch haben so wie Dad."

„Okay."

„Ja wirklich?", fragte er und richtete sich auf, um mir ins Gesicht sehen zu können.

„Verdammt, ja", erwiderte ich und grinste. „Das Leben ist zu kurz, richtig?"

„Richtig", stimmte er heiser zu, dann lächelte er. „Weißt du, ich war heute Morgen in den Ställen, und dein Pferd hat mich gebissen."

Ich lächelte zu ihm hoch. „Sie hat's mit den Holloway Männern."

Er lachte.

Ich wandte mich wieder an Stef. „Danke, dass du dafür gesorgt hast, dass man sich um sie kümmert. Dieses Pferd bedeutet mir alles."

Er nickte. „Tja, wie ich schon sagte. Meiner Meinung nach ist sie genau da, wo sie hingehört."

„Finde ich auch", stimmte Rand zu. „Wir werden uns um euch beide kümmern oder zumindest die Red Diamond wird das."

„Rand", begann ich. „Du musst nicht das Gefühl haben –"

„Ich will sie auf meiner Ranch, und ich will *dich* auf meiner Ranch", sagte Rand kategorisch, sodass kein Raum für Zweifel blieb.

„Ja, aber –"

„Ich erwarte ja nicht, dass du wieder ein Cowboy wirst oder ein Rancher", sagte er ernst. „Ich weiß, dass das nicht dein Traum ist. Und wenn das mit dem Resort passiert, dann wäre es Stef und mir eine Ehre, The Bronc auf die Ranch zu verlegen, aber Glenn … mehr als das ist es … Ich will dich auf der Ranch aus demselben Grund, warum ich Zach auf der Ranch will."

„Und warum?"

„Weil ihr meine Familie seid", sagte er, als wäre ich dumm, was bei Rand ja ganz normal war. „Ich will dich bei uns haben."

Ich würde ihn nie wieder in die Lage bringen, das laut sagen zu müssen. „Ich werde aber nicht im Haus bei dir und Stef wohnen, Rand."

„Das stimmt, das wirst du nicht", stimmte er mir zu. „Und ich nehme an, dass da noch jemand ein Wörtchen mitzureden hat, wo du deinen Hut aufhängst."

„Das hoffe ich", sagte ich leise.

„Naja, er war direkt hinter uns, als wir von der Ranch losgefahren sind, aber er hat noch mal angehalten. Allerdings vermute ich, dass er gerade jetzt, in diesem Moment, seinen Truck parkt und gleich hier sein wird."

Ich nickte.

„Ich weiß, dass er unbedingt kommen wollte, um nach dir zu sehen, und er hat mir auch schon gesagt, dass er vorhat, dich morgen mit zurück zur Ranch zu bringen – mit nach Hause zu ihm, sodass er ein Weilchen auf dich Acht geben kann."

Beim bloßen Gedanken daran, Mac zu sehen, wurde meine Kehle ganz trocken. „Das klingt gut."

„Und nur, dass du es weißt", sagte Zach fröhlich. „Und damit du es den Leuten, die für dich arbeiten, auch sagen kannst: Die Ranch wird ab sofort supersicher sein."

Stef zeigte ihm den Mittelfinger, und ich lachte.

„Wir legen uns eine Videoüberwachungsanlage zu, hochmodern und alles."

„Das ist besser, als ich dachte", zog ich Stef auf.

Er stöhnte.

„Oh, komm schon", sagte ich zu ihm. „Es ist keine kleine Ranch, Stef, und du und Rand seid nicht einfach normale Leute, die ein normales Leben führen. Ihr habt Geld, von daher müsst ihr vorsichtig sein. Du kannst Rand keinen Vorwurf daraus machen, dass er dich und euren Sohn sicher wissen will."

„Nein", sagte er, und sein Blick huschte zu besagtem Mann hinüber. „Kann ich nicht."

Als Rand seinen Arm hob, sodass Stef sich an seine Seite schmiegen konnte, ging die Tür auf und Mac kam herein, und er sah genauso schön und nach Zuhause aus wie das letzte Mal, als ich ihn gesehen hatte.

„Wir sehen uns dann später", sagte Rand schnell und schenkte mir ein Lächeln voller Zustimmung und Freude, bevor er die anderen aus dem Raum führte, so wie er sie auch beim Hereinkommen angeführt hatte.

„Hi", hauchte ich.

Macs Mund war zu einer festen Linie zusammengepresst, während er dastand und mit seinem Hut herumspielte. Er war nervös, man konnte es ihm deutlich ansehen, und ich hätte anfangen können, mir Sorgen zu machen. Aber da ich annahm, dass ich die Ursache für seine Nervosität war, konnte ich vermutlich auch die Lösung sein. „Ich wollte dich fragen, ob ich dich morgen, nachdem du entlassen worden bist, abholen und nach Hause bringen kann?"

Ich setzte mich im Bett auf. „Zu *dir* nach Hause, meinst du wohl."

„Zu *uns* nach Hause", korrigierte er mich. „*Unseres*. Wirst du nicht auch auf der Ranch leben?"

„Lass mich ganz ehrlich sein: Du bist für mich das Hauptargument für ein Leben auf der Red."

Er durchquerte den Raum, als ich meine Arme ausstreckte. „Ich weiß, dass es extrem schnell ist, aber willst du mit mir in das Haus kommen, in das ich noch nie jemanden mit hingenommen habe?"

„Will ich", sagte ich und zog ihn für einen Kuss an mich, für *den* Kuss, für die beste Art Kuss, die fordernde Art, sogar besser noch als der erste.

„Gott sei Dank", sagte er rau, als ich ihn wieder zu Atem kommen ließ. „Mir sind auf dem Weg vom Baumarkt hierher alle möglichen Sachen im Kopf herumgegangen."

Das war es also, wo er hingefahren war. „Und was brauchtest du so früh am Sonntagmorgen im Baumarkt, Maclain Gentry?"

Er grub in der rechten Hosentasche seiner weichen, verblichenen Jeans herum, zog einen Schlüssel heraus, der an einem Ring hing, und reichte ihn mir. „Ich wollte den haben, wenn ich mit dir spreche, damit du weißt, dass ich es ernst meine: du und ich zusammen."

„Ich wusste das bereits. Dass du es ernst meinst." Ich seufzte und lächelte zu ihm auf, als er sich neben mich aufs Bett setzte. „Aber ich weiß sie trotzdem zu schätzen, den Schlüssel und den Ring."

„Das wird nicht der letzte Ring sein, den du von mir bekommst", sagte er rau, während er seinen Hut auf den Tisch neben dem Bett legte und seine Hand neben meinem Kopf auf das Kissen stützte. Er hielt den Atem an.

„Nein?", fragte ich, konnte kaum sprechen, so überwältigt war ich von Mac und seinen Worten.

„Nein."

„Dann nehme ich an, ich muss dir auch einen besorgen."

„Tu das", sagte er, beugte sich zu mir hinunter und küsste mich.

Und das würde ich definitiv.

TIMING
Der richtige Zeitpunkt

Mary Calmes

Buch 1 in der Serie – Timing

Stefan Joss hat einfach kein Glück. Nicht nur, dass er mitten im Sommer nach Texas muss, um bei der Hochzeit seiner besten Freundin Charlotte die Ehrenjungfer zu geben. Nein, er soll auch noch gleichzeitig ein millionenschweres Geschäft für seine Firma abschließen! Das Allerschlimmste aber ist, dass er, kaum angekommen, mit dem Mann konfrontiert wird, von dem Charlotte versprochen hatte, dass er nicht zur Hochzeit kommen würde: Ihrem Bruder, Rand Holloway.

Stefan und Rand sind sich, seit dem Tag, an dem sie sich das erste Mal trafen, spinnefeind. Und so ist Stefan mehr als geschockt, als ein vorübergehend vereinbarter Waffenstillstand die üblichen Feindseligkeiten sofort in knisternde Spannung verwandelt. Wenn auch misstrauisch gegenüber den unerwarteten Gefühlen, wird Stefan durch ein ehrliches Geständnis Rands aus der Bahn geworfen und beschließt, ihm eine Chance zu geben.

Doch ihre aufkeimende Romanze wird bedroht, als Stefans Geschäftsabschluss schiefläuft: Die Besitzerin der letzten Ranch, die er für seine Firma aufkaufen soll, wird ermordet. Stefan steht die Überraschung seines Lebens bevor, als er sich plötzlich selbst in tödlicher Gefahr befindet.

www.dreamspinner-de.com

BLAUE
TAGE

Mary Calmes

Storie di
MANGROVE

Ein Titel der Mangrove Stories Serie

Sich in einen Kollegen zu vergucken, ist selten eine gute Idee, speziell für einen Mann, der eine letzte Chance bekommt, seine Karriere zu retten. Doch von dem Moment an, in dem Dwyer Knolls dem gutaussehenden, aber unbeholfenen Takeo Hiroyuki begegnet, scheint er nur noch die falschen Entscheidungen zu treffen.

Takeos Leben besteht aus einer Reihe vergeblicher Versuche, seinen konservativen japanischen Vater zufrieden zu stellen. Unglücklicherweise ist die erfolgreiche Ausübung seines Jobs genauso schwierig für ihn wie der Wechsel von homo- zu heterosexuell. Aber ein Augenmerk auf Dwyer Knolls zu haben – darin ist er wirklich gut.

Auf einer Geschäftsreise nach Mangrove, Florida, wird aus Takeos` und Dwyers zögerlicher Freundschaft plötzlich mehr – viel mehr. Ist ihre Liebe stark genug, um ihre Karrieren dafür zu riskieren, oder haben sie die plötzliche, intensive Leidenschaft nur der lauen Brise des blauen Ozeans zu verdanken?

www.dreamspinner-de.com

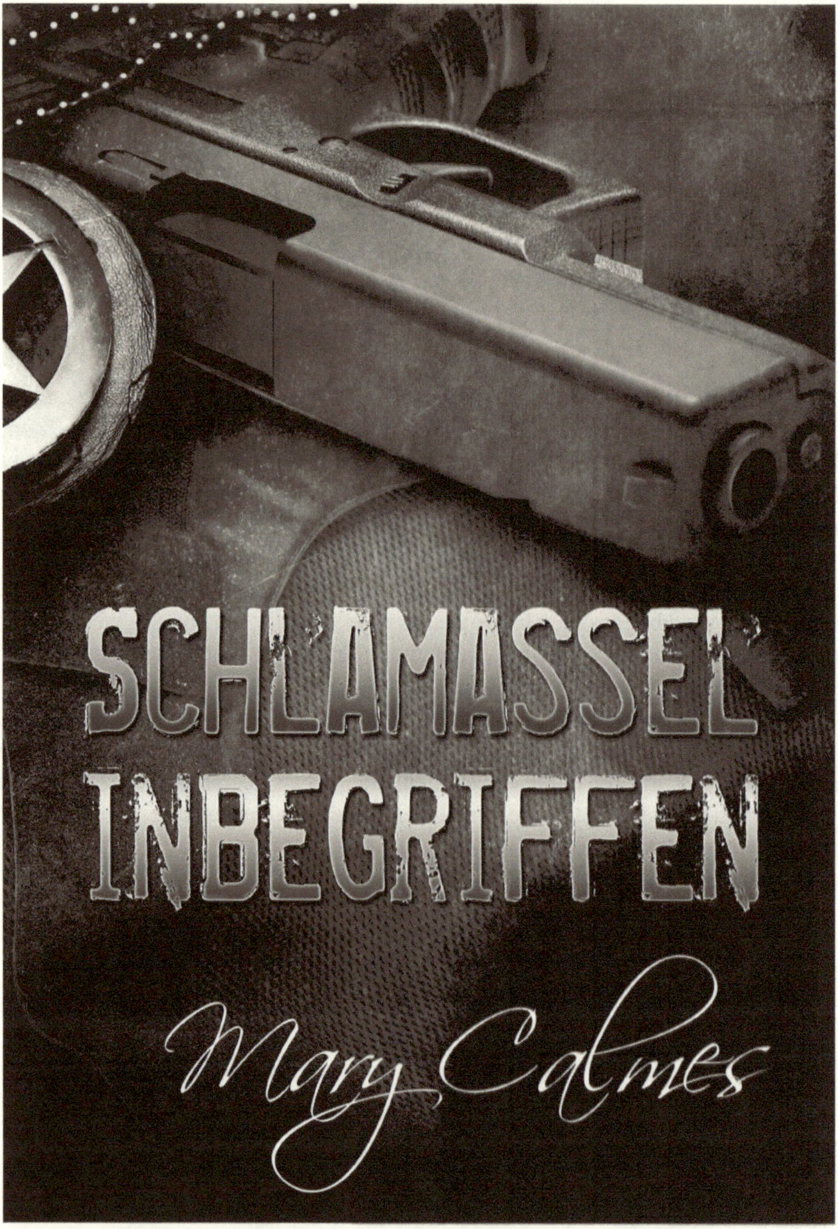
SCHLAMASSEL
INBEGRIFFEN
Mary Calmes

Buch 1 in der Serie – Verliebte Partner

Deputy US Marshal Miro Jones hat den Ruf, auch unter Beschuss ruhig zu bleiben und einen kühlen Kopf zu bewahren. Diese Eigenschaften kommen ihm in der Zusammenarbeit mit seinem Partner Ian Doyle, einem Elitesoldaten, sehr zu Gute, denn Ian ist der Typ Mann, der in einem leeren Raum einen Streit vom Zaun brechen kann. In den vergangenen drei Jahren in ihrem Job auf Leben und Tod sind aus Fremden erst Kollegen, dann loyale Teamkameraden und schließlich beste Freunde geworden. Miro hat zu dem Mann, der ihm den Rücken freihält, blindes Vertrauen entwickelt … und einiges mehr.

Als Marshal und Soldat wird von Ian erwartet, dass er die Führung übernimmt. Aber die Stärke und Disziplin, die ihn im Einsatz zum Erfolg und zur Erfüllung seiner Mission tragen, versagen überall sonst. Ian hat sich immer gegen jede Art der Bindung gewehrt, aber kein Zuhause zu haben – und mehr noch: niemanden, zu dem er nach Hause kommen kann – frisst ihn innerlich langsam auf. Im Lauf der Zeit hat er, wenn auch widerstrebend, eingesehen, dass es ohne seinen Partner an seiner Seite einfach nicht geht. Jetzt muss Miro ihn nur noch überzeugen, dass Gefühlsbande keine Fesseln sind …

www.dreamspinner-de.com

Seiltänzer

MARY CALMES

Der fünfundvierzigjährige Englischprofessor Nathan Qells ist sehr gut darin, anderen das Gefühl zu geben, dass sie ihm wichtig sind. Was er allerdings nicht gut kann - sie in seinem Leben zu halten. Er ist ein netter Kerl, er empfindet nur nicht so wie andere Menschen. Deshalb ist ihm auch in der ganzen Zeit, in der er Michael, den Jungen von gegenüber, betreut hat, nie aufgefallen, dass sich dessen Onkel und Vormund, der Mafiaschläger Andreo Fiore, immer mehr in ihn verliebt hat.

Dreo hat größere Probleme, als Nate auf sich aufmerksam zu machen. Er zieht seinen Neffen groß und versucht, seinen zwielichtigen Job hinter sich zu lassen und seine eigene Firma zu gründen. Doch dieses Vorhaben wird erschwert, als mehrere Unterweltgrößen durch Anschläge aus dem Weg geräumt werden. Trotzdem ist Dreo immer noch versessen darauf, sich ein neues Leben aufzubauen – ein Leben mit Nate als Mittelpunkt. Ein Leben, das genauso ist, wie Nate es sich immer erträumt hat. Unglücklicherweise, waren diese Anschläge nur Teil einer großen Umstrukturierung, und die Liebe, die Dreo offensichtlich für Nate empfindet, bringt auch diesen in die Schusslinie.

www.dreamspinner-de.com

WANDEL des HERZENS

Mary Calmes

Buch 1 in der Serie – Change of Heart-Serie

Als junger Mann, der schwul ist und noch dazu ein Werpanther, wünscht sich Jin Rayne nichts sehnlicher als ein normales Leben. Er ist seiner Vergangenheit entflohen und möchte einfach neu anfangen. Aber Jins altes Leben will ihn nicht loslassen. Als seine Reisen ihn in eine neue Stadt führen, begegnet er dem Anführer eines örtlichen Werkatzen-Stammes. Logan Church ist ein Schock und ein Rätsel für ihn und Jin ist voller Sorge, dass Logan der Gefährte ist den er so sehr fürchtet, aber auch die Liebe seines Lebens. Jin möchte mit den Traditionen nichts mehr zu tun haben und die Verbindung mit einem Gefährten würde ihn unwiderruflich daran fesseln.

Aber Jin ist genau der Gefährte den Logan an seiner Seite braucht um seinen Stamm erfolgreich zu führen, und deshalb wird er Jin nicht einfach gehen lassen. Jin wird Zeit und Vertrauen brauchen um die Freude zu entdecken die darin liegt zu Logan zu gehören, und seine Liebe ohne Einschränkungen zu erwidern.

www.dreamspinner-de.com

MARY CALMES lebt in Lexington, Kentucky, zusammen mit ihrem Ehemann und zwei Kindern und liebt alle Jahreszeiten, außer den Sommer. Sie graduierte von der University of the Pacific in Stockton, Kalifornien, mit einem Bachelor in Englischer Literatur. Weil es sich um Englische Literatur und nicht um Englische Grammatik handelt, bittet sie nicht darum, einen Satzteil zu bestimmen, weil das nicht passieren wird. Sie liebt es, zu schreiben, taucht darin förmlich ein und versinkt in ihrer Arbeit. Sie kann euch sogar sagen, wonach ihre Charaktere riechen. Sie liebt es, Bücher zu kaufen und auf Conventions ihre Fans zu treffen.

Von Mary Calmes

Blaue Tage
Schlamassel inbegriffen
Seiltänzer

CHANGE OF HEART-SERIE
Wandel des Herzens
Bund des Vertrauens

TIMING
Der richtige Zeitpunkt
Nach Sonnenuntergang
Wenn der Staub sich legt
Perfektes Timing

Veröffentlicht von Dreamspinner Press
www.dreamspinner-de.com